蔡宗齊文學理論研究書系

中國歷代文論評選

第三冊 理解論評選

蔡宗齊 ／ 著

上海古籍出版社

理解論評選　目錄

總述 1
1　先秦時期的理解實踐和理論 16
　1.1　賦詩、引詩的類比用《詩》法 17
　1.2　孟子復原式解《詩》理論 24
　1.3　《孔子詩論》復原式解《詩》實踐 ... 31
2　漢代解釋論 39
　2.1　《毛詩大序》斷章取義的類比解《詩》法 42
　2.2　《毛傳》和《鄭箋》解釋《詩序》三個策略 ... 53
3　六朝理解論 67
　3.1　劉劭源於人物品藻的觀文觀詩法 ... 69
　3.2　劉勰詩文結構分析法 74
4　唐代理解論 82
　4.1　漢儒解詩法在《文選注》等中的承繼和發展 ... 86
　4.2　白居易等人的意象類比解詩法 94
5　宋代：復原理解論的系統建構 106
　5.1　歐陽修《詩本義》：解《詩》本末說和解《詩》新法 ... 112
　5.2　朱熹復原理解論：體大思精的理論體系 122

5.3　朱熹由虛到實的文本理解：動態的結構分析 …… 126
　　5.4　朱熹文本理解由虛到實的基礎：文本空隙之"興"…… 136
　　5.5　朱熹由實至虛的超文本理解：徵實的"文意"與
　　　　至虛之"志"的融合 …………………………… 140
　　5.6　《詩》超文本理解須用的熟讀法和涵泳法 ……… 144
　　5.7　呂祖謙等宋代文章學中散文結構分析法 ………… 153
6　元明清：道德和歷史類比理解論 ……………………… 160
　　6.1　郝敬等人的道德類比解《詩》法 ………………… 161
　　6.2　魏源等人的歷史類比解詩法 ……………………… 172
7　元明清：復原式解詩法 ………………………………… 181
　　7.1　吳喬等人的觀文見人讀詩法 ……………………… 181
　　7.2　元人律詩結構分析法 ……………………………… 189
　　7.3　魏浣初等人的意脈解《詩》法 …………………… 195
　　7.4　徐增等人的動態"起承轉合"解詩文法 ………… 201
　　7.5　吳淇、方玉潤等人的新"以意逆志"解詩、解《詩》法
　　　　………………………………………………………… 213
　　7.6　沈德潛、姚鼐等人的諷誦涵泳讀詩法 …………… 230
8　明清：讀者再創造理解論 ……………………………… 245
　　8.1　鍾惺等人再創造理解論的宏觀建樹 ……………… 247
　　8.2　謝榛等人再創造理解論的微觀建樹 ……………… 253
　　8.3　戴君恩臆想式解《詩》 …………………………… 261
　　8.4　梁啓超等移情自化的讀詩法、讀小説法 ………… 270
理解論評選選錄典籍書目 ………………………………… 280
《中國歷代文論評選》選錄作者及典籍索引 …………… 285
後記 ………………………………………………………… 301

總　述

　　文學作品的接受包括讀者或説接受者兩類本質不同的活動：一種是尋求理解作品的内在意義，然後向他人解讀、詮釋自己所理解的意義。另一種則把注意力轉向領略和描述作品所唤起的主觀體驗與感受。對兩種接受模式的論述，在古代文論中林林總總，甚爲豐富，但總括而言，關注作品意義的前者，可以統稱爲"理解論"，而著眼於主觀感受的後者，則可以稱統稱爲"審美論"。本書對歷代理解論展開較爲系統的研究，而審美論則需日後用另一部專書來討論。

　　在中國本土學界中，有關作品意義接受的討論通常使用"解釋""闡釋"或"詮釋"，但"理解"一詞則很少見到。其實，在中文裏，"理解"是與解釋、闡釋、詮釋有所不同的活動，理解活動主要是針對接受者自身而言的，而解釋、闡釋、詮釋則旨在幫助他人（主要是預設的讀者）理解作品而進行的活動。若用後者來描述先秦時期賦詩、引詩的活動，顯然是不合適的，因爲當時《三百篇》主要是用於類比的語料，而不是等待解釋、闡釋的對象。賦詩、引詩是一種獨特的、以《詩》爲媒體的雙向理解活動。與中文的情況相反，英文中"interpretation"（理解）一字的涵義寬泛靈活，即可以指讀者自我的理解，亦可向他人解釋、闡釋自己所理解的意義。因此，在西方文論中，theory of interpretation 通常包含了自我理解和向他人解釋作品的雙重意義。本書所用"理解實踐""理解論"兩詞，引用了 interpretation 所含的這種寬泛的雙重意義。

　　研究中國文學理解活動的歷史，絕對不能像研究西方理解論那樣把注意力都集中於就此專題所寫的專論。假若如此，我們的研究材料就變得貧瘠單薄，寥寥無幾。劉勰《文心雕龍·知音》是最早的、也是唯一關於純文學理解的專論，而歐陽修《詩本義》則是以《詩經》詮釋爲主題寫成的系統專論，其中既有理論性甚強的本末論，又有三百首的單篇細讀，其中包括對《毛傳》《鄭箋》解讀的批判和歐陽修自己的重新解讀。雖然這兩部著作的形式極具系統性，内容也富有原創，但它們的影響力卻比不上以幾篇序言、語錄等系統性不強的體式寫成的作品。序言體中最著名的自然是《毛詩序》和朱熹《詩集傳序》。語錄體中影響力最大的無疑是孟子"以意逆志"和"知人論世"之談，以及《朱子語類》中有關"以意逆志"和讀詩方法的言論。除了這些篳路藍縷的開山之作以外，各個時代裏最重要的文學理解論也多以系統性不強的形式發表，除了序言、語錄兩體之外還有詩學指南類的作品，其中包括唐代詩格詩式以及明清時代爲學子編纂的詩歌評點選集。鑒於以上所説的文獻特點，本書將把重點放在對各代序言、語錄、選本點評類作品的研究，一方面積極尋覓尚未發現的真知灼見，一方面重新審視大家所熟悉的術語、概念、命題，挖掘出新的理論意義，兩路並進，力圖重構出各種各樣獨特的理解論以及其所衍生出的對種種具體作品的解讀法。除了理論陳述之外，本書還將研究歷代重要的理解實踐活動，其中包括春秋戰國的賦詩引詩活動，漢唐鴻儒對《詩經》和《文選》的傳箋，宋代文章家的散文點評，明清《詩》、詩文、小說評點，等等。這些理解活動不僅直觀地呈現層出不窮的讀詩解文之新法，而且還為我們深挖各時期理解實踐和理論的深刻意義奠定了堅實的基礎。

傳統文學理解論的發展經歷了先秦、漢、六朝、唐、宋、元明清六個階段。就理論建樹的總體走向而言，這六個時期的理解論是沿著類比式理解（analogical interpretation）、復原式理解（reconstructive interpretation）、創作導向的理解論（creation-inducing interpretation）三條不同的進路發展的。其中，從先秦到清代，文學理解的實踐和論述基本上是沿著類比式與復原重構式兩條主綫展開的，而這兩種理解模式之間的競爭在明清時期愈演愈烈，催生了一種超越了兩者而與創作相通的理解模式。

類比式理解可以視為一種橫向理解模式，以表層文本類比文外的社會、政治、道德。在從春秋戰國到唐末一千多年間，類比式理解在《詩經》學領域一直佔有壟斷的地位，沒有任何挑戰者。最早的類比理解實踐是春秋戰國時期盛行的賦詩和引詩。在賦詩活動中，《詩三百》只是語料庫，每首詩或選段的意義由賦詩者通過作品內容與現時外交場景的類比所賦予，而文本自身的字面意義並不受到重視。由於賦詩普遍涉及禮樂表演，我們可以說，賦詩使用一種具有即時表演特徵的類比理解，英文可稱爲 performed interactive analogical interpretation。在戰國時期走向鼎盛的引詩活動,《詩三百》仍舊被當作語料庫來用,但類比活動的場合則有巨大的變化,從國與國之間公開外交活動,一變爲師生之間面對面的交談,或者是著者與讀者思想交流的虛擬空間。類比的對象也有同樣深遠的變化,從即時的、直接影響國運的一國之志,變爲講者、作者想要說明的抽象義理。基於以上特點,我們可以說,引詩使用了非表演的,以教導爲目的的類比理解,英文可稱爲 nonperformed illustrative-analogical interpretation。到了獨尊儒學的漢代,第三種類比理解應運而生,即以《毛序》《毛傳》《鄭箋》爲代表的斷章式類比詮釋(fragmented analogical-exegetical interpretation)。"詮釋"總是對文本而言的,正好用來說明,漢儒已經將《詩經》的文本作爲理解的對象,而不再是用於徵引的語料庫。而"斷章詮釋"這一標籤可以說明漢儒詮釋詩篇的特點,即認爲詩中某些個別物象或話語旨在類比周代特定時期裏的人物事件,並將此類比看作詩篇的意義。這種斷章式類比詮釋的影響極大,一統漢唐《詩經》學的天下,而唐人不僅將類比式解《詩》法發揮到極致,還用之於純文學的詩歌批評。並總結出一套約定俗成、內外層次分明的意象類比指南。白居易、賈島、徐夤等人從以往創作經驗中提取各種天地、山川、日月、星辰、草木、蟲魚、夫婦等意象及其慣常匹配的政治倫理道德指義,建構出龐大的意象—指義的對應系統,並收入他們的詩格、詩式的學詩指南之中。同時,開元五臣呂延濟、劉良、張銑、呂向、李周翰還運用道德類比法來重注蕭統《文選》。

然而到了宋代,理解論的發展出現了一個大轉向。北宋歐陽修、南宋朱熹等鴻儒一擁而上,競相列舉毛、鄭解《詩》之荒謬,終將斷章類比詮釋拉下神壇,用復原式理解取而代之,奉爲解《詩》的不二法門。如果説漢唐斷章類比詮釋呈現了一種從表層文本到外部人事的橫向理解模式,那麽宋儒的復原式理解論則是與之相反的縱向理解模式,由文本表層深入到其底層所藴藏的作者思想情感,並視之爲文本的真正意義。

復原理解的模式最早見於戰國晚期,上博簡《孔子詩論》便明顯呈現了尋找文本自身意義的傾向。《孔子詩論》對詩篇的評價雖關乎政治倫理,却是基於詩作文本本身作出判斷。孟子"以意逆志"之説無疑可以視爲復原式理解活動的理論總結,因爲它指出了復原理解必須遵循的基本原則,必須在全文的語境中理解詞語的意義,以確保對作品的理解復原了作者之志。在漢唐一千多年間,復原理解在《詩經》學中完全没有立足之地,而只是在《詩經》學之外的觀人觀文活動中略有發展。從漢魏到齊梁,"情性",即作者的精神世界、精神狀態成爲時人觀人觀情的主體對象,劉劭的人物品藻、曹丕的"文氣説"、劉勰論"體性"、蕭統評陶潛詩,都從不同側面探究言語和文學作品與作者情性的密切關聯。爲了革除"察舉"與"辟雍"兩種選拔人才方式所產生的流弊,劉劭《人物誌》試圖建立品鑒人真實情性的復原理解的系統。人物品鑒將人的身體外部特質與其性格或精神活動掛鉤,由人物的言語深切體察作者内在德性,然後一一延展到儒家倫理思想,體現了從外到内,從文本到人的理解過程。六朝復原理解的另一個發展是劉勰《文心雕龍・知音》所勾勒的觀文模式。《知音》篇可謂中國文學批評史上較爲系統分析讀詩、解詩過程的專論。該文總體框架也受到《人物誌》的影響，也認同作者的内在之情能通過觀其外在詩文而被發現，這種理路與人物品藻如出一轍，體現了復原重構式的闡釋邏輯。的確，《知音》所提出的"六觀"很可能受到了《人物志》第九章"八觀"說影響。劉勰雖然提出"六觀"說，但我們找不到任何文獻證明，當時就有人進行類似"六觀"復原理解法閱讀文學作品。劉勰《知音》所闡發的復原理解論，似乎源自他本人先知先覺的洞察，但他的先見之明對後世的閱讀實踐和理論並沒有產生實質性的影響。

　　復原理解模式的真正建立是在宋代，也就是孟子提出"以意逆志"復原理解原則的一千三百多年之後。孟子這一復原理解的基本原則，經歷如此漫長的冬眠而被宋儒喚醒並奉爲圭臬，在很大程度上是因爲孟子"以文害辭""以辭害志"的判斷正好道出了宋儒對以毛、鄭爲代表的漢唐類比解《詩》法的極度不滿。歐陽修在《關雎論》一章中就明確用"以文害辭""以辭害志"來定義漢唐穿鑿附會的類比解《詩》法。在不同時期宋儒群體中，幾乎沒有哪一位碩儒不對類比解《詩》法嗤之以鼻，口誅筆伐者也屢見不鮮。然而，宋儒對漢唐理解傳統的犀利批判並沒有落入門户之見的窠臼，這主要是他們具有強烈的理論建構意識，有破更有立。在這方面居功至偉的是北宋的歐陽修和南宋的朱熹。歐陽修《詩本義》這本書極有特色，在内容和形式上均有重大的突破。此書《本末論》一章以本末這個哲學範疇爲框架，清晰地勾勒出解讀《詩經》者必須了解的四重視野，即詩人之意、太師之職、聖人之志、經師之解,這一觀點似乎可視爲漢斯·羅伯特·姚森的期待視域理論(Hans Robert Jauss's theory of horizon of expectations)的先聲。對於歐陽修而言,四重視野有本末之分,詩人之意和聖人之志是本,是解《詩》者復原理解的目標;而太師之職和經師之解是末,是解《詩》者的參考。歐陽修認爲毛、鄭之説是經師之解中的末者,只是等待他來"破"的靶子而已。筆者認爲,歐陽修在"立"方面最大的貢獻在於摸索出一種通過串通詩篇上下文來準確把握"詩人之意"的法。在解釋結構斷裂的《野有死麕》一詩時,他向我們透露了他串通詩篇上下文的秘法,即對四種"作者之體"的把握。歐陽氏所説的"作者之體"近乎西方新批評家常説的"point of view",即詩人與詩中敘述、詩中説話人自述以及其他文本內容所建立的關係。《詩本義》的形式本身就充分彰顯了歐陽修復原理解論破立兼備的特點。此書中細讀詩篇的每一章無不包括"論"和"本義"兩大部分,前者對毛、鄭誤讀一一列舉並加以剖析,後者則是歐陽修沿著四種"作者之體"的思路,梳理出每首詩貫穿各部分之間的脈絡,從而復原其本義。一篇篇如此細緻深入的細讀,匯聚一起,洋洋大觀,構成了古代文論中第一個融作品細讀和理論總述爲一爐、富有系統性的文學理解論。

朱熹爲宋代理學的集大成者,這是學界的普遍共識,而就復原理解論的發展而言,他也是一位集大成者,而且是方方面面都有原創性突破的集大成者。與歐陽修以破爲勝的《詩本義》相比,朱熹《詩集傳》以立爲勝的特點尤爲突出。在《詩本義》的"義説"部分,歐陽修依據上下文進行串講,旨在用堅實的例證來證明毛、鄭斷章取義、穿鑿附會之荒謬,但沒有從理論的高度總結出這種復原理解的原則。朱熹《詩集傳》的路子大相徑庭,是以我爲主、以立爲主。首先,高屋建瓴,在序言中建立了復原理解的原則,包括"章句以綱之""訓詁以記之""諷詠以昌之""涵濡以體之"四個不同維度。然後,書的正文一以貫之地運用章句和訓詁二法,結合對傳統的賦比興說的改造,對305首詩逐一詳盡解讀,新意美不勝收,堪稱取得顛覆性的突破。至於如何使用"諷詠""涵濡"二法,雖然難以在《詩集傳》詮釋中窺出端倪,但朱熹與弟子對此二法談論甚多,緊扣孟子"以意逆志"作出精湛的解說,所有這些都詳細記載於《朱子語錄》之中。在第五單元的點評中,著者將就其四維度的關係做出一個原創的判斷,即章句、訓詁是探究把握文本整體意義的妙法,而諷詠和涵泳則是超越文本、從"意"直"逆"作者之志的途徑。以上的提要應足以證明,朱熹復原理解論"體大思精",在中國理解論上實無出其右者。

元明清時期,理解論進入了爆炸性發展的階段,類比理解論和復原理解論不斷推陳出新,演變出許多前所未有的理解方法。更重要的是,明清之際還見證了一種嶄新的、與創作直接相通的理解論之興起。這種理解論足以與類比和復原理解論分庭抗禮,因爲它不僅開闢了一條嶄新的理解的路徑,而且同樣也發展出紛呈多樣的理解方法。本部分設三個獨立章節,分別討論這三種理論,力求將繁雜的文獻梳理清楚,探究三者各自的重大創新,並勾勒出它們各自的嬗變脈絡。

這三種理解論各自沿著自己的進路蓬勃發展,但它們是否帶有共同的時代烙印呢？若有的話,此時代烙印能否提供一種有助於揭示三種理論本質的視角呢？對於這兩個問題,著者的回答都是肯定的。著者認爲,三種理解論都帶有共同的時代烙印,即是跳出傳統經學的藩籬,從文學角度理解《詩》以及其它文學作品。更具體地説,所謂"文學角度"可以細分爲審美和創作兩個不同的角度。把握了三種理解論的倡導者如何採用審美或創作論的概念命題重新闡述理解活動,我們便可按圖索驥,揭示出三種理解論以及隸屬其下種種理解方法的創新之處。

　　元明清時期,類比理解論最重要的發展是全篇類比詮釋法的興起,此法的建立和發展都與引用審美命題有關。類比理解論的創立,元代鴻儒馬端臨(1254—1340)有篳路藍縷之功。他認爲《毛序》和朱熹解詩方法的不同之處在於:《毛序》是"文外求意",朱熹《集傳》則是"文内求意",兩者對比,高下立見,"文外求意"的《毛序》自然遠勝於囿於"文内之意"的《集傳》。他這個大判斷,顯然是基於六朝隋唐唯美詩學追崇"言外之意"的審美標準。當然,漢唐斷章取義的類比理解論的弊病,馬端臨並非視而不見,而宋儒強調作品整體意義的合理性,他也心知肚明。因此,他選擇不爲斷章取義類比法申辯,也不完全否定對作品整體意義的理解,而是抓住宋儒復原理解法所導致的"淫奔"説,緊緊不放。他根據孔子(前551—前479)所説的"一言以蔽之,思無邪",認爲朱子"淫詩"説不能成立,雖然這些淫詩的表面意思説的是男女之情,但真正要表達的則是君臣之義。他強調必須用整首詩作類比,將全詩作爲表達道德情志的工具。他注重整首詩自身完整意義，無疑是暗中吸收了宋儒復原理解論。

明代郝敬(1557—1639)遵從了馬端臨的路徑，全力探尋全篇詩歌的"言外之意"。他強調要做基於作品整體的類比詮釋，這種類比理解顯然與漢唐的解《詩》方法截然不同，其支撐點不是孤立的、斷章而得的物象，而是整首詩的通解。郝敬對類比解釋論的重大貢獻有二，一是將唯美詩學的辯體説引入《詩經》學，強調詩歌和其他文體不同，必須以表達"言外之意"爲旨歸，從而大大地提高了馬端臨用"言外之意"證明《毛序》神聖的合理性。二是郝氏又反向將儒家"温柔敦厚"倫理命題引入"言外之意"的審美命題之中，同時使得前者審美化、後者倫理化，乃至兩者融爲一體。的確，郝敬對"興"的原創解釋就是這兩個命題完美融合的結晶。他首創的《詩經》兩種性情説無疑也是"温柔敦厚"審美化進一步延伸的產物。郝敬不僅不否認《詩》有男女情詩，而且認爲朱熹所譴責的"淫奔"之情的詩作往往是類比崇高君臣之情的最佳載體。

較之類比理解論，復原理解論在元明清時期的發展更加多元化，與文學審美論和創作論的關係也更爲密切。總括而言，復原理解論是沿著朱熹從文本和超文本雙層次解《詩》的路徑發展的。在文本理解的層次上，結構分析法的發展經久不衰，呈現出一條從簡到繁、從機械到動態的發展脈絡。首先，在宋代文章學的影響下，元代楊載和范梈用起、承、轉、合來區分律詩四聯的不同功用，從而給律詩制定了一個結構定式。明末之際，魏浣初、張元芳、何大掄等人受到吕祖謙一脈貫通的古文點評的啓發,發展出一套獨特的意脈解經法。此法的特點是拈出一個呈現詩篇主意的詞,然後分析詩中各章如何緊扣此主意,從不同的角度一步步來發揮主意。魏浣初用"憂"解《小雅·小弁》、何大掄用"懷人"解《周南·卷耳》就是典型的例子。稍後,金聖歎、金的摯友徐增、李調元等人則成功地將起承轉合從死法改造爲活法。古人時常將此改造歸功於金氏點鐵成金之天才,但其實不然,金和徐解律詩、長詩、小説是有規律可循的。他們都接受起承轉合的四段分,但同時引入如"頓挫""虛空"等富有動勢的術語來描述章節之間的轉接,並用抒情的筆法來形容結構動勢所帶來的無限美感。徐增用"頓挫"來解讀王翰絶句《涼州詞》乃是精妙絶倫的典範。

在超文本理解的層次上,明清批評家也有引人矚目的斬獲,主要表現爲對朱熹諷誦涵泳説同時進行"實化"和"虛化"的改造。所謂"實化"指劉大櫆、姚鼐等人細化吟誦涵泳的對象的努力。如果説朱熹只是泛泛地談文本的吟誦涵泳,他們則引入桐城派文章結構體系,引導如何"因聲求氣",進而再步步深入到句法、章法、篇法這些徵實的層次。所謂"虛化"主要是指明末鍾惺和譚元春、晚清方玉潤等人將吟誦涵泳之目的從"逆志"改變爲"通神"。雖然朱熹吟誦涵泳所逆之志,與漢唐文論所説"詩言志"之志,已經大爲虛化了,但仍舊帶有明顯的道德意涵。但對鍾、譚、方三人而言,吟誦涵泳最終的理想結果是與作者神交情融。鍾譚所追求的是一個獨特的神交,即進入達到巔峰瞬間的作者神思,藉此神交自己也寫出出神入化的作品。方玉潤所追求的則是與《詩》原作者的"情融",一種没有被歷代政治詮釋,尤其是《毛序》所玷污的、近乎純粹審美的、最爲深切的共情。方玉潤《詩經原始》的"原始"所指,非此情莫屬。

晚明之際見證了再創作式理解論的誕生。在很大程度上,這種理論的形成是對類比理解論和復原理解論的重大超越,因爲它強有力地挑戰了作者的權威,視讀者的創作能動爲作品理解的關鍵。先前所有的理解活動,無論是使用類比或者復原模式,都是在作者之志的大框架中進行的。對歷代類比理解論而言,《詩》的作者之志早由《毛序》作者運用富有想象類比而獲得,並用精準的概念予以確定。直至晚清方玉潤,後代經師無不將《毛序》所定的詩人之志奉爲圭臬,而他們解《詩》的不同見解主要是針對毛、鄭的箋疏而提出的。同樣熱衷於使用類比方法的文學批評家爲數不少,他們解讀文學詩篇,幾乎無不照著葫蘆畫瓢,像漢唐經師那樣斷章取義,穿鑿附會。對宋代以來的復原理解論而言,《毛序》所言與文本乖戾不合,絕非作者之志,而解《詩》者必須先使用訓詁和結構分析方法來揣摩詩篇全文之"意",然後再諷誦涵泳,以求體悟風人以及編《詩》古聖之志。文人將此法用於解讀文學作品,讀者自然有更多自由發揮的空間,久而久之,這種復原理解也自然會向自我創作方面發展,更何況純文學的復原理解在其誕生之際就與文學創作有著不解之緣。呂祖謙《古文關鍵》是爲指導舉子在科場上寫策論而作的,故特別注重追溯分析選文作者用思過程,對文章跌宕轉折精妙之處著墨尤多,期盼讀者咀嚼體會,深入腦海之中。我們可以想象,讀這樣的寫作指南,心領神會者必定是從寫作的角度來讀,想象自己爲作者,一步步完成整個創作過程。入明以後，這種揉入創作元素的復原理解論愈來愈受到青睞。復古派後七子之一謝榛提出"提魂攝魄"說，認爲致力閱讀學習盛唐詩，達到爐火純青，就可神交盛唐大師，攝其魂魄爲己有，寫出同樣不朽的作品。到了晚明，儘管復古派備受無情地鞭撻，但謝氏的觀點仍大有市場，鍾惺、譚元春、金聖歎不僅全盤接受，而且對讀者與作者的神交作了更加細緻的描寫。復原理解論發展到此地步，可以説已經到了一個臨界，即將要質變爲一種以讀者再創造爲中心的創作論。

　　的確，鍾惺、譚元春往前走了這一小步，提出《詩經》"活物"説，便開闢了以讀者爲中心的"再創造理解論"。他們認爲，不同時代對《詩經》有不同的理解，每一種理解既有其合理性，又有其短暫的歷史性。在歷史的長河中，任何一種理解可能一時擁有權威地位，但終究會被另一種新的權威理解所取代。然而，正有賴於這一永無終結的交替過程，《詩經》纔能成爲永恒的"活物"。鍾譚對《詩經》理解史所做出的這一總結，具有非凡的理論高度，可以與西方闡述學理論相互闡發。在清代，鍾譚的理解史觀產生了深遠影響，引起了對《詩》理解史演變的關注，魏源、龔橙、皮錫瑞等人都從不同的角度做出了自己的闡發。

　　如果説鍾譚的《詩經》"活物"説有何更基本的理論預設，那就是讀者具有與作者同等的、甚至是更高的權威性。與歐陽修《詩》歷史詮釋本末論不同，他們没有將《詩》作者之意、或者編《詩》古聖之志看作理解的權威，而是將後代的解《詩》與之等量齊觀。鍾譚予以讀者如此崇高的地位和權威，一方面是正面回應當時戴君恩等人所踐行的"臆想式解《詩》法",另一方面又引導了稍後的王夫之將"興觀群怨"解爲《詩》作者和當下讀者共有的"四情"。王夫之直截了當地稱:"作者用一致之,讀者各以其情而得。"在小説批評領域,明清興起的讀者再創造理解論是以一種完全不同的形式來呈現。與詩歌不同,小説的情節和人物描寫極爲逼真,具有詩歌無法比擬的震撼力,因此讀者或説觀衆的共情的對象不是作者,而是作品中的人物。共情所唤起的創造能動也因此截然不同,不是自己的作品創作,而是自我的靈魂重造。明蔣大器、李贄首先提出,讀《三國》《水滸》可以使得讀者以孝和忠義來重造自己的靈魂,而晚清的梁啓超也十分關注傳統小説對讀者靈魂的影響,但作出了極爲負面的評價,認爲他們是毒害國民思想、造成中國貧窮落後的最大禍根。他還用佛教"熏""浸""刺""提"四個概念來描述這種移情自化的過程。不過值得注意的是,梁氏認爲小説移情自化作用自身是中性的,正因如此,以西方政治小説所代表的好小説能够幫助國人自我改造,讓民主、自由的意識佔據自己的靈魂,成爲具有現代意識、致力於建立新中國的國民。

　　上文勾勒了中國理解論沿著類比、復原、再創造三條相互交錯的基本路徑演變的歷史軌跡,同時梳理了每一條路徑上演變出來各式各樣的具體理解方法。如本書目録所示,設專節討論的具體理解方法共 26 種,其中歷史最悠久的類比理解法有 15 種,歷史稍短一些的復原理解法有 8 種,而到明清時期纔興起的再創造理解方法有 4 種。無論是探索三大類理解論的理論意義,還是評介隸屬其下的理解方法,著者力圖梳理清楚它們在各自系統中的承繼脈絡,並展示它們跨系統之間相互挑戰、論辯、吸收、融合的方方面面。以上宏觀與微觀交錯的分析,若放在世界文學的大語境中,著者觀察到,中國理解論具有許多富有民族性的、值得其他批評傳統借鑒的特點,這裏就聊舉幾例。在類比理解論中,文本與具體歷史政治事件和人物、與抽象的道德倫理有著綿延數千年的、剪不斷理還亂的關係。在復原理解論中,作品理解方法層出不窮,從簡單機械的結構劃分,到追求言外之意、逆文外之志的諷誦涵泳,再到更富有審美性的自由臆想,直至尋求與作者神交情融,從而打開一條與創作論合流的路子。即使在歷史短暫的再創造理解論中,我們也能看到中國的特色。例如,將《詩》解讀中無休止的"輪迴"看作《詩》自身為永恒"活物"的證據。以上這些觀點在西方理解論傳統中是看不到的。由此可見,中國理解論為世界文學理論研究作貢獻的潛力有多麼大。著者衷心希望,此書對中國理解論發展史能產生系統重構,希望有助於日後開展這項具有重大意義的跨文化比較研究。

1 先秦時期的理解實踐和理論

先秦有兩種文學理解方式：類比式和復原式。這時的類比方式可以用孟子的"以意逆志"來理解。雖然"以意逆志"在後世往往被視作復原式批評法，但是此命題實際上也可用來描述類比的理解實踐，不同在於，這裏"以意逆志"的"志"不是詩人之志，而是賦詩人之"志"，賦詩人賦三百首的篇章來明其個人和國家之"志"。同樣，引詩人並不在乎詩歌的原意，而是要引詩來說明引詩人之旨。嚴格來說，賦詩引詩並不算是文本的詮釋，因爲這裏的詩歌只是語料，用來表達用詩人之志或講者之旨，與詩的原文沒有太大關係。但這種用《詩》方法對後代解詩影響極深，所以我們通常會把賦詩引詩當作中國文學理解實踐和理論的濫觴，值得展開研究。

第二種解釋是復原建構式。在《孔子詩論》被發現之前，我們並沒有復原式方法解詩的具體例證，只有孟子"故説詩者，不以文害辭，不以辭害志。以意逆志是爲得之"之論（§004）。但若是看看《孔子詩論》，我們可以發現孟子的這種觀點並非憑空而生。在這種解《詩》實踐中，詩歌本身已成爲詮釋的中心，這裏"以意逆志"的"志"，並非用詩人之志，而是作詩人之志。爲了解決這個問題，孟子提出了知人論世的觀點，認爲"以意逆志"須瞭解詩人生活的年代，要知道詩人生活的環境和詩歌背後的歷史事件，纔能達到"以意逆志"。這裏的"意"指回到作品原意，也指讀者的臆想，就是詮釋的過程，而"志"則是詮釋的目標。

前人一般認爲，對《詩經》文本自身價值的研究到漢代纔出現。《孔子詩論》的出土推翻了這一看法。和漢儒將《詩》與歷史事件類比的做法不同，戰國時期的《孔子詩論》顯然更加重視《詩經》自身的文本，並且對文本的意義進行了各種各樣的總結。這些總結，即使偶爾和道德發生關聯，也不屬於臆想類比。《詩論》中不少簡文（§007）就沒有把詩歌和社會現象聯繫起來進行等同或類比。又如《關雎》中的"以色喻禮"，雖然和道德有關係，但其所講述的是《詩》中人物的道德，而非對《詩經》文本進行某種道德化的闡釋，也不是像孔子那樣從《詩》中總結後人須要實現的"禮"。

1.1 賦詩、引詩的類比用《詩》法

先秦時期類比式用《詩》法主要體現爲賦詩、引詩的傳統，即把詩歌作爲類比語料來表述賦詩人之志。此種賦詩雖依托於類比想象，倒也沒有全然無視《詩》的本意，而是較爲貼切地取《詩》中的人事言語進行類比，所以這時所說的"斷章取義"並非貶義之詞。"斷章取義"原出自《左傳·襄公二十八年》中盧蒲癸"賦詩斷章，余取所求焉"，杜預注此句曰："言己苟欲有求

于慶氏,不能復顧禮,譬如賦詩者,取其一章而已",之後他多於書中注明斷章所取之義。直到漢代,此種類比式解《詩》法才真正地脫離了《詩》的本意,被解讀爲貼合社會倫理、政教的意義,"斷章取義"一詞從那時起也就帶有了貶義的色彩。

"賦詩"多用於春秋時期的外交交往,如享、宴、食等場合,各諸侯國在會面時用《詩》中作品來委婉地傳達信息。善用賦詩可以達到顯著的外交目的,而誤用《詩》的篇章不僅會導致外交的失敗,還可能引來殺身之禍。例如,《左傳·襄公二十七年》鄭簡公設享禮宴請趙文子時,七子賦詩,印段賦《蟋蟀》,中有"無已大康,職思其居。好樂無荒,良士瞿瞿"等句,體現了印段爲人臣子的勤勉,趙孟因而回應"善哉,保家之主也!吾有望矣",表達對印段的欣賞。而伯有賦《鶉之賁賁》四章,其中有"人之無良,我以爲君"等直面批評君主的不當言論,被趙孟當場斥責:"牀笫之言不逾閾,況在野乎? 非使人之所得聞也。"疑伯有對自己君主公然怨謗,事後復遭其預言不得善終:"伯有將爲戮矣。詩以言志,志誣其上,而公怨之,以爲賓榮,其能久乎?幸而後亡。"(§001)這不僅說明賦詩人選擇詩章的重要性,還展現了聽者同樣要以類比式想象法來解讀、追尋賦詩人之志。

1.1.1 演唱的賦詩

§001 《左傳·襄公二十七年》:鄭簡公設享禮晏請趙文子時七子賦詩之事

【典籍簡介】《左傳》,十三經之一,相傳爲左丘明所著,古代中國的編年體史書,先秦散文著作的代表之一。《左傳》又稱《春秋左氏傳》《左氏春秋》《春秋左氏》《春秋內傳》《左氏》。《左傳》是爲《春秋》做注解的史書,起自魯隱公元年(前722),迄於魯哀公二十七年(前468)。《左傳》與《公羊傳》《穀梁傳》合稱"春秋三傳"。

鄭伯享趙孟于垂隴,子展、伯有、子西、子產、子大叔、二子石從。趙孟曰:"七子從君,以寵武①也。請皆賦,以卒②君貺③,武亦以觀七子之志。"子展賦《草蟲》,趙孟曰:"善哉! 民之主也。抑武也,不足以當之。"伯有賦《鶉之賁賁》。趙孟曰:"牀第④之言不逾閾⑤,況在野乎? 非使人⑥之所得聞也。"子西賦《黍苗》之四章,趙孟曰:"寡君在,武何能焉?"子產賦《隰桑》,趙孟曰:"武請受其卒章。"子大叔賦《野有蔓草》。趙孟曰:"吾子之惠也。"印段賦《蟋蟀》,趙孟曰:"善哉! 保家之主也。吾有望矣。"公孫段賦《桑扈》,趙孟曰:"'匪交匪敖'⑦,福將焉往? 若保是言也,欲辭福禄,得乎?"

① "武",趙孟,即趙文子之名;"寵武",自謙之語,意思相當於"是我的榮幸"。② 完成。③ 音 kuàng,贈賜。④ 一作"牀簀",牀板。⑤ 音 yù。門檻。閨房之言不外露。⑥ 使人,趙孟自稱。⑦《桑扈》卒章,意爲處事有禮,整句作"匪交匪敖,萬福來求",趙孟承上公孫端所賦,以爲己用。

卒享,文子告叔向曰:"伯有將爲戮矣! 詩以言志,志誣其上,而公怨之,以爲賓榮,其能久乎? 幸而後亡⑧。"叔向曰:"然。已侈! 所謂不及五稔⑨者,夫子之謂矣。"文子曰:"其餘皆數世之主也。子展其後亡者也,在上不忘降。印氏⑩其次也,樂而不荒。樂以安民,不淫以使之,後亡,不亦可乎?"(CQZZZY, juan 38, p.1997)

⑧ 幸運地話纔會在之後滅亡,意即定當先亡。⑨ "五稔",五年。

⑩ 即上文中印段。

"賦詩"主要表現在外交場合中,一方官員"賦"或獻演某詩或其章節,通常以樂相配,表演者擊節以和,或唱或誦。這樣的表演常常是有所意指而發,而獻演的物件亦常常有所意指而應。《左傳·襄公二十七年》所載七子爲趙孟賦詩事,即是一例。趙孟所受到的款待是一場圍繞《詩經》演出的宮廷宴會。趙孟邀請七位作陪的卿大夫各自"賦詩",按他的說法,這個請求有兩個目的:一是爲了讓七子可以完成國君賦予他們歡迎來賓的任務,順便也表露一下對他這個客人的看法;二是可以讓七子表達一下各自的志向。由這個請求引出七番賓主互動的賦詩,七子一一賦詩,而趙孟一一作答。

七人各自於心中檢視《詩經》,從中選取最能表達他對趙孟的觀感、並最能表達自己志向的一首詩或其中一個章節。趙孟對七人賦詩一一作答:他一邊聆聽,一邊細品,並判斷它們是否切合當時的情景——他密切關注著這些詩的弦外之音,試圖從中揣摩出各人對他的態度及各自的志向。

用賦詩這種婉轉的方式來進行賓主對答其實是一場相當冒險的遊戲。一方面,賦詩的委婉可以用來傳達一些不易直白表露的想法,又可令聽者作出適宜的回應:引文中子展、子西、子產、子大叔、印段及公孫段等六人巧妙地利用了這一形式,既不著痕跡地贊揚了他們的嘉賓,又宣示了自己的志向,却不顯得過分自大。對於六人兼含讚揚與言志的精彩賦詩,趙孟一則以示謙謝,一則以示推崇。但是另一方面,賦詩的不直接性又很容易造成誤解,並導致嚴重的後果。如伯有所賦《鶉之賁賁》之詩句"人之無良,我以爲君",即被趙孟視爲對其君鄭伯的公然怨謗。伯有賦詩的用意,是否果在謗君,已不得而知;他也許只是選詩不當而徒遭誤解而已。然而選詩不當的後果已經造成:他當場遭到了趙孟的斥責,言其不得善終:"卒享。文子告叔向曰:'伯有將爲戮矣。詩以言志,志誣其上,而公怨之,以爲賓榮。其能久乎?幸而後亡。'"這番預言,三年之後竟然應驗。

這七番賦詩中,無論是七子還是趙孟,他們都對所賦詩句的原意毫無興趣,而是或各自想好藉詩句所要表達的訊息,或集中精神解讀詩句可以傳達的意思。七子以類比想象表達各自之志,而客人亦以同樣的類比想象來追尋賦詩人之志。借用孟子的四字論斷,七子類比賦詩的編碼過程可被稱爲是"以意(臆)明志",而客人的解碼過程可算是"以意逆志"實踐的一例。

1.1.2 非演唱的引詩

《左傳》有記載的賦詩活動一直延續到孔子的年代,至於孔子用詩,一般稱爲"引詩"。與賦詩相比,引詩在類比想象的運作上有三處不同。一是使用情境從外交場合的公開表演變爲不含任何表演成分的私下對話;二是傳達信息從賦詩人的寬泛之志變爲引詩人在對話中想表達的特定道德觀念,也就是從"言志"變爲"達意",故而"志"實際上已然等同於"意",如許慎(58—147)所釋:"意,志也。從心音,察言而知意。"(SWJZZ, P.876)三是類比編碼和解碼並非通過純粹的想象而完成。如孔子引《詩》是與學生討論道德,藉著《詩》來説明自己的觀點。在《論語‧八佾》中,子夏問曰:"'巧笑倩兮,美目盼兮,素以爲絢兮。'何謂也?"子曰:"繪事後素。"曰:"禮後乎?"子曰:"起予者商也!始可與言詩已矣。"(§002)"繪事後素"四個字體現了孔子的文質觀,即文必須建立在質的基礎上,而子夏的"禮後乎"進一步推斷類比,將"禮"與本身性情加以聯繫,展現了他類比用《詩》在道德層次上理解詩句的能力。又如,子貢引"如切如磋,如琢如磨"(§002)就是來類比個人道德修養提升的過程,可被解爲是用來類比個人修養之道德理想,其意指十分清楚。孔子言:"誦《詩》三百,授之以政,不達;使於四方,不能專對；雖多，亦奚何爲？"（§003）從此句可以一窺先秦時期《詩》和語言之關係。"誦《詩》三百"，即對《詩》的誦讀與學習，建立一個可以"使於四方"的語料庫，在需要時（如外交場合）即可憑記憶調取語料，通過類比來言志。孔安國解釋孔子對《詩經》的四字評語"興觀群怨"時，用"引譬連類"來解釋"興"，用"怨刺上政"來解釋"怨"，而皇侃認爲"觀"是"詩有諸國之風，風俗盛衰可以觀覽而知之也"[1]，這一系列解釋都與先秦賦詩、引詩的用詩法有密切關係，可以説是對此二種先秦時期類比用《詩》法的一個總結。

§002　孔丘（前551—前479）《論語》：私人化的引詩達意

【作者簡介】孔丘（前551—前479），字仲尼，魯國陬邑（今山東省曲阜市）人，祖籍宋國栗邑（今河南省夏邑縣），中國古代思想家、教育家、儒家創始人。孔子不僅參與當時的政治活動，還舉辦私學，收有弟子三千，其中賢人七十二，曾帶領部分弟子周遊列國十四年，晚年致力於修訂《詩》《書》《禮》《樂》《易》《春秋》。孔子及其弟子的言行和思想被記錄下來，編成《論語》一書。孔子的思想對中國、東亞和世界文化都具有深遠的影響。

子貢曰："貧而無諂，富而無驕，何如？"子曰："可也；未若貧而樂，富而好禮者也。"

子貢曰："《詩》云：'如切如磋，如琢如磨。'[①]其斯之謂與？"子曰："賜[②]也，始可與言詩已矣，告諸往而知來者。"（《論語·學而》。LYYZ, 1.15, p.9）

① 語出《詩經·衛風·淇奧》。　② 子貢名。

1　[魏]何晏：《論語集解義疏》，北京：中華書局，1985年，卷九，第245—246頁。

這裏類比的對象並不是講話人之志,通過類比想表達的內容也並非外交場合上說話人和其所代表的國家之志,而是要表達抽象意義上的道德價值或道德概念。從"貧而無諂"到"貧而樂"、從"富而無驕"到"富而好禮"是道德價值上的遞進程度,前者是內在的道德品性,而後者體現出對道德的主動追求,因此這兩者有遞進的關係,子貢則以《衛風·淇奧》所言切磋、琢磨的過程來形容這一遞進關係。

比起賦詩,引詩陳述宣示,往往直取主題。子貢聞詩句而知雅意,故夫子"可與言詩已矣"。其隨後所說的"告諸往而知來者"無疑是類比推斷實踐一例,他顯然認爲只要想得不過分,類比推斷是理解《詩經》的必要條件。

子夏問曰:"'巧笑倩兮,美目盼③兮,素以爲絢兮。'④何謂也?"子曰:"繪事後素。"

曰:"禮後乎?"子曰:"起⑤予者商也!始可與言詩已矣。"(《論語·八佾》。LYYZ, 3.8, p.25)

③ 眼睛黑白分明。　④ 前兩句見《詩經·衛風·碩人》,後一句可能爲逸詩。　⑤ 啓發。

"唐棣之華,偏其反而⑥。豈不爾思?室是遠而。"⑦子曰:"未之思也,夫何遠之有?"(《論語·子罕》。LYYZ, 9.31, p.96)

⑥ 唐棣花反而後合。　⑦ 四句爲逸詩,今本《詩經》不見。

從這三個例子我們可以看到孔子如何用《詩》,及其文學理解的實踐。如第一段先討論道德觀念再談詩句,開頭子貢與孔子討論"貧而無諂,富而無驕"與"貧而樂道,富而好禮"何者更優,很明顯這是一個關乎道德的討論,而子貢則用了《詩經》中的詩句來討論這兩者的關係,後者無疑勝過前者,是前者進一步的道德發展與提升,正如《詩經》所言,可以"如切如磋,如琢如磨"。很明顯,這是將道德觀念與詩句進行類比。而第二個例子與前者恰好相反,先談詩句再類比道德,孔子因子夏所引詩句"素以爲絢兮"想到"繪事後素",即繪畫中用色的問題。然後子夏進一步推斷類比,又將"禮"與本身性情加以聯繫。第三例開頭所引的兩句詩文本原是對唐棣的實際描述¹，然而引起孔子聯想的並非男女之間的感情，而是自我追求的理想目的與實現這一目的的外在困難，孔子認爲有志者事竟成，對理想的執著追求纔是關鍵。

§003　孔丘《論語》：學詩賦誦的功能總結

子曰："誦《詩》三百，授之以政，不達①；使於四方，不能專對②；雖多，亦奚③以爲？"（《論語·子路》。LYYZ, 13.5, p.135）

① 通達、傳達出來。　② 單獨應對。　③ 何，什麼。

這段可視爲夫子對賦詩的外交政治功用的總結。

子曰："小子何莫學夫詩？詩，可以興，可以觀，可以群，可以怨。"（《論語·陽貨》。LYYZ, 17.9, p.185）

宋以前的注經學者多採用一種語義模式來解釋孔子對《詩經》的四字評語（興、觀、群、怨）。此類例子最早可見於何晏（190—249）《論語集解》收錄的漢代孔安國和鄭玄（127—200）對此四字的解釋。孔安國以"引譬連類"來解釋"興"，認爲"興"也屬類比，但和"比"相較，"興"的類比關係不那麼明顯，且並非約定俗成的類比。在《論語集解義疏》中，皇侃（488—545）進一步闡明了孔安國對"興"的解釋："若能學詩，詩可令人能爲譬喻也。"鄭玄以"觀風俗之盛衰"來解釋"觀"。在解釋鄭玄對"觀"的理解時，皇侃以周代爲語義背景，認爲"觀"的對象即《詩經》中所言及的社會風俗："所謂詩有諸國之風。風俗盛衰可以觀覽而知。"孔安國又釋"群"爲"群居相切磋"，"怨"爲"怨刺上政"。

1.2　孟子復原式解《詩》理論

戰國時期，《詩經》之應用主要是引詩，然而熱衷於在自己

1　參朱熹注："唐棣，郁李也。偏，《晉書》作翩，然則，反亦當與翻同，言花之搖動也。而，語助也。此逸詩也，於六義屬興。上兩句無意義，但以起下兩句之辭耳。其所謂'爾'，亦不知其所指也。"可見《唐棣》首二句只是對唐棣的實際描述，作用在於起興。見氏著：《論語集注》，《景印文淵閣四庫全書》本，卷五，第8頁。

著作中引詩的孟子却提出了一種與引詩截然不同的復原式解《詩》法，即"以意逆志"的讀書法。"以意逆志"是孟子對賦詩"斷章取義"脫胎換骨的神來之筆，其絕妙之處在於對"意"與"志"兩個概念的全新用法。簡而言之，孟子的"以意逆志"便是告誡《詩經》的讀者要參照詩篇產生的歷史語境，尋找其整體的"文意"，而不是執泥於孤立之"辭意"（即字、句意）去誤讀詩篇。"以意逆志"的"意"字包括了動詞與名詞義，孟子認爲讀詩的過程既有讀者主觀的探索（"意"之動詞義），亦有文本客觀的內容（"意"之名詞義），只有兩者完全的動態結合纔能促成完美的"以意逆志"。不過，試圖以純文本逆作者之志，其困難遠非賦詩與引詩可比。因爲所逆者古人之志也，已相隔數百年，又沒有賦詩、引詩時對面之人來及時糾正解讀中的錯誤，故而可以想見其挑戰性。

以純文本逆求作者之志的困難程度，從咸丘蒙解《小雅·北山》詩（§004）便能看出。在與孟子的問答中，咸丘蒙的解詩方式可稱爲"斷詩取意"。不過，與那些"斷章取義"的賦詩者或引詩者不同，咸丘蒙的讀詩未能爲所"斷"詩句提供一個新的語境，以使孤立的詩句在即時的人際交流中重新獲得連貫、完整的意義。在賦詩與引詩中，詩句脫離語境（所謂"斷章"）之後，總是會被置於一個新的語境，即社交場合人際應對的語境之中去。雖然脫離原有語境會導致"文意"（即詩原本的總體意義）喪失，語境再造則能夠利用"斷章"之詩句與即時社交場景的某種模擬性，使其契合新的語境，從而獲得新的意義——這未必不是失之東隅，收之桑榆也。由於這類"斷章"的詩句依賴於語境的再造,其原來文本的"文意"已無關緊要,而此斷章詩句本身的"辭意",也只能起到聯接起自身與其新語境的作用。

不過,在讀詩這一解讀行爲中,讀詩者並不能像賦詩那樣,用賓主之間的互動來爲"斷章"的詩句再造語境,故讀詩者無論解讀詩的哪一部分,均須將其置於該詩之整體中,否則就可能嚴重地歪曲詩的原意。咸丘蒙即是一個典型事例:如果不是忽視了詩文全體這一語境,他不至於徑取其表面意義,而將本來宣洩的民怨錯解成天子威勢的描寫了。

孟子非常清楚,咸丘蒙錯解《北山》詩句的根源在於其對"斷章取義"這種解釋方式的濫用,所以他在文中發出兩個重要的告誡:"故説詩者,不以文害辭,不以辭害志。"由上下文來看,此中之"辭",並非指單一的字或詞,而是指詩中"斷章"出來的"句",即如咸丘蒙所引"王臣"之句。孟子隨後説的話,亦表明其所言之"辭",也指的是"句":"如以辭而已矣。《雲漢》之詩曰:'周餘黎民,靡有孑遺。'信斯言也,是周無遺民也。"(§004)換言之,孟子告誡《詩經》的讀者要構建全體之"文意"(即"以意"),而非孤立之"辭意"(即"以辭而已"或以"斷章"解之),來作爲解讀詩歌的語境。這一告誡充分表明孟子的閲讀觀綜合了"意"的動詞與名詞意義,即對孟子而言,讀詩的過程,既有讀者主觀的探索("意"之動詞義),亦有文本客觀的指引("意"之名詞義),只有透過兩者完全動態結合所得來的文本理解纔能促成"逆志"。

孟子對"志"的重新界定與其對"意"的改造如出一轍。正如其用整體之"文意"取代孤立之"辭意",來審視作爲解釋的原始材料一樣,孟子以《詩經》中古代詩人之志,而非後代賦詩、引詩者之志,來充當解釋詩的基本框架。在改造意、志這兩個概念之根本的基礎上,"以意逆志"(§004)的過程亦在其本質上發生了深刻變化:在賦詩與引詩中,"以意逆志"代表了一個再創造的解釋過程,即詩句脫離其原有文本及歷史背景,置身於一個現場表演的語境中,並通過這些詩句與新語境的對應,間接地表達賦詩者與引詩者的志向;與此相反,讀詩行爲中的"以意逆志"則本質上是一個恢復本有語境的、復原式的解釋過程。在靜默閱讀的歷史背景之下,這一過程關注詩篇的整體意義,而非孤立的詩句,並將詩篇視爲原作者之"志"的全面表述。針對復原式解詩的這一結構性困難,孟子提出的解決方案是盡可能多瞭解原作者的生平與其生活世界,從而減少讀詩者與作者之間的時空距離。孟子這一方案以"知人論世"(§005)這一言簡意賅的稱法流傳至今。

孟子"以意逆志"(§004)四字堪稱古代解釋學中最爲輝煌的金句。隨後近千年,各個不同的文學批評流派都對此大爲推崇,稱其爲"盡說詩之道""千古談詩之妙詮""說詩者之宗"。由此可知,"以意逆志"在中國文學批評史上影響極大,長久以來各家各派都奉其爲圭臬。然而西方文學批評史上並沒有類似的情況,某一派所信奉的至理名言,於其他批評流派而言,往往只是攻擊對象而已,絕少會是共同遵循的宗旨。

爲何孟子的"以意逆志"會被這麽多批評家認同? 在筆者看來,"以意逆志"之所以能"放諸四海而皆準",大概與古代漢語作爲一種不帶情態標記的語言,因而具有豐富的模糊空間有著很大關係。第二個字"意"是多義字,可指"概念、推測、象、文意"等;第三個字"逆"則被認爲是"主動追尋"或"被動等待";第四個字"志"常被釋爲道德意願或情感之傾向。同時,"以意逆志"一語中沒有物主代詞,此句法的模糊又進一步加强了語義的模糊。沒有物主代詞就無法斷定孟子所說的是誰之"意"、誰之"志"。歷代以來,中國傳統批評家不斷地挖掘利用"以意逆志"中語義和句法的模糊性,藉以重新闡發孟子的論斷,進而爲各自的解釋找到理論根據。對他們來說,爲了提升自己解釋的地位,使之在整個文論傳統中佔有一席之地,以孟子這位儒家先哲的名言來論證自己的理論無疑是最好的選擇。

§ 004　孟軻(前372—前289)《孟子・萬章上》: 以意逆志的提出語境

【作者簡介】孟軻(前372—前289),字子輿,鄒(今山東鄒城東南)人。戰國思想家,儒家學派的重要代表人物,與孔子並稱"孔孟",元文宗追封爲"亞聖"。孟子受業子思之門人,宣揚仁政、仁義、王道,提出民貴君輕、以意逆志、知人論世及性善論等思想理念。孟子的言論傳於《孟子》一書。

咸丘蒙①曰:"舜之不臣堯②,則吾既得聞命矣。《詩》云,'普天之下,莫非王土;率土之濱,莫非王臣。'③而舜既爲天子矣,敢問瞽瞍④之非臣,如何?"曰:"是詩也,非是之謂也;勞於王事,而不得養父母也。曰此莫非王事,我獨賢勞也。⑤故説詩者,不以文害辭,不以辭害志。以意逆志,是爲得之。如以辭而已矣,《雲漢》之詩曰:'周餘黎民,靡有孑遺。'⑥信斯言也⑦,是周無遺民也。"(MZYZ, 9.4, p.215)

①孟子弟子。 ②不以堯爲臣。 ③出《詩經・小雅・北山》。
④音 gǔ sǒu,虞舜之父。 ⑤《北山》詩後文曰:"大夫不均,我從事獨賢。" ⑥句出《詩經・大雅・雲漢》。 ⑦只相信這句話字面意思的話。

這段引文將"意"的兩種名詞意義置於鮮明的對比之下:一種是咸丘蒙所見的辭句字面之意,另一種是孟子所強調的全篇之文意。咸丘蒙解讀《北山》詩句時,脫離整體詩文,只見其表面句意,遂認定天下百姓均爲舜之臣民,雖舜父瞽叟亦不能外之。相對於咸丘蒙執著於孤立辭意的做法,孟子則著眼於詩文全體。兼采《北山》及諸詩之意,孟子認爲咸丘蒙之解讀屬於誤讀,原因在於《北山》中"莫非王臣"一句是一種誇張的修辭手段,是百姓被迫承擔所有勞役時,對這種不公正待遇所發的怨訴。

孟子在此指出:咸丘蒙錯解《北山》詩句,源於賦詩引詩傳統中"斷章取義"解釋方式的過度影響,這裏的"辭"並非單一的字或詞,是指詩中"斷章"而出的"句"。孟子強調對《北山》詩句的理解當立足於對全詩大意的把握上,不可被片段化的辭義所干擾。所以他告誡稱:"故說詩者,不以文害辭,不以辭害志。"這充分表明孟子的閱讀觀綜合了"意"的動詞與名詞意義,即讀詩的過程實爲讀者主觀探索和文本客觀指引,是這兩者的動態結合。

§ 005　孟子《孟子・萬章下》:知人論世解決的理解難題

孟子謂萬章①曰:"一鄉之善士斯友②一鄉之善士,一國之善士斯友一國之善士,天下之善士斯友天下之善士。以友天下之善士爲未足,又尚③論古之人。頌④其詩,讀其書,不知其人,可乎?是以論其世也。是尚友也。"(MZYZ, 10.8, p.251)

①戰國時人,孟子弟子。 ②以之爲友。 ③進一步。 ④通"誦",誦讀。

閱讀文本時,"以意逆志"是頗爲困難的,因爲古人之志已相隔百年,且無賦詩、引詩時聽衆互動的口頭語言或身體語言,時時糾正賦詩引詩行爲的錯誤,所以試圖以純文字之意逆作者之志,其困難遠非賦詩與引詩可比。針對這一困難,孟子提出的解決方案是盡可能多了解原作者的生平與其生活世界,從而減少讀詩者與作者之間的時空距離,即"知人論世"。對孟子而言,只有了解作者的生平及其生活世界,逆作者之志或與作者精神交流纔可能實現。不過,儘管孟子提出的復原式解釋具有相當的合理性與可行性,他本人却甚少採用。他的理論似乎與他的實踐脱節,所以他讀詩並不太著眼於詩本身,多數時候似乎更熱衷於引詩,摘引孤立的詩句,以表達自己的、而非詩人的觀點。直到宋代,孟子的這種復原式解釋法纔得到廣泛接受和使用。

以上兩段中,我們可以看到對《詩經》的另一種處理。在《孟子》著作中,對《詩經》的引用大部分還是與《論語》及其他前人的引詩方法類似。但有趣的是,這兩段所表達的理解論不是關於引詩的用法,而是要追求詩中文本之意。"不以文害辭,不以辭害志",説的是揣摩文字不能止於文字和修辭而忽略了文中本意,所以應該"以意逆志"(§004),前面所舉的例子就屬於"以文害辭,以辭害志",以文字的修飾掩蓋了辭要表達的意義,即字面的意思掩蓋了詩人要表達的情感。下一段(§005)是要解決詩歌理解的語境問題,賦詩、引詩都在人與人交往的即時互動語境中展開,正是由於這一語境,有很多没有明顯類比關係的詩句能得以使用和理解。而讀者閱讀文本,是没有與他人的互動的,孟子因此提出要瞭解作詩人的時代和生平,即"知人論世"。這是面對理解文本新挑戰時的解決方法,只有通過瞭解作品產生的年代和詩人的生活纔能理解文本。在這樣的環境下,解詩人纔能做到"不以文害辭,不以辭害志",纔能做到"以意逆志"。

§006　孟子《孟子·公孫丑上》:知言與知人

"何謂知言?"曰:"詖①辭知其所蔽,淫②辭知其所陷③,邪④辭知其所離⑤,遁⑥辭知其所窮⑦。——生於其心,害於其政;發於其政,害於其事。聖人復起,必從吾言矣。"(*MZYZ*, 3.2, p.62)

①　音bì,偏邪不正。　②　放蕩。　③　沉溺。　④　邪僻。　⑤　違背。

⑥ 逃避。　⑦ 窮盡。

孔子也曾提及"知言",把"知言"視爲"知人"的方法[1],得以見微知著。孟子提及的"知言",同樣是一個見微知著的過程,即從文辭的内涵、風格得到整段言辭内外所帶來的顯隱啓示,知言的背後實則亦由知人所支撐,觀其言而知其人,知其人而能識其外發的言行。

1.3 《孔子詩論》復原式解《詩》實踐

復原重構式的解《詩》方法的特點在於將詩歌本身作爲理解的中心。從一定層面來説,孟子提出的"以意逆志"正適用於這種理解方式,他所指的"志",非賦詩人之志,而是"詩之志",即詩歌本身的意涵。在《孔子詩論》面世以前,僅有孟子這句"不以文害辭,不以辭害志。以意逆志,是爲得之"(§004)可作爲先秦時期復原式解《詩》法存在的孤例。《孔子詩論》的出土則令孟子"以意逆志"的理解方式有源可溯,同時解開了一個迷團:爲何孟子提出"以意逆志",但《孟子》中却並没有復原式解詩的實踐。

上博簡《孔子詩論》僅保存下 29 支竹簡的内容,共計千餘字。這些數量有限的竹簡評論《詩經》作品的範圍却格外廣,有 58 篇之多,其中還有今本《詩經》未見的篇目,其内容結構大體分爲"詩序""訟""大夏"(即"大雅")"小夏"(即"小雅")"邦風""綜論"六部分。並且每支簡文中都有對多首詩篇的評論,這些都體現出高度的概括性與總結性。《孔子詩論》的評語有

---

[1] 楊伯峻:《論語譯注》,北京:中華書局,1980 年,第 211 頁。

的討論《詩》的宣洩等功用（如涉及《木瓜》《杕杜》兩篇的簡文），也有正面討論情愛的内容（涉及"二南"中的八篇），它們在多個層面體現出醒目的整體觀。這一整體觀體現在對整部《詩》功用的評論："詩無吝志，樂無吝情，文無吝言。"（§007）也可見諸揭示《詩經》宣導隱微情志的總體基礎上。《詩論》也有具體對《詩》中某一國風的評論，如評《邦風》："其納物也，博觀人欲焉，大斂材焉，其言文，其聲善。"（§007）點明《邦風》博觀兼採風物人情，乃至匯聚人才之特性。簡文還會繼而深入到對某系列篇目的採選、并層層深入地進行評價（如《小雅·節南山之什》中的七篇、"二南"與《邶風》中涉及情愛的篇目），也會有具體針對某一詩歌作品的評論，如"《將仲》之言不可不畏也"（§007）。

　　《孔子詩論》解詩均從文本自身出發，立足於文本閱讀而作評論，基本没有在無證據的情況下將詩義與道德倫理、社會政治掛鈎。這顯然已經突破斷章取義式的賦詩引詩法，對三百篇本身作探討。例如涉及《小雅》這類變雅的簡文，《孔子詩論》在對其哀怨情緒的把握上也是基於對詩中文字所描述的現象、當事人具體的社會遭遇及言語，去推測其感情。這與《毛詩序》論"變風變雅"時先設下"王道衰，禮義廢，政教失，國異政，家殊俗"[1]的宏觀大前提是十分不同的。《毛詩序》的解讀無疑具有强烈的認知預設，要求在此宏觀且層級分明的社會形勢下展開對每首詩篇的分析，且必須將其與具體的社會歷史人物事件一一掛

---

[1] ［唐］孔穎達《毛詩正義》，載《十三經注疏》，卷一，第 271 頁。

鉤,以此比附前設的大判斷。《孔子詩論》的解讀與此完全不同,它完全尊重所要解讀的詩歌文本,既不會強行牽連到"王道""禮義"等抽象的道德判斷,也不會用力坐實詩句的人事指涉。如簡十六談《甘棠》雖指出是在美召公之德,也未引向具體的某時某事(§007)。即便評《關雎》"以色喻禮"等內容和道德有關,其所講述的範疇仍是《詩經》文本中人物的道德,而非跳出文本進行某種道德化的闡釋,也不是警示後人要實現"禮"。就此而言,《孔子詩論》的發現足以表明當時已有相當成熟的復原式解《詩》文本的閱讀實踐。

在基於詩篇文本的人物情境做解讀之外,《孔子詩論》還會從讀者閱讀反應的角度進行評述,會基於讀詩人自身的愛好與態度,對詩篇內容加以評點。例如簡二十一、簡二十二中以孔子之口曰"《宛丘》吾善之,《猗嗟》吾喜之,《鳲鳩》吾信之,《文王》吾美之,《清廟》吾敬之,《烈文》吾悦之"云云,都是直接表露讀者喜好之語,且言簡意賅,都凝結爲"善之""喜之""信之""美之"等單一動詞(§007)。而"《宛丘》曰'洵有情,而無望',吾善之。《猗嗟》曰'四矢反,以禦亂',吾喜之"之類,則是摘選篇中的個別辭句加以評點,這一做法或許也可視爲後世摘句評點的濫觴。

不過,此前學術界對《孔子詩論》的真僞尚存疑慮。《論語》是公認可表達孔子思想的著作,但其中並無任何跡象表明孔子有"以意逆志"的解《詩》思想,因此《孔子詩論》中的言語是否真的出自孔子是缺乏佐證的。近幾年懷疑似乎漸止,大家均默認《詩論》由孔子所作。若果真如此,那麼《孔子詩論》在整個閱讀史的發展中就擔當著承前啓後的重要角色。在以下簡文詩例的分析中,我們可以看出《詩論》爲《毛詩序》作了過渡,是開始閱讀、研究《詩》文本自身的標誌,並真正推動了《詩》的研究走向體系化。

§007 《孔子詩論》:復原解詩的閱讀實踐

【典籍簡介】《孔子詩論》是1994年發現的戰國楚簡,共有二十九簡,約一千字,記載了六十篇《詩》,是孔子弟子對孔子授詩内容的記録。《孔子詩論》由上海博物館馬承源館長等加以整理、命名和分析,發表在《上海博物館藏戰國楚竹書(一)》。

[簡一]行此者,其有不王①乎?孔子曰:"詩無②吝③志,樂無吝情,文④無吝言。"(SBCJSPJDJ, p.11)

① 音wàng,稱王。　② 無,没有。　③ 同"隱",隱匿的。　④ 文詞。

吝志、吝情、吝言,皆分指隱而未發的情志或言意,此簡强調"詩無吝志",便在總體層面揭示出《詩》的宣洩情志之功。

[簡三]《邦風》⑤其納物也,博觀人欲焉,大斂材⑥焉,其言文,其聲善。(SBCJSPJDJ, p.33)

⑤ 即《國風》。馬承源認爲《邦風》是初名,漢因避劉邦諱而改爲《國風》。　⑥ 廣泛地收納材料、資源。

這裏指出《邦風》可以博觀風物,採民情、匯人才,且簡明扼要地對其文辭和聲情做出"文"和"善"的評價。這幾句簡文的内容對《邦風》系列組詩做出提綱挈領性的總體評價,也可看作此後《毛詩》序綱領性解《詩》的先聲。

[簡四]曰:《詩》其猶平門⑦歟?賤民⑧而逸⑨之,其用心也將何如?曰《邦風》是也。民之有慼患也,上下之不和者,其用心也將何如?(SBCJSPJDJ, p.30)

⑦一作"旁門"。　⑧受殘害之民,一説爲地位低下之人。
⑨"逸",一説爲"怨"。

据李零釋文,"《詩》其猶平門歟? 賤民而逸之,其用心也將何如",或指《邦風》如城之便門,能與四方往來,賤民亦可自由出入。而"民之有感患也"等句則指《小雅》對朝政之失的抨擊,對民間疾苦的反映。

[**簡八**]《十月》⑩善諀言⑪,《雨無正》《節南山》皆言上之衰也,王公恥之⑫。《小旻》多疑,疑言不中志者也。《小宛》其言不惡,少又佞焉。《小弁》《巧言》則言讒人之害也。
(*SBCJSPJDJ*, p.25)

⑩《詩經·小雅·節南山之什》中篇章,其後的《雨無正》《節南山》《小旻》《小宛》《小弁》《巧言》都是《小雅·節南山之什》的篇章。　⑪善於分辨花言巧語。"諀",音 pǐ,誹謗。　⑫王公恥之,在位者德行敗壞,令在下之王公感到羞恥。

簡八所涉及的篇章在此後《毛詩序》中被稱爲"變雅",只不過相較於《毛詩》,《詩論》並未上綱上綫,將篇什所指具體明確到各種歷史人物和事件,且亦未上升爲"王道衰,禮義廢,政教失,國異政,家殊俗"的宏大判斷,而僅僅只從當事者出發進行解讀,因此體現出頗爲鮮明的尊重文本、復原解《詩》特點。

[**簡十一**]……情愛也。《關雎》之改,則其思益⑬矣。《樛木》之時⑭,則以其禄⑮也。《漢廣》之智,則知不可得也。《鵲巢》之歸,則離者[**簡十六**]□也。《甘棠》之褒,美召公也。《綠衣》之憂,思古人也。《燕燕》之情,以其獨⑯也。孔子曰:吾以《葛覃》得氏初⑰之詩、民性固然,見其美,必欲反,一本夫葛之見歌也,則[**簡十**]《關雎》之改,《樛木》之時,《漢廣》之智,《鵲巢》之歸,《甘棠》之褒,《綠衣》之思,《燕燕》之情,曷曰動而皆賢于其初者也?《關雎》以色喻於禮,[**簡十四、簡十五**]……兩

矣。其四章則逾矣。以琴瑟之悅,凝好色之願;以鐘鼓之樂……(*SBCJSPJDJ*, pp.15－16)

⑬ 思之過甚。　⑭ "時",《廣韻》有 "善" 之訓,清代馬瑞辰亦在解釋《小雅・頍弁》"爾殽既嘉" 和 "爾殽既時" 中,認爲 "嘉、時,皆美也"。　⑮ 同 "福"。　⑯ 一說同 "篤",專一、切實。　⑰ 氏初,或即始初。

《詩》的主題本來不受道德教化的壟斷,如《孔子詩論》就承認《詩》跟 "情愛"(簡十一) 有關。據李零解讀,這裏《關雎》歌君子妃配,《樛木》詠君子多福,《漢廣》歎有女難得,《鵲巢》賀女子嫁人,《甘棠》美召公之德,《綠衣》起古人 (故人) 之思,《燕燕》悲遠行在即,則 "動而皆賢于其初",蓋能納性於禮。簡文中孔子從《葛覃》以葛美見服,感念師氏、父母,看出的是 "氏初之詩,民性固然"。而 "民性" 何在,就在於 "見其美,必欲反" (反其本)。所以這些篇目與評語都涉及對原初美好社會秩序與風俗的讚揚。

簡十所謂的 "《關雎》以色喻於禮",在 "以琴瑟之悅,凝好色之願;以鐘鼓之樂" 中得到了展開敷述。即要將貪愛之心納入琴瑟鐘鼓的禮樂之內,使其不逾規矩,使好色之願就如琴瑟之悅一般。這種納性於禮的解讀既沒有斷然抹殺情愛之本性,同時也施以一定分寸的道德審視,且一直保持著尊重文本本身的原則。

[簡十七]《東方未明》有利始,《將仲》之言不可不畏也,《揚之水》⑱其愛婦悡⑲,《采葛》之愛婦……(*SBCJSPJDJ*, p.24)

⑱《詩》有三篇《揚之水》,分別見於《王風》《鄭風》和《唐風》。馬承源據《集韻》把 "悡" 釋爲 "愁" 的省文,又加上《說文》把 "愁" 訓爲 "恨也",故而他認爲 "簡文是說詩篇所言的愛,也是婦人之恨",並且此處簡文的 "辭意當合於《王風》的《揚之水》"。　⑲ 一解作 "烈"。

[簡二十一] 貴也。《將大車》⑳之嚻也,則以爲不可如何也。《湛露》之益也,其猶酡歟?㉑孔子曰:"《宛丘》吾善之,《猗嗟》吾喜之,《鳲鳩》吾信之,《文王》吾美之,《清廟》吾敬之,《烈文》吾悅 [簡二十二] 之,《昊天有成命》吾□之。《宛丘》曰'洵

有情,而無望',吾善之。《猗嗟》曰'四矢反,以禦亂',吾喜之。《鳲鳩》曰'其儀一兮,心如結也',吾信之。'文王在上,於昭於天',吾美之。"(SBCJSPJDJ, p.29)

⑳《將大車》所指當是《小雅·谷風之什·無將大車》。 ㉑這裏用疑問句"其猶馳乎"總結《小雅·湛露》的主題,對此周鳳五認爲"簡文以車馬奔馳喻其進德之速,蓋美之也"[1],即詩文內容是描寫諸侯感受到天子對他們的恩義,並作出回報。

簡二十一對《宛丘》等篇什的評語在文辭簡練的同時,還十分富有個人主觀感受色彩,這種解讀在現有同時期文獻中獨具一格,雖然季札觀樂也同樣有主觀性的點評,但評語仍涉及對所觀之樂的客觀化描述,且輔之以具體的判斷依據,而這裏簡文透露出的只有純粹的個人閱讀愛好,不會刻意和政治藝術性建立關聯。簡二十二選《宛丘》《猗嗟》《鳲鳩》中的個別詩句對詩篇整體藝術特點進行評價,這種解詩方式與後世摘句評點的詩文評模式頗爲相近,或可視爲後者之嚆矢。

【第1部分參考書目】

周裕鍇著:《中國古代闡釋學研究》,上海:上海人民出版社,2003年,第一章《先秦諸子論道辯名》,第6—57頁。

周光慶著:《中國古典解釋學導論》,北京:中華書局,2002年,第六章第一節《孟子創建的以意逆志説》,第345—360頁。

周興陸著:《中國文論通史》,上海:上海人民出版社,2021年,第3—26頁。

蔡宗齊:《從"斷章取義"到"以意逆志"——孟子復原式解釋理論的産生與演變》,《中山大學學報》2007年第6期,第44—50頁。

毛宣國著:《漢代〈詩經〉闡釋的詩學研究》,湖南:湖南人民出版社,2015年,第一章第二節《孔子、孟子、荀子的〈詩經〉闡釋與漢代詩

---

[1] 周鳳五:《朋齋學術文集 戰國竹書卷》,臺北:臺大出版中心,2016年,第298頁。

學》,第三節《〈孔子詩論〉與漢代詩學》,第 43—58 頁。

尚學鋒著:《中國古典文學接受史》,濟南:山東教育出版社,1999 年,第一章《先秦的文學接受》,第 33—49 頁。

李春青:《"經義"的生成——關於經學闡釋學的目標與方法問題》,《中國社會科學》2023 年第 3 期,第 76—97 頁。

Steven Van Zoeran. *Poetry and Personality: Reading, Exegesis, and Hermeneutics in Traditional China*. Stanford: Stanford University Press, 1991. See Chapter 1 "The Discovery of the Text," pp.24 – 79.

Geaney, Jane. "Mencius's Hermeneutics." *Journal of Chinese Philosophy* 27.1 (2000): 93 – 100.

Gu, Ming Dong. *Chinese Theories of Reading and Writing: A Route to Hermeneutics and Open Poetics*. Chapter 1 "Theories of Reading and Writing in Intellectual Thought." Albany: State University of New York Press, 2005.

Shen, Vincent. "Wisdom and Hermeneutics of Poetry in Classical Confucianism." In *Dao Companion to Classical Confucian Philosophy*, edited by Vincent Shen, 245 – 262. London: Springer, 2014.

Saussy, Haun. *The Problem of a Chinese Aesthetic*. California: Stanford University Press, 1993.

2　漢代解釋論

　　《詩經》在先秦時期主要是賦詩、引詩等類比表達的語料。戰國時期，《詩經》之應用形式中，碩果僅存者惟引詩而已。然而在引詩如日方中之時，一種嶄新的《詩經》解讀方式——讀《詩》，就已經出現了。出土楚簡《孔子詩論》中對具體詩篇的評論雖然只是隻言片語，但却都體現出對詩篇文本整體意義的把握，而且書中完全沒有賦詩、引詩文獻必定涉及的文本之外的人際交流活動（§007）。所有這些特點都表明，《孔子詩論》是純粹閱讀文本的產物。這些楚簡的發現，無疑解開了孟子本人專事引詩，但又能提出復原式閱讀法之謎。《孔子詩論》的發現表明，讀《詩》在當時可能已是相當常見的活動，成爲孟子建立"以意逆志"説的基礎。

　　到了漢代，讀《詩》、注《詩》的活動如火如荼，成爲儒者趨之若鶩的盛事，魯、齊、韓、毛四家詩應運而生。《漢書·藝文志》言："三家皆列於學官，又有毛公之學，自謂子夏所傳，而河間獻王好之，未得立。"魯、齊、韓三家爲今文學家，在西漢立爲官學，並置博士，晚出的毛詩屬民間的古文經學，但受到東漢朝廷的重視。毛詩有《毛詩序》和《毛詩故訓傳》（下稱毛《毛傳》）兩大部分。《毛詩序》作者不詳,衆説紛紜,或認爲是孔子弟子子夏,或認爲是漢初魯毛亨(即大毛公),或認爲是其侄毛萇(小毛公),或歸之東漢衛宏,但也有學者認爲,《毛詩序》的撰寫從先秦延續至兩漢,非出自一人之手[1]。有關《毛詩故訓傳》的作者爭議相對少些,多數人視爲毛亨或毛萇。就文本內容而言,《毛詩序》和《毛傳》是實際性質不同的書,前者務虛,多是對詩篇宏旨的判斷,而後者較爲務實,以字詞訓詁爲主,獨標興體,用"興"來標注詩文,但在《關雎》等個別詩篇也有詳細的意義闡發。

《毛詩序》是歷代詩經學和論詩者討論最多的著作之一。《毛詩》由305篇詩及各篇詩序這兩個相互緊密關聯的部分組成。開篇《關雎》的長序被稱作《大序》,因爲它將《詩經》視作一個整體,詳述其起源、創作過程及功能,其他詩前的簡短序言被稱爲《小序》。大序和小序合稱《毛詩序》或《毛序》,儘管它們很可能並非毛氏本人所作。歷代都有學者認爲,與305篇詩編排成一個整體之前,這些詩序原本是作爲自足的文本而存在的,這些序的不同部分被歸到生活年代相距數百年的歷史人物名下。也許因爲與以孔子爲源頭的顯赫譜系掛上了鈎,《毛詩序》很快成爲經典,地位幾乎與《詩經》相伴。

漢儒解《詩》與孟子"以意逆志"(§004)、"知人論世"(§005)之讀詩法有何關係?這是近現代批評家頗爲關注的問題。王國維(1877—1927)曾指出:"漢人傳詩,皆用此法,故四家詩皆有序。序者,序所以爲作者之意也。《毛序》今存,魯詩

---

[1] 有關《毛詩序》作者諸説,參見清代永瑢等所編《四庫全書總目》,北京:中華書局,1965年,卷一五,第119頁。

說之見於劉向所述者,於詩事尤爲詳盡。及北海鄭君出,乃專用孟子之法以治詩。"¹《毛詩序》作者顯然受到了孟子思想的影響,認爲要解詩須要按照詩歌區域定出詩之來源,並將詩歌與具體的歷史事件、人物相繫。例如,他這樣論《周南》之世:"然則《關雎》《麟趾》之化,王者之風,故繫之周公。南,言化自北而南也。"²《毛詩序》將文王治地定爲"周南"之區,從而爲挖掘這十一首詩的社會政治寓意定下了基調。《毛詩序》認爲,由於這些詩作於文王之世,它們體現文王之德,並表現出"王者之風","化自北而南也"。換言之,與孟子所説一樣,了解成詩之"時"與"世",就能有效地窺測詩歌的道德意義。

相較於上述之"論世"而言,"知人"難度更大。《詩經》所收均爲無名氏的作品,已無考證作者生平的可能;但是詩中必須有一個作者,纔能爲復原式解釋提供一個必要的歷史背景。《頌》與《大雅》常有切實的歷史人物,可以替代作者而提供解釋根據。這類歷史人物並不難找到,亦有其可信度,因爲詩篇的中心人物總是一個歷史的、或傳説中的英雄。《國風》則不然,這類詩通常不牽涉歷史人物,故不易與歷史事件或歷史人物掛上鈎,因而也就不易找到作者的替代品。當然,這並不影響《毛詩序》爲諸詩尋找作者替代品而努力,在實在找不到的時候,注釋者就索性自行創造一個人物。"周南"中開頭八首詩的評注,均集中在"后妃"這一婦女典範的形象上,而這一由注釋者創造出來的形象,正是《毛詩序》解釋的基礎。這種不依據文本的虛

---

1 郭紹虞、王文生編:《中國歷代文論選》,上海:上海古籍出版社,2001年,第88—89頁。
2 孔穎達《毛詩正義》,載《十三經注疏》,卷一,第272頁。

構,顯然背離了孟子讀詩的另一條原則,即"不以文害辭,不以辭害志",沒有認真地從文本方面推演詩之意。相反,《毛詩序》使用的是春秋賦詩那種類比方法。稍有不同的是,春秋賦詩是以古人之詩喻今日賦詩人之志,而《毛序》解詩則以詩外之史事來解詩,認爲風人是在借古諷今。

儘管《毛詩序》這種諷喻式的解釋十分牽強附會,《毛傳》和另一部重要箋注作品《鄭箋》仍不遺餘力地爲其進行辯護。他們的辯護常常用到三個策略,第一個是將自然意象寓言化;第二個是斷章取義的詮釋,即從史事與語言的相似之處著手將《毛序》的解讀合理化;第三種策略是將一首詩或其一部分加以内化,將其中的實寫變爲虛寫。這三種策略的範例將在下文中討論。

《韓詩外傳》則繼承了今文學派的微言大義。其言:"夫《關雎》之人,仰則天,俯則地。幽幽冥冥,德之所藏;紛紛沸沸,道之所行。雖神龍化,斐斐文章。大哉《關雎》之道也,萬物之所繫,群生之所懸命也。"(§014)將《關雎》此篇上升到宇宙與人類的本源問題,貼合漢代的讖緯之説和天人合一思想。雖與毛詩同爲類比式解詩,但《韓詩外傳》的解讀與《詩經》原意更爲遥遠,王世貞(1526—1690)《讀書後》卷五稱其"大抵引詩以證事,而非引事以明詩",此種解釋更加令人難以信服。

2.1 《毛詩大序》斷章取義的類比解《詩》法

相較於詩歌本身,《毛詩序》更感興趣的是詩歌如何爲統治者和普通百姓的倫理行爲和社會政治活動提供指導。《大序》中"故正得失,動天地,感鬼神,莫近於詩"(§008),此句將詩歌與政治緊密聯繫起來;"先王以是經夫婦,成孝敬,厚人倫,美教化,移風俗"(§008),又將詩歌與倫理系統連接起來。以《關雎》此篇爲例,我們可以看到《詩序》作者是如何不遺餘力地揭示文本之下的社會道德政治。首先他說"《關雎》,后妃之德也"(§008),將此篇看作是對王妃無私德行的讚美,這裏的"后妃"被許多注家直接稱爲是文王的正妃太姒。接著"風之始也,所以風天下而正夫婦也"(§008),這裏的"風"是動詞,有教化之義,即是說這種理想的夫妻關係有教化天下的意義,是所有夫婦的典範。在現代人來看,夫妻關係是隱私,而古代儒家則奉其爲國君實現德治的根基,將其置於人際關係同心圓的中心。可是,《關雎》這種追求淑女式的求偶描寫很難讓人將其與后妃之德掛鉤,《詩序》的作者決心將此詩的抒情主體改變性別——將追求淑女的君子想象成採選小妾的正妃。"是以《關雎》樂得淑女,以配君子。愛在進賢,不淫其色。哀窈窕,思賢才,而無傷善之心焉。"(§008)此句"樂得淑女"的主語是王妃,而"不淫其色"就是說她不會沉溺於自己的美色,而是會"思賢才",非常想求得賢淑的妃嬪,"無傷善之心"則讚美她的無私精神。至此,《詩序》成功地將此詩從浪漫的求偶故事轉變爲無私奉獻的妻子爲夫君選賢妃的道德故事。這種斷章取義的做法曲解了詩文原本的意思,現在聽起來十分牽強,但其中包含的教諭性的解讀却令漢代的儒子們十分信服。

　　《大序》中有言:"是以一國之事,繫一人之本,謂之風。"

（§008）這句話我們可以認爲是從個人層面到國家層面進行的解讀，也可以看作是從一個具體的人出發，如文王或者文王妃，然後將其和天下之事聯繫起來。這種說法很符合孟子的"知人論世"思想，《毛詩序》這樣論《周南》之世："然則《關雎》《麟趾》之化，王者之風，故繫之周公。南，言化自北而南也。"（§008）將文王治地定爲"周南"之區，從而爲挖掘這十一首詩的社會政治寓意定下基調。《詩序》認爲：因爲這些詩作於文王之世，它們得以體現文王之德，並表現出"王者之風""化自北而南也"。換言之，與孟子所說一樣，了解詩成之"時"與"世"，就能有效探知詩歌的道德意義。然而，《詩序》並未嚴格遵守孟子的復原式解釋原則，甚至可以説與復原式解《詩》法背道而馳。儘管《詩序》意識到"知人論世"（§005）之重要，也談論《詩經》的起源與詩作者的意圖，但他的解讀過分脱離文本原意，多從某種倫理的、或社會政治的角度點出作品的主題，然後再以詩中個別意象或情節來努力解釋和證明這一預設的主題。如下面所講的《關雎》一詩，他以轉換抒情主體性別來達到自己的解讀目的，將一首輾轉反側求偶的情詩變成了無私正妃選拔賢妾的道德故事，這顯然與孟子"以意逆志"（§004）的復原式解《詩》法背道而馳。

閱讀《關雎》及其序，讓我們印象最深的是詩與序之間的明顯"背離"。詩作描寫的是男性的抒情主體向一位窈窕淑女求偶。首章似乎將這位女子與河洲上的雎鳩鳥類比；其餘四章則表現男子對女子的日夜思慕，並且想用音樂來取悅她，與此同時收穫荇菜的場景亦反復出現。《詩序》作者完全忽略了上述求偶的生動細節,將夫妻關係而非求偶作爲詩歌的主題。不僅如此,還將這首詩的抒情主體由男性變爲女性,認爲她是尋求妾室以服侍君王的妃子。

爲什麼《詩序》作者會完全無視詩歌中實際描寫的內容,主觀地改變詩歌的主題及抒情主體的性別?我們也許可以從《大序》的開篇找到這個問題的答案:

> 《關雎》,后妃之德也,風之始也,所以風天下而正夫婦也。故用之鄉人焉,用之邦國焉。風,風也,教也,風以動之,教以化之。(§008)

毫無疑問,這段話揭示出《毛詩序》作者解讀《詩經》時所持的道德和社會政治立場。相較於詩歌本身,他更感興趣的是詩如何爲統治者和普通百姓的倫理行爲和社會政治活動提供一個綜合指南。接下來《詩序》作者解釋說,《詩經》中所有的篇章都明確地對各國、各時期政象風俗的好壞進行了含蓄但精確的讚美或諷刺。在他看來,《詩經》中的風或民歌爲統治者和鄉民之間提供一個完美的交流渠道,因爲風詩的抒情方式委婉多諷,鄉民可以諷喻朝政而不獲罪,統治者可以不失顏面地察覺和改正自身的錯誤。

《詩序》作者一般是怎樣進行其解讀的呢?爲了回答這個問題,讓我試著重建其解釋的過程。還是以《關雎》爲例。在我看來,《詩序》作者在抵達他有關《關雎》含意的結論前經歷了三個主要步驟。首先,他將《周南》和《召南》(合稱二南)的起源地確定爲西周天子從前的封地,因此他設想《關雎》和二南中的其它風詩都是頌美西周天子之作。其次,他著手將《關雎》與周文王(周朝的建立者,也是第一任周天子)聯繫起來。因爲文王或他的王道被儒家認爲是整個周朝的道德根基。因此《詩序》作者認爲《關雎》作爲《詩經》的開篇,只能是對文王夫妻和諧關係所體現的一種美德的頌詞。配偶關係被現代人看作家庭私務,古代儒家則奉其爲道德統治的不二根基,處於人際關係同心圓的中心。《詩序》道:"先王以是經夫婦,成孝敬,厚人倫,美教化,移風俗。"(§008)由此可見他的觀點已經很明確了。

最後,他試圖證明《關雎》是展示理想夫妻關係的範例,當然這並不容易。《關雎》對婚前求偶的描寫很難與任何人對婚姻狀態的理解協調一致。即使求偶的雙方能代表丈夫和妻子,要想將儒家聖王周文王與一位迷戀淑女的年輕人視作同一人,作者仍面臨難以解決的困難。然而,《詩序》作者作出了聰明的解答:將抒情主體等同於王妃,而將淑女等同於被王妃採選爲王妾的女子。以上兩者的重新定義使《詩序》作者得以將感性的求偶行爲轉變爲無私奉獻的妻子的道德故事:她爲賢能不得擢升而擔心,絲毫不沉溺於享樂。當然,對王妃的讚美最終是對君王的讚美,王妃的美德總是要歸功於君王的道德影響和教化。儘管《詩序》作者並未明確地這樣做,許多後來的注家直接將這位有德行的妃子等同於文王的正妃太姒。毫無疑問,《大序》對《關雎》以及其它風詩的這種解讀讓我們覺得十分牽強。但是漢代讀者接受得毫無困難。對他們來說,正如風詩是教諭性的,《大序》和《小序》也同樣令人信服且見解深刻。通過將這些序和305篇詩巧妙地整合到一起,毛詩取得了令人矚目的成就:在躋身經典的過程中,將《詩經》的文本凌駕於其它文本之上。

從對以下所選的八首詩評注來看(§009),《毛詩序》其實並未嚴格遵守孟子的復原式解釋原則,儘管也試圖"知人論世",也談論《詩經》的起源與詩作者的意圖。如上所述,孟子的復原式解釋總體上是一種用歸納的方法發現作品意義的過程,即讀者在解讀一首詩的過程中,檢討其"文意"或本有之意,以期揭示蘊涵於其中的作者的意圖。與此相反,《毛詩序》的解讀實質上是一種用演繹的方法爲作品賦予意義的過程,即注釋者通常在解釋一詩之初,從某種倫理的、或社會政治的角度點出作品的主題,然後再以詩中情節的發展來解釋和證明這一預設的主題。這樣就不難理解何以《毛詩序》常常會故意忽略一些詩的非常明顯的本意,而硬削其足以適預設主題之履了。

品讀《毛詩》諸序,我們禁不住贊嘆作者在化普通民歌爲后妃贊歌時所表現出的嫻熟技巧,同時也禁不住要指出:諸詩中歷史人物無一不是注釋者想象的產物,而后妃之爲諸詩主角,純粹出自作序人之想象,亦應爲不爭之事實。八首詩中找不出任何與后妃相關的文字,作序人也沒有提供任何可資佐證的史料,却帶著似乎已是衆所周知的態度,徑直視后妃爲諸詩的中心人物,並以此爲基礎對《詩經》進行評注。這樣,本來被孟子用來防止任意解讀的歷史背景,却被《毛詩序》當作一件順手的工具,用來包裝其對詩歌主題不加節制、完全主觀的篡改。作序人以想象中的歷史事件替換掉孟子"知人論世"一語中至爲神聖的歷史性。單就這一點來看,《毛詩序》之所謂對歷史性的強調，其實只是對孟子式解釋的一種效顰之舉而已。筆者認爲，《毛詩序》至多也不過是"賦詩"解釋的一個變種；與賦詩者一樣，注釋者根本不在乎一詩之本意，在毫無依據地篡改文意時亦絲毫不手軟；賦詩者或僅僅是"斷章取義"，《毛詩序》則乾脆另起爐灶，將一首細膩婉轉的抒情詩硬生生改造成一篇了無情趣的道德說教。

簡而論之，《毛詩序》代表了另一種"以意逆志"："以碎片式的類比閱讀臆想詩人之志"。其間的類比法很大程度上是春秋賦詩類比法和孟子復原式解釋法的混合體。

§008 《毛詩大序》：詩比附於道德政治

【典籍簡介】《毛詩大序》也稱爲《詩大序》。漢人傳《詩》者分爲四家，其中魯之申公、齊之轅固生、燕之韓嬰三家《詩》說爲今文，而毛亨所傳爲古文，三家《詩》有序，俱亡佚，唯《毛詩》獨傳於世，十三經中之《詩經》，就是《毛詩》。《毛詩大序》，鄭玄認爲是子夏（卜商）所作，《後漢書》記載是衛宏所作。

《關雎》，后妃之德也，風之始也，所以風①天下而正夫婦也。故用之鄉人焉，用之邦國焉。風，風也，教也，風以動之，教以化之。詩者，志之所之也，在心爲志，發言爲詩，情動於中，而形於言，言之不足，故嗟歎之，嗟歎之不足，故永②歌之，永歌之不足，不知手之舞之，足之蹈之也。情發於聲，聲成文謂之音。治世之音安以樂，其政和；亂世之音怨以怒，其政乖③；亡國之音哀以思④，其民困⑤。故正得失，動天地，感鬼神，莫近於詩。先王以是經⑥夫婦，成孝敬，厚人倫，美教化，移風俗。故詩有六義焉：一曰風，二曰賦，三曰比，四曰興，五曰雅，六曰頌。上以風化下,下以風刺上,主文而譎諫⑦,言之者無罪,聞之者足以戒,故曰風。至于王道衰,禮義廢,政教失,國異政,家殊俗,而變風變雅作矣。國史⑧明乎得失之迹,傷人倫之廢,哀刑政之苛,吟詠情性,以風其上,達於事變,而懷其舊俗者也。故變風發乎情,止乎禮義。發乎情,民之性也;止乎禮義,先王之澤也。是以一國之事,繫一人之本,謂之風;言天下之事,形四方之風,謂之雅。雅者,正也,言王政之所由廢興也。政有小大,故有小雅焉,有大雅焉。頌者,美盛德之形容,以其成功,告於神明者也。是謂四始⑨,詩之至也。然則《關雎》《麟趾》之化,王者之風,故繫之周公。南,言化自北而南也。《鵲巢》《騶虞》之德,諸侯之風也,先王之所以教,故繫之召公。《周南》《召南》,正始⑩之道,王化之基。是以《關雎》樂得淑女,以配君子,愛在進賢,不淫⑪其色;哀窈窕,思賢才,而無傷善之心焉,是《關雎》之義也。(MSZY, juan 1, pp.269-273)

① 風化、風教。　② 長歌。　③ 反常、不和。　④ 悲傷、哀愁。　⑤ 艱難困苦。　⑥ 經綸。　⑦ 委婉曲折的勸諫。　⑧ 國之史官,泛指作文之人。　⑨ 即前面所列舉的"風""小雅""大雅""頌"。　⑩ 正王道之始。　⑪ 自矜、耽溺。

《毛詩大序》的內容體現出鮮明的道德政治解詩立場。詩歌在序作者這裏的價值不在於其文本自身,而是要爲統治者和普通百姓的倫理行爲和社會政治活動提供一個綜合指南。《詩序》作者先是揭示出《詩經》各篇什都在不同層面反映出各國、各時期的政象風俗,並予以讚美或諷刺。《詩》之國風在統治者和鄉民之間連接起一個完美的交流渠道,鄉民可以用委婉多諷的風詩諷喻朝政,統治者可以體面地察覺問題,改正錯誤。《詩序》作者還將《周南》和《召南》的起源地定義爲西周天子從前的封地,於是《關雎》等二南之詩都成爲頌美西周天子教化之作,都代表著王者的風化。

§009 《毛詩序》：斷章取義的類比諷喻

《關雎》，后妃之德也。風之始也，所以風①天下而正夫婦也。……是以《關雎》樂得淑女，以配君子。愛在進賢。不淫②其色。哀窈窕，思賢才，而無傷善③之心焉。是《關雎》之義也。（MSZY, juan 1, pp.269-273）

① 風教，教化。　② 貪戀、放縱。　③ 損傷善道。

《毛詩序》的評注有其統一的形式。如這裏所選八首詩所示，評注總是先列舉詩名，然後標出后妃形象的某一側面，並將其定格爲該詩的主題。第一與第四兩首言后妃之事文王，第二首言后妃之本，或其婦道，第三首言后妃之待下以仁，第五首言后妃之子孫眾多，第六首言后妃之正夫婦關係，第七首言后妃之化百官，第八首言后妃之和睦家庭。每首的主題介紹完之後，接著是用詩中某一細節或物象加以印證，進一步贊頌后妃的德行。

《關雎》的評注是《毛詩序》諷喻式解詩的最著名的例子。從字面來看，這首詩本來只是一首關於貴族青年思慕美麗女子的情詩，然而在《毛詩序》中，說話主人公變成了后妃，一首普通的愛情詩從而被轉化成一篇比喻后妃爲夫尋找賢美賓妃的作品[1]。這一諷喻式的解讀手法亦見諸以下對《卷耳》的評注。

《葛覃》，后妃之本也。后妃在父母家，則志在於女功之事。躬儉節用，服澣濯之衣④。尊敬師傅，則可以歸安父母，化天下以婦道也。（MSZY, juan 1, p.276）

④ 穿洗過的衣服。"澣濯"，音 hàn zhuó，洗滌。

《葛覃》本來描述了新婚女子期待歸省父母的激動心情，但是《毛詩序》將女主角處理成作爲婦女楷模的后妃，從而將該詩轉化爲對女子德行的贊頌。

---

[1] 孔穎達釋"賢"字爲"賢女"，並認爲此詩講述后妃之爲文王選"賢女"也。見《毛詩正義》卷一，《十三經注疏》，第273頁。

《卷耳》,后妃之志也。又當輔佐君子,求賢審官,知臣下之勤勞。內有進賢之志。而無險詖⑤私謁⑥之心。朝夕思念,至於憂勤也。(*MSZY, juan* 1, p.277)

⑤ 陰險邪僻。　⑥ 因私心請託。

《樛木》,后妃逮下⑦也。言能逮下,而無嫉妒之心焉。(*MSZY, juan* 1, p.278)

⑦ 惠及下人。

《葛覃》《卷耳》沒有主人公,但是《毛詩序》利用詩歌主要意象的比喻功能,成功地將二詩與后妃聯繫起來。如《樛木》本來只是祈禱財福,但是在《毛詩序》作者眼中,詩中樹枝垂地的物象竟成爲贊美后妃的比喻:樹枝之低垂一如后妃之紆尊於百姓也。

《螽斯》,后妃子孫眾多也。言若螽斯⑧不妒忌,則子孫眾多也。(*MSZY, juan* 1, p.279)

⑧ 鳴蟲名,比喻多子多福。

《桃夭》,后妃之所致也。不妒忌,則男女以正,婚姻以時,國無鰥民也。(*MSZY, juan* 1, p.279)

《兔罝》,后妃之化也。《關雎》之化行,則莫不好德,賢人眾多也。(*MSZY, juan* 1, p.281)

《芣苢》,后妃之美也。和平則婦人樂有子矣。(*MSZY, juan* 1, p.281)

以上《桃夭》《兔罝》《芣苢》三詩各自只是描述了家庭或社區中的活動,與后妃幾乎談不上什麼關係,但是在《毛詩序》的解讀中,這些活動卻表現了后妃教化下民眾生活幸福的狀況。不論後世的態度是揚是抑,亦不論其影響是益是害,《毛詩序》自由任意的解釋風格對《詩經》研究本身,以及對大而言之的詩歌研究,均產生了自由化的影響。在它所建立的模式中,主人公可以被解讀爲某一特定的歷史人物,詩的內容可以被解讀爲這一人物德行的表現,而在這樣的解讀過程中,一首普通的詩歌輕而易舉地被賦予了道德的寓意。可以說,《毛詩序》的出現,開創了中國文學評論史上利用假想的歷史來進行諷喻式解釋的先河。

§010 董仲舒(前179—前104)《春秋繁露·精華》:詩無達詁

【作者簡介】董仲舒(前179—前104),廣川(河北棗強東)人,西漢哲學家、今文經學家。漢景帝時爲博士,專講《春秋公羊傳》。漢武帝時以賢良對策,董仲舒舉"罷黜百家,獨尊儒術"的主張,打下儒家思想成爲正統的基礎。董仲舒任江都王和膠西王相,後辭職回家,著書立說,著有《春秋繁露》八十二篇。

難晉事者曰:《春秋》之法,未逾年之君稱子,蓋人心之正也。至里克殺奚齊,避此正辭而稱君之子①,何也?曰:所聞《詩》無達詁,《易》無達占,《春秋》無達辭,從變從義,而一以奉人。(CQFLYZ, pp.94‑95)

① 事見《春秋·魯僖公九年》。

引《詩》、賦《詩》這種斷章取義的類比詮釋方法,受語境、詮釋者思想差異的影響,類比的對象也會存在區別,因而產生各種各樣的詮釋。《韓詩》斷章取義所類比的往往是天地宇宙五行云云,與《毛詩》多類比於社會政治現實十分不同,這一點也能體現出古文經學與今文經學的知識觀念背景的差異。盧文弨(1717—1796)就曾如此形容韓嬰的用《詩》:"各有取義,而不必盡符乎本旨。"[1] 錢鍾書同樣認爲"西漢人解《詩》亦用斯法,觀《韓詩外傳》可知"[2]。就這一層面而言,"《詩》無達詁"確實很符合當時的漢儒解詩風氣。

---

1 [清]盧文弨:《抱經堂文集》,北京:中華書局,1990年,第28頁。
2 錢鍾書:《談藝錄》,北京:生活·讀書·新知三聯書店,2001年,第292頁。

2.2 《毛傳》和《鄭箋》解釋《詩序》三個策略

在漢代,《毛詩序》已經具備相當程度的經典性。例如,著名的《毛傳》就鮮有偏離《詩序》的解讀,東漢鴻儒鄭玄(127—200)所著的《鄭箋》也是如此。在很多方面,《毛傳》和《鄭箋》都可以看作是《詩序》的腳注。兩位作者幾乎用盡所有才華和精力爲《毛序》道德政治的解讀進行辯護,力圖使之合情合理。

《詩序》對305篇詩作的解讀,穿鑿附會,毫無顧忌,而《毛傳》作者和鄭玄爲支持其論斷絞盡腦汁,也堪稱足智多謀。現在讓我們來看《毛傳》和《鄭箋》在將《詩序》給出的解讀合理化時喜歡採用的三種解釋策略,分別以《關雎》《野有死麕》《將仲子》三首與愛情有關的詩篇爲例。通過列示三首愛情詩是如何被解讀爲對歷史上個人行爲和國家統治加以肯定或否定的例子,我們可以看到漢代注家想要將《詩經》經典化的抱負和努力。有鑒於《詩經》自漢代以來就獲得了不可動搖的經典地位,他們無疑實現了其目標,並且令人印象深刻。但是,《詩經》本身也是一部文學著作。《詩序》《毛傳》和《鄭箋》不可避免地會受到文學批評家的詬病。他們長期以來因爲無視如此活潑自然的愛情詩篇的美麗,並且將其簡化爲無趣、單調的道德教材,因而遭到非難,是完全可以理解的。迄今,很少有人會停下來思考一下,這三部《詩經》學巨著是否也有尚未被發現的文學價值。雖然它們對這三首情詩所作的道德政治解讀是不合情理的,很難爲之辯護,但是這些負面評價遮掩了一個完全被忽略、颇有讽刺意味的事实：产生这些解读的过程本身是令人欣赏的文学想象。三部《诗经》学对每篇风诗旨意的想象是"文学的"，因为这一想象有赖于对丰富的语义和句法的歧义的精心利用。而对文句歧义的运用，现在普遍被视作是诗歌文本产生"文学性"的关键。

想想《毛诗序》作者和郑玄是如何利用人称代词的缺少来转换诗中抒情主体的性别吧——《关雎》中苦恋的年轻男子被说成后妃，《将仲子》中热恋的年轻女子被指认是郑庄公。如果没有利用代词省略所产生的语义上的含混，《诗序》作者和郑玄就不可能用这样一种方式将两首诗寓言化。如果他们所使用的语言是英语——英语中如果一句话缺少明确的主语或毫不含糊的预设的主语（例如在一个祈使句如"开一下窗户"中，预设的主语是"你"）会根本讲不通——他们又怎么能随意转换抒情主体的性别，以实现其寓言化的意图呢？当然不可能！他们会像西方的寓言家一样无能为力，后者受制于主谓宾结构的要求，因而丧失了玩转换性别魔法这一独特权力。

这让我们注意到有关中国文学研究的一个显著问题，即非屈折性的汉语与中国诗歌艺术这二者之间的内在关系。在西方语言世界有关中国诗歌的研究里，已经有很多关于中国古典诗歌中习惯性地省略人称代词所获得审美影响的讨论，尤其是唐代以后那些用高度浓缩、控制的风格写作的诗篇。像杜甫（712—770）这样伟大的诗人就自觉地在对偶句中利用省略主语来造成诗歌在解读上的多义性，其中每一种解读都用自己的方式强化了诗歌的主题。迄今为止没有得到注意的是，最先对由主語省略而生的歧義加以精心利用的,是漢代的《詩經》注家,而非六七個世紀以後的唐代詩人。

2.2.1 第一種策略:自然意象寓言化

在《毛傳》《鄭箋》合理化《詩序》給出的解讀時,採用了三種解釋策略。第一種策略是將自然意象寓言化。在箋釋《關雎》時,《毛傳》把對《關雎》的描寫標記爲"興"或"興象"(§011)。"興"字面上的意思是"興發"或"喚起"。孔子說"詩可以興"[1],毛公則很可能是第一個將"興"用作名詞來闡釋《詩經》第一章開頭的自然意象的。一般來說,興象與緊隨其後的情感狀態是同時出現的,並且興象與隨之而來的情感狀態之間顯示出時空的和情感的聯繫,儘管二者之間的關係有時可以做一種模糊的類比解釋。如果說漢以後的批評家傾向於探究興象的審美效果,毛公則只對它與接下來的類比關聯感興趣。甚至當箋注《關雎》篇首章時,他將對關雎的描述視作對后妃的頌詞。在接下來的兩行中,他解釋說:"鳥摯而有別……后妃說樂君子之德,無不和諧,又不淫其色,慎固幽深,若關雎之有別焉。然後可以風化天下。"(§011)通過將關雎和后妃的生活方式進行類比,毛亨設法將關雎改造爲后妃之德的象徵符號,爲《詩序》的道德和社會政治的解讀提供了支持。

§011 《毛傳》《鄭箋》評《關雎》:關雎意象的寓言化

關關雎鳩,在河之洲。【傳】興也。關關,和聲也。雎鳩,王雎也,鳥

---

[1] 楊伯峻:《論語譯注》,北京:中華書局,1980年,第185頁。

挚而有别。水中可居者曰洲。后妃说乐君子之德,无不和谐,又不淫其色,慎固幽深,若关雎之有别焉,然后可以风化天下。夫妇有别则父子亲,父子亲则君臣敬,君臣敬则朝廷正,朝廷正则王化成。【笺】云:挚之言至也,谓王雎之鸟,雌雄情意至然而有别。**窈窕淑女,君子好逑。**【传】窈窕,幽闲也。淑,善。逑,匹也。言后妃有关雎之德,是幽闲贞专之善女,宜为君子之好匹。【笺】云:怨耦曰仇。言后妃之德和谐,则幽闲处深宫贞专之善女,能为君子和好众妾之怨者。言皆化后妃之德,不嫉妒,谓三夫人以下。

参差荇菜,左右流之。【传】荇,接余也。流,求也。后妃有关雎之德,乃能共荇菜,备庶物,以事宗庙也。【笺】云:左右,助也。言后妃将共荇菜之菹,必有助而求之者。言三夫人、九嫔以下,皆乐后妃之乐。参,初金反。**窈窕淑女,寤寐求之。**【传】寤,觉。寐,寝也。【笺】云:言后妃觉寐则常求此贤女,欲与之共己职也。

求之不得,寤寐思服。【传】服,思之也。【笺】云:服,事也。求贤女而不得,觉寐则思己职事当谁与共之乎!**悠哉悠哉,辗转反侧。**【传】悠,思也。【笺】云:思之哉!思之哉!言己诚思之。卧而不周曰辗。

参差荇菜,左右采之。【笺】云:言后妃既得荇菜,必有助而采之者。**窈窕淑女,琴瑟友之。**【传】宜以琴瑟友乐之。【笺】云:同志为友。言贤女之助后妃共荇菜,其情意乃与琴瑟之志同,共荇菜之时,乐必作。

参差荇菜,左右芼之。【传】芼,择也。【笺】云:后妃既得荇菜,必有助而择之者。**窈窕淑女,钟鼓乐之。**【传】德盛者宜有钟鼓之乐。【笺】云:琴瑟在堂,钟鼓在庭,言共荇菜之时!上下之乐皆作,盛其礼也。(*MSZY*, *juan* 1, pp.273-274)

2.2.2 第二種策略:斷章取義的章句移植

第二個策略是"斷章取義"。"斷章取義"指的是一種古老的實踐,即將《詩》的章句從其原本的上下文中抽出來,在外交場合下爲朝廷或者侍臣使用,以實現其特定的目的。在這種情境下,《詩》的章句產生出新的與其原始文本無關的意義,並且必須在這一正在進行的外交對話的新語境下取得新義。在《將仲子》這首詩的箋釋裏,鄭玄對《詩經》古老的賦詩實踐進行了聰明的改造。這首詩的小序看起來比上文已經討論過的《關雎》詩序更不靠譜。我們不禁好奇,這首情詩和對寬恕其幼弟共叔段(前754—?)惡行的鄭莊公(前757—前701)的譴責究竟有何關聯。

這首詩表現一位年輕女子在心裏向自己的愛人發出呼喚,她(在想象中或者實際上)看到心愛之人突破一個個障礙離她越來越近。她的話由一個請求("將仲子兮")、一個警告("無……無……")和一個愛和懼的表達("仲可懷也……之言,亦可畏也")組成。如果説這些句子巧妙地包含著她畏懼、思慕和擔憂的複雜情感,重章疊句又將其戲劇性增加到最強。三章中每章第二句通過地點的變化——從"里"到"墻"再到"園"——由遠及近,捕捉到所歡之人穿越重重障礙不斷接近她的物理運動。然後是每章第五句和第七句中提到的人物的變化,揭示出其精神運動正朝著(與物理運動)相反的方向:她所畏懼的"人言"從她的父母擴展到兄弟,一直到所有的村人。在《詩經》以及(實際上)任何時地的民歌中,我們很少看到重章疊句在相反方向上產生兩個同時運動的高潮(身體的和精神的)。爲此我們可以説,《將仲子》是《詩經》中最令人難忘的一首風詩。

完全忽略這一對即將來臨的幽會的戲劇化描寫，《詩序》作者將《將仲子》看作是鄭莊公對其大夫祭仲相關忠告的欠考慮的拒絕的寓言式描寫。爲了替這一牽強的類比辯護，鄭玄大膽地作出屬於他自己的性別轉換。他將說話者（顯然是一位沉溺於愛情的女性）等同鄭莊公，相應地，將說話的對象（女性所歡之人）等同祭仲。將說話者和說話的對象這樣替代之後，鄭玄繼續"斷章取義"。首先，他將"無逾我里，無折我樹杞"這兩句抽出來，將其放到莊公和祭仲之間的衝突場景中。這讓他能夠將這兩句詩解讀爲莊公對祭仲的斷然拒絕——"不要動我的親人"和"不要傷害我的兄弟"。用同樣的方式將第四到八句重新置放到合適的場景中，鄭玄將這些詩句變成莊公對自己寬恕不義兄弟的解釋："我的兄弟共叔段是惹了些麻煩。我怎麼敢溺愛並且寬恕他呢？我不懲罰他是因爲我的父母……在父母的壓力下，我不敢聽從您的建議。"鄭玄將《將仲子》中的詩句與兩個歷史人物的對話相勾聯，從而將整首詩轉變爲名副其實的政治寓言。

§ 012 《毛傳》《鄭箋》評《將仲子》：斷章取義的句意轉移

《將仲子》，刺莊公也。不勝其母，以害其弟。弟叔失道而公弗制，祭仲諫而公弗聽，小不忍以致大亂焉。【箋】莊公之母，謂武姜，生莊公及弟叔段。段好勇而無禮，公不早爲之所，而使驕慢。

將①仲子②兮，無③逾④我里，無折我樹杞。【傳】將，請也。仲子，祭仲也。逾，越；里，居也，二十五家爲里。杞，木名也。折，言傷害也。【箋】云：祭仲驟諫，莊公不能用其言，故言請，固距之。無逾我里，喻言無干我親戚也。無折我樹杞,喻言無傷害我兄弟也。仲初諫曰:"君將與之,臣請事之。君若不與,臣請除之。"豈敢愛之? 畏我父母。【箋】云:段將爲害,我豈敢愛之而不誅與? 以父母之故,故不爲也。仲可懷也,父母之言,亦可畏也。【箋】云:懷私曰懷,言仲子之言可私懷也,我迫於父母有言,不得從也。

將仲子兮,無逾我牆,無折我樹桑。【傳】牆,垣也。桑,木之衆也。豈敢愛之? 畏我諸兄。【傳】諸兄,公族。仲可懷也,諸兄之言,亦可畏也。

將仲子兮,無逾我園,無折我樹檀。【傳】園,所以樹木也。檀,彊韌之木。豈敢愛之? 畏人之多言。仲可懷也,人之多言,亦可畏也。(*MSZY*, juan 4, p.337)

① 發語詞,猶"願""請"。　② 兄弟排行第二稱爲"仲"。　③ 同"勿",祈使語氣,不要。　④ 跨過。

2.2.3　第三種策略:化實爲虛的詩章解讀

對詩章進行化實爲虛地解讀,即是將一首詩看作是抒情主體想象的片段,而不是對一個現實場景或事件的描繪。鄭玄對《野有死麕》詩的箋釋是這方面的好例子。這裏,序和詩的本義之間的偏離甚至比前面兩首還要厲害。序所説的正與詩歌中所描述的内容相反。這首詩描述了一次正在進行的幽會(與《將仲子兮》中即將到來的幽會正相對),當女孩子半心半意地拒絶其所歡的愛撫時,整首詩達到高潮。然而《毛序》認爲這首詩表現的是對放蕩行爲的厭惡("惡無禮也")。這違反直覺的解讀,顯然受到序作者歷史—地理決定論信念的影響。既然這是一首來自《召南》的風詩,而《召南》是召公的封地,他就推論這首詩一定是對該地良好社會風俗的頌詞。因此,他對這首詩加以讚美,但是沒有像平常一樣作出解釋。

解釋的任務留給了漢代兩位著名的注家。在《毛詩序》的理解框架下,《毛傳》和《鄭箋》不僅豐富了此詩的理解,還進一步解釋了"惡無禮也"的含義。爲了替這篇牽強的序進行辯護,毛氏邁出了第一步,識別出暗含在詩中的對正當禮儀的違背。"無禮者,爲不由媒妁,雁幣不至,劫脅以成昏,謂紂之世。"他還觀察到,"凶荒則殺禮,猶有以將之。野有死麕,群田之獲而分其肉。白茅,取潔清也"。"殺"字不是現代漢語中殺掉的意思,而是減少之意,由於有動亂和饑荒所以"禮"分崩離析,《毛傳》已經暗示了此詩中關於禮儀的内容(§013)。鄭玄更進一步,將每一句詩都解釋爲對禮儀的遵守或者背離。他響應毛氏"劫脅以成昏"的説法,認爲詩的末二句(字面上是半心半意地指責所歡的愛撫)解讀爲女性憎惡男性强暴的果斷表達。不管怎樣,要這樣解讀,與詩中的其它句子有極大的矛盾。之前的詩句,抒情者很明顯用了一種輕柔的、充滿愛意的勸説口吻。在第四句,年輕的對象被稱爲"吉士",很難想象這樣的稱呼會施諸於任何劫脅女性之人。如何消除這樣的矛盾,讓詩歌適合序所説的"惡無禮"之説? 鄭玄想出了一個極富獨創性的解答:將整首詩(末二句除外)看作是某個人渴望理想婚禮的想象的數個刹那。根據他的説法,1—2 和 5—6 句描述的"野有死麕"事實上是"貞女之情,欲令人以白茅裹束野中田者所分麕肉,爲禮而來"(§013)。相似地,3—4 和 7—8 句中描寫的美麗女子乃是"有貞女思仲春以禮與男會,吉士使媒人道成之"(§013)的內心影像。爲了強調這一場景是想象中的而非實際的,鄭玄補充説,"疾時無禮而言然"(§013)。换句話説,想象這些場景,不僅是爲了實現未達成的願望,而且還傳達了對社會的批評。

結合《毛傳》"凶荒則殺禮,猶有以將之"(§013)之言,《鄭箋》進一步進行説明,"亂世之民貧,而強暴之男多行無禮"(§013),就是説亂世之中有很多施暴的男人,"故貞女之情,欲令人以白茅裹束野種田者所分麕肉,爲禮而來"(§013),這裏他將"野有死麕,白茅包之"(§013)這一句作虛寫來解釋,不是説實際上存在這個事情,而是説女子想象有一個男子他把鹿肉裹好作爲禮物來求婚。而下文"有女懷春,吉士誘之"(§013),《鄭箋》解釋"有貞女思仲春以禮與男會","疾時無禮而言然"(§013),春天是一個發情的季節,像《牡丹亭》等描寫男女情愛都在春天,"思"就是想象,鄭玄認爲這是女子的心理活動,即言在文王的教化之下,雖身處亂世中,女子仍然希望能用遵守禮節的方式與男士相會。後面幾句的解釋比較平直,大多都是對字、詞的注解。最後一章"舒而脱脱"(§013),《鄭箋》解釋是女子自己的美好想象活動,她"欲吉士以禮來",緊接著話鋒一轉説"又疾時無禮",言女子同時十分憎恨當時的風氣和"彊暴之男",所以她對那些無禮的行爲進行訓斥。鄭玄對這些詩句的"內化"闡釋,似乎是支持《詩序》牽強解讀所給的解釋中最合理的一例。

§013 《毛傳》《鄭箋》評《野有死麕》：化實爲虛地淡化爭議

《野有死麕》，惡無禮也。天下大亂，彊暴相陵，遂成淫風。被文王之化，雖當亂世，猶惡無禮也。【傳】無禮者，爲不由媒妁，雁幣不至，劫脅以成昏，謂紂之世。

野有死麕①，白茅包之。【傳】郊外曰野。包，裹也。凶荒則殺禮，猶有以將之。野有死麕，群田之，獲而分其肉。白茅，取絜清也。【箋】云：亂世之民貧，而彊暴之男多行無禮，故貞女之情，欲令人以白茅裹束野中田者所分麕肉，爲禮而來。有女懷春，吉士誘之。【傳】懷，思也。春，不暇待秋也。誘，道也。【箋】云：有貞女思仲春以禮與男會，吉士使媒人道成之。疾時無禮而言然。

林有樸樕②，野有死鹿。白茅純束③，【傳】樸樕，小木也。野有死鹿，廣物也。純束，猶包之也。【箋】云：樸樕之中及野有死鹿，皆可以白茅包裹束以爲禮。廣可用之物，非獨麕也。純，讀如屯。有女如玉。【傳】德如玉也。【箋】云：如玉者，取其堅而絜白。

舒而④脫脫⑤兮，【傳】舒，徐也。脫脫，舒遲也。【箋】云：貞女欲吉士以禮來，脫脫然舒也。又疾時無禮，彊暴之男相劫脅。無感⑥我帨⑦兮，【傳】感，動也。帨，佩巾也。【箋】云：奔走失節，動其佩節。無使尨⑧也吠。【傳】尨，狗也。非禮相陵，則狗吠。（MSZY, juan 1, pp.292-293）

① 音 jūn，麋鹿。　② 音 pú sù，叢木、小樹。　③ 用白茅纏束。"純"，音 tún，積聚。　④ 緩緩地。　⑤ duì duì，舒緩貌。　⑥ 音 hàn，通"撼"，搖動。　⑦ 音 shuì，配巾。　⑧ 音 máng，狗。

《野有死麕》出自《國風·召南》，《召南》與《周南》相近，地同俗同，同爲《國風》之正。召與周邑同在岐山陽，是周文王的領地，他生活的時代是商的最後一朝，末代君主商紂王在歷史上是一位暴君。因此按照《毛詩序》設定的時間與地點，《野有死麕》就可以講這時期很重要的淫風問題。"彊暴相陵"，即男士對女士施暴，或女士跟隨男士私奔。"奔"字在當時沒有"跑"的意思,私奔指的就是不經過父母之命、媒妁之言的男女私自結合,《野有死麕》裏面就是這樣的内容。而《詩序》雖然注意到了這一點,却給出了較爲含糊的解釋:"惡無禮也"。是誰"惡"?誰在對這種"無禮"表示厭惡並進行批評?很明顯,如此模糊的語辭創造出很大的詮釋空間。"被文王之化,雖當亂世",則是説這種"無禮"的現象發生在社會政治分崩離析的時候,但是由於受到文王的教化,在文王領地中的百姓們能夠對商末這種不講禮儀的風氣表示厭惡。這就是《詩序》給這首詩定的一個理解框架。

§014 《韓詩外傳》:今文解詩對天地萬物的比類

【典籍簡介】《韓詩外傳》,漢代燕人韓嬰撰寫。韓嬰在文帝時爲博士官,景帝時任常山太傅。韓嬰所傳韓詩,與轅固的齊詩、申培的魯詩,並稱三家詩,立爲官學,屬今文經學。韓嬰撰有《韓詩内傳》及《外傳》,《内傳》在宋代亡佚,而《外傳》存,但已經後人修改。《外傳》各章由故事出發,用《詩經》引文爲證,今有許維遹校釋的《韓詩外傳集釋》。

　　子夏問曰:"《關雎》何以爲《國風》始也?"孔子曰:"《關雎》至矣乎!夫《關雎》之人,仰則天,俯則地,幽幽冥冥,德之所藏,紛紛沸沸,道之所行,雖神龍化,斐斐①文章。大哉《關雎》之道也,萬物之所繫,群生之所懸命②也,河洛出《書》《圖》③,麟鳳④翔乎郊。不由《關雎》之道,則《關雎》之事將奚由至矣哉?夫六經之策,皆歸論⑤汲汲⑥,蓋取之乎《關雎》。《關雎》之事大矣哉!馮馮翊翊⑦,自東自西,自南自北,無思不服⑧。子其勉强之,思服⑨之。天地之間,生民之屬,王道之原,不外此矣。"子夏喟然嘆曰:"大哉《關雎》,乃天地之基地。"《詩》曰:"鐘鼓樂之。"(*HSWZJS, juan* 5, pp.164-165)

　　① 文采鮮明貌。　② 寄託命運。　③《河圖》《洛書》,古代圖讖之

學的傳説。見於《周易・繫辭上》："河出《圖》,洛出《書》,聖人則之。"
④ 麒麟和鳳凰,被看作靈物。 ⑤ 議論之所歸結。 ⑥ 連續不止息。
⑦ 衆多繁盛貌。 ⑧ 沒有不順服的。"思",語助詞,無實意。
⑨ 嚮往。

《韓詩》在此通過設爲問答,藉孔子之口,將《關雎》推爲"萬物之所繫,群生之所懸命",是天地之根基,乃至《河圖》、《洛書》、六經之道皆出於《關雎》。

§ 015　趙岐(108—210)《孟子章句》:人情不遠故能相通

【作者簡介】趙岐(108—201),初名嘉,字台卿,改字邠卿,京兆長陵(今陝西咸陽東北)人,東漢經學家。漢桓帝延熹元年時,因得罪京兆尹唐玹,逃至北海賣餅,後被赦出,擢拜并州刺史,又因黨錮之禍免官,閑居十餘年。靈帝時拜議郎,遷敦煌太守,獻帝時遷太僕,終爲太常。趙岐善畫,《歷代名畫記》提及他曾自畫四賢像於自己的墓中。《後漢書》言"岐多所述作,著《孟子章句》《三輔決錄》傳於時。"

文,詩之文章所引以興①事也。辭,詩人所歌詠之辭。志,詩人志所欲之事。意,學者之心意也。孟子言説詩者當本之志,不可以文害其辭,文不顯乃反顯也。不可以辭害其志,辭曰"周餘黎民,靡有孑遺"②,志在憂旱災,民無孑然遺脱③不遭旱災者,非無民也。人情不遠,以己之意逆詩人之志,是爲得其實矣。(MZZS, juan 9a, p.2735)

① 興起、引發。　② 語出《詩經・大雅・雲漢》。　③ 沒有一個逃脱。

趙氏所説的"人情",是指人共有的情性,而此情性是"學者之意"與"詩人志所欲之事"溝通,乃至與其吻合的基礎。

好善者以天下之善士爲未足極其善道也。尚④,上也。乃復上論古之人,頌其詩。詩歌國近故曰頌。讀其書者,猶恐未知古人高下,故論其世以別之也。在三皇⑤之世爲上,在五帝⑥之世爲次,在三王⑦之世爲下,是爲好上友之人也。(*MZZS*, *juan* 9a, p.2746)

④ 崇尚、推崇。　⑤ 傳說中的上古三帝王,所指說法不一,一般認爲是伏羲、神農、黃帝。　⑥ 傳說中上古的五位帝王,說法不一,有說爲黃帝、顓頊、帝嚳、唐堯、虞舜五帝(見班固《白虎通》),有說爲少昊、顓頊、高辛、唐堯、虞舜(見皇甫謐《帝王世紀》)。　⑦ 三皇五帝之後,指夏商周三代之君,夏禹、商湯、周文王。

【第 2 部分參考書目】

徐復觀著:《兩漢思想史》,《徐復觀文集》,北京:九州出版社,2014年,第 7—18 頁。

于淑娟著:《韓詩外傳研究:漢代經學與文學關係透視》,上海:上海古籍出版社,2011 年。參韓詩與"仁"思想的發展關係,見第 63—70 頁;韓詩與春秋時代孔門論詩的比較,見第 149—151、154 頁。

向熹著:《詩經語言研究》,成都:四川人民出版社,1987 年。參以語言學分析韓詩,見第 8—14 頁。

[美] 余寶琳著:《諷喻與詩經》,《神女之探尋:英美學者論中國古典詩歌》,上海:上海古籍出版社,1994 年,第 5—26 頁。

[韓] 吳萬鍾著:《從詩到經:論毛詩解釋的淵源及其特色》,北京:中華書局,2001 年。參毛詩解釋的特點,見第 115—116 頁;關於毛詩産生的歷史傳統,見第 138—143 頁。

周裕鍇:《中國古代闡釋學研究》,上海:上海人民出版社,2003 年,第 75—95 頁。

錢穆:《中國學術思想史論叢》,北京:生活·讀書·新知三聯書店,2009 年,第 108—161 頁。

蔡宗齊:《詩與意識形態:〈詩經〉的經典化》,載蔡宗齊主編,張楣楣、李皖蒙譯:《如何讀中國詩歌:詩歌文化》,北京:三聯書店,2023年,第83—96頁。

周興陸著:《中國文論通史》,上海:上海人民出版社,2021年,第48—60頁。

3　六朝理解論

　　到了六朝(從東吳 222 年建國到陳朝 589 年滅亡),《詩經》學固守漢儒的傳統,没有發展出什麽新的理解論。但在《詩經》學領域之外,兩種與漢代類比解釋論截然不同的復原理解論却應運而生。第一種是漢魏之際劉劭(活躍於 200—240 年)《人物志》所闡述的人物理解論,即所謂"人物品藻"。在這種理解論中,要理解的對象不是詩作所承載的一時一地之志,而是一個人的真實本質。言辭被視爲人物秉性的外在表現,而對一個人的理解洞悉,是一個從外在身體特徵及其言辭追溯其内在素質的過程。漢魏時期出現這種與傳統觀詩、讀書迥異的人物理解論,無疑是劉劭諸人致力改革"察舉"與"徵辟"兩種選拔人才方式的産物。這兩種方式均以品德,尤其是孝行,爲標準來衡量、選拔政府官員。但是由於品德鑒定極爲主觀,常常爲人濫用而流弊叢生,故這一體制實施不久即蜕變成壓制賢能、獎掖奸小的工具。有鑒於此,爲了幫助國家發掘真正的人才,劉劭諸人殫精竭慮,制定了一套客觀的、以内在素質與外在表現合爲標準的人物品鑒規則。在其《人物志》第一章"九徵"中,劉劭還提出了這種品評規則的哲學基礎(§016)。

第二種理解論是劉勰(約465—約520或532)所獨創的文學作品理解論。劉勰《文心雕龍·知音》(§018)是中國文學史最早和最有系統性的、以理解詩文爲討論對象的專論。這篇論文的總體框架顯然受到了《人物志》的影響,因爲劉勰認爲"觀文者披文以入情"(§018),也就是説可以通過觀文進入文的背後,看到作者之情。這種可能源於人物品藻的觀文理論顯然是屬於復原式。相較孟子的"以意逆志"之説,劉勰《知音》篇更加具體詳盡,而且從正反兩方面展開深入的論述。如果説孟子僅僅指出以文害辭、以辭害志的例子,劉勰則總結出阻礙人們正確理解文學作品的四大因素,分別是"賤同而思古""文人相輕""信僞迷真"以及"知多偏好"(§018)。劉勰認爲這四點均是"文情難鑒"的罪魁禍首。即便如此,他仍樂觀地表示正確認識和批評文學作品是可以做到的,這首先要做到"博觀","凡操千曲而後曉聲,觀千劍而後識器"(§018),只有先博覽群書纔能在進行文學批評時做到"圓照"。其次要"平理若衡",即説對待文學作品要客觀而不偏私。在這個基礎上,他提出"先標六觀":"一觀位體,二觀置辭,三觀通變,四觀奇正,五觀事義,六觀宮商。"(§018)這六觀與《人物志》用以品鑒人物的"八觀"頗爲相似(§016),很可能是藉之以用於文學批評。劉勰的"六觀"明顯地展現了多層次結構分析的傾向。

　　另外,劉勰觀文入情之説,也折射出六朝文人對"情"的新理解,即視之爲作者内在精神旨趣,近乎英文裏講的 sensibility,帶有明顯的審美特徵。《人物志》建構由外而内的人物品鑒模式,已爲觀人入情説的興起提供了理論基礎。曹丕《典論·論文》講"文以氣爲主"實際上要談的是作者内在的性格和精神面貌。這裏的"氣"不是簡單的生理概念,而是與思想、人的秉性有很大關係。所以説,每個人有獨特的"氣",這種文學作品的特點是不能通過血緣相傳的,而是與作者在特定時代、地區生活經驗有關係。這樣一來,閲讀就不能是脱離作者的活動了,而是要通過作品來感受作者的精神面貌,因此這種閲讀模式無疑是一種復原式解詩法。不同的性格特徵成爲一種"體性",劉勰《知音》篇講述得十分清晰,作者把自己的情感變成一篇文章,從情到文的過程就是寫作(§018)。那麽作爲讀者呢？ 那就是"披文以入情"(§018),此處的"情"是作者的情,可以説這是對孟子復原式解詩法的繼承和發展。但這個理解的過程已經不是簡單地尋找反映作者對社會政治現實態度之"志",而是要觀察感受作品中所藴藏的作者的精神世界。蕭統《陶淵明集序》中説陶潛的作品"語時事則指而可想,論懷抱則曠而且真"(§017),這是説讀到陶淵明論時事的詩作,就可以想象他是如何感受這些時事的,而"懷抱"所指並非是他某時、某地對某個事件的直接情感反應,而是講他整個精神的狀態。蕭統説讀其文之時"尚想其德,恨不同時"(§017),很明顯是主張在閲讀文本的時候,作者的人生或精神世界能够在他的腦海中浮現出來。

3.1 劉劭源於人物品藻的觀文觀詩法

§ 016 劉劭(活躍於 200—240 年)《人物志》：人物品鑒的客觀基礎

【作者簡介】劉劭(活躍於 200—240 年),字孔才,廣平邯鄲(今河北邯鄴)人。三國時期曹魏文學家和政治家。建安時期,初爲計吏,歷任太子舍人、秘書郎等。魏文帝曹丕登基後,任尚書郎、散騎常侍,明帝即位,任陳留太守。去世後,追贈光禄勳。劉劭參與編纂《皇覽》,制定《新律》,著有《法論》《人物志》。

凡有血氣者,莫不含元一①以爲質,稟②陰陽以立性,體③五行而著形。苟有形質,猶可即而求之。(RWZ, pp.31-32)

① 事物的開始,組成質素。 ② 承受、稟受。 ③ 成形、包含。

此處劉劭將所有"有血氣者"的生長發展過程規作"爲質""立性""著形"三個階段。依照對這三個階段的分析,劉劭指出,與所有其他"有血氣者"一樣,人物的品鑒可以建立在完全客觀的基礎之上。

首先,他將人體的五種構成要素視爲五行的徵象:"木骨、金筋、火氣、土肌、水血,五物之象也。五物之實,各有所濟。"(《人物志》第一章)按照劉劭的理論,如果五行在其各自對應的人體成份中得到適當的分配,即可産生五種高尚的性格,謂弘毅、文理、貞固、勇敢、通微;這五種性格又構成儒家五種美德之基礎:"弘毅也者,仁之質也。文理也者,禮之本也。貞固也者,信之基也。勇敢也者,義之決也。通微也者,智之原也。"(《人物志》第一章)

在建立起宇宙、人體、道德三者間的五種對應關係後,劉劭又將五種人體成份進一步擴充至九種體貌要素。他保留了前五種的"筋""骨""氣",又後加了"神""精""色""儀""容""言"六種。他在下文解釋了這九種體貌要素如何展示人的九種關鍵性格。

性之所盡,九質④之徵也。然則平陂⑤之質在於神,明暗之實在於精,勇怯之勢在於筋,彊弱之植在於骨,躁靜之決在於氣,慘懌⑥之情在於色,衰正之形在於儀,態度之動在於容,緩急之狀在於言。(RWZ, p.43)

④ 劉劭《人物誌》所區分的九類人物特性。 ⑤ 平地與傾斜不平之地,借以比喻人物性格。"陂",音 bēi,傾斜。 ⑥ 憂戚歡樂。"懌",音 yì,喜悅。

對劉劭而言,品鑒人物本質上是對九種體貌要素,或者説"九質"的考察。如果一個人的九質皆臻完美,則他必已具"純粹之德",達到了聖人的境界("九徵皆至,則純粹之德也",劉劭《人物志》第一章);劉劭稱這樣的人爲"兼才之人",應該被賦予治理國家的領袖責任。反之,如果九質中某一方面有不足者,則該人只是一個"偏雜之才"("九徵有違,則偏雜之材也",劉劭《人物志》第一章),須綜合其優劣強弱,授之以高低不等之職位。值得注意的是,劉劭認爲"言"與其它八質一樣,亦是一種生理成份:"心氣之徵,則聲變是也。夫氣合成聲,聲應律呂。有和平之聲,有清暢之聲,有回衍之聲。"(《人物志》第一章)而將"言"與生理之"氣"聯繫起來的做法,日後在曹丕的文學批評中也得以沿用。

通過這套邏輯,劉劭將宇宙與人體、生理與道德之間巧妙地聯繫起來,構築了一個完備的三級人物品鑒體系。在這一體系中,因五行與人體要素之間的對應,人的性格與行爲被視爲可預知的、客觀的現象,故其客觀性與分析性,不遜於古代任何其他研究人的性格與行爲的理論體系。

劉劭的人物品鑒理論充分反映出漢代理論構建中追求大而備的時代特色,具有與董仲舒(前79—104)、王充(27—97)二人相同的強烈論辯色彩。董氏的理論描述了宇宙、人體、社會政治現象之間的感應關係,而王氏則研究了天象與骨相之間的對應關係[1]。不過,劉劭的理論遠不像董、王二人的那樣充滿了宿命論味道:他既沒有像董仲舒那樣將人某些潛在特質的實現視爲五行變化的必然結果,也沒有象王充那樣,認爲上天賦予氣之數量與質量預示了個人未來的命運;對劉劭來說,命運非關外在的骨相,他對人物性格的考察亦只著眼於人的道德行爲,並以此來判斷其是否適合某一職位。又,劉劭雖然像董仲舒那樣,也試圖在人體與道德之間尋找具體的對應關係,但他總是強調道德行爲自身的能動,並以此來減弱這種對應的機械性。

八觀者:一曰觀其奪救①,以明間雜;二曰觀其感變②,以審常度;三曰觀其志質③,以知其名;四曰觀其所由④,以辨依

---

1 見拙文"The Multiple Vistas of *Ming* and Changing Visions of Life in the Works of Tao Qian," in *The Magnitude of Ming: Command, Allotment, and Fate in Chinese Culture*, pp.169‐202, edited by Christopher Lupke. University of Hawaii Press, 2005.

似⑤;五曰觀其愛敬,以知通塞;六曰觀其情機⑥,以辨恕惑⑦;七曰觀其所短,以知所長;八曰觀其聰明,以知所達⑧。(RWZ, pp.147 – 148)

① 奪,決定取捨;又有改變和喪失等含義。救,救濟、幫助他人。② 感受外界變化的反應。 ③ 志,標記,標誌。質,本質,實體,此處指素質。 ④ 由,經歷。《論語·爲政》云:"視其所以,觀其所由。" ⑤ 依,靠著,傍著。《孫子兵法·行軍》云:"依水草而背眾樹。"有親近、接近之意。依似即近似。 ⑥ 機,通"幾",細微的素質。《列子·天瑞》云:"萬物皆出於機,皆入於機。"張湛注:"機者,群有之始。"《莊子·至樂》疏云:"機者,發動,所謂造化也。"情機,指人類情感的基本素質,或基本情緒。⑦ 恕,孔子認爲應該終生奉行的一種道德,即以自己的心推想別人的心,處處體諒他人。惑,迷惑。恕惑,這裏作爲相反的兩個意思使用,指清明和糊塗。 ⑧ 達,通達,得志。此指成就的事業。

在《人物志》第九章"八觀"中,劉劭以其獨特的構思,從實際操作的角度,將其人物品鑒理論表現得更加靈活,也更加有效。除第二觀外,其餘七觀均建立在多種相類或相對品行的互動之上。

第一,"觀其奪救",考察善質如何爲惡質所抑(奪),及惡質如何爲善質所勝(救);第二,"觀其感變",描述人在變化面前如何反應;第三,"觀其志質",展示人的最佳品質(志質)如何在兩種善質的相互促進間產生;第四,"觀其所由",側重討論對虛僞表象的暴露,及對真實面目的揭示;第五,"觀其愛敬",旨在探討"愛"與"敬"兩種善質之間所能達到的最大平衡點;第六,"觀其情機",列出六種反映品德的情緒方面的傾向(情機);第七,"觀其所短以知其長",探討善惡二質間相互依賴的關係;第八,"觀其聰明",探究智力在各種品德的形成過程中所起的重要作用。

由劉劭《人物志》,我們不僅可以清楚地觀察到理解對象從《詩經》文本到人物品性的根本性轉移,同時也能發現理解行爲自身的質變。如前所述,賦詩與引詩是本質上相當主觀的認知行爲;無論是表演還是引詩,其目的不在於對詩的理解,而在於用詩來表達自己的、或揣測別人的意願。即使孟子的"讀詩"理論更加傾向對詩進行客觀的解讀,賦詩與引詩的巨大影響也未能被完全消除。作爲第一個有影響力的"讀詩"者,《毛詩序》的作者借還原史實之名,將解讀變成一個諷喻式的説教行爲。不同於上述諸人,劉勰堅持用客觀、分析的態度來考察人物性格,幾乎完全抛棄了此前缺乏憑據的主觀意測。

§017　蕭統(501—531)《陶淵明集序》:詩中的詩人

【作者簡介】蕭統(501—531),字德施,南蘭陵(今江蘇常州武進)人。南朝梁文學家,梁武帝蕭衍長子,梁簡文帝蕭綱及梁元帝蕭繹長兄。天監三年(504)冊立爲太子,謚號昭明,史稱"昭明太子"。蕭統聰穎,尤愛好文學和佛法,招聚文學之士編撰歷代詩文總集《文選》三十卷,史稱《昭明文選》。

　　有疑陶淵明詩。篇篇有酒,吾觀其意不在酒,亦寄酒爲迹①者也。其文章不群,辭彩精拔,跌宕昭彰,獨超衆類,抑揚爽朗,莫之與京②。橫素波而傍流,干青雲而直上。語時事則指而可想,論懷抱則曠③而且真。加以貞志不休,安道苦節,不以躬耕爲恥,不以無財爲病。自非大賢篤志,與道汙隆④,孰能如此乎!
　　① 外在跡象。　②"京",大。没有比它更大的。　③ 明朗開闊。
④ 升與降,世道的盛衰。

　　余素愛其文,不能釋手⑤,尚想其德,恨不同時。故加搜校,粗爲區目。白璧微瑕,惟在《閒情》一賦,揚雄所謂勸百而諷一者⑥,卒無諷諫,何足摇其筆端?惜哉!亡是可也!並粗點定其傳,編之于録。

　　嘗謂有能觀淵明之文者,馳競之情遣⑦,鄙吝之意袪⑧,貪夫可以廉,懦夫可以立,豈止仁義可蹈,抑乃爵禄可辭,不必傍游泰華⑨,遠求柱史⑩。此亦有助於風教也。(*QLW, juan* 20,p.3067)

⑤ 從手中放下。　⑥ 語出《史記‧司馬相如傳》。　⑦ 釋放、離開。
⑧ 音 qū,除去。　⑨ 泰山與華山。　⑩ 柱下史,代指老子。

序文中蕭統先道出自己對陶詩的理解:"有疑陶淵明之詩,篇篇有酒,吾觀其意不在酒,亦寄酒爲迹者也。"這個理解可以說是蕭統以讀者之意去復原作者陶潛之志的結果,而這個解釋的過程源於自己對陶詩的熱愛,終能循"知人論世"之途,了解陶潛其人之"貞志""安道苦節"與"懷抱"及其時之"時事",又從而得以明白陶詩"諷諫"之所在,得以彌補與陶潛"恨不同時"之遺憾。另外,蕭統特別重視陶詩的教化意義,並較爲側重陶詩對讀者個人情操與價值觀的薰陶,這與前代學人同時看重詩歌對鞏固治權的觀念不同。而蕭統對陶詩教化意義的闡明,來自於他個人消化陶詩內容後的感受,並不像漢代學者那樣,經由《詩經》詩句與歷史人物、事件或個別道德觀念的類比來解詩。

3.2　劉勰詩文結構分析法

劉勰《知音》篇是古代文論中唯一以文學理解爲主題的專論,提出了文學理解活動中的四不要和八要(博觀、圓照、六觀)。仔細閱讀此文,我們不斷可以發現先前復原式觀詩與觀人傳統中各種觀點的痕跡。首先,其探索作者內心世界的做法,則似乎源於孟子"以意逆志"(§004)說;同孟子一樣,劉勰也視閱讀過程爲單向的、由讀者逆向推測作者本意的過程;他有關閱讀帶來審美快感的說法亦與季札、孔子評詩樂審美觀如出一轍。觀人傳統的影響亦同樣顯著。劉勰的"六觀"與劉劭的"八觀"在名稱上已明顯相似。"六"與"八"還只是形似,而"觀"則是方式上的相似,令人有神似之歎:劉劭在觀人時由體貌透視到道德,劉勰則在觀文中由文字透視到文情;尤爲重要的是,在這種由外而內的透視過程中,劉勰與劉劭一樣,不依賴主觀之臆想,而依賴於對所觀察對象客觀的、循序漸進的分析。可以說,在對觀察對象分析的條理性與縝密程度上,以及在對潛在組織規則的揭示上,劉勰的"六觀"於劉劭的"八觀"可謂一時瑜亮,難分軒輊。相信二劉這種"由外而內"的理解模式,與孔、孟從"知言"到"知人"的思想也有一定的承傳關係。

劉勰文中所有重要觀念均可溯源自觀詩與觀人傳統,但是這並不說明劉勰思想中缺乏新意。作爲一個文學批評家與思想家,劉勰的新意主要不表現在提出新的觀念,而在於利用固有之觀念以構建一個新的理論體系,能夠將各種不同的解釋方式和理論融合成一個全面的文學批評體系,絕非等閑之舉;可以說,能像劉勰那樣,以一篇短文的空間,系統地考察了從評論者的培養到評論效果等一系列關鍵理論問題的,在前既無古人,於後亦無來者。

§ 018 劉勰(約465—約520或532)《文心雕龍·知音》(全文):全面系統的文學理解論

【作者簡介】劉勰(約465—約520或532),字彥和,東莞莒(今山東莒縣)人。南朝梁文學理論家。少時早孤,篤志好學,投靠沙門僧祐,研習佛學經典。劉勰撰寫《文心雕龍》五十篇,得沈約讚賞,授奉朝請,任臨川王蕭宏記室、東宮通事舍人,爲昭明太子蕭統所重,於定林寺整理佛經,事畢,請求出家,燔鬚自誓明志,法名慧地。

知音其難哉!音實難知,知實難逢,逢其知音,千載其一乎!夫古來知音,多賤同而思古,所謂"日進前而不御,遙聞聲而相思"①也。昔《儲說》②始出,《子虛》③初成,秦皇漢武,恨不同時。既同時矣，則韓囚而馬輕④，豈不明鑒同時之賤哉？至於班固、傅毅⑤，文在伯仲⑥，而固嗤毅云："下筆不能自休。"⑦及陳思論才，亦深排孔璋，敬禮請潤色，歎以為美談，季緒好詆訶，方之於田巴，意亦見矣⑧。故魏文稱"文人相輕"，非虛談也。至如君卿⑨脣舌，而謬欲論文，乃稱"史遷著書，諮東方朔"；於是桓譚之徒，相顧嗤笑⑩，彼實博徒，輕言負誚⑪，況乎文士，可妄談哉！故鑒照洞明，而貴古賤今者，二主⑫是也；才實鴻懿，而崇己抑人者，班曹⑬是也；學不逮文，而信偽迷真者，樓護是也：醬瓿⑭之議，豈多歎哉！

①出《鬼谷子·內揵》。 ②指戰國韓非所著《內儲說》及《外儲說》，文見《韓非子》。 ③司馬相如《子虛賦》。 ④秦始皇在讀到《韓非子》其書時對韓非本人心生嚮往，見了韓非之後卻將其囚禁，同樣地，漢武帝愛《子虛賦》，卻輕視司馬相如本人。事見《史記》。 ⑤同為東漢時人。 ⑥伯仲之間，比喻不分上下。 ⑦班固譏笑傅毅的文章冗長，不知在適當的時候停筆。 ⑧事見曹植《與楊德祖書》："以孔璋、陳琳之才，不閑習於辭賦，而多自謂能與司馬長卿同風，譬畫虎不成，反為狗者也。……昔丁敬禮嘗作小文，使僕潤色之，僕自以才不過若人，辭不為也。敬禮謂僕：'卿何所疑難？文之佳惡，吾自得之。後世誰相知定吾文者耶？'吾常嘆此達言，以為美談。……劉季緒才不能逮於作者，而好詆訶文章，掎摭利病。昔田巴毀五帝，罪三王，呰毀五霸於稷下，一旦而服千人。魯連一說，使終身杜口。劉生之辯，未若田氏；今之仲連，求之不難，可無嘆息乎！"陳思，即曹植。孔璋，"建安七子"之一的陳琳。"季緒"，劉季緒，名修，劉彪子。田巴，戰國時齊國好辯者。魯連，即魯仲連。 ⑨樓護，西漢時人，字君卿，精於辯論。 ⑩桓譚嗤笑樓護之說。 ⑪受到譏笑。"誚"，音qiào，批評責備。 ⑫秦始皇、漢武帝。 ⑬班固、曹植。 ⑭揚雄著《太玄》《法言》，劉歆看後，批評可能會被用來蓋醬瓿，即盛醬的器物。事見《漢書·揚雄傳》。

夫麟鳳與麏⑮雉⑯懸絕，珠玉與礫石超殊，白日垂其照，青眸寫其形。然魯臣以麟爲麏⑰，楚人以雉爲鳳⑱，魏氏以夜光爲怪石⑲，宋客以燕礫爲寶珠⑳。形器易徵，謬乃若是；文情難鑒，誰曰易分。

⑮ 音 jūn。　⑯ 麏雉，獐子和野雞。　⑰ 冉有見麟，以爲天之妖。冉有爲魯國季氏宰，故稱"魯臣"，事見《孔叢子·記問》。　⑱ 楚人有擔山雞者，告路人爲鳳凰，事見《尹文子·大道上》。　⑲ 魏田父拾得寶玉，以爲怪石，亦見《尹文子·大道上》。　⑳ 宋人得燕山礫石，以爲寶珠，事見《闕子》。

夫篇章雜沓，質文交加，知多偏好，人莫圓該㉑。慷慨者逆聲而擊節，醞籍者見密而高蹈，浮慧者觀綺而躍心，愛奇者聞詭而驚聽。會己㉒則嗟諷，異我則沮棄，各執一隅之解，欲擬萬端之變；所謂"東向而望，不見西墻"也。

㉑ 圓通該備，面面俱到。　㉒ 與己相合。

《知音》開篇，劉勰首先感慨文學解釋之困難及有真知灼見者之難逢："知音其難哉！音實難知，知實難逢，逢其知音，千載其一乎！"隨後，劉勰告誡評文者要杜絕四種行爲：第一，不要貴古而賤今，如始皇之囚韓非、漢武之輕相如；第二，不要崇己而抑人，如班固之嗤傅毅、曹植之排陳琳；第三，不要信僞而迷真，如樓護之謬傳"史遷著書，咨東方朔"；第四，不要讓自己偏好之情致左右理性的判斷。偏愛"慷慨""醞籍""浮慧""愛奇"四種情致的人，勢必只懂得欣賞與此四類特質相符的文學作品，而對與之相異的則加以排斥。

凡操千曲而後曉聲，觀千劍而後識器；故圓照之象，務先博觀。閱喬岳以形培塿㉓，酌滄波以喻畎澮㉔，無私於輕重，不偏於憎愛，然後能平理若衡，照辭如鏡矣。是以將閱文情，先標六觀：一觀位體，二觀置辭，三觀通變，四觀奇正，五觀事義，六觀宮商。斯術既形,則優劣見矣。

㉓ 音 pǒu lǒu,小土山。　㉔ 音 quǎn huì,溪流、溝渠。

此段提出評文者應遵行的七件要務。第一"博觀":"凡操千曲而後曉聲,觀千劍而後識器。故圓照之象,務先博觀。""博觀"實指文學批評的準備,而非實際的操作。劉勰認為,説文者應當浸潤於文學作品中,以培養兩種關鍵的素質,一為高雅之文學品味,一為客觀之鑒賞態度——這兩種素質有助於做到"平理若衡,照辭如鏡"。這個準備工作充分完成之後,説文家就可以著手從事被劉勰稱為"六觀"的六種要務:"一觀位體,二觀置辭,三觀通變,四觀奇正,五觀事義,六觀宮商。斯術既形,則優劣見矣。"雖然"六觀"涵蓋了文學鑒賞的所有主要方面,但其各自的具體内容並非一目了然,因為劉勰僅僅提出"六觀"的概念,却没有像劉劭那樣逐個加以詳盡的解釋。

夫綴文者情動而辭發,觀文者披文以入情,沿波討源,雖幽必顯。世遠莫見其面,覘㉕文輒見其心。豈成篇之足深,患識照之自淺耳。夫志在山水,琴表其情,況形之筆端,理將焉匿?故心之照理,譬目之照形,目瞭㉖則形無不分,心敏則理無不達。然而俗監之迷者,深廢淺售,此莊周之所以笑折楊㉗,宋玉所以傷白雪也㉘!昔屈平有言:"文質疎内,衆不知余之異采。"㉙見異唯知音耳。揚雄自稱"心好沈博絶麗之文"㉚,其事浮淺,亦可知矣。夫唯深識鑒奥,必歡然内懌㉛,譬春臺之熙㉜衆人,樂餌㉝之止過客。蓋聞蘭為國香,服媚㉞彌芬;書亦國華,翫澤方美;知音君子,其垂意焉。

贊曰:洪鐘萬鈞,夔曠所定㉟。良書盈篋,妙鑒迺訂。流鄭淫人,無或失聽。獨有此律,不謬㊱蹊徑。(WXDLZ, juan 10, pp.713–715)

㉕ 音 chān,觀察、研讀。　㉖ 眼珠明亮。　㉗ 折楊,俗中小曲,衆人

聽之大笑,莊子因之批評大聲不入於眾人之耳。見《莊子‧外篇‧天地》。
㉘ 陽春白雪,曲中高古者,和之者少。見宋玉《對楚王問》。　㉙ 語出屈原《九章》。　㉚ 語見揚雄《答劉歆書》。　㉛ 内心喜悅。　㉜ 和樂。
㉝ 音樂與食物。　㉞ 喜愛佩戴。　㉟ 夔,傳說中虞舜時樂官。曠,師曠,晉國樂師,善於辨音。　㊱ 偏離。

劉勰在列舉"六觀"之後緊接著說:"夫綴文者情動而辭發。觀文者披文以入情。"這句話爲我們指出了揣摩六觀具體内容的方向。既然說閱讀過程是創作過程的反向活動,六觀就可以理解爲要從六個不同方面,以品評的姿態,沿著相反方向來再現創作過程。這樣,劉勰對文學創作中一系列重大問題所作的詳細闡述,無不可以歸入六觀的範疇之中:

接受過程 \ 創作過程	主要論題	有關篇章及句數
一觀位體	風格 體裁 結構	體性第 27/23—62 定勢第 30/35—70 熔裁第 32/7—44
二觀置辭	内容語言	風骨第 28
	詞句	熔裁第 32/49—72 章句第 34
	修辭	麗辭第 35 比興第 36 夸飾第 37
	煉字	練字第 39
三觀通變	作品與文學傳統的關係	通變第 29
四觀奇正	對立的風格標準	體性第 27 定勢第 30
五觀事義	典故	事類第 38
六觀宮商	聲律	聲律第 33

從讀者的角度來回顧上表第二欄中的論題，我們能夠很容易地發現劉勰要求評論者在六觀中分別考察什麼，評價什麼。如上表所示，第一、二觀同時涉及不同論題，顯得相對複雜一些，而後四種觀各自專注於一個論題，則直接得多。

　　劉勰認爲，六觀的功用有三種：第一，評論者能夠克服時間與空間的障礙，而觀察到遠在異代的作者之文心。在包括《文心雕龍》在內的六朝文藝理論中，"心"不僅指作者用藝術手法表達的文情，而且也指表達創作過程中所顯示的爲文之心。由於六觀反向再現了作者的創作過程，文學批評家自然就可探知作者文心之奧秘。第二，評論者可以觀察到寓於文中的萬物之理。因爲如果作者筆端能夠揭示此理，則讀者必能在反向重建其創作過程時，同樣感悟這一至理。第三，劉勰認爲文學批評家在其評論過程中，能夠獲得極大的審美快感："夫唯深識鑒奧，必歡然內懌。譬春臺之熙衆人，樂餌之止過客。"（《文心雕龍·知音》）爲這三種益處，劉勰大力建議知音君子垂意於"觀文"這一文藝評論活動。

　　劉勰以感慨知音難覓開篇，却以充滿樂觀的語氣收尾："沿波討源，雖幽必顯。世遠莫見其面，覘文輒見其心。豈成篇之足深，患識照之自淺耳。夫志在山水，琴表其情，况形之筆端，理將焉匿？故心之照理，譬目之照形，目瞭則形無不分，心敏則理無不達。"

【第 3 部分參考書目】

詹鍈義證：《文心雕龍義證》，上海：上海古籍出版社，1994 年。參有關《文心雕龍·知音》的注釋，見第 1853—1864 頁。

楊明剛著：《古代人文思潮與知音論的審美生成》，上海：上海人民出版社，2013 年。參對知音篇的論述，見第 246—251 頁。

繆俊傑著：《文心雕龍美學》，北京：人民文學出版社，1987 年。參對知音篇細讀，見第 275—280 頁。

黃雁鴻：《才性論與魏晉思潮》，《中國文化研究》春之卷（2008 年），第 75—82 頁。

賈奮然:《論〈人物志〉"才性論"對〈文心雕龍〉的影響》,《中國文化研究》夏之卷(2009年),第132—138頁。

李建中:《從品評文人到精析文心——漢魏六朝文藝心理學概述》,《社會科學研究》1991年第2期,第72—78頁。

王運熙:《陸機、陶潛評價的歷史變遷》,《東方叢刊》2008年第2期,第150—163頁。

4　唐代理解論

隋朝統一後,受到李諤上書的啓示,隋文帝下令文書裏面不能用華麗的文辭,言"普詔天下,公私文翰,並宜實錄"[1]。在這樣的背景下,文學理解又回到了儒家詩教的傳統。太宗時期,孔穎達是繼承儒家解詩的集大成者。他的《毛詩正義》將《毛詩序》《毛傳》和鄭玄的箋注全部編輯在一起進行疏解。傳,即對經文的解釋;箋,是對經文和傳更加詳細的解釋;疏,則更爲詳細,其遵循"疏不破注",即在不違背《毛傳》和《鄭箋》的情況下,做一種綜合的詮釋,尤其是對《傳》《箋》的一些缺漏、解釋不足之處進行進一步説明。

孔穎達疏解《毛詩正義》是詩歌詮釋史上的一大里程碑,從這以後,文學作品就開始按照這種模式進行注疏。唐代李善注蕭統《昭明文選》就是一個例子。李善比孔穎達時代稍晚,主要活動於唐高宗時期。他注解《文選》的路數和孔穎達是極爲吻合的,就是將文本中用到的言詞引經據典一一羅列。實際上,孔穎達、李善這種詮釋的方法可以追溯到《毛傳》,都是以訓詁、

---

[1] [唐]魏徵、[唐]令狐德棻:《隋書》卷六六,北京:中華書局,1973年,第1543頁。

釋詞爲主，義理層面沒有什麽發揮。不過，在玄宗時期有五位大臣對李善《文選注》頗爲不滿，他們認爲李善注支離破碎，只有對言詞用語的解釋，因此決定自己將詩義闡釋補充上。宋人於是將他們六人的注解合訂成《六臣注文選》，此"六臣"即唐代李善、吕延濟、劉良、張銑、李周翰、吕向。

從六臣對《古詩十九首》的解讀來看，五臣的注文與李善明顯不同，他們繼承《毛傳》將自然物象加入政治含義的類比演繹法，其闡釋十分穿鑿附會。比如，對"青青河畔草，鬱鬱園中柳"句的解釋，張銑曰："此喻人有盛才，事於暗主，故以婦人事夫之事託言之。言草柳者，當春盛時也。"(§019)從這簡單的詩句解讀出有才華的人懷才不遇的意思。而李善曰："鬱鬱，茂盛也。"他僅僅對詩句中關鍵的詞進行解釋，而沒有武斷地對詩義下結論(§019)。對比之下，五臣注仿效《毛傳》的牽强比附可見一斑。不過，與《毛傳》不同的是，五臣沒有將《古詩十九首》與具體的政治事件聯繫在一起，這大概是由於《古詩十九首》的作者大多爲無名氏，很難與具體的人或事件掛鉤。

對於《詠懷》這種明確知道作者的詩歌文本，六臣的解讀則又有不同。如對《詠懷》其一(夜中不能寐)篇，顏延年曰："嗣宗身仕亂朝，常恐離謗遇禍，因兹發詠，故每有憂生之嗟。雖志在刺譏，而文多隱避。百代之下，難以情測，故粗明大意，略其幽旨也。"(§020)顏延年是劉宋時期與謝靈運齊名的大文豪，他這裏講得十分清楚合理，也符合知人論世的思想，就是說他認爲阮嗣宗表達的思想很含蓄、隱晦，因其"文多隱避"且時間比較久遠，所以不能逐一與具體的事情掛鉤進行解釋，只能略知其大意。但五臣並不滿足於此，他們一定要對每個意象進行詮釋。如解釋"夜中"，呂延濟說"喻昏亂"，而解釋"孤鴻"，呂向則說"喻賢臣孤獨在外"，而解釋"翔鳥"，他又說"鷙鳥，好迴飛，以比權臣在近側，謂晉文王也"。可見，五臣注十分注重意象的類比解讀，他們在發掘情感的背後往往跟著譏刺時政的解釋，但對於阮籍《詠懷》，他們同樣無法採用《毛傳》那種附會的手法，將詩歌與阮籍生平具體事件聯繫在一起，只能比較抽象地聯繫到君臣關係。

唐代的意象類比解詩法體現出唐代仍然按照漢儒的思路解詩。在《詩經》的解釋上，如孔穎達的《正義》，主要是對《毛序》《毛傳》加以豐富，將類比理解理論發揮得淋漓盡致，並沒有太多新的突破。在解釋詩歌方面，雖然本部分所引的幾段作者是否確爲白居易、賈島依然存疑，然而這幾段仍然可以反映出唐人解詩的思路。下面所引舊題白居易所作的兩段（§022、§023）是對漢人類比解讀系統化的總結，尤其是在意象使用方面，即用什麼意象可以表達什麼道德上的意義，將道德觀念和具體意象的比喻關係固定化，加以系統編目列舉。當然漢人所用的意象往往是和具體事例相互聯繫，這裏則是用意象或較爲典型的場景來表達不同的道德意義，並將天地、山河、草木、魚蟲等意象稱爲外意，與其類比的道德則稱爲內意，強調內外意的相輔相成。無獨有偶，同時期的賈島、徐寅等人同樣採用這種內外一體的意象類比解詩法，總結出一系列意象與道德人倫對應的關係鏈。

在這種將意象進行政治解讀的基礎上，白居易《金鍼詩格》

把類似五臣注《文選》的解詩法梳理出來，編成一個指導詩歌創作的小册子。其中類似"日月比君后，龍比君位，雨露比君恩澤，雷霆比君威刑"（§023），把具體物象賦予的政治意義總結出來，並將這種詮詩的方法轉變成一個創作指南。賈島《二南密旨·論引古證用物象》也是如此："天地、日月、夫婦，君臣也，明暗以體判用。"（§024）中晚唐時期的這些詩格作品表明，當時的作詩者看到這些意象已經能夠自然聯繫到政治意味。正由於詩人們已經處於這樣一個思維範式之中，便總會在自己的詩歌創作中與政治價值體系進行一種潛意識的對話。

　　在這種詮釋學實踐的影響下，徐夤等人提出了"内意"和"外意"的兩個概念，以"意"來總結意象的分類，他認爲"意"有内外之别，徐夤《雅道機要·明意包内外》言："内外之意，詩之最密也。苟失其轍，則如人去足，如車去輪，其何以行之哉？贈人。外意須言前人德業，内意須言皇道明時。詩曰：'夜閑同象寂，晝定爲吾開。'送人。外意須言離别，内意須言進退之道。"（§026）"外意"即詩歌文本的直接意義，就是感官對物象的反映，如"離别"，是具體的個人體驗。而"内意"是文本所類比的道德含義，就是牽强附會地與社會道德政治聯繫在一起。這裏對意象的歸類應該是爲作詩手册而編寫的，用以指導學子寫詩。這類意象和道德意義的分類目録，並没有太多强調詩作與具體歷史事件的關係，這一點與漢代的類比方式較爲不同。徐氏雖然認爲"内意"更重要，但還是注重"外意"的審美感受。這種"内外意"的提出無形中也提示了詩歌創作者，要内外意兼得、温柔含蓄。"内意"與"外意"的觀點在後來得到宋人梅堯臣的使用與引申,梅堯臣《續金鍼詩格・詩有內外意》云:"內意欲盡其理,外意欲盡其象,內外含蓄,方入詩格。"(§029)內意是表達一種價值、概念,其表達須得含蓄不露,這是繼承了傳統的詩教"溫柔敦厚"。由此,他就將內外意統一起來,最理想的詩歌創作是兩者融爲一體,即道德闡發和藝術審美的相融。

4.1　漢儒解詩法在《文選注》等中的承繼和發展

《文選注》各版本注釋的差異反映了唐代詮釋詩歌方法的演變,今存《文選注》常見爲六臣注本,指的是李善注和五臣注(呂延濟、劉良、張銑、呂向、李周翰)的合注本,今人雖對李善版本評價更高,但實際上,五臣注因簡單易明的特點在科舉方面更實用,於唐代更受重視。兩者解詩的方法相異却互補。對五臣而言,他們更著重分析詩歌意象的寓意,多以文本自身爲基礎詮釋原文,少有引典佐證,五臣注釋情詩時,傾向套入牽強附會的政治解讀,在《古詩十九首》其二"青青河畔草"及《古詩十九首》其十"迢迢牽牛星",五臣認爲兩詩均以婦喻臣,以夫喻君,詩義由男女之情轉變爲君臣之義,由此忽略了詩歌抒情的傳統。總體而言,五臣注更接近《毛序》斷章取義進行類比理解,強調詩歌政治用途的解讀方式,其中張銑、劉良二人的注解比例相對更高,二人的詮釋較其餘三人而言更接近《毛序》的理解方式,例如阮籍《詠懷》其一"夜中不能寐"(§020)。

但不同之處在於,《毛序》直接將《詩》與歷史事件聯繫起來,而五臣注在解讀阮籍和曹植的詩歌時,並沒有强行將詩歌對應歷史事件或作者背景,可見五臣注比《毛序》更尊重文本內容。相比之下,李善注更少直接解讀詩歌寓意,多爲徵引詩文或史傳探究典故出處,在部分注釋當中,李善雖將道德政治和詩歌意象聯繫起來,却能舉出典故原文爲論據,可信度更高,這種新的注釋方法爲讀者保留更多解讀空間,尊重詩歌原有的抒情功能,並未爲情詩強行附上政教意味。

§019 《六臣注文選·古詩十九首》：引向美刺之義

【典籍簡介】"昭明太子"蕭統招聚文學之士編撰歷代詩文總集《文選》三十卷,史稱《昭明文選》。《六臣注文選》的六臣是唐代李善、呂延濟、劉良、張銑、李周翰、呂向。

【其二】青青河畔草,鬱鬱園中柳。善曰：鬱鬱,茂盛也。銑曰：此喻人有盛才,事於暗主,故以婦人事夫之事託言之。言草柳者,當春盛時也。盈盈樓上女,皎皎當窗牖。善曰：草生河畔,柳茂園中,以喻美人當窗牖也。《廣雅》曰："嬴,容也。"盈,與嬴同,古字通。向曰：盈盈,不得志貌。皎皎,明也。樓上,言居危苦。當窗牖,言潛隱伺明時也。娥娥紅粉妝,五臣作裝,纖纖出素手。善曰：《方言》曰："秦晉之間,美貌謂之娥。"《韓詩》曰："纖纖女手,可以縫裳。"薛君曰："纖纖,女手之貌。"毛萇曰："摻摻,猶纖纖也。"翰曰：娥娥,美貌。纖纖,細貌。皆喻賢人盛才也。昔爲倡家女,今爲蕩子婦。善曰：《史記》曰："趙王遷,母倡也。"《説文》曰："倡,樂也。"謂作妓者。濟曰：昔爲倡家女,謂有伎藝未用時也。今爲蕩子婦,言今事君好勞人征役也。婦人比夫爲蕩子,言夫從征役也。臣之事君,亦如女之事夫,故比而言之。蕩子行不歸,空牀難獨守。善曰：《列子》曰："有人去鄉土遊於四方而不歸者,世謂之爲狂蕩之人也。"翰曰：言君好爲征役不止,雖有忠諫,終不見從,難以獨守其志。(LCZWX, juan 29, pp.1-2)

【其五】西北有高樓,上與浮雲齊。善曰:此篇明高才之人仕宦未達,知人者稀也。翰曰:此詩喻君暗,而賢臣之言不用也。西北,乾地,君位也。高樓,言居高位也。浮雲齊,言高也。交疏結綺窗,阿閣三重階。善曰:薛綜《西京賦注》曰:"疏,刻穿之也。"《說文》曰:"綺,文繒也。"此刻鏤以象之。《尚書中候》曰:"昔黃帝軒轅,鳳皇巢阿閣。"《周書》曰:"明堂咸有四阿。"然則閣有四阿,謂之阿閣。鄭玄《周禮注》曰:"四阿,若今四注者也。"薛綜《西京賦注》曰:"殿前三階也。"良曰:交通而結鏤文綺,以爲窗也。疏,通也。阿閣,重閣也。上有絃歌聲,音響一何悲。善曰:《論語》曰:"子游爲武城宰,聞絃歌之聲。"《說苑》:應侯曰:"今日之琴一何悲也。"銑曰:言樓上有絃歌亡國之音,一何悲也。謂不用賢,近不肖,而國將危亡,故悲之也。誰能爲此曲?無乃杞梁妻。善曰:《琴操》曰:"《杞梁妻歎》者,齊邑杞梁殖之妻所作也。殖死,妻歎曰:'上則無父,中則無夫,下則無子,將何以立吾節?亦死而已。'援琴而鼓之,曲終,遂自投淄水而死。"濟曰:既不用直臣之諫,誰能爲此曲?賢臣乃如杞梁妻之惋歎矣。昔杞梁妻歎曰:"上無父,中無夫,下無子,何以更生?"援琴鼓之,赴水而死也。清商隨風發,中曲正徘徊。善曰:宋玉《笛賦》曰:"吟清商,追流徵。"翰曰:清商,秋聲也。秋物皆哀,以比君德衰,隨此風起。徘徊,志不安也。一彈再三歎,慷慨有餘哀。善曰:《說文》曰:"歎,太息也。"又曰:"慷慨,壯士不得志於心也。"不惜歌者苦,但傷知音稀。善曰:賈逵《國語注》曰:"惜,痛也。"孔安國《論語注》曰:"稀,少也。"向曰:不惜歌者苦,謂臣不惜忠諫之苦,但傷君王不知也。願爲雙鳴鵠五臣作鴻鵠,奮翅起高飛。善曰:《楚辭》曰:"將奮翼兮高飛。"《廣雅》曰:"高,遠也。"良曰:君既不用計,不聽言,不忍見此危亡,願爲此鳥,高飛於四海也。(*LCZWX*, juan 29, pp.3-4)

【其十】迢迢牽牛星,皎皎河漢女。善曰:《毛詩》曰:"睆彼牽牛,不以服箱。"又曰:"維天有漢,監亦有光。跂彼織女,終日七襄。雖則七襄,不成報章。"毛萇曰:"河漢,天河也。"濟曰:牽牛、織女星,夫婦道也,常阻河漢,不得相親。此以夫喻君,婦喻臣。言臣有才能,不得事君,而爲讒邪所隔,亦如織女阻其歡情也。迢迢,遠貌。皎皎,明貌。**纖纖擢素手,札札弄機杼**。善曰:《韓詩》曰:"纖纖,女手,可以縫裳。"薛君曰:"纖纖,女手之貌。"銑曰:纖纖擢素手,喻有禮儀節度也。札札弄機杼,喻進德修業也。擢,舉也。札札,機杼聲。**終日不成章,泣涕零如雨**。善曰:《毛詩》曰:"不成報章。"又曰:"瞻望弗及,泣涕如雨。"向曰:終日不成章,喻臣能進德修業,有文章之學,不爲君所見知,不用於時,與不成何異也。泣涕,謂悲王室微弱,朝多邪臣,恐國之亡也。**河漢清且淺,相去復幾許。盈盈一水間,脈脈莫白切,五臣作眽眽不得語**。善曰:《爾雅》曰:"脈,相視也。"郭璞曰:"脈脈,謂相視貌也。"良曰:河漢清且淺,喻近也,能相去幾何也。盈盈,端麗貌。眽眽,自矜持貌。喻端麗之女在一水之間,而自矜持,不得交語,亦猶才明之臣與君阻隔,不得啓沃也。(*LCZWX, juan* 29,p.6)

　　五臣注文選受到《毛詩》注的影響,繼承其解讀詩歌之風格,常于詩歌首句處定其幽旨。在對古詩十九首的解讀中,五臣的絕大多數説法略顯穿鑿。在幾乎没有依據的情況下,五臣籠統地將《青青河畔草》《西北有高樓》《迢迢牽牛星》三首詩斷定爲傷賢臣不爲君王接納之詠嘆。譬如李周翰將"蕩子行不歸"理解成君王窮兵黷武。這缺乏有力的證據支持,更像是李公爲效仿毛注"美刺"之風而附會談之。此外,五臣注《文選》與《毛詩》注亦有顯著差異。五臣在解讀古詩十九首時,并未效仿毛詩,將文本與具體的歷史人物和政治事件勾連,而更偏向於描述成模糊抽象的定義,可見五臣之解詩對毛公之解經有所揚棄。

　　本部分參考書目中所列當代學者的研究也有相似的觀點——江慶柏於《〈文選〉五臣注平議》中如是評價五臣之解:"由於傳統詩教説的影響,牽强附會之處不能完全避免。"仲瑶在論文《〈文選〉五臣注的"王張"及其經學闡釋思維和注解方式》中闡述:"最能體現這種'微言大義'的是五臣對《古詩十九首》的注釋。按十九首大抵爲男女相思闊絶之篇,至五臣則皆引向美刺之義,如此曲意彌縫,可謂煞費苦心!"而錢志熙《論〈文選〉〈詠懷〉十七首注與阮詩解釋的歷史演變》則認爲五臣解詩不僅穿鑿比附,且在解阮籍《詠懷》十七首時常常將詩歌與歷史事件聯繫:"五臣的許多説法雖每被後世援引,但穿鑿膠執之弊,實極明顯。五臣之注《詠懷》,每於文外擷取片斷史實,以爲阮詩之各種意象,即爲各種史實的符號與密碼,這顯然不符合詩歌的創作特點,尤其是不符合漢魏詩的藝術特點。"所以,五臣在解詩時所犯的穿鑿附會之誤,幾乎成爲人們的共識。

§ 020 《六臣注文選》阮籍《詠懷詩》:朦朧意象與政治穿鑿

詠懷詩十七首 五言。顔延年曰:説者阮籍在晉文代,常慮禍患,故發此詠耳。

阮嗣宗善曰:臧榮緒《晉書》云:"阮籍,字嗣宗,陳留尉氏人。容貌瑰傑,志氣宏放,蔣濟辟爲掾,後謝病去,爲尚書郎,遷步兵校尉。"籍屬文,初不苦思,率爾便作,成《陳留》八十餘篇,此獨取十七首。詠懷者,謂人情懷。籍於魏末晉文之代,常慮禍患及己,故有此詩,多刺時人無故舊之情,逐勢利而已。觀其體趣,實謂幽深,非夫作者,不能探測之。向注同。

顔延年 沈約等注

【其一】夜中不能寐,起坐彈鳴琴。濟曰:夜中,喻昏亂。不能寐,言憂也。彈琴,欲以自慰其心。薄帷鑑明月,清風吹我衿。善曰:《廣雅》曰:"鑑,照也。"銑曰:帷,帳;鑒,照也。孤鴻號外野,翔善本作朔鳥鳴北林。善曰:《廣雅》曰:"號,鳴也。"向曰:孤鴻,喻賢臣孤獨在外。號,痛聲也。翔鳥,鷙鳥,好迴飛,以比權臣在近側,謂晉文王也。徘徊將何見?憂思獨傷心。善曰:嗣宗身仕亂朝,常恐罹謗遇禍,因兹發詠,故每有憂生之嗟。雖志在刺譏,而文多隱避,百代之下,難以情測,故粗明大意,略其幽旨也。翰曰:由此而憂思。(*LCZWX, juan* 23, p.1)

唐初的李善注和玄宗朝的五臣注,都一定程度上繼承了《毛詩》的解詩體例：總綱在前，分解在後。并且在具體注解五言詩的內容上，也可見對《毛詩》注解《詩經》以己意逆志、聯繫政事等道德解詩手法的繼承。李善注和五臣注都嘗試尋找創作背景，比起李善博采衆家的訓詁疏通，五臣則執著於尋找具體本事以解釋阮籍詠懷詩中的憂思和其身處的晉篡魏的時代政治生態，相較之下更多地受到《毛詩》解詩的影響。

李善多以解釋詞語、典故出處、訓詁引文爲主，多引事而不説意義。偶爾也會繼承其所引用的沈約注釋風格，串講疏通詩句意思，更兼類比解詩，手法靈活，對於詩句的解釋也多是基於詩句本身所反映的情感，而不會像五臣注，幾乎總是將這種情感牽強附會地認爲是時政的反映。吕延濟、劉良、張銑、吕向、李周翰的五臣注，對於詩句的解釋或歸作抒情或歸作諷刺，但往往注重諷刺的一面，即使發掘情感，背後也往往跟著譏刺時政的解釋，所以對此種解詩方法的堅持，在阮籍詠懷詩這裏，有時便流於附會。

詠懷第一首的六臣注釋，頗有"開宗明義"的用意，讓人聯想到毛詩《關雎》的注解。吕延濟將原詩中的"夜中"比喻爲"昏亂"，明顯和後文"憂思"的注解相連，合并指向阮籍政治失意、因朝政黑暗而壓抑的內心。李善本三處注釋，兩處引自《廣雅》釋詞，"憂思獨傷心"注釋，認爲阮籍的確通過本詩寄托了某些"憂思"。這也點明了後人解釋阮詩時利用解詩"空間"之原因：朦朧的意境、自然意象引發的多元聯想，其情旨所在，自然見仁見智。其實這一引注，也表達了李善本身對於阮籍詠懷詩意有所指的看法，和五臣的相去不遠，或許只存在程度上的差別，在傳統解詩方法占據主流的時代，這兩種注本可看作互爲補充的兩版。

【其三】嘉樹下成蹊，東園桃與李。秋風吹飛藿，零落從此始。顏延年曰：《左傳》季孫氏有嘉樹。沈約曰：風吹飛藿之時，蓋桃李零落之日，華實既盡，柯葉又彫，無復一毫可悦。善曰：班固《漢書·李廣贊》曰："諺曰：'桃李不言，下自成蹊。'"《説文》曰："藿，豆之葉也。"《楚辭》曰："惟草木之零落。"濟曰：嘉，美也。蹊，道也。藿，猶葉也。言及秋風而零落也。言晉當魏盛時則盡忠，及微弱則陵之，使魏室零落，自此始也。繁華有憔悴,堂上生荆杞。善曰:言無常也。《文子》曰:"有榮華者,必有愁悴。"班固《答賓戲》曰:"朝爲榮華,夕爲憔悴。"《山海經》曰:"零夕之山,下爲荆杞。"郭璞曰:"杞,枸杞。"銑曰:荆杞,喻奸臣。言因魏室陵遲,奸臣是生。奸臣,則晉文王也。驅馬舍五臣作捨字之去,去上西山趾。善曰:西山,夷、齊所居,言欲從之,以避世禍。銑曰:西山,伯夷、叔齊隱處也。趾,山足也。言晉無始終,不及夷、齊,故上西山也。一身不自保,何況戀妻子?沈約曰:榮悴去就,此人本無保身之術,況復妻子者乎?向曰:言遇此時,不可相保。凝霜被野草,歲暮亦云已。沈約曰:歲暮風霜之時,徒然而已耳。善曰:繁霜已凝,歲亦暮止,野草殘悴,身亦當然。《楚辭》曰:"漱凝霜之紛紛。"《字書》曰:"凝,冰堅也。"《毛詩》曰:"歲聿云暮。"《蒼頡篇》曰:"已,畢也。"向曰:已,盡也。言霜凝歲暮,野草當盡,我値今日,身亦固然。此乃籍憂生之詞也。(LCZWX, juan 23, pp.2-3)

這一首注解彰顯出李善隔靴搔癢式的模糊解釋和五臣在清晰對應史事、比附政治的分歧。呂延濟和張銑將秋風、荆杞意象分別認爲是比喻晉遇強則弱、乘人之危的陰險和朝堂當道的奸臣(即司馬氏)。喜歡將政治諷喻附會到詩句這點也見諸五臣對其他詠懷詩的分析,而李善則認爲這些自然意象并沒有非常清楚的指向,甚至在秋風的意象上沒有明確表明他的觀點是偏向於單純的景色描寫、別有用意的起興、還是寓意最深的諷刺,他僅僅引述了沈約的"徒然而已",提示了阮籍自身遭際和秋日蕭索的相似性。

【其十一】灼灼西頹善本作隤日,餘光照我衣。善曰:《楚詞》曰:"日杳杳而西頹。"迴風吹四壁,寒鳥相因依。銑曰:頹日,喻魏也。尚有餘德及人。迴風,喻晉武。四壁,喻大臣。寒鳥,喻小臣也。周周尚銜羽,蛩蛩亦念飢。善曰:《韓子》曰:"鳥有周周者,首重而屈尾,將欲飢於河,則必顛,乃銜羽而飲。今人之所有飲不足者,不可以不索其羽矣。"《爾雅》曰:"西方有比肩獸焉,與邛邛岠虛比,爲邛邛岠虛齧甘草;即有難,邛邛岠虛負而走,其名謂之蟨。"郭璞曰:"蟨音厥。"向曰:周周、蛩蛩,同善注,以喻君臣相須而濟,有曾不如於此。**如何當路子,磬折忘所歸?豈爲夸苦瓜譽五臣作與名,憔悴使心悲。**沈約曰:天寒,即飛鳥走獸尚知相依,周周銜羽以免顛仆,蛩蛩負蟨以美草,而當路者知進趨不念暮歸,所安爲者,惟夸譽名,故致憔悴而心悲也。善曰:《孟子》:公孫丑問曰:"夫子當路於齊,管、晏之功可復許乎?"綦母邃曰:"當仕路也。"《尚書大傳》曰:"諸侯來受命,周公莫不磬折。"磬,樂器,其形典折。《呂氏春秋》曰:"古之人有不肯富貴者,由重生故也,非夸以名也,爲其實也。"司馬彪《莊子注》曰:"夸,虛名也。"鄭玄《禮記注》曰:"名,令聞也。"翰曰:當路子,喻大臣也。皆磬折曲從,以媚晉氏,而忘致君之道。良曰:此人皆夸大與名譽,而致身趨附之地,使我憔悴而心悲。**寧與鷰雀翔,不隨黃鵠飛。黃鵠遊四海,中路將安歸?**沈約曰:若斯人者,不念己之矩翩,不隨鷰雀爲侶,而欲與黃鵠比遊。黃鵠一舉沖天,翱翔四海,矩翩追而不逮,將安歸乎?爲其計者,宜與燕雀相隨,不宜與黃鵠齊舉。善曰:《漢書》:息夫躬《絶命辭》曰:"玄雲決鬱將安歸。"濟曰:鷰雀,喻姦佞。黄鵠,喻賢才。言世人寧與姦佞相濟,其要安於爵禄,不能與賢才盡力於君,而受其黜退也。(XJDLJZWX, vol.23, pp.1422-1423)

"寧與鷰雀翔,不隨黃鵠飛"一句的解釋,李善和五臣的注解出現了完全相反的分歧。詩句中隱去的主語,是句子的主角,然而正是隱去的主語給注釋提供了分歧的可能:黄鵠,李善引沈約注解釋爲志存高遠的君子賢臣,宜與黃鵠爲伍,鷰雀則是短視的世俗群體,是被詩人鄙視的;他認爲這句詩所指的人物應該如同阮籍具有賢能,不願念自己是一直仰望空中的黃鵠,欲一飛衝天而不歸。此句的五臣注出自呂延濟,他雖同樣將鷰雀釋爲奸佞,黄鵠釋爲賢才,但這句詩的主語則被認爲是歧路口已做出抉擇的世人,寧願短視與小人爲伍而不願志存高遠,冒險跟隨"黃鵠遊四海"。五臣更傾向於將此句解釋爲指涉現實,而李善的立場應和其所引的沈約相似,更加偏向一種人生信條的展示與規勸。

4.2 白居易等人的意象類比解詩法

孔穎達的《毛詩正義》通過豐富《毛序》《毛傳》《鄭箋》的闡釋,已將類比的解釋理論發揮到極致。而從白居易開始,唐人紛紛將類比解《詩》的思維運用於詩歌批評,總結出一系列意象與道德政治指義的組合,使"用什麼意象表達什麼道德意義"的問題被歸納得清楚明白,乃至形成一種約定俗成的傳統模式,成爲詩格文獻的組成部分,從而具有創作層面的指導意義。他們還將天地、日月、山川、夫婦、草木魚蟲等意象統歸爲"外意"的範疇,而這些意象背後所指的道德政治內涵則構成詩的"內意",強調內意與外意的相生相成。白居易、賈島、釋虛中、徐夤等人有關意象與道德政治關係的論述有由簡至繁、由淺入深的發展。

§ 021　孔穎達(574—648)《毛詩正義》:意象的道德倫理化類比

【作者簡介】孔穎達(574—648),字沖遠,又字仲達,冀州衡水(今河北省衡水市)人。唐初經學家。隋朝末年舉明經,選爲進士,唐朝後,歷任國子司業、國子祭酒、東宮侍講。唐太宗時,奉命編纂《五經正義》,集魏晉南北朝以來經學之大成。

正義曰:……"雎鳩,王雎也",《釋鳥》文。郭璞曰:"鵰①類也。今江東呼之爲鶚②,好在江邊沚中,亦食魚。"陸機疏云:"雎鳩,大小如鴟③,深目,目上骨露,幽州人謂之鷲。而揚雄、許慎皆曰白鷢,似鷹,尾上白。"定本云"鳥摯而有別",謂鳥中雌雄情意至厚而猶能有别,故以興后妃説樂君子情深,猶能不淫其色。傳爲"摯"字,實取至④義,故箋云"摯之言至,王雎之鳥,雄雌情意至然而有别"⑤,所以申成毛傳也。俗本云:"雎鳩,王雎之鳥"者,誤也。"水中可居者曰洲",《釋水》文也。李巡曰:"四方皆有水,中央獨可居。"《釋水》又曰"小洲曰渚","小渚曰沚","小沚曰坻"。"江有渚",傳曰:"渚,小洲也。"《蒹葭》傳、《谷風》箋並云"小渚曰沚",皆依《爾雅》爲説也。《采蘩》傳曰:"沚,渚。"《鳧鷖》傳曰:"渚,沚。"互言以曉人也。《蒹葭》傳文云:"坻,小渚也。"不言小沚者,沚、渚大小異名耳,坻亦小於渚,故舉渚以言之。和諧者,心中和悦,志意諧適,每事皆然,故云"無不和諧"。又解以"在河之洲"爲喻之意,言后妃雖悦樂君子,不淫其色,能謹慎貞固,居在幽閒深宫之内,不妄淫褻君子,若雎鳩之有别,故以興焉。后妃之德能如是,然後可以風化天下,使夫婦有别。夫婦有别,則性純子孝,故能父子親也,孝子爲臣必忠,故父子親則君臣敬。君臣既敬,則朝廷自然嚴正。朝廷既正,則天下無犯非礼,故王化得成也。(MSZY, juan 1, p.273)

① 音 diāo,鷹科。　② 音 è,魚鷹。　③ 音 chī,古書上指鵄鷹。
④ 真實懇切。　⑤ 鄭玄箋釋《詩經》文。

孔穎達把"雎鳩"及"河之洲"這兩個意象與道德倫理觀念進行類比。前者承鄭玄之説,類比爲"后妃説樂君子情深,猶能不淫其色",而後者則類比爲"能謹慎貞固,居在幽閒深宫之内,不妄淫褻君子",同時可與"雎鳩"意象的類比互相支持與呼應。以上意象的類比均可達到闡發《毛傳》《鄭箋》詮釋的目的。

§022　白居易(772—846)《金鍼詩格・詩有內外意》:"內意"爲"理","外意"爲"象"

【作者簡介】白居易(772—846),字樂天,號香山居士,又號醉吟先生,祖籍山西太原,徙居下邽,生於河南新鄭,官至翰林學士、左贊善大夫,後貶爲江州司馬,曾任杭州刺史、蘇州刺史。唐代詩人。白居易與元稹共同倡導新樂府運動,世稱"元白",又與劉禹錫並稱"劉白"。白居易在洛陽去世,有《白氏長慶集》傳世,代表詩作有《長恨歌》《琵琶行》等。

一曰內意,欲盡其理。理,謂義理之理,美①、刺、箴②、誨③之類是也。二曰外意,欲盡其象。象,謂物象之象,日月、山河、蟲魚、草木之類是也。內外含蓄,方入詩格。(QTWDSGHK, pp.351-352)

① 褒揚。　② 勸告。　③ 教導。

白居易對"內意"與"外意"的區分:視"內意"爲"理";"外意"爲"象","內外含蓄,方入詩格",意味著外在意象與內在義理相輔相成,下文所引徐寅之說繼承了此觀點。兩者相異之處請參看下文對徐說的評論。

§023　白居易《金鍼詩格・詩有物象比》:古詩的意象比類系統

日月比君后。龍比君位。雨露比君恩澤。雷霆比君威刑。山河比君邦國①。陰陽比君臣。金石比忠烈。松柏比節義。鸞鳳比君子。燕雀比小人。蟲魚草木,各以其類之大小輕重比之。(QTWDSGHK, p.359)

① 邦國,古代諸侯的封土。

這裏列舉了一系列古典詩歌中的意象比類傳統,自然萬物因其內外特性而被古人類比於各種人倫關係、情感事理,並隨著約定俗成,逐漸成爲一種作詩、解詩的思維傳統。白居易可謂對意象類比解詩方式進行了理論的總結,將道德觀念和具體意象固定的比喻關係加以系統列舉,於是,用什麼意象表達什麼道德政治上的意義可謂一目了然。

§024　賈島(779—843)《二南密旨》：道德寓言式的類比意象群

【作者簡介】賈島(779—843),字閬仙,另作浪仙,幽州范陽(今北京)人。唐代苦吟詩人,長於五律。早歲出家爲僧,法號無本,後還俗並參加科舉,累不中第。長慶二年舉進士。文宗開成二年時貶長江主簿。唐武宗會昌年初由普州司倉參軍改任司户,未任病逝。因曾官長江主簿,故其集稱爲《長江集》。

論引古證用物象

四時物象節候者,詩家之血脈也。比諷君臣之化深。《毛詩》曰:"殷其雷,在南山之陽。"①雷,比教令也。"他山之石,可以攻玉。"②此賢人他適之比也。陶潛《詠貧士》詩:"萬族各有托,孤雲獨無依。"以孤雲比貧士也。以上例多,不能廣引,作者自可三隅反③也。(QTWDSGHK, p.379)

① 出《詩經·國風·召南》。　② 出《詩經·小雅·鶴鳴》。　③ 三隅反,即舉一反三。

論總例物象

天地、日月、夫婦,君臣也,明暗以體判用。鐘聲,國中用武,變此正聲也。石磬,賢人聲價④變,忠臣欲死矣。琴瑟,賢人志氣也,又比廉能⑤聲價也。九衢⑥、道路,此喻皇道也。笙簫、管笛,男女思時會,變國正聲也。同志、知己、故人、鄉友、友人,皆比賢人,亦比君臣也。舟楫、橋樑,比上宰,又比攜進之人,亦皇道通達也。馨香,此喻君子佳譽也。蘭蕙,此喻有德才藝之士也。金玉、珍珠、寶玉、瓊瑰，此喻仁義光華也。飄風、苦雨、霜雹、波濤，此比國令，又比佞臣也。水深、石磴⑦、石逕、怪石，此喻小人當路也。幽石、好石，此喻君子之志也。巖嶺、崗樹、巢木、孤峰、高峰，此喻賢臣位也。山影、山色、山光，此喻君子之德也。亂峰、亂雲、寒雲、翳雲、碧雲，此喻佞臣得志也。黄雲、黃霧，此喻兵革也。白雲、孤雲、孤煙，此喻賢人也。澗雲、谷雲，此喻賢人在野也。雲影、雲色、雲氣，此喻賢人才藝也。煙浪、野燒、重霧，此喻兵革也。江湖，此喻國也，清澄爲明，混濁爲暗也。荊棘、蜂蝶，此喻小人也。池井、寺院、宮觀，此乃喻國位也。樓臺、殿閣，此喻君臣名位，消息而用之也。紅塵、驚埃、塵世，此喻兵革亂世也。故鄉、故國、家山、鄉關，此喻廊廟也。松竹、檜柏，此賢人志義也。松聲、竹韻，此喻賢人聲價⑧也。松陰、竹陰，此喻賢人德蔭也。巖松、溪竹，此喻賢人在野也。鷺、鶴、鸞、雞，此喻君子也。百草、苔、莎，此喻百姓衆多也。百鳥，取貴賤，比君子、小人也。鴛鴻，比朝列也。泉聲、溪聲，此賢人清高之譽也。他山、他林、鄉國，比外國也。筆硯、竹竿、桂楫、槳、棹、櫓，比君子籌策也。黃葉、落葉、敗葉，比小人也。燈、孤燈，比賢人在亂，而其道明也。積陰、凍雪，比陰謀事起也。片雲、晴靄、殘霧、殘霞、蝃蝀⑨，此比佞臣也。木落，比君子道清也。竹杖、藜杖，比賢人籌策也。猿吟，比君子失志也。

（QTWDSGHK, pp.379－381）

④ 名譽身價　⑤ 清廉有才能。　⑥ 通達的大路。　⑦ 音 dèng，石階。　⑧ 實現、滿足。　⑨ 音 dì dōng，虹別名。

這裏列舉的是意象群，而不是以上白居易條目的單獨意象。賈島幾乎將所有常用意象套上道德寓言式的解釋。文中提及的意象,並不限於自然景物。即如"夫婦"與"君臣"均爲人倫關係之一種,但兩者之間仍可構成一個類比關係。又,除了視覺上的意象可作類比,聽覺上的意象同樣可以,如"鐘聲"及"笙簫、管笛"便可跟"正聲"類比,而"猿吟"可以類比爲"君子失志"等;嗅覺方面,則有"馨香"類比爲"佳譽"等。另外,意象與其類比對象也不一定只有一種單一的關係存在,如"飄風、苦雨、霜雹、波濤",既可與褒義的"國令"類比,也可類比爲帶有貶義的"佞臣",相信這種多元關係跟作品的不同語境有莫大關係。

§025 釋虛中(晚唐)《流類手鑑·物象流類》:物象與人倫政治的寓言編碼

【作者簡介】虛中,晚唐五代僧人。袁州宜春(今江西宜春)人。約生於文宗、宣宗間。少出家從佛。初住玉笥山二十年,後遊湖湘、越中間,與貫休、齊己、鄭谷等結爲詩友。哀帝天祐間訪司空圖,留詩寄酬。晚住湘西宗成寺。卒於後唐明宗天成以後。著有《碧雲集》一卷,已佚。生平見《唐才子傳》卷八。

巡狩①,明帝王行也。日午、春日,比聖明也。殘陽、落日,比亂國也。晝,比明時也。夜,比暗時也。春風、和風、雨露,比君恩也。朔風、霜霰,比君失德也。秋風、秋霜,比肅殺也。雷電,比威令也。霹靂,比不時暴令也。寺宇、河海、川澤、山岳,比於國也。樓臺、林木,比上位也。九衢、岐路,比王道也。紅塵、熊羆,比武兵帥也。井田、岸涯,比基業也。橋樑、枕簟,比近臣也。舟楫、孤峰,比上宰也。故園、故國,比廊廟也。百花,比百僚也。梧桐,比大位也。圓月、麒麟、鴛鴦,比良臣、君子也。獬豸②,比諫臣也。浮雲、殘月、煙霧,比佞臣也。琴、鐘、磬,比美價也。鼓角,比君令也。更漏③,比運數也。蟬、子規、猿,比怨士也。罾網,比法密也。金石、松竹、嘉魚,比賢人也。孤雲、白鶴,比貞士也。鴻雁,比孤進也。野花,比未得時君子也。故人,比上賢也。夫妻、父子,比君臣也。櫺④窗、幃幕,比良善人也。蛇鼠、燕雀、荊榛,比小人也。蛩⑤、蟪蛄⑥,比知時小人也。羊、犬,比小物也。柳絮、新柳,比經綸也。犀象、狂風、波濤,比惡人也。鏁⑦,比愚人也。匙,比智人也。百草,比萬民也。苔蘚,比古道也。珪璋、書籍,比有德也。虹蜺,比妖媚也。炎毒、苦熱,比酷罰也。西風、商雨⑧,比兵也。絲蘿、兔絲,比依附也。僧道、煙霞,比高尚也。金,比義與決烈也。木,比仁與慈也。火,比禮與明也。水,比智與君政也。土,比信與長生也。(QTWDSGHK, pp.418－419)

①天子巡行諸國。　②音 xiè zhì,傳説中的神獸,能辨黑白曲直。③報更的漏壺。　④音 líng,窗户上雕有花紋的格子。　⑤音 qióng,蟋蟀。　⑥音 huì gū,蟬類。　⑦音 suǒ,同"鎖"。　⑧"商"音配秋,"商雨",即秋雨。

　　虛中的論述十分詳細,説明五行的意象跟甚麽道德觀念相類比。他論述的意象以自然界的生物、植物、現象和人類關係爲主,不過也偶有列舉人類日常生活所利用的器物,如"鏁""匙"等。虛中對自然現象意象的政治道德類比,更是比賈島來得豐富,時政狀況、朝廷體制、君臣關係、人物善惡等方方面面,無不在物象的寓言編碼之列。在他的編碼系統中,意象與其類比對象之間的關係都是單一的。

§ 026　徐夤(活躍於晚唐五代之際)《雅道機要・明意包內外》:内意外意的擴大化理解

【作者簡介】徐夤,一作徐寅,字昭夢,泉州莆田(今福建莆田市)人,晚唐文學家,擅作詩、賦。早年多次科考不第,乾寧元年進士及第,授官秘書省正字。王審知辟用任掌書記,後應泉州刺史王延彬以禮招。晚年歸隱。著作有《徐正字詩賦》等。

內外之意,詩之最密也。苟失其轍,則如人去足,如車去輪,其何以行之哉?

贈人。外意①須言前人德業,內意②須言皇道明時。詩曰:"夜閑同象寂,晝定爲吾開。"③

送人。外意須言離別,內意須言進退之道。詩曰:"遥山來暮雨,別浦去孤舟。"

題牡丹。外意須言美豔香盛,內意須言君子時會。詩曰:"開處百花應有愧,盛時群眼恨無言。"

花落。外意須言風雨之象,內意須言正風將變。詩曰:"不能延數日,開即是春風。"④

鷓鴣。外意須明飛自在,內意須言小得失。詩曰:"雨昏青草湖邊過,花落黃陵廟裏啼。"⑤

聞蟬。外意須言音韻悠揚,幽人⑥起興;內意須言國風蕪穢,賢人思退之故。詩曰:"斜陽當古道,久客獨踟躕。"(QTWDSGHK, pp.438 – 439)

① 詩句的表面意。　② 言内之意,象徵隱喻意。　③ 語出賈島《内道場僧弘紹》。　④ 句出唐修睦《落花》。　⑤ 句出唐鄭谷《鷓鴣》。⑥ 幽居之士。

徐氏跟白居易對"內意"與"外意"的理解有很大的區別。如果說白居易把孤立、靜態的景物看成"外意"的象,徐氏所講的"外意"是富有動感和審美情趣的,如"音韻悠揚"的蟬聲。同時,"外意"之象也拓寬了,包括人類日常生活中所經歷的事情,如"贈人""送人"等。另外,徐氏還強調,各類主題都有其必須使用的外意、內意,並引用時人的詩句加以說明。

§ 027　＊王玄（約五代宋初時人）《詩中旨格》：意象類比的幽微運用（＊號表示本節以外時期的相關論述）

【作者簡介】王玄，生卒年及生平均不詳，約五代宋初時人。撰有《詩中旨格》。《詩中旨格》論詩云："詩者，在心爲志，發言爲詩。時明則詠，時暗則刺之。"又有"擬皎然十九字體"，就皎然提出的高、逸、貞、忠、節、志、氣、情、思、德、誠、閑、達、悲、冤、意、力、靜、遠十九字加以解釋。

李洞①《野望》："柳色舞春水，花陰香客衣。"此比賢人欲進也。（QTWDSGHK，p.458）

①　唐代詩人，詩好苦吟，慕賈島。

這聯詩看起來似乎只是寫景，但是有心者却能從柳枝與花氣的浮動之態推想至賢人進取之心，可謂將意象類比的解詩法運用到極幽微的境地。

§ 028　＊王玄《詩中旨格·擬皎然十九字體》：風格營造與內容文辭之關係

風韻朗暢曰高。廖融①《寄天台逸人》："又聞乘桂楫，載月十洲行。"此高字體也。

體格閑放曰逸。齊己②《寄陸龜蒙》："閑敧太湖石，醉聽洞庭秋。"此逸字體也。

放辭正直曰貞。王貞白③《題狄梁公廟》："惟公仗高節，爲國立儲皇。"此貞字體也。

臨危不變曰忠。齊己《送遷客》："天涯即象州，謫去莫多愁。"此忠字格也。

持操不改曰節。賈島《贈孟山人》："衣褐惟麤帛，筐箱祇素書。"此節字格也。

確乎不拔曰志。賈島《老將》："旌旗猶入夢,歌舞不開懷。"此志字格也。

立性耿介曰氣。杜牧《鶴》："終日無群伴,溪邊弔影孤。"此氣字格也。

緣景不盡曰情。孟賓于④《柳》："去年曾折處,今日又垂條。"此情字格也。

含蓄曰思。《夏日曲江有作》："遠寺連沙靜,閑舟入浦遲。"此思字格也。

辭溫而正曰德。《贈徐明府》："簾垂群吏散,苔長訟庭閑。"此德字格也。

防患曰誡。賈島《送杜秀才東遊》："匣有青銅鏡,時時照鬢看。"此誡字格也。

性情疎野曰閑。《贈隱者》："靜是延年本,閑爲好道基。"此閑字格也。

心跡曠誕曰達。詩曰："冷笑忘淳者,抄方染鬢髭。"此達字格也。

堪傷曰悲。劉得仁⑤《哭賈島》："白日祇如哭,黄泉免恨無。"此悲字格也。

辭理淒切曰怨。齊己《聞吳拾遺與鄭谷下世》："國猶多聚盜,天似不容賢。"此怨字格也。

立言盤泊曰意。鄭谷⑥《送曹郎中赴漢州》："開懷江稻熟,悅性露花香。"此意字體也。

體裁勁健曰力。朱慶餘⑦《早梅》："自古承春早,嚴冬鬥雪開。"此力字體也。

情中之靜曰靜。修睦《閑居》:"野鶴眠松上,秋苔長雨間。"此靜字體也。

意中之遠曰遠。賈島《姚氏林亭》:"窗含明月樹,沙起白雲鷗。"此遠字體也。(QTWDSGHK, pp.468-472)

① 五代時人。 ② 唐代詩僧。 ③ 唐末五代詩人。 ④ 唐末五代人。 ⑤ 唐時人,約唐文宗開成年前後在世。 ⑥ 晚唐有名的詩人,以《鷓鴣詩》得名。 ⑦ 中晚唐詩人。

以上引文列出十九種風格,高、逸、貞、忠、節、志、氣、情、思、德、誠、閑、達、悲、怨、意、力、靜、遠,王氏視風格之營造多與作品之內容、文辭有關,與意象之類比關係似乎不太明顯。

§029 ＊梅堯臣(1002—1060)《續金鍼詩格·詩有內外意》:內外含蓄的具體化闡釋

【作者簡介】梅堯臣(1002—1060),字聖俞,宣州宣城(今安徽宣州)人,宣城漢代名宛陵,故世稱宛陵先生。北宋詩人,以恩蔭歷任桐城、河南、河陽三縣主簿。皇祐三年召試,賜進士,為太常博士。又以歐陽修薦,為國子監直講,累遷尚書都官員外郎,預修《新唐書》。嘉祐五年,京師大疫,得疾去世。生平見歐陽修《梅聖俞墓誌銘》。梅堯臣工詩,主張寫實,反對西崑體,所作力求平淡有味。著有《宛陵集》。

內意欲盡其理,外意欲盡其象,內外含蓄,方入詩格。詩曰:"旌旗日暖龍蛇動,宮殿風微燕雀高。"①,"旌旗"喻號令也;"日暖"喻明時也;"龍蛇"喻君臣也。言號令當明時,君所出,臣奉行也。"宮殿"喻朝廷也;"風微"喻政教也;"燕雀"喻小人也。言朝廷政教才出,而小人向化,各得其所也。旌旗、風日、龍蛇、燕雀,外意也;號令、君臣、朝廷、政教,內意也。此之謂含蓄不露。(QTWDSGHK, p.520)

① 句出杜甫《奉和賈至舍人早朝大明宫》。

梅氏於此只是以更詳細的説明去闡發白居易之説,正如梅氏《續金鍼詩格序》自言務"廣樂天之用意"。

【第 4 部分參考書目】

錢志熙著:《論〈文選〉〈詠懷〉十七首注與阮詩解釋的歷史演變》,《文學遺産》2009 年第 1 期,第 14—20 頁。

仲瑶著:《〈文選〉五臣注的"王張"及其經學闡釋思維和注解方式》,《暨南學報(哲學社會科學版)》2020 年第 1 期,第 80—89 頁。

江慶柏著:《〈文選〉五臣注平議》,《鄭州大學學報(哲學社會科學版)》1994 年第 4 期,第 34—39 頁。

王立群著:《從釋詞走向批評——〈文選五臣注〉研究評析》,《中州學刊》1998 年第 2 期,第 80—84 頁。

鄔國平著:《文學訓詁與自由釋義——以李善注〈文選〉作爲考察對象》,《中山大學學報(社會科學版)》2012 年第 3 期,第 17—27 頁。

張萬民著:《唐代比興觀辨析——以詩格爲中心》,載《嶺南學報》2021 年第 1 期,第 173—193 頁。

錢志熙著:《唐人比興觀及其詩學實踐》,載《文學遺産》2015 年第 6 期,第 56—68 頁。

毛宣國著:《〈毛詩〉經學闡釋與唐代"比興"詩學觀》,載《中國文學研究》2019 年第 4 期,第 91—100 頁。

高曉成著:《試論晚唐"物象比"理論及其在詩歌意象化過程中的意義》,載《文學評論》2016 年第 6 期,第 41—49 頁。

5 宋代：復原理解論的系統建構

　　宋代屬於理解論走向自覺的時代，該時期批評家對以往整個解《詩》傳統進行了回顧和批判，由此見證且參與了《詩經》闡釋史上一個重要的發展。這種理解論的自覺主要呈現在兩個層面，一是對過去批評傳統的整理與評價，另一方面是宋人自己建立一套新的理解闡發系統。這兩方面的自覺都集中圍繞著批評《毛傳》《鄭箋》而展開。

　　對毛、鄭挑戰的開端可追溯到歐陽修的《詩本義》。歐陽修《詩本義·本末論》把歷代遞傳的解《詩》內容劃分爲四個層次：作詩緣起的"詩人之意"；最初搜集、分類並標記詩歌的"太師之職"；《詩》成書過程中糅入旨在美刺的"聖人之志"；以及考求詩人之意、聖人之志的"經師之業"（§030）。在這四者中，詩人之意和聖人之志爲本，太師之職爲末，而後來的經師更是如此。即是説，認真地"達聖人之意""求詩人之志"纔能夠成爲經師之本。經師當求其本而不可捨本逐末，妄自揣度詩義，而毛、鄭則屬這種末等經師。歐陽修認識到詮釋傳統存在四種不同層次的理解維度，但他尚未將這四重維度真正打通。對於"聖人之志"，歐陽修也並未作出討論，這也可能意味著他多少默認了

《毛詩序》對每首詩道德含義的界定，但對《毛傳》《鄭箋》就具體文本所做的政治道德解釋持否定態度。在姚斯(Hans Robert Jauss)的"期待視域"理論中，閱讀文學作品不是腦袋空空地去理解，而是以前人對文本的不同理解爲基礎，在與前人不同的語境交叉重疊中生成新的認知，閱讀與理解的"期待視域"在時空譜系中並不各自封閉，而是能彼此融合且衍生。歐陽修《詩本義》中提出的四重理解的維度似乎可與此相互對照。

雖然《毛詩序》在現代社會讀起來十分穿鑿附會，但是，由漢至宋這長達一千多年的時間裏，却没有學者對其發出挑戰，似乎都默認其經典的地位。宋人十分不認同漢儒類比式的解讀，且已頗少再談論"知人論世"(§005)的命題，而是重探孟子"以意逆志"(§004)命題在閱讀情境下的實際内涵。孟子"以意逆志"論還較爲抽象籠統，到了宋代，"以意逆志"命題的内涵纔得到真正的闡發，變成一種系統的理解論。

宋人認爲"以意逆志"中的"意"是讀詩人之揣度，即解詩人在文意本身基礎上的推斷，所以此時的"意"已經包含詩文之意，可見宋人較爲重視文本分析。歐陽修認爲，原先《毛傳》《鄭箋》的解讀總會過分放大個別詞和意象的指義，不能識得整體的意義，反而落入"以辭害意"。"不以上下文理推之"，故無法看到詩人之意，漢儒就只能淪爲下等經師。歐陽修著《詩本義》，正是意在通過分析作品内部上下文之間的聯繫來重構復原"詩人之意"。所謂"上下文"就是對詩篇整體結構的考慮。從這角度來看，他發現《鄭箋》《毛傳》的解讀與《詩》上下文的意思有衝突，因此是説不通的。歐陽修認爲《鄭箋》《毛傳》完全不關心《詩》的開頭、末尾、中間,就像腳踏西瓜皮走到哪算哪,走到一處就發揮一些自己的觀點,這就導致其闡釋的文意離散、前後錯亂。《詩》的解讀要上下文互爲發明、詮釋,如果只抓住一句而拋開上下文不提,那就無法真正的見到詩人之意。不過,在批評毛、鄭割裂詩文本、前後矛盾之外,歐陽修尚未有意識地提出一套可供衆人操作的閱讀理論。歐陽修同樣重視知人論世,但是他認爲這裏所說的"人",一定得是文本中所出現的"人",而不能是人爲寓託的,讀者主觀加入的歷史人物不能作爲理解文本的支撐。

此後,鄭樵繼續辯駁漢唐解《詩》傳統。鄭樵的歷史影響力不及歐陽修,但是他對朱熹是很有影響的,他的書《詩辨妄》已散佚而不存全書。從現存的逸文中能夠看出,他挑戰漢、唐《詩經》解釋的一個通常做法,就是反對將自然物象與道德意義掛鉤。以《關雎》爲例,《毛傳》首先將關雎列爲"興",鄭樵就十分不解:"何必以雎鳩而説淑女也?"[1] 他認爲將"關雎"和"淑女"意象掛鉤是毫無根據的。而在講《將仲子》時,他又説"莆田鄭氏謂此實淫奔之詩",鄭樵是一個福建人,所以他自稱"莆田鄭氏"。他認爲《將仲子》這首詩就是一首淫奔之詩,跟歷史上莊公、叔段毫無關係。"序蓋失之,而説者又從而巧爲之説,以實其事,誤益甚矣。"[2] 因此,《毛序》在毫無文本證據的情況下便煞有其事地將其與歷史人物掛鉤,具有很强的誤導性。

另外,宋人解詩時已經開始注意到詩篇整體的意義。所以

---

[1] 鄭樵撰,顧頡剛輯點:《詩辨妄》,北京:樸社,1936年,第13頁。
[2] 引自朱熹:《朱子全書·詩集傳》,上海:上海古籍出版社,2002年,卷一,第370頁。

如果説漢儒解詩主要是句解，那麽朱熹解詩主要是章解，朱熹《詩集傳》每一章加以賦、比、興的標示，然後加以詮釋，並開始注意到詩篇整體的意義。朱熹閱讀實踐和理論闡發在很大的程度上可以理解爲把孟子解《詩》説發展成爲名副其實的理解論。相較於孟子原語境只針對個別《詩經》作品提出"以意逆志"的方法，朱熹則將"以意逆志"發展爲系統化、多層次的理論，他從多重維度界定文本的意義，關注到結構、用詞、韻律等各層面，進而更強調對文本的關注。他還認識到詩歌存在無法透過文本本身理解的意義，即在理解徵實之文意後所要追求的超文本的聖人之意。這需藉由聲音誦讀方能感知，因而需重視直覺的感悟、聲音的表達——這就具有了超驗的意味。

朱熹理解論最突出的特點在於，無論讀者從文本中得到"意"，或者得到"意"之後去逆作者之"志"，都強調要立足於作品的語言。文本所承載的意義及其被讀者理解的過程，都通過語言得以傳遞，而在語言文字之間會存在許多"空隙"，它們得以讓讀者能够參與到意義的建構。讀者之所以能參與意義的生成正有賴於言辭之間的"空隙"。朱熹在談"以意逆志"中的"意"和"志"時，都很強調存在於語言之間的"空隙"。其理論主要從兩個層次展開。

第一層是文本的層次，關注如何通過這些文本間的"縫隙"來把握文本的意義。爲此，他對"興觀群怨"理論的"興"作了新的定義與論述。此前《毛傳》《鄭箋》《正義》等所講的"興"都立足於道德象喻層面，朱熹所論的"興"則完全脱胎於文本內部，没有被注入道德倫理等内涵。他指出正是因爲有"興"的存在，

《詩經》中複雜的情感得以體貼形象地被表達出來,而非訴諸抽象概念。

第二層是在文本基礎上的"逆志"層面。這裏要求必須掌握詩歌作品基本的文本意義,這個文本意義不是前人所主張的聖人之志。因爲真正的聖人之志在朱熹看來與文本意義之間是存在空隙間距的,不能通過文辭或推理等手段得以聯通。這個"志"不在文內,而在文本之外,所以朱熹所講的"以意逆志"式的理解論包括一種超文本的理解。正因如此,他強調熟讀的作用。因爲光是通過邏輯性的閱讀判斷,無法獲得聖人之志,即使得到了,也只是一個抽象概念,無法感受其蘊含的聖人心境與情懷,並將其內化。他主張的是通過對文本意義的反覆熟讀朗誦,自然能打通文本與文外意志的神妙關係,使聖人之志以非概念性的形式呈現在讀者心中。

此前劉勰《文心雕龍·知音》篇已談到"綴文者情動而辭發,觀文者披文以入情"(§018),文可以呈現出作者情感的流動,但這在具體語言操作層面是怎樣的,他在此沒有論及。但是,朱熹在談論該話題時已十分清楚。一方面,朱熹具體展示了閱讀語境下如何做到從文辭進入文意的過程,同時還將視野提升到"超文本"的層面,即如何從"意"到"志"。但是需指出的是,朱熹這套閱讀理論與西方讀者反應理論有很大區別。一方面,不同的理解維度並非隨機生成,而是在融合過程中具有明顯的方向性。而且往往會從基本層面的理解上升到超驗的境界,從一種理性分析式的理解升格爲超出語言分析層面的直觀體認。

另一方面,朱熹對閱讀的相關論述並非就認識論層面而言,而是著眼於自我道德修養的過程。正因如此,他在討論以意逆志時還存在一個情形,即相對不太關注所謂的"志"爲何物,而是讀者"意"的動態過程。這是種反反復復進行閱讀的過程,也是主體精神升華的過程,道德修養提高的過程。就此而言,朱熹認爲閱讀的意義在於該行爲過程的本身。所以我們若稱其爲復原型的理解模式是在很廣泛籠統性層面的判斷,若在讀者理解和作者的思想心理狀態之間的範圍內來看,朱熹的"以意逆志"不是強調"志"爲何物,而是強調讀者在"意"的過程中提高自己,讓"意"融入"志",把"志"注入靈魂之中。朱熹對孟子"以意逆志"一說的理論化及其在《詩集傳》中對復原式解釋法的創新運用爲中國文學理解論的發展帶來了革新。漢儒千年以來天下獨尊的碎片式類比解釋法得以動搖,朱熹的復原式解詩法從而成爲南宋到明代中期詮釋《詩經》模式的主流。

宋人所推翻的基本都是漢人解詩時嚴重違背文本意思的詮釋。他們認爲漢儒的解詩是違背詩歌本義的。一首談及男女之情的詩,與歷史事件毫無關係,所以必須要回到文本。歐陽修、朱熹等人紛紛注意到詩句的本義和整首詩的意義,且更加注重文本上下文的連貫性,將詩歌看作一個整體去解讀,這樣一來就比漢儒對《詩》的解讀更符合文本了。另外值得一提的還有朱熹復原閱讀論的"副產品":淫奔説。朱熹雖認同了《詩序》對大部分詩歌意義的基本界定,但推翻了其對不少愛情詩的解讀,提出了頗具顛覆性的"淫詩説"。到元明時期,此説將成爲馬端臨、郝敬爲代表的尊《序》反《集傳》派攻擊的最佳抓手。

5.1　歐陽修《詩本義》：解《詩》本末説和解《詩》新法

北宋歐陽修(1007—1072)對歷史上不同的解《詩》實踐做出梳理,理明參與解《詩》者的本末先後,分解出"詩人""太師""聖人""經師"這四重維度,其中"詩人之意""聖人之志"爲本,而"太師""經師"爲末。在經師之中又有本末之分。達聖人之志者爲本,而"妄自爲之説者"爲末。這套四重理解維度説既是對解《詩》歷史的條理化總結,也爲後人建構起一套多重視野的解《詩》框架。在此框架下,讀《詩》者可以從"詩人之意"的層面展開理解,可聚焦於"聖人之志",也可審視、批評提出各種新的闡釋。

歐陽修也是最早反對《毛傳》《鄭箋》爲代表的漢唐類比解詩法的學者之一。其《詩本義》通過細讀一篇篇《詩經》詩作,展示了漢儒如何對詩作本身的意思視而不見,任意將詩作上下文意象、字詞、詩句割裂出來,賦以類比意義,從而誤讀了每篇詩作。歐陽修在《詩本義》裏面對《毛傳》《鄭箋》的這種解釋進行批判。歐陽修先説"《詩》三百篇,大率作者之體不過三四爾",這句話顯示出古人已經對文學形式有很深刻的理解,而且有意識地進行總結。歐陽修認爲《詩經》裏面有四種"體",第一個是作詩者"自述其言以爲美刺",是説如《關雎》《相鼠》這類詩篇作詩者以第一人稱自述，將要表達的歌頌或者諷刺之意直接用言語表達出來；第二種是"作者錄當時人之言以見其事"，就是說這些詩篇裏面作者以第三人稱的觀察者來記載當時人們說話的語言；第三種是"作者先自述其事，次錄其人之言"，即作者先自己描述，然後接著下半部分引用記載的他人的對話；第四種也就是最後一種是"作者述事與錄當時人語雜以成篇"，就是作者敘述和他人言語摻雜在一起。分析完《詩經》的四種形式之後，歐陽修就從結構入手，批評《毛傳》《鄭箋》對《詩》的解釋，指出其忽略了文本的整體性。也正因如此，《毛傳》《鄭箋》的解釋是首尾不連貫的，即所謂"'文意'散離，不相終始"。

§ 030　歐陽修(1007—1072)《詩本義·本末論》：四重解《詩》維度

【作者簡介】歐陽修(1007—1072)，字永叔，號醉翁，又號六一居士，吉州廬陵(今江西永豐)人。北宋政治家、文學家、史學家。宋仁宗天聖八年進士及第，任西京留守推官，館閣校勘，因參與范仲淹改革，貶夷陵令，後回京，又因慶曆新政貶知滁州，轉知揚州、潁州、應天府。至和元年，官至翰林學士，修《新唐書》，後官至樞密副使、參知政事、太子少師。死後諡號"文忠"，世稱歐陽文忠公。歐陽修是北宋文壇及古文運動領袖，"唐宋八大家"之一。歐陽修參修《新唐書》，撰《新五代史》，著有《六一詩話》《詩本義》等，有《歐陽文忠公集》傳世。

何謂本末？作此詩，述此事，善則美，惡則刺，所謂詩人之意者，本也。正其名，別其類，或繫於彼，或繫於此，所謂太師①之職者，末也。察其美刺，知其善惡，以爲勸戒，所謂聖人之志者，本也。求詩人之意，達聖人之志者，經師之本也。講太師之

職,因其失傳而妄自爲之説者,經師②之末也。(SBY, juan 14, pp.6b-7a)

① 職官名,三公之首,後亦指太子老師。此處指傳授經書的大師。
② 講授經書的學官。

今夫學者知前事之善惡,知詩人之美刺,知聖人之勸戒,是謂知學之本而得其要,其學足矣,又何求焉?其末之可疑者,闕其不知可也。蓋詩人之作詩也,固不謀於太師矣。今夫學《詩》者,求詩人之意而已,太師之職有所不知,何害乎學《詩》也?(SBY, juan 14, pp.7a-7b)

"詩人之意""太師之職""聖人之志""經師"之業,是歐陽修梳理出的四重解《詩》維度,這既梳理、提煉了前人解《詩》的歷史脈絡,又爲後人解《詩》建立有本有末、條分縷析的框架。

§ 031 歐陽修《詩本義·關雎》:以意逆志與以辭害志

論曰:爲《關雎》之説者,既差其時世,至於大義,亦已失之。蓋《關雎》之作,本以雎鳩比后妃之德,故上言雎鳩在河洲之上,關關然雄雌和鳴;下言淑女以配君子,以述文王、太姒爲好匹,如雎鳩雄雌之和諧爾。毛、鄭則不然,謂詩所斥淑女者,非太姒也,是太姒有不妬忌之行,而幽閨深宮之善女,皆得進御於文王,所謂淑女者,是三夫人、九嬪御以下衆宮人爾。然則上言雎鳩,方取物以爲比興,而下言淑女自是三夫人、九嬪御以下,則終篇更無一語以及太姒。且《關雎》本謂文王、太姒,而終篇無一語及之此,豈近於人情?古之人簡質,不如是之迂也,先儒辯雎鳩者甚衆,皆不離於水鳥,惟毛公得之,曰:鳥摯而有別。謂水上之鳥捕魚而食,鳥之猛摯者也,而鄭氏轉釋摯爲至,謂雌雄情意至者,非也。鳥獸雌雄皆有情意,孰知雎鳩之情獨至也哉。或曰:詩人本述后妃淑善之德,反以猛摯之物比之,豈不戾①哉?對曰:不取其摯,取其別也,雎鳩之在河洲,聽其聲則和,視其居則有別,此詩人之所取也。孟子曰:不以文害辭,不以辭害志。鄭氏見詩有荇菜之文,遂以琴瑟鐘鼓爲祭時之樂,此孟子之所誚也。

本義曰:詩人見雎鳩雌雄在河洲之上,聽其聲則關關②然和諧,視其居則常有別,有似淑女匹其君子不淫其色,亦常有別而不黷③也。淑女謂太姒,君子謂文王也,參差荇菜左右流之者,言后妃采彼荇菜以供祭祀,以其有不妒忌之行,左右樂助其事,故曰左右流之也。流,求也,此淑女與左右之人常勤其職,至日夜寢起不忘其事,故曰:寤寐求之、輾轉反側之類是也。后妃進不淫其色以專君,退與左右勤其職事,能如此,則宜有琴瑟鐘鼓以友樂之而不厭也,此詩人愛之之辭也。《關雎》,周衰之作也,太史公曰:周道缺而《關雎》作,蓋思古以刺今之詩也。謂此淑女配於君子,不淫其色而能與其左右勤其職事,則可以琴瑟鐘鼓友樂之爾,皆所以刺時之不然,先勤其職而後樂,故曰:《關雎》,樂而不淫。其思古以刺今,而言不迫切,故曰:哀而不傷。(SBY, juan 1, pp.1a-2b)

① 戾,違背、違反。 ② 關關,鳥雌雄和鳴聲。 ③ 黷,輕慢不敬。

《詩本義》的每一則都先列漢儒的理解,在介紹過程中隨文指出其問題之所在,隨之自己進行貫通一氣的整體性解讀。可謂在實際層面開啓"以意逆志"解《詩》之先河。就如《關雎》此篇,歐陽修先是總陳其要:"上言雎鳩在河洲之上,關關然雄雌和鳴;下言淑女以配君子,以述文王、太姒爲好匹如雎鳩雄雌之和諧。"以此引出《毛傳》《鄭箋》的穿鑿迂漫,捨近求遠,出離原旨,並著重就"雎鳩""荇菜"二象進行分析批評,指明毛、鄭以辭害志。最後,歐陽修自申《關雎》本義,對其內容及內在寓意進行串講評析。

§032　歐陽修《詩本義·葛覃》: 對毛、鄭的客觀批評

論曰:《葛覃》之首章,《毛傳》爲得,而《鄭箋》失之。葛以爲絺綌[①]爾,據其下章可驗,安有取喻女之長大哉。黄鳥,栗留[②]也。麥黄椹熟栗留鳴,蓋知時之鳥也,詩人引之以志。夏時草木盛,葛欲成而女功之事將作爾,豈有喻女有才美之聲遠聞哉?如鄭之説,則與下章意不相屬,可謂衍説也。卒章之義,毛、鄭皆通,而鄭説爲長。

本義曰: 詩人言后妃爲女時勤於女事,見葛生,引蔓于中谷,其葉萋萋然茂盛。葛常生於叢木之間,故又仰見叢木之上黄鳥之聲喈喈然,知此黄鳥之鳴,乃盛夏之時。草木方茂,葛將成就而可采,因時感事,樂女功之將作。故其次章遂言葛以成就,刈濩[③]而爲絺綌也。其卒章之義,毛、鄭之説是矣。(SBY, juan 1, pp.2b-3a)

①　絺綌,音 chī xì,葛布統稱,細者曰絺,粗者曰綌。　②　栗留,即黄鶯。　③　刈音 yì,割(草或穀物);濩音 huò,煮。

這裏歐陽修對毛、鄭之解進行了較爲客觀的比較與批評,且繼續從《詩》中具體意象解讀入手。值得注意的是,歐陽修並未全然否定毛、鄭之説,而是對其各自大義及細部解讀進行拆分審視,在批評其不妥之處外,同樣也對合理之解表示肯定。

§033　歐陽修《詩本義·野有死麕》: 對文意斷裂的修正

《詩》三百篇,大率作者之體不過三四爾。有作詩者,自述

其言以爲美刺,如《關雎》《相鼠》之類是也。有作者錄當時人之言以見其事,如《谷風》錄其夫婦之言,"北風其凉"錄去衛之人之語之類是也。有作者先自述其事,次錄其人之言以終之者,如《溱洧》之類是也;有作者述事與錄當時人語雜以成篇,如《出車》之類是也。然皆"文意"相屬以成章,未有如毛、鄭解《野有死麕》,"文意"散離,不相終始者。其首章方言正女欲令人以白茅包麕肉爲禮而來,以作詩者代正女吉人之言,其義未終,其下句則云:有女懷春,吉士誘之。乃是詩人言昔時吉士以媒道成思春之正女,而疾①當時不然。上下"文義"各自爲説,不相結以成章。其次章三句言女告人欲令以茅包鹿肉而來。其下句則云"有女如玉",乃是作詩者歎其女德如玉之辭,尤不成"文理",是以失其義也。(SBY, juan 2, pp.6b-7a)

① 疾,嫌怨、憂慮。

本義曰:紂時男女淫奔以成風俗,惟周人被文王之化者,能知廉恥而惡其無禮。故見其男女之相誘而淫亂者,惡之曰:彼野有死麕之肉,汝尚以可食之,故愛惜而包以白茅之潔,不使爲物所汙。奈何彼女懷春,吉士遂誘而汙以非禮,吉士猶然,彊暴之男可知矣。其次言,樸樕②之木猶可用以爲薪,死鹿猶束以白茅而不汙二物,微賤者猶然,況有女而如玉乎,豈不可惜而以非禮汙之?其卒章遂道其淫奔之狀,曰汝無疾走,無動我佩,無驚我狗吠,彼奔未必能動我佩,蓋惡而遠却之之辭。(SBY, juan 1, pp.7a-7b)

② 樸樕,音 pú sù,樕木、小樹。

在《野有死麕》此詩的分析中,歐陽修認爲《毛傳》《鄭箋》首章以女子的思想活動爲敘述視角,她想象一個懂得禮節的男子在亂世中沒有經濟條件的情況下,用白色的布把死掉的鹿包起來作爲禮物來求婚。而下面對"有女懷春"的解讀却戛然轉變成詩人評述的視角,"有女如玉"則同樣是用第三人稱稱讚這個女子。歐陽修認爲這般在"文意未終"之時就隨意轉換敘述視角會造成文意斷裂。

歐陽修對《毛詩序》賦予此詩整體的意義是接受的,只是對《毛傳》《鄭箋》的解釋實踐進行修正。他認爲整首詩只有一個敘述者,即第三人稱的詩人,全詩每段都從一個新的角度來譴責無禮强暴。這樣一來,解讀就能够達到"文意相屬",也即上下文連貫爲整體。《毛傳》《鄭箋》對此詩的詮釋見(§013)。

§034　歐陽修《詩本義·氓論》:上下文結構分析

論曰:"《氓》據序,是衛國淫奔之女,色衰而爲其男子所棄,困而自悔之辭也。"今考其詩,一篇始終皆是女責其男之語,凡言子言爾者,皆女謂其男也,鄭於"爾卜爾筮"獨以謂告此婦人曰:"我卜汝宜爲室家。"且上下文初無男子之語,忽以此一句爲男告女,豈成文理。據詩所述,是女被棄逐,怨悔而追序與男相得之初,殷勤之篤,而責其終始棄背之辭。云:"子初來即我謀,我既許子,而爾乃决以卜筮,於是我從子而往爾。"推其文理,"爾卜爾筮"者,女爾其男子也,"桑之未落,其葉沃若,于嗟鳩兮,無食桑葚;于嗟女兮,無與士耽",皆是女被棄逐,困而自悔之辭。鄭以爲國之賢者,刺此婦人見誘,故于嗟而戒之。

今據上文"以我賄①遷",下文"桑之落矣",皆是女之自語,豈於其間,獨此數句爲國之賢者之言?據序但言序其事以風,則是詩人序述女語爾,不知鄭氏何從知爲賢者之辭,蓋臆說也。"桑之沃若"喻男情意盛時可愛,至黄而隕,又喻男意易得衰落爾；鄭以桑未落爲仲秋時，又謂鳩非時而食葚，且桑在春夏皆未落，豈獨仲秋？而仲秋安得有葚，此皆其失也。蓋女謂我愛彼男子，情意盛時，與之耽樂，而不思後患，譬如鳩愛葚而食之，過則爲患也。"兄弟不知，咥其笑矣"，據文本謂不知而笑，鄭箋云若其知之則笑我，與詩意正相反也。詩述女言我爲男子誘而奔也，兄弟不知我今被其酷暴乃笑我爾，意謂使其知我今困於棄逐，則當哀我也，其意如此而已。（SBY, juan 3, pp.7b‑9a）

① 賄，財帛嫁妝。

欧陽修分析《詩經·衛風·氓》中"爾卜爾筮，體無咎言"一句，首先分析詩的主旨，指出詩歌是女子因色衰被抛棄的"自悔之辭"。再以上下文的邏輯爲著重點，根據上下文中均無男子話語，總結出此句爲詩中女子口吻，是女子對男子的話，否定這句爲男子口吻的觀點。反映出欧陽修解詩方式是視詩歌爲邏輯連貫的有機文本，重視文本内部的"文理"關係以及文意的和諧統一。

§ 035　欧陽修《詩本義·斯干論》：對割裂式類比閱讀的批評

《鄭箋》不詳詩之首卒①，隨文爲解，至有一章之内每句別爲一說，是以文意散離，前後錯亂，而失"詩之旨歸"矣。……且詩之比興，必須上下成文以相發明，乃可推據，今若獨用一句，而不以上下文理推之，何以見"詩人之意"？（SBY, juan 7, pp.1a‑1b）

① 首尾。

正如欧陽修在這裏所表達的，對割裂式類比閱讀的深深不滿無疑催化了對閱讀藝術與方法興趣的迅速滋長。在尋找閱讀儒家經典正確方法的過程中，大部分宋代理學家轉而求助於孟子的復原式方法。他們往往將孟子的"以意逆志"擡上神壇，作爲正確文本理解的試金石。

§ 036　歐陽修《詩本義·卷耳論》：公允的解詩批評態度

　　論曰：《卷耳》之義，失之久矣。云卷耳易得，頃筐①易盈，而不盈者以其心之憂思在於求賢，而不在於采卷耳，此荀卿子之説也。婦人無外事，求賢審官，非后妃之職也。臣下出使，歸而宴勞之，此庸君之所能也。國君不能，官人於列位，使后妃越職而深憂，至勞心而廢事，又不知臣下之勤勞，闕宴勞之常禮重，貽后妃之憂傷如此，則文王之志荒矣。《序》言知臣下之勤勞，以詩三章考之，如毛、鄭之説則文意乖離而不相屬，且首章方言后妃思欲，君子求賢而置之列位，以其未能也，故憂思至深而忘其手有所采。二章、三章乃言君能以罍觥酌罰使臣與之飲樂，則我不傷痛矣，前後之意頓殊如此，豈其本義哉？

　　本義曰：卷耳易得頃筐，小器也。然采采而不能頓盈，后妃以采卷耳之不盈而知求賢之難得，因物托意諷其君子，以謂賢才難得，宜愛惜之。因其勤勞而宴犒之，酌以金罍不爲過禮，但不可以長懷於飲樂爾，故曰：維以不永懷。養愛臣下，慰其勞苦而接以恩意，酒歡禮失，觥罰以爲樂，亦不爲過，而於義未傷。故曰：維以不永傷也。所以宜然者，由賢臣勤國事，勞苦之甚，如卒章之所陳也。詩人述后妃此意以爲言，以見《周南》君后皆賢，其宮中相語者，如是而已，非有私謁之言也，蓋疾時之不然。（SBY, juan 1, pp.3b－4b）

　　① 頃筐，斜口竹筐。

　　從對《卷耳》篇的解義可以進一步看出歐陽修的公允態度，他並未捨棄后妃君子的解讀路徑，也沿襲著荀卿、《詩序》等前人之説的統一且合文理處，只是會否定如毛、鄭那樣在一篇之內各章指義乖離難屬的説法。

§037　歐陽修《詩本義・出車論》：以人情求詩義

論曰：詩文雖簡易，然能曲盡人事，而古今人情一也。求詩義者，以人情求之，則不遠矣。然學者常至於迂遠，遂失其本義。毛、鄭謂《出車》于牧以就馬，且一二車邪，自可以馬駕而出若衆車邪，乃不以馬就車，而使人挽車遠就馬于牧，此豈近人情哉？又言先出車於野，然後召將率，亦於理豈然？其以《草蟲》比南仲，《阜螽》比近西戎諸侯，由是四章、五章之義皆失，一篇之義不失者幾何？

本義曰：西伯命南仲爲將往伐玁狁①，其成功而還也，詩人歌其事以爲勞還之詩。自其始出車，至其執訊獲醜而歸，備述之故，其首章言南仲爲將，始駕戎車出至于郊，則稱天子之命使我來將此衆，遂戒其僕夫，以趨王事之急難。二章陳其車旗②，以謂軍容之盛，雖如此，然我心則憂王事，我僕則亦勞瘁矣。三章遂城朔方而除玁狁，其四章、五章則言其凱旋之樂，敘其將士室家相見歡欣之語，其將士曰：昔我出師時，黍稷方華，今我來歸，則雨雪消釋而泥塗矣。我所以久於外如此者，以王事之故不得安居。我非不思歸，蓋畏簡書也。其室家則曰：自君之出，我見阜螽躍，而與非類之草蟲合，自懼獨居有所强迫而不能守禮，每以此草蟲爲戒，故君子未歸時，我常憂心忡忡。今君子歸矣，我心則降，我所以獨居憂懼如此者，以我君子出從南仲征伐之故也。其卒章則述其歸時春日暄妍，草木榮茂而禽鳥和鳴，於此之時執訊獲醜而歸，豈不樂哉？由我南仲之功，赫赫然顯大，而玁狁之患，自此遂平也。（SBY, juan 6, pp.7b-8b）

① 玁狁，音 xiǎn yǔn，即犬戎，活躍于今陝、甘一帶。　② 旗，音 yú，軍旗。

除了批評毛、鄭解《詩》不符合文理，歐陽修還指出二者也不符合人情。這裏提出了"曲盡人事""古今人情一也"，以人情求詩義的主張，可謂切中肯綮。在這一標準下，毛、鄭的一些細節分析就難免不近人情與常理。

§ 038　歐陽修《唐薛稷書》：披圖所賞與秉筆人本意

畫之爲物，尤難識其精粗真僞，非一言可達。得者各以其意，披圖所賞，未必是秉①筆之意也。昔梅聖俞②作詩，獨以吾爲知音，吾亦自謂舉世之人知梅詩者莫吾若也。吾嘗問渠③最得意處，渠誦數句，皆非吾賞者。以此知披圖所賞，未必得秉筆之人本意也。（OYXQJ, juan 138, pp.2195－2196）

① 手持。　② 梅堯臣（1002—1060），北宋詩人。　③ 代詞，"他"。

在《詩本義》的理解論背景下，歐陽修的其它述論也有與之相呼應的內容。比如在這裏他指出讀者欣賞之處，未必是作者得意處，即使是彼此志趣相通的知音，也未必能保證創作者本義與讀者理解二重維度上的契合。歐陽修明悉此理，與他劃分出解《詩》的四重維度說可謂異曲同工。

5.2　朱熹復原理解論：體大思精的理論體系

宋人對漢儒碎片式類比閱讀普遍不滿，這無疑催化了對閱讀藝術興趣的滋長。在尋找儒家經典的正確閱讀方法過程中，大部分宋代理學家轉而求助於孟子的復原式解《詩》法，往往將孟子"以意逆志"說擡上神壇。其中，最有影響的人就是朱熹。

朱熹大概比鄭樵晚三十年，他本人論述以及與學生討論《詩經》的記錄蔚然大觀。《朱子語類》中提到，朱熹很早就懷疑

《毛序》的可靠性,稱"某自二十歲時讀詩,便覺小序無意義。及去了小序,只玩味詩詞,却又覺得道理貫徹"[1]。若把《毛序》置之度外而回到《詩經》的本身,就會覺得一切都是那麽的通暢合理。直到朱熹三十歲的時候,他纔知道《毛序》原來並不是《詩經》的一部分,而是漢儒的解釋。他說"東萊不合只因序講解,便有許多牽强處"[2],朱熹認爲吕祖謙解《詩》不通,很大的原因是其受到了《毛序》的影響。在這種對《毛序》不滿的情况下,朱熹"因作《詩傳》,遂成《詩序辨説》一册,其他繆戾,辨之頗詳。"[3]

前面提到,鄭樵雖然名氣不大,但是對朱熹頗具影響。《朱子語類》中提到:"舊曾有一老儒鄭漁仲,更不信小序,只依古本與疊在後面。某今亦只如此,令人虚心看正文,久之其義自見。"[4]這裏的"鄭漁仲"就是鄭樵。朱熹顯然繼承了鄭樵關於淫奔之詩的説法。《毛序》對《詩經》裏面很多露骨的男女之情的描寫採取視而不見的態度,不作任何判斷。宋人就發現《詩經》很多有關男女交往的描寫是不符合禮儀的,"且如'止乎禮義',果能止禮義否?《桑中》之詩,禮義在何處?"如果説"男子戲婦人"是"存戒"尚可,但"鄭詩則不然,多是婦人戲男子"(§040),這些就只能解讀爲淫奔之詩了。所以"聖人尤惡鄭聲",孔子在《論語》裏面多批評《鄭風》,不僅是批評其音樂,對於他們文本中的淫奔之詞同樣十分不滿,因而鄭樵、朱熹就認

---

[1] [宋] 黎靖德編:《朱子語類》,第 2078 頁。
[2] [宋] 黎靖德編:《朱子語類》,第 2078 頁。
[3] [宋] 黎靖德編:《朱子語類》,第 2079 頁。
[4] [宋] 黎靖德編:《朱子語類》,第 2068 頁。

爲這是淫奔之詩。

那麼如何去反復閱讀、揣摩文本呢？朱熹與其他人的另一區別在於他具有很强的理論建構自覺。他出於對漢儒解詩傳統的不滿，立足于對前代解《詩》學者成果的反思，建立起一套有跡可循而體大思精的理解論體系。所謂"體大"，在於其理論框架涉及面向的廣度，"思精"在於體系闡述的深度。朱熹在《詩集傳序》中提出"章句以綱之，訓詁以紀之，諷詠以昌之，涵濡以體之"（§041）的學詩之法，建立起層次遞進的四重讀《詩》維度。爲何會有這四重維度，它們各自有何問題指向，牽連出怎樣一套由淺入深的學詩過程？又具有怎樣的理論意義？要而言之，這四個維度看似彼此孤立，實則聯并解決了理解論的兩個關鍵問題：一個是立足于章句訓詁而展開的結構分析，是要由虛到實，一反漢儒破碎章句化的解讀，從詩篇文本的空隙去虛解且復原詩之本義，其中尤其注重"興"在連貫文本空隙，展開動態結構分析上的關鍵作用；另一個是通過諷詠涵濡，在超文本的層面進行"以意逆志"，從而由實到虛，獲取文外之意，探求聖人之境。這套從章句、訓詁、諷詠、涵濡四維度展開的結構復原分析法和超文本理解方法，發前人之未發，集理解論體系之大成。以下幾節將就此逐一展開討論。

§039　朱熹（1130—1200）《朱子語類》：批判矛頭直指《毛序》

【作者簡介】朱熹（1130—1200），字元晦，一字仲晦，號晦庵、晦翁、考亭，南宋徽州婺源縣（今江西婺源）人，生於南劍州尤溪（今福建尤溪）。南宋理學家，宋代理學之集大成者，尊稱朱子。紹興十八年中進士，仕於高宗、孝宗、光宗、寧宗四朝。謐文。朱熹學說以"理"爲要,主張"格物致知",朱熹著作甚多,有《四書章句集注》《詩集傳》《資治通鑑綱目》等。後人集有《朱文公文集》《朱子語類》。

問:"《詩傳》多不解《詩序》,何也?"曰:"某自二十歲時讀《詩》,便覺《小序》無意義。及去了《小序》,只玩味《詩》詞,却又覺得道理貫徹。當初亦嘗質問諸鄉先生,皆云《序》不可廢,而某之疑終不能釋。後到三十歲,斷然知《小序》之出於漢儒所作,其爲繆戾,有不可勝言。東萊①不合只因《序》講解,便有許多牽强處。某嘗與之言,終不肯信。《讀詩記》中雖多説《序》,然亦有説不行處,亦廢之。某因作《詩傳》,遂成《詩序辨説》一册,其他繆戾,辨之頗詳。"(ZZQS, vol.17, juan 80, pp.2750–2751)

① 即呂祖謙。

朱熹在此通過回顧自己讀《詩》的經驗,來層層加深確信《毛序》的不合理,並指出身邊呂祖謙等人因信《小序》而解讀牽强。

§040 朱熹《朱子語類》:朱熹對鄭樵的繼承

"舊曾有一老儒鄭漁仲①,更不信《小序》,只依古本與疊在後面。某今亦只如此,令人虛心看正文,久之其義自見。蓋所謂《序》者,類多世儒之談,不解詩人本意處甚多。且如'止乎禮義',果能止禮義否?《桑中》之詩,禮義在何處?"王曰:"他要存戒。"曰:"此正文中無戒意,只是直述他淫亂事爾。若《鶉之奔奔》《相鼠》等詩,却是譏罵,可以爲戒,此則不然。某今看得鄭詩自《叔于田》等詩之外,如《狡童》《子衿》等篇,皆淫亂之詩,而説詩者誤以爲刺昭公,刺學校廢耳。衛詩尚可,猶是男子戲婦人。鄭詩則不然,多是婦人戲男子,所以聖人尤惡鄭聲也。《出其東門》却是個識道理底人做。"(ZZQS, vol.17, p.2738)

① 即鄭樵。

朱熹直言早前鄭樵疑小序而只立足文本解《詩》是其前導,如今更覺得從《詩》文本自身出發,反復閱讀,《詩》義自會顯現,不必奉《毛序》等前儒之談爲圭臬。

§ 041　朱熹《詩集傳序》:學詩之法

曰:"然則其學之也當奈何?"曰:"本之《二南》以求其端,參之列國以盡其變,正之於《雅》以大其規,和之於《頌》以要其止,此學《詩》之大旨也。於是乎章句以綱之,訓詁以紀之,諷詠以昌之,涵濡以體之,察之情性隱微之間,審之言行樞機①之始,則脩身及家,平均天下之道,其亦不待他求而得之於此矣。"(ZZQS, vol.1, p.351)

① 樞機,事物的關鍵。

在朱熹這套體系嚴密的學《詩》法中,"章句"是處於基礎層面的必得之義,"章句以綱之"、"訓詁以紀之",便是要在結構層面將詩意條分縷析,爲進一步的諷誦、涵濡奠定基礎。而此後的諷詠、涵濡,則是在把握詩篇結構、理解詩意之後進行超文本層面的解讀,以求詩外之旨、聖人之境。

5.3　朱熹由虛到實的文本理解:動態的結構分析

我們可以先來看看宋人在結構層面對《詩》的理解。所謂結構,就是對作品整體組織的把握。這種對結構的關注最早來自於劉勰的《文心雕龍》。《文心雕龍·章句》裏面已經很講究字、句、章、篇的結構,認爲它們不可分割。在這種影響之下,唐代經學家孔穎達也非常注重結構。他對《詩經》解釋的一個新發明就是爲每一篇《詩》劃分了章、句,他提出"或篇有數章,章句衆寡不等;章有數句,句字多少不同,皆由各言其情,故體無恒式也",顯示出其對作品章句結構的關注。

朱熹認爲,學詩解詩須"章句以綱之"(§041),也就是說章節是理解詩篇的大綱,掌握了章節組織的原則,綱舉目張,文本之意就躍然紙上。朱熹《詩集傳》就是這樣對三百篇進行深度的解讀的。朱熹給每首詩各章都加上賦、比、興或它們混合體的標注,同時還加以份量相當的評論,由此爲各篇章注入了閱讀的層次,聯并成一套詩篇結構。這是此前章句解詩未能做到的。我們可以以歐陽修、朱熹各自解《關雎》爲例,具體來看二人解詩的差異。歐陽修指出漢儒解《關雎》時將"淑女"定爲后妃,詩的說話人被定爲"太姒",若如此,則此詩"本謂文王太姒"却"終篇更無一語以及太姒",顯然不近人情(§031)。他由此批評《毛詩》《鄭箋》的文意離散,繼而強調要從上下文來整體理解詩的意旨,於是將"淑女""君子"直接對應爲"太姒""文王",從而上下文意通暢連貫。

歐陽修雖大力批評《毛傳》《鄭箋》忽略了上下文的整體意思,却僅在概念層面提出關注整體結構的主張。相較而言,朱熹則提供了如何糾正這一錯誤的例證。朱熹的評論均衡地散見於一首詩的各個部分,清楚明白地引導著讀者對詩篇的所有部分都投以均等重視,繼而使讀者得出考慮到上下文的、較爲恰當的詩作之意。更重要的是，朱熹在解讀上下文時，完全基於對詩篇人物情感、行爲動態進程的把握，追求還原出一個完整而具動態性的詩篇原義。我們仍以《關雎》爲例，朱熹通過有意識地分章段，辨別賦、比、興，將前後文串講一體，最終得到一套完整的詩篇意義。他從第一章啓首對"興也，先言他物以引起所詠之詞"的定義開始，既指出關雎與淑女的相似對應，又不會刻意去坐實到歷史人物事件上，而是十分具體地將詩篇主人公的感受、行爲與外在興象串聯敷演，還原出文王求淑女時完整漸進的過程。這種捨棄對文辭的穿鑿釋義，且脱離抽象理念説教的動態闡釋，反而能在情景化的整體虚解中把握詩篇的實際旨意，這也正是朱熹動態結構分析最爲精彩之處。

此前很多批評家認爲朱熹把賦比興概念混得一團糟，甚至自相矛盾，持這種觀點意味著没有認識到朱熹的結構分析最爲精妙之處。以《野有死麕》爲例，朱熹在前兩章既給出了"興"的解讀，同時又提出作爲"賦"的闡釋。這是因爲他注意到詩章虚解的意義，不只要摒除具體的道理説教，還應對詩解的多種可能性持開放態度，提供多種讀法。

朱熹還專門就有關結構分析法提出過一些重要言論，如在《楚辭集注》中朱熹同樣表現出對結構的重視："至於一章之内，上下相承，首尾相應之大指，自當通全章而論之，乃得其意。"（§045）他批評王逸的《騷》解"重複而繁碎"，不顧上下文之間的文理，半句半句的對字、詞進行訓詁解釋，因此朱熹解《詩》都是以章爲單位的，而且他對於詩章的分析是連在一起講述的，各章的講解彼此都存在照應關係，因而這種結構分析不像王逸

《楚辭章句》、孔穎達《毛詩正義》那樣只是拆章節爲幾段分析單位,而各段之間不呈現其關聯。

§ 042　※孔穎達(574—648)《毛詩正義》:字、句、章的結構分析

　　字之所用,或全取以制義,"關關雎鳩"之類也,或假辭以爲助,者、乎、而、只、且之類也。句者聯字以爲言,則一字不制也。以詩者申志,一字則言蹇①而不會,故《詩》之見句,少不減二……三字者……四字者……五字者……六字者……七字者……八字者……其外更不見九字、十字者。……句字之數,四言爲多,唯以二三七八者,將由言以申情,唯變所適,播之樂器,俱得成文故也。詩之大體,必須依韻,其有乖者,古人之韻不協耳。之、兮、矣、也之類,本取以爲辭,雖在句中,不以爲義,故處末者,皆字上爲韻。之者,"左右流之""寤寐求之"之類也。兮者,"其實七兮""迨其吉兮"之類也。矣者,"顔之厚矣""出自口矣"之類也。也者,"何其處也""必有與也"之類也。著"俟我於著乎",而《伐檀》"且漣猗"之篇,此等皆字上爲韻,不爲義也。然人志各異,作詩不同,必須聲韻諧和,曲應金石,亦有即將助句之字,以當聲韻之體者,則"彼人是哉,子曰何其","不思其反,反是不思,亦已焉哉","是究是圖,亶其然乎","其虛其徐,既亟只且"之類是也。章者,積句所爲,不限句數也,以其作者陳事,須有多少章總一義,必須意盡而成故也。累句爲章,則一句不可,二句得爲之,《盧令》及《魚麗》之下三章是也。其三句則《麟趾》《甘棠》《騶虞》之類是也。其多者,《載芟》三

十一句,《閟宫》之三章三十八句,自外不過也。篇之大小,隨章多少。風、雅之中,少猶兩章以上,即《騶虞》《渭陽》之類是也。多則十六以下,《正月》《桑柔》之類是也。唯《周頌》三十一篇,及《那》《烈祖》《玄鳥》,皆一章者。以其風、雅敘人事,刺過論功,志在匡救,一章不盡,重章以申殷勤,故風、雅之篇無一章者。頌者,太平德洽之歌,述成功以告神,直言寫志,不必殷勤,故一章而已。《魯頌》不一章者,《魯頌》美僖公之事,非告神之歌,此則論功頌德之詩,亦殷勤而重章也。雖云盛德所同,《魯頌》實不及制,故頌體不一也。高宗一人,而《玄鳥》一章,《長發》《殷武》重章者,或詩人之意,所作不同;或以武丁之德,上不及成湯,下又逾於魯僖。論其至者,同於太平之歌;述其祖者,同於論功之頌。明成功有大小,其篇詠有優劣。采立章之法,不常厥體,或重章共述一事,《采蘋》之類;或一事疊爲數章,《甘棠》之類;或初同而末異,《東山》之類;或首異而末同,《漢廣》之類;或事訖而更申,《既醉》之類;或章重而事別,《鴟鴞》之類。《何草不黃》,隨時而改色;《文王有聲》,因事而變文;"采采芣苢",一章而再言;《賓之初筵》,三章而一發。或篇有數章,章句衆寡不等;章有數句,句字多少不同,皆由各言其情,故體無恒式也。(MSZY, p.274)

① 音 jiǎn,原義爲跛足,引申指一言之句單一,無對稱和諧的美感。

孔穎達(574—648)對《詩經》的字、句、章、篇的關係作了如下概括:"句必聯字而言。句者,局也,聯字分疆,所以局言者也。章者,明也,總義包體,所以明情者也。篇者,遍也,言出情鋪事,明而遍者也。"[1]不容置疑,這段話是上引劉勰《文心雕龍·章句》首段的重述,就連名詞術語也幾乎

---

1 [唐]孔穎達《毛詩正義·關雎》,見阮元校刻:《十三經注疏》,北京:中華書局,1980年,第274頁。

都是從《章句》篇搬過來的[1]。在劉勰"積句而生章,積章而成篇"觀點的指導下,孔氏對《詩經》做出以句數定章,以章數定篇的總結。

在洞悉章句間的緊密關係後,孔穎達以《詩經》爲例,透過不同詩篇的章法、字句的特徵,總結了詩歌結構沒有固定體制的結論,更指出其原因在於"各言其情",詩歌傳遞的意義不同,導致書寫結構的獨一無二,這便觸及到詩歌意與結構的關係。

§043 朱熹《詩集傳·國風·周南·關雎》:篇什結構分析的動態化

關關雎鳩,在河之洲。窈窕淑女,君子好逑。

興也。關關,雌雄相應之和聲也。雎鳩,水鳥,一名王雎。狀類鳧鷖。今江淮間有之。生有定偶而不相亂,偶常並遊而不相狎,故《毛傳》以爲摯而有別。《列女傳》以爲人未嘗見其乘居而匹處者。蓋其性然也。河,北方流水之通名。洲,水中可居之地也。窈窕,幽閒之意。淑,善也。女者,未嫁之稱,蓋指文王之妃大姒爲處子時而言也。君子,則指文王也。好,亦善也。逑,匹也。《毛傳》云摯字與至通,言其情意深至也。興者,先言他物以引起所詠之詞也。周之文王生有聖德,又得聖女姒氏以爲之配。宮中之人,於其始至,見其有幽閒貞靜之德,故作是詩。言彼關關然之雎鳩,則相與和鳴於河洲之上矣。此窈窕之淑女,則豈非君子之善匹乎?言其相與和樂而恭敬,亦若雎鳩

---

[1] 見范文瀾著:《文心雕龍注》,北京:人民文學出版社,1958年,第571頁。

之情摯而有別也。後凡言興者，其文意皆放此云。漢匡衡曰："'窈窕淑女，君子好仇'，言能致其貞淑，不貳其操，情欲之感，無介乎容儀；宴私之意，不形乎動靜。夫然後可以配至尊而爲宗廟主。此綱紀之首，王教之端也。"可謂善說《詩》矣。

參差荇菜，左右流之。窈窕淑女，寤寐求之。求之不得，寤寐思服。悠哉悠哉，輾轉反側。

興也，參差，長短不齊之貌。荇，接余也，根生水底，莖如釵股，上青下白，葉紫赤，圓徑寸餘，浮在水面。或左或右，言無方也。流，順水之流而取之也。或寤或寐，言無時也。服，猶懷也。悠，長也。輾者，轉之半。轉者，輾之周。反者，輾之過。側者，轉之留。皆臥不安席之意。此章本其未得而言。彼參差之荇菜，則當左右無方以流之矣。此窈窕之淑女，則當寤寐不忘以求之矣。蓋此人此德，世不常有，求之不得，則無以配君子而成其內治之美，故其憂思之深，不能自已，至於如此也。

參差荇菜，左右采之。窈窕淑女，琴瑟友之。參差荇菜，左右芼之。窈窕淑女，鍾鼓樂之。

興也。采，取而擇之也。芼，熟而薦之也。琴，五弦或七弦。瑟，二十五弦。皆絲屬，樂之小者也。友者，親愛之意也。鍾，金屬。鼓，革屬。樂之大者也。樂則和平之極也。此章據今始得而言。彼參差之荇菜，既得之，則當采擇而亨芼之矣。

此窈窕之淑女,既得之。則當親愛而娛樂之矣。蓋此人此德,世不常有,幸而得之,則有以配君子而成内治,故其喜樂尊奉之意,不能自已,又如此云。

關雎三章,一章四句,二章章八句。(*SJZ*, pp.1-2)

朱熹同樣關注對《關雎》章句數量的劃分,於每個詩篇的最後附上章句數量以供參考,從而反映篇目、章次、句數等結構的不同會導致詩歌的不同詮釋。此前歐陽修解讀《關雎》時,雖也強調要從上下文整體去解讀全詩,却並未細化呈現。相比之下,朱熹雖也採取將淑女、君子聯繫爲太姒、文王的解讀,但通過開篇對起興"先言他物以引起所詠之詞"的定義,將關雎、河洲與淑女、君子的交疊關係串講連貫,並提升到君子善匹、相與和樂的理解層面。至第二章,朱熹雖也細緻描述採摘荇菜與輾轉難寐,但更進一步揭示出這些活動的變化與發展軌跡,即第一章是對太姒之美好的種種直觀欣賞,第二章則演進到君子求而未得的狀態,而每章起興活動的變化也影射出敘述者内心變化的過程,較第二章而言,到第三章時,荇菜既得,即淑女既得,所以整首詩各章所起之興看似皆爲外在的觀物過程,實則指向君子追求淑女時不同階段的行爲與感受。朱熹將這一過程分章逐句串講出來,便恢復了行爲過程的動態性、連貫性,且讓追求淑女的文王進入了詩篇的全文,最終整體解讀都形象靈活許多。這種著眼於情感與行爲動態發展過程的結構分析,不再像漢儒那樣只求"由實到實",即刻意將文辭釋讀掛鈎於具體人事,再強行灌輸各種道德説教,致使解詩附會、破碎,且流於抽象的理念説教。這也正是朱熹動態結構分析的價值所在。

§044 朱熹《詩集傳·野有死麕》:借"興""賦"對全詩作虛、實兩解

野有死麕,白茅包之。有女懷春。吉士誘之。

興也。麕,獐也。鹿屬,無角。懷春,當春而有懷也。吉

士,猶美士也。南國被文王之化,女子有貞潔自守,不爲強暴所污者。故詩人因所見,以興其事而美之。或曰:賦也。言美士以白茅包其死麕,而誘懷春之女也。

　　林有樸樕,野有死鹿。白茅純束,有女如玉。

　　興也。樸樕,小木也。鹿,獸名,有角。純束,猶包之也。如玉者,美其色也。上三句興下一句也。或曰:賦也。言以樸樕藉死鹿,束以白茅,而誘此如玉之女也。

　　舒而脱脱兮,無感我帨兮。無使尨也吠。

　　賦也。舒,遲緩也。脱脱,舒緩貌。感,動。帨,巾。尨,大也。此章乃述女子拒之之辭。言姑徐徐而來,毋動我之帨,毋驚我之犬,以甚言其不能相及也。其凛然不可犯之意,蓋可見矣。(SJZ, p.13)

　　朱熹在第一章標注"興也",這一點十分關鍵,朱熹認爲"野有死麕,白茅包之"這句話是"興",他在《詩集傳》解《關雎》時給"興"做了一個很重要的解釋:"先言他物以引至所詠之詞。"也就是說他認爲"死麕""白茅"這些意象本身是没有意思的,只是爲了引起後文。此種理解就和《毛傳》截然不同。《毛傳》認爲"興"是在物象裏面賦予一種政治道德的含義,並將其作爲解釋整個詩篇的一個支撑。朱熹這裏就說:"女子有貞潔自守,不爲強暴所汙者。故詩人因所見,以興其事而美之。"即說用一些不相關的意象來興起,以讚揚女子的貞潔。但是朱熹並不認爲這是唯一可行的解釋,他意識到文本里面有很大解讀空間,因此給出了兩種解釋的可能性。第一種就是剛剛講到的,"上三句興下一句也",也就是說前面都是興起之言,是對女子的稱讚的虛寫,最後一章"賦也"纔真正實寫"女子拒絶之辭",以此直接寫美女的形態並讚揚其道德情操。而第二種解釋就是全詩都爲"賦",是實寫男子以白茅包死鹿來誘惑懷春之女的情節。朱熹在這裏提出兩種模式的解釋,正體現出他對理解的多種可能性所持的開放態度,而這兩種解釋都没有問題,落實到最後的詩意都是稱讚女子拒絶施暴的男性。

§045　朱熹《楚辭集注》:説詩與説騷

凡説《詩》者,固當句爲之釋,然亦但能見其句中之訓故字義而已,至於一章之内,上下相承,首尾相應之大指,自當通全章而論之,乃得其意。今王逸爲《騷》解①,乃於上半句下,便入訓詁,而下半句下,又通上半句文義而再釋之,則其重複而繁碎甚矣。(ZZQS, vol.19, p.185)

①　指王逸《楚辭章句》。

在解讀《楚辭》方面,王逸雖然也將文本分爲小段,具體分析個别字眼含義及各段大意,却未將各段串通起來做出整體性的關聯闡釋。朱熹指出其重複繁碎之處,進而強調應當在拆分章句基礎上貫通全章,使上下相承、首尾相應。

§046　朱熹《朱子語類》:讀書不生枝節

"讀書,且就那一段本文意上看,不必又生枝節。看一段,須反覆看來看去,要十分爛熟,方見意味,方快活,令人都不愛去看别段,始得。人多是向前趲①去,不曾向後反覆,只要去看明日未讀底,不曾去紬繹前日已讀底。須玩味反覆始得。用力深,便見意味長;意味長,便受用牢固。"又曰:"不可信口依希略綽説過,須是心曉。"(ZZQS, vol.14, p.320)

① 趱音 zǎn，逼趕。

所謂"不生枝節"，正是批評《毛傳》《鄭箋》解《詩》那種就隻言片語大加闡發，以至穿鑿迂漫，不切本文，且淆亂文章結構。同時，朱熹還再次強調要反覆玩味，纔可自見書中真意。

5.4 朱熹文本理解由虛到實的基礎：文本空隙之"興"

朱熹詳細而生動地將孟子"以意逆志"之説理論化。其中很關鍵的一句是"不可以一字而害一句之義，不可以一句而害設辭之志，當以己意迎取作者之志，乃可得之"（§053），就是説在閲讀詩歌作品的時候，不能把注意力只集中在個别字句，而是要對所有的字句詩行做一種整體的綜合理解，纔能够正確地得到詩人之志。這一點與《毛詩》等漢儒解經存在本質區别，漢儒解《詩》常把字句物象作實解，定要將其與精確的某人某事建立對應關係。朱熹反對此法，認爲强行附類於某一具體本事，只會導致篇什被解讀得支離破碎，主張從文字的整體虛解中獲得連貫的詩中實意。而這種詩句間"虛"的部分，正是感發志意下"先言他物以引起所詠之詞"之"興"所生成的文本空隙。興在引起情感生發、物—我關互的過程中，自然會生成讀者揣摩詩人情感的文本空隙。"興"及其引出的文本空隙，在朱熹動態結構分析中具有樞紐性意義，也正是連貫詩意的精彩之處。

朱熹用比較通俗的比喻來表明"意"和"志"的關係，"謂如等人來相似"，"逆，迎也"，以自己的"意"來迎詩人的"志"就好像等人一般(§054)。"今日等不來,明日又等,須是等得來,方自然相合。不似而今人,便將意去捉志也。"(§054)觀其對"捉志"的反感,顯然反對純粹以主觀之"意"來解釋詩人之志,而主張自己反反復復閱讀,水到渠成地等待"志"浮出水面。概括來說,朱熹認爲"以意逆志"就是在反反復復揣摩文本,通過反復諷誦涵濡,自然而然地讓自己對文本的意會通向作者之"志"。

朱氏結構解詩方法有兩大創新,一是對文本每個部分都加以份量相當的評論,二是給每首詩各章都加上賦、比、興的標注。歐陽修大力批評《毛序》《鄭箋》忽略了上下文的整體意思,朱熹則提供了如何糾正這一錯誤的範例。朱熹的評論均衡地散見於一首詩的各個部分,清楚明白地引導讀者對詩篇的所有部分都加以均等重視,繼而使讀者得出考慮到上下文的、較爲恰當的詩作之意。不僅如此,毛、鄭往往僅僅看重獨立割裂的比興意象,朱熹則把賦、比、興及其變體等種種概念繫於詩作的所有部分。這樣的標注方法似乎就是有意提醒讀者,不管漢唐經學家們如何對比興意象賦予多麼豐富的類比含義,這些意象仍然還是要與其他部分所使用的賦、比、興連在一起考慮,這就與歐陽修的觀點類似。因此,通過採用以上兩個全新的解釋方法,朱熹得以有效地引導讀者閱讀文本本身,引導讀者疏通詩篇全文的字面意思。

這種深入沉浸於文本的涵泳閱讀導致了一個令人震驚的發現:《國風》許多詩篇,包括那些漢唐經學家們認爲具有崇高道德意義的詩,都顯然成了熱情奔放的愛情詩。朱熹及任何尊重文本的人都無法填補文本的字面意思和前人聲稱的道德類比之間的鴻溝。所以,朱熹無奈之中,只能將這些詩當做是"淫奔"之詩,並認爲孔子刪詩時留下這些詩似乎是爲了提醒讀者留心這些負面例子。

§ 047　朱熹《朱子語類》論《詩》的特徵:"興"即文本空隙之虛

聖人之言,在《春秋》《易》《書》無一字虛①;至於《詩》,則發乎情,不同。(ZZQS, vol.17, juan 81, p.2778)

① 指《春秋》《易》《書》重在言事説理,無起興抒情等虛語。

§ 048　朱熹《朱子語類》論《詩》的特徵:"興"即文本空隙之虛

《詩》之興,全無巴鼻①。後人詩猶有此體。(ZZQS, vol.17, juan 80, p.2740)

① 巴鼻,來由、依據。

《詩》之興發乎情,這種觸發情感的"興"像,使《詩經》中複雜的情感得以體貼形象地被表達出來,且無法用邏輯理性去分析其因由依據,所以《詩》不似《春秋》《易》《書》那般"無一字虛",也正因爲這點,對《詩》的理解有賴於詩人情志和讀者意會間存在的文本空隙。

§ 049　朱熹《朱子語類》論《詩》的特徵:"興"之虛與"比"之切

比雖是較切①,然興却意較深遠。也有興而不甚深遠者,比而深遠者,又係人之高下,有做得好底,有拙底。(ZZQS, vol.17, juan 80, p.2739)

① 指比類對象間彼此表層關聯更直觀切近。

§050　朱熹《朱子語類》論《詩》的特徵："興"之寬説和通解

不會寬説,每篇便求一個實事填塞了①。他有尋得着底,猶可自通;不然,便與《詩》相礙。那解底,要就《詩》,却礙《序》;要就《序》,却礙《詩》。《詩》之興,是劈頭説那没來由底兩句,下面方説那事,這個如何通解。(ZZQS, vol.17, juan 80, p.2742)

① 指《詩》小序將詩篇比類於具體人事。

所謂"興"之寬説正來源於其感發志意下所生成的文本空隙,故而具有理解和闡釋的多樣可能。這種對"興"的寬説正是由實到虛的解讀,在虛解中把握詩篇的動態結構。

§051　朱熹《朱子語類》論《詩》的特徵："興"比喻爲易象

"倬①彼雲漢",則"爲章於天"矣。"周王壽考",則"何不作人"乎?此等語言自有個血脈流通處,但涵泳久之,自然見得條暢浹洽,不必多引外來道理言語,却壅滯却詩人活底意思也。周王既是壽考,豈不作成人材?此事已自分明;更著個"倬彼雲漢,爲章於天",喚起來便愈見活潑潑地。此六義所謂"興"也。"興"乃興起之義,凡言興者,皆當以此例觀之。《易》以"言不盡意"而"立象以盡意",蓋亦如此。(ZZQS, vol.22, juan 40, pp.1832-1833)

① 倬,音 zhuó,大之意。

《毛傳》《鄭箋》《正義》等語境中的"興"都被注入道德内涵,朱熹的"興"則完全脱胎於文本内部,《詩》中興像的生成機制正等同於《周易》所謂的"言不盡意"而"立象以盡意",從而能使複雜的情感得到體貼形象的表達,而非訴諸抽象概念。而"興"與"易象"相關聯,也意味著朱熹的文本理解藴含著由實到虛,向超驗層面升華的潛力。

§ 052　朱熹《朱子語類》：批判漢儒實解"興"的謬誤

　　雎鳩，毛氏以爲"摯①而有別"。一家作"猛摯"説，謂雎鳩是鶚之屬。鶚自是沉鷙之物，恐無和樂之意。蓋"摯"與"至"同，言其情意相與深至，而未嘗狎，便見其樂而不淫之意。此是興詩。興，起也，引物以起吾意。如雎鳩是摯而有別之物，荇菜是潔淨和柔之物，引此起興，猶不甚遠。其他亦有全不相類，只借它物而起吾意者，雖皆是興，與關雎又略不同也。（ZZQS, vol.17, juan 81, p.2773）

　　① 情意深厚。

　　"雎鳩""荇菜"與所起之意可能有部分關聯，但不必將其含義所指字字落實。這種"虛"便是《詩經》起興的本義。就此反觀漢儒，其解讀便難免因追求實解而落穿鑿的窠臼。

5.5　朱熹由實至虛的超文本理解：徵實的"文意"與至虛之"志"的融合

　　在宋代林林總總關於閱讀的闡述中，沒有一種可以及得上朱熹（1130—1200）對孟子"以意逆志"説的理論反思，因其觀點極爲重要，對後世影響力也極大。朱熹在這裏詳細説明了時人所接受的漢唐類比式解詩法與他的解詩方法的區別。他認爲可簡要概括爲二家對讀者之"意"和作者之"志"之間關係的把握。對接受漢唐類比式解詩法的時人來説，"以意逆志"中的讀者之意和作者之志間是主人和奴僕的關係，因此，他們可以像主人凌駕於奴僕之上一樣，不顧作者之志，傲慢至極地把自己之意加諸文本。而對朱熹來說，讀者猶如是一位謙遜的主人，正在迎接作者之志這位尊貴的客人，故讀者須謙遜地等待，"今日等不來，明日又等"，從而迎來作者之志。很明顯，在這段主客比喻中，"等"用來比喻深入且長久的涵泳文本之行爲。在朱熹看來，他的解詩方法和其他人的不同也可概括爲對"以意逆志"中第三個字"逆"的不同解讀。其他人認爲"逆"是傲慢地"捉"作者之志，而朱熹則將"逆"解爲謙遜地"迎"作者之志。

還需強調的是，"以意逆志"中"志"的内涵也發生了虛化，不再是停留於文本層面的作者之志，而是超越文本的精神境界與思想狀態。這就將"意"和"志"的關係上升到一個更高層次。前人理解的"意"包括讀者的揣測，也包括文字層面的意義，但得"意"這並不意味著閲讀的終點，而是進行超文本層次理解的開始。朱熹對"以意逆志"的理論化實建立於超文本的理解層面，是要在通過文本的諷誦涵泳中進入更高層次的虛境，獲得精神的超越，迎得文外之旨和聖人心境。所以朱熹在討論結構分析層面的理解論時從來未援用"以意逆志"的概念，哪怕批評前人解詩也未像歐陽修等人那樣，直接用"以意逆志"作爲標準。這正是源於他將"以意逆志"升格在超文本的閲讀層面，故而不必在文本内部分析時穿插指涉。這一對"以意逆志"的闡發創新，前人皆未逮及，且當今學界亦鮮少留意。那麼這種由實到虛的超文本理解該如何獲得，朱熹主要將其訴諸聲音，這方面下一節會具體展開。

朱熹不僅把孟子"以意逆志"一説理論化，而且也在《詩集傳》中將這一方法運用到重讀《詩》三百的過程中。《詩集傳》

體現出孟子之後,復原式解釋方法用在具體詩篇分析上的真正例證,而此時距離孟子時代已相隔甚遠。朱子對《詩經》的復原式(再)解釋,因其在方法論上的創新和一個令人震驚的發現而廣爲人知。

§ 053　朱熹《孟子章句集注》:解"以意逆志"

不臣堯,不以堯爲臣,使北面而朝①也。《詩》,《小雅·北山》之篇也。普,徧也。率,循也。此詩今毛氏序云:"役使不均,已勞於王事而不得養其父母焉。"其詩下文亦云:"大夫不均,我從事獨賢。"乃作詩者自言,天下皆王臣,何爲獨使我以賢才而勞苦乎?非謂天子可臣其父也。文,字也。辭,語也。逆,迎也。《雲漢》,《大雅》篇名也。孑,獨立之貌。遺,脱也。言說詩之法,不可以一字而害一句之義,不可以一句而害設辭之志,當以己意迎取作者之志,乃可得之。若但以其辭而已,則如《雲漢》所言,是周之民真無遺種矣。惟以意逆之,則知作詩者之志在於憂旱,而非真無遺民也。(ZZQS, vol.6, p.373)

① 北面而朝,君主朝南坐,臣子面向北而朝。

這段文字通過具體訓釋講解引出説詩法的要領,即"不可以一字而害一句之義,不可以一句而害設辭之志,當以己意迎取作者之志",朱熹專門強調"以意逆志"的"逆"字當釋爲"迎",便在於以一種同理體察之心,平等友好地去迎求作者之志。

§ 054　朱熹《朱子語類》:"以意逆志"的自然迎合式解讀

"'以意逆志',此句最好。逆是前去追迎之之意,蓋是將自家意思去前面等候詩人之志來。"又曰:"謂如等人來相似。今日等不來,明日又等,須是等得來,方自然相合。不似而今人,便將意去捉志也。"……董仁叔問"以意逆志"。曰:"是以自家意去張等他。譬如有一客來,自家去迎他。他來則接之,不來則已。若必去捉他來,則不可。"(ZZQS, vol.16, p.1854)

朱熹用一個擬人化的譬喻來解讀"以意逆志"的核心義,即作爲主體的讀者當以一種謙遜友好的姿態去迎求作爲客體的作者之志,若一時未能迎得,便需平心靜氣等待,"等"便是反復熟讀、涵泳文本的過程,等到時機成熟後,自然會意、志相投合。

§ 055 《朱子語類》:"思無邪"新解

問:"夫子言三百篇詩,可以興善而懲惡,其用皆要使人'思無邪'而已云云。"曰:"便是三百篇之詩,不皆出於情性之正。如《關雎》《二南》詩,《四牡》《鹿鳴》詩,《文王》《大明》詩,是出於情性之正;《桑中》《鶉之奔奔》等詩,豈是出於情性之正?人言夫子刪詩,看來只是採得許多詩,往往只是刊定。聖人當來刊定①,好底詩,便吟詠,興發人之善心;不好底詩,便要起人羞惡之心。"又曰:"《詩》三百篇,雖《桑中》《鶉奔》等詩,亦要使人'思無邪',只《魯頌》'思無邪'一句,可以當得三百篇之義。猶云三百篇詩雖各因事而發,其用歸於使人'思無邪',然未若'思無邪'一句說得直截分別。"(ZZQS, vol.14, juan 23, p.798)

義剛說"思無邪",《集注》云"誠也"之意。先生曰:"伊川不是不會說,却將一'誠'字解了。且如今人固有言無邪者,亦有事無邪者,然未知其心如何。惟'思無邪',則是其心誠實矣。"又曰:"《詩》之所言,皆'思無邪'也。如《關雎》便是說'樂而不淫,哀而不傷',《葛覃》便是說節儉等事,皆歸於'思無邪'也。然此特是就其一事而言,未足以括盡一詩之意。惟'思無邪'一語,足以蓋盡三百篇之義,蓋如以一物蓋盡衆物之意。"
(*ZZQS*, vol.14, *juan* 23, p.801)

① 修改審定。

對於《詩經》所存的三百餘首作品,朱熹等人並未全視爲出乎情性之正者,但却對如何閱讀體味它們提出標準。一方面,對於合乎情性之正之作,當反復吟詠,以發善心,另一方面,對於所有詩作,無論其源出語境若何,皆應明晰其整體要義,即讀者都能從中獲得"思無邪"的精神洗禮。

5.6 《詩》超文本理解須用的熟讀法和涵泳法

朱熹對"以意逆志"説的反思與理論重構,立足於聖人之志與文本之義間存在的"空隙"。正因爲真正的聖人之志與文本之間存在間隙,僅通過文辭的邏輯推理本身已無法聯通二者。如果只有邏輯性的文本閱讀,只會得到一個抽象概念,無法感知到内在的聖人心境與情懷。所以讀者不只需要掌握詩歌的文本基礎意義,還需超出文本之外,去迎求風人、聖人之志。因此朱熹對"以意逆志"説的闡發實爲一種超文本的理解論。於是,朱熹在"超文本"的層面具體展示出閱讀語境下如何做到從文辭進入文意的過程,即如何從"意"到"志"。對此,他十分強調熟讀的作用。

在理解論的演進脈絡中,人聲的超驗意義得以被發現和系統闡釋,經歷了一個漫長過程。在朱熹之前,詩賦批評和經典閱讀的論述中也會提到誦讀反復、常吟詠。朱熹以外的宋儒也曾講論聲氣與涵泳。但是，一方面，這些零散話語遠未進入深入且體系化的闡論層面。相比之下，朱熹將有關語言聲音超驗意義的思考提煉爲一套方法和理論，並在其"讀者反應接受理論"中發揮相當關鍵的作用。另一方面，此前的相關論述多是從創作角度而非讀者閱讀的角度進行申發。當語言聲音進入朱熹的視野，詮釋背景便從創作論轉向理解論，並在語言聲音超驗性的發展脈絡中發生重大轉折。所以，就這兩個層面來說，朱熹提出的"諷誦涵泳"說具有十分鮮明的理論總結性和開創性。

朱熹的熟讀與涵泳之法爲解決《詩》的超文本理解提供了具體方法。諷誦與涵泳內外相通，諷誦表現爲外在化的聲音，涵泳則屬於內在化的聲音，是無聲之聲，可謂心聲。涵泳不是爲了追求意義，而是人聲更加主觀化、內在化的呈現，它和諷誦都是爲了使讀者閱讀超越文字的意義，達到文字所不能達到的精神境界。

無論讀者從文本中得到"意"，還是得到"意"之後去逆作者之"志"，都強調要立足於作品的語言。這有點近似於現代的讀者反應理論（reader response theory）。讀者反應理論注重研究文本的意義如何產生，而讀者的反應本身又是文本意義生成的重要因素。文本承載的意義及其被讀者理解的過程都通過語言傳遞，在語言文字之間會存在許多"空隙"，它們得以讓讀者參與到意義的建構。讀者之所以能參與意義的生成正有賴於言辭之間的"空隙"。朱熹在談"以意逆志"中的"意"和"志"

時,都很強調存在於語言之間的"空隙"。

　　立足於以上基礎,朱熹主要從兩個層次具體展開論述。第一是文本的層次,關注如何通過文本的"空隙"來把握其意義。爲此,他對"興觀群怨"理論的"興"作了新的定義與論述。此前《毛傳》《鄭箋》《正義》等所講的"興"都立足於道德象喻層面,朱熹論"興"則完全脱胎於文本結構,没有注入道德倫理内涵。他指出正是因爲有"興"的存在,《詩經》中複雜的情感得以體貼形象地被表達出來,而非訴諸抽象概念。這些内容已在第四節有所闡發。第二層是在超文本的"逆志"層面。這要求讀者必須先掌握詩歌作品基本的文本意義,這個文本意義不是前人所主張的聖人之志。因爲真正的聖人之志在朱熹看來與文本意義之間是存在空隙的,不能通過文辭或邏輯推理手段獲得。這個"志"不在文内,而在文本之外,即使得到了,也只是一個抽象概念,無法感受其藴含的聖人心境與情懷,乃至將其内化。所以爲了參透《詩》中之志,他強調首先要進行熟讀,不僅如此,還需要聲音的助力。涵泳讀《詩》法充分體現了直覺式的審美方法:"反復玩味,道理自出。"(§057)這裏的"玩味"指向一種不能用言語表達的對作品精微之處的體驗和把握。反反復復去閲讀文本,則能够克服《毛傳》那種主觀臆想和望文生義,與前面他論述"以意逆志"的迎接詩人之志相符。對文本的熟讀諷誦自然能打通文本與文外之意志的神妙關係,使聖人之志以非概念性的形式呈現在讀者心中。

　　要而言之,朱熹通過諷誦涵泳解決了理解論中的一個難題,即如何聯結讀者之"意"與作者之"志"。在這一層面,朱熹的主張可謂把孟子"以意逆志"說付諸實踐,發展爲系統化、多層次的理論。

§ 056　朱熹《朱子語類》：論涵泳

學者觀書,先須讀得正文,記得注解,成誦精熟。注中訓釋文意、事物、名義,發明經指,相穿紐處①,一一認得,如自己做出來底一般,方能玩味反覆,向上有透處。若不如此,只是虛設議論,如舉業一般,非爲己之學也。(ZZQS, vol.14, juan 11, p.349)

① 紐,紐扣,指相關聯之處。

這裏對涵泳提出了準備條件,即涵泳玩味必須以精熟掌握書中正文,記得注解訓釋,且明晰文章要旨、經脈綱領爲前提。而這一前提的保證是靠"讀""成誦"來實現的。所以熟讀與涵泳可謂獲得超驗性感悟的必備條件,即前者是後者的基礎。

§ 057　朱熹《朱子語類》：論熟讀的重要性

讀書如煉丹,初時烈火鍛煞,然後漸漸慢火養。又如煮物,初時烈火煮了,却須慢火養。讀書初勤敏着力,子細窮究,後來却須緩緩溫尋,反復玩味,道理自出。(ZZQS, vol.18, juan 114, p.3623)

朱熹用烈火—慢火爲喻,貼切描述出讀書工夫的漸進層次。初時當勤敏,爲理解文本綱領要旨做足功課,其後便不可急功近利,需緩慢涵泳體味,從而迎合古人之志。這裏的"玩味"指向一種不能用言語表達的對作品精微之處的體驗和把握。反復去誦讀,也能克服《毛傳》那種主觀臆想和望文生義,從而以己之"意"去迎接詩人之"志"。

§058　朱熹《朱子語類》：論"興"與"熟讀涵泳"的關係

詩可以興，須是反復熟讀，使書與心相乳入①，自然有感發處。（ZZQS, vol.15, juan 47, p.1634）

讀《詩》正在於吟詠諷誦，觀其委曲折旋之意，如吾自作此詩，自然足以感發善心。（ZZQS, vol.17, juan 80, p.2759）

① 指文本與内心相融入，詩意興感入心。

作爲朱熹之孫，朱鑒在《詩傳遺説》之中繼續申發朱子的未竟之義。他將"詩可以興"的感發機制歸結於反復熟讀以至書、心相融。這一強調無疑使朱子的"興"論和"諷誦涵泳"説在"以意逆志"的背景下聯結更爲緊密。

§059　朱熹《朱子語類》：論熟讀"聲音"的重要性

大凡讀書，多在諷誦中見義理。況《詩》又全在諷誦之功，所謂"清廟之瑟，一倡而三歎"，一人唱之，三人和之，方有意思。又如今詩曲，若只讀過，也無意思，須是歌唱起來方見好處。（ZZQS, vol.17, juan 104, p.3429）

諷誦乃至人聲歌唱的重要性不僅存在於《詩》，"大凡讀書"皆需做足熟讀聲音上的工夫，方能保證義理自見。而《詩》則是閲讀經驗中最看重諷誦之功者，且具有深厚傳統。

§060　朱熹《詩集傳序》：評《關雎》聲氣之和

孔子曰："《關雎》樂而不淫，哀而不傷。"愚謂此言爲此詩者，得其性情之正，聲氣之和也。蓋德如雎鳩，摯而有別，則后妃性情之正固可以見其一端矣。至於寤寐反側，琴瑟鍾鼓，極其哀樂而皆不過其則①焉，則詩人性情之正又可以見其全體也。

獨其聲氣之和有不可得而聞者,雖若可恨,然學者姑即其詞而玩其理以養心焉,則亦可以得學《詩》之本矣。(ZZQS, vol.1, juan 1, p.403)

① 則,法度、法則。

§ 061　朱熹《朱子語類》:《關雎》樂而不淫章

問:"'《關雎》樂而不淫,哀而不傷',於詩何以見之?"曰:"憂止於'輾轉反側',若憂愁哭泣,則傷矣;樂止於鍾鼓琴瑟,若沉湎淫泆,則淫矣。"又云:"是詩人得性情之正也。"

問"《關雎》樂而不淫,哀而不傷"。曰:"此言作詩之人樂不淫、哀不傷也。"因問:"此詩是何人作?"曰:"恐是宮中人作。蓋宮中人思得淑女以配君子,未得則哀,既得則樂。然當哀而哀,而亦止於'輾轉反側',則哀不過其則;當樂而樂,而亦止於鍾鼓琴瑟,則樂不過其則,此其情性之正也。"

問:"'《關雎》樂而不淫,哀而不傷',是詩人情性如此,抑詩之詞意如此?"曰:"是有那情性,方有那詞氣聲音。"(ZZQS, vol.14, juan 25, pp.905-906)

以上三則材料皆圍繞《關雎》的"樂而不淫、哀而不傷"展開,朱熹指出其關鍵是出於性情之正、聲氣之和,"有那情性,方有那詞氣聲音",意味著性情之正與聲氣之和實爲一體之內外兩面。

§ 062　朱熹《朱子語類》:論"興"與"熟讀涵泳"的關係

詩且逐篇旋讀①,方能旋通訓詁,豈有不讀而自能盡通訓詁之理乎?讀之多,玩之久,方能漸有感發,豈有讀一二遍而便有感發之理乎？古之學《詩》者固有待於聲音之助，然今已亡之，無可奈何，只得熟讀而從容諷味之耳。若疑鄭、衛不可爲法，即且令學者不必深究，而於正當説道理處子細消詳、反復玩味，應不枉費工夫也。（ZZQS, vol.23, juan 56, p.2674）

讀《詩》便長人一格。如今人讀《詩》，何緣會長一格？《詩》之興，最不緊要。然興起人意處，正在興。會得詩人之興，便有一格長。"豐水有芑，武王豈不仕？"蓋曰豐水且有芑，武王豈不有事乎？此亦興之一體，不必更注解。如龜山説《關雎》處意亦好，然終是説死了，如此便詩眼不活。（ZZQS, vol.17, juan 80, p.2757）

問："看詩如何？"曰："方看得《關雎》一篇，未有疑處。"曰："未要去討疑處，只熟看。某注得訓詁字字分明，便却玩索涵泳，方有所得。若便要立議論，往往裏面曲折，其實未曉，只髣髴見得，便自虛説耳，恐不濟事。此是《三百篇》之首，可更熟看。"（ZZQS, vol.17, juan 80, p.2762）

"《關雎》一詩，文理深奥，如乾、坤卦一般，只可熟讀詳味，不可説。至如《葛覃》《卷耳》，其言迫切，主於一事，便不如此了。"又曰："讀《詩》須得他六義之體，如《風》《雅》《頌》則是詩人之格。後人説《詩》以爲雜《雅》《頌》者，緣釋《七月》之詩者，以爲備《風》《雅》《頌》三體，所以啓後人之説如此。"又曰："興之爲言，起也，言興物而起其意。如'青青陵上柏''青青河畔草'，皆是興物詩也。如'藁砧今何在''何當大刀頭'皆是比詩體也。"（ZZQS, vol.17, juan 81, p.2771）

"讀《關雎》之詩，便使人有齊莊中正意思，所以冠于《三百篇》;與《禮》首言'毋不敬',《書》首言'欽明文思',皆同。"

問:"《二南》之詩,真是以此風化天下否?"曰:"亦不須問是要風化天下與不風化天下,且要從'關關雎鳩,在河之洲'云云裏面看義理是如何。今人讀書,只是説向外面去,却於本文全不識。"

"《關雎》之詩,非民俗所可言,度是宫闈中所作。"問:"程子云是周公作。"曰:"也未見得是。"

"《關雎》,看來是妾媵做,所以形容得寤寐反側之事,外人做不到此。"(ZZQS, vol.17, *juan* 81, pp.2771‑2772)

① 旋讀,反復誦讀。

朱熹對熟讀涵泳的重視直接與《詩》的感發志意掛鈎。對他來説,古之學詩者對聲音的關注與運用遠高於後人。至後世,詩的聲音特性,尤其是其音樂性所接受的關注相對式微,於是熟讀涵泳、從容諷味纔作爲一種無可奈何之策被朱熹提出。如此纔能入得其超出文本之意,這是抽象議論所無法達到的。

【第5.1—5.6部分參考書目】

車行健著:《詩本義析論:以歐陽修與龔橙詩義論述爲中心》,臺北:里仁書局,2002年,第二章《歐陽修〈詩本義〉的〈詩〉義觀及其對〈詩〉本義的詮釋》,第43—72頁。

顧永新著:《歐陽修學術研究》,北京:人民文學出版社,2003年,第九章《歐陽修的詩經學》,第224—257頁。

劉寧著:《"風化"與"諷刺"——論歐陽修〈詩本義〉與毛詩説詩立場的分歧》,載朱剛、劉寧等主編:《歐陽修與宋代士大夫》,上海:上海人民出版社,2007年,第148—170頁。

潘德榮著:《文字·詮釋·傳統:中國詮釋傳統的現代轉化》,上海:

上海譯文出版社,2003年,第三章《經典詮釋中的方法論》,二、朱熹的詮釋方法論,第78—110頁。

張健:《義理與詞章之間:朱子的文章論》,《北京大學學報》2019年第3期。

鄒其昌著:《朱熹詩經詮釋學美學研究》,北京:商務印書館,2004年,第一章《〈詩經〉詮釋原則——以〈詩〉說〈詩〉》,第15—61頁。

林維杰著:《朱熹與經典詮釋》,臺北:臺灣大學出版中心,2008年,第二部分《方法論》,第87—131頁。

陳明義:《朱熹〈詩經〉學與〈詩經〉漢學傳統異同之研究》,臺北:花木蘭文化出版社,2008年。

吳洋:《朱熹〈詩經〉學思想探源及研究》,北京:社會科學文獻出版社,2014年。

Chen, Jian-hua. "Zhu Xi's Poetic Hermeneutics and the Polemics of the 'Licentious Poems'." In *Interpretation and Intellectual Change: Chinese Hermeneutics in Historical Perspective*, edited by Ching-I Tu, 133–148. New Brunswick, N.J.; London: Transaction, 2005.

Herman, Jonathan R. "To Know the Sages Better Than They Knew Themselves: Chu His's 'Romantic Hermeneutics'." In *Classics and Interpretations: The Hermeneutic Traditions in Chinese Culture*, edited by Ching-I Tu, 215–225. New Brunswick, N.J.; London: Transaction Publishers, 2000.

Levey, Matthew A. "Chu Hsi Reading the Classics: Reading to Taste the Tao:'This is...a Pipe,' After All." In *Classics and Interpretations: The Hermeneutic Traditions in Chinese Culture*, edited by Ching-I Tu, 245–271. New Brunswick, N.J.; London: Transaction Publishers, 2000.

Lynn, Richard J. "Chu Hsi as Literary Theorist and Critic." In *Chu Hsi and Neo-Confucianism*, edited by Chan Wing-tsit, 337–354. Honolulu: University of Hawaii Press, 1986.

Mittag, Achim. "Change in *Shijing* Exegesis: Some Notes on the Rediscovery of the Musical Aspect of *the* 'Odes' in the Song Period." *T'oung Pao* 79.4–5 (1993): 197–224.

Rusk, Bruce. *Critics and Commentators: The Book of Poems as Classic and Literature.* Chapter 4 "Circulation in the Troposphere". Cambridge, Mass.: Harvard University Asia Center, 2012.

Van Zoeren, Steven Jay. *Poetry and Personality: Reading, Exegesis, and Hermeneutics in Traditional China.* Chapter 8 "Zhu Xi's New Synthesis." Stanford: Stanford University Press, 1991.

5.7 呂祖謙等宋代文章學中散文結構分析法

宋代廢除了詩賦取仕,因而經義、策論對舉子來說十分重要。在這一形勢下有關文章學的討論也十分豐富。宋儒章句義理之學可謂與文章學並行發展,難以細究誰影響了誰。呂祖謙《古文關鍵》就是一本專門教導古文寫作的教科書。他十分關注從讀者閱讀的角度去審視文章的結構安排,思考讀者如何通過結構的指引來更好地理解文義。宋代文章學大家十分關注議論文和《左傳》爲代表的歷史散文。

《古文關鍵》中的《師說》篇原文與呂氏的分析都十分精彩,這裏先作爲案例著重分析以說明呂氏文章分析法之特色。呂祖謙先說:"此篇最是結得段段有力。中間三段自有三意說起,然大概意思相承,都不失本意。"(§064)有點類似於英文裏總的 argument(總論點),然後以下各段是圍繞這個總的

argument 論述，每段也分別都有 topic sentence（主旨句），作爲分論點，它們互相聯繫，不會偏離總的論點（central argument）。"師者，所以傳道、受業、解惑也。"（§064）這裏是"關鎖"，説明下面要緊扣"傳道、授業、解惑"展開來講，這個在英文中就叫做 expansion（擴展延伸）。後面的"應上""承接"等詞，都能夠體現出吕祖謙對於文章内部結構的關注，也能夠體現出韓愈此文的結構十分緊實、嚴謹。在"生乎吾後，其聞道也亦先乎吾，吾從而師之。吾師道也"後面，吕祖謙注"結句處繳"，這個"繳"字很難找到準確的解讀，《説文解字》中解釋"繳"爲"生絲縷也"，有纏繞相連的意思，唐代徐光溥有詩"薜荔累垂繳古松"（《題黄居寀秋山圖》），也是取其"纏繞"的意思。因此，這裏"結句處繳"可以解讀爲結句將前面的論述聯繫起來，互相關聯的意思。此外，吕祖謙對此文的文勢走向把握十分敏感，韓愈第一段論述了師道不存的緊迫性，接著筆鋒一轉，寫貼近人們生活的小事"愛其子，擇師而教之"，這裏吕祖謙標注"體貼親切，抑揚"，緩解了整篇文章的緊張感，拉近和讀者的距離，抑揚得當。而在全文最後，韓愈總結"是故弟子不必不如師，師不必賢於弟子。聞道有先後，術業有專攻，如是而已"，吕祖謙注"説得最好，又應前'吾師道'處意，綱目不亂。結有力"，他稱讚此結句回應前面的本意"吾師道也"，所以綱目不亂。韓愈再次强調了不必在乎老師的身份貴賤、年齡高低，因爲最關鍵的是學習"道"，"聞道有先後，術業有專攻"這樣簡單的道理非常有力地扣問著"師道不存久矣"的世界。

§ 063 呂祖謙(1137—1181)《古文關鍵·看古文要法》：開啓散文結構分析的先河

【作者簡介】呂祖謙(1137—1181)，字伯恭，人稱東萊先生，婺州(今浙江金華)人。南宋理學家、文學家。隆興元年，進士及第，中博學宏詞科，授左從政郎，改差南外宗教授，後差嚴州州學教授，乾道六年升太學博士，兼國史院編修官、實錄院檢討。淳熙三年，重修《徽宗實錄》，淳熙七年主管亳州明道宮。呂祖謙與朱熹、張栻爲友，並稱"東南三賢"，主張明理躬行，學以致用，反對空談性命，開"浙東學派"之先聲。著有《東萊集》《東萊博議》等。

總論看文字法：

學文須熟看韓、柳、歐、蘇。先見文字體式，然後徧考古人用意下句處。蘇文當用其意，若用其文，恐易厭人，蓋近世多讀故也。

第一看大概主張。

第二看文勢規模。

第三看綱目關鍵：如何是主意、首尾相應，如何是一篇鋪叙次第，如何是抑揚開合處。

第四看警策句法：如何是一篇警策，如何是下句、下字有力處，如何是起頭、換頭佳處，如何是繳結有力處，如何是融化屈折、翦截有力處，如何是實體、貼題目處。(LZQQJ, p.1)

文章學的選評對象多數是議論文根據，并從讀者角度與創作者角度對文章進行分析；選文的標準是基於實踐性。此處所指的是更加貼近科場考試創作的實踐性的具體化的文意，同時在理論方面和討論方法上相比前人來說有更加系統化的發展。呂祖謙從主張、規模、綱目結構、警句方面出發，理解散文，尤其是綱目關鍵部分，可以見到和劉勰"六觀"的相互呼應。此後東萊門下如樓昉等在具體評點分析文章時，也采用了類似的思路，可見東萊此論的影響之大。

§064 呂祖謙《古文關鍵·韓愈〈師說〉》：以意爲領的議論文結構分析

此篇最是結得段段有力。中間三段自有三意說起，然大概意思相承，都不失本意。

古之學者必有師。大意說兩句起。人不可無師。師者，所以傳道、受業、解惑也。關鎖好。人非生而知之者，孰能無惑？惑而不從師，其爲惑也，終不解矣。人不可無師處應上，是第二段。生乎吾前，其聞道也固先乎吾，吾從而師之；承接緊，有精神。平說。無此說不精神。生乎吾後，其聞道也亦先乎吾，吾從而師之。吾師道也，結句處繳。夫庸知其年之先後生於吾乎？本意。是故無貴無賤、無長無少，道之所存，師之所存也。承接開合處。綱目。嗟乎！師道之不傳也久矣，說了至此却立意起。欲人之無惑也難矣！古之聖人，其出人也遠矣，猶且從師而問焉；應前聖人且從師，此高一等說，翻前人非生而知之之意。今之衆人，其下聖人也亦遠矣，轉換好。而恥學於師。是故聖益聖，愚益愚，結上意盡。關鎖。使袁盎傳意換骨法。聖人之所以爲聖，愚人之所以爲愚，其皆出於此乎？

愛其子，擇師而教之；體貼親切，抑揚。於其身也，則恥師焉；惑矣！彼童子之師，說輕重處。授之書而習其句讀者也，非吾所謂傳其道、解其惑者也。句讀之不知，惑之不解，或師焉，或不焉，小學而大遺，吾未見其明也。結三句有力，有關鎖。

巫醫樂師百工之人，不恥相師。就鄙淺處說喻得切。士大夫之族，曰師、曰弟子云者，則群聚而笑之。問之則曰：彼與彼年相若也，道相似也。應前。位卑則足羞，官盛則近諛。生意說。此二句佳。嗚呼！師道之不復可知矣。巫醫樂師百工之人，君子不齒。今其智乃反不能及,其可怪也歟!結此段意。聖人無常師,轉換起得佳。孔子師郯子、萇弘、師襄、老聃,郯子之徒,其賢不及孔子,孔子曰:"三人行,則必有我師。"是故弟子不必不如師,師不必賢於弟子,聞道有先後,術業有專攻,如是而已。說得最好,又應前吾師道處意,綱目不亂。結有力。

李氏子蟠,年十七,好古文,六藝經傳皆通習之,不拘於時,學於余。余嘉其能行古道,作《師說》以貽之。(LZQQJ, pp.2‑3)

兼有文章具體內容分析與結構分析,配入眉批及夾批,內容細緻到幾句文意的轉換。此後東萊門下多有采取此法評點議論文者。

§065 呂祖謙《古文關鍵·蘇軾〈留侯論〉》:結構與意的分析

格製好。乃入臺閣之文。先說忍與不忍之規模。方說子房受書之事,其意在不忍,此老人所以深惜,命以僕妾之役,使之忍小恥就大謀,故其後輔佐高祖,亦使忍之有成。

古之所謂豪傑之士,必有過人之節。人情有所不能忍者,一篇綱目在"忍"字。匹夫見辱,拔劍而起,挺身而鬥,此不足為勇也。天下有大勇者,卒然臨之而不驚,無故加之而不怒,此其所以挾持者甚大而其志甚遠也。一篇意在此數句。

夫子房受書於圯上之老人也,其事甚怪,然亦安知其非秦之世有隱君子者出而試之?觀其所以微見其意者,皆聖賢相與警戒之義。意思全說得有力。而世不察,以為鬼神,應"怪"字。亦已過矣。且其意不在書。說上事出。立一句斡旋。當韓之亡,秦之方盛也,以刀鋸鼎鑊待天下之士,其平居無事夷滅者,不可勝數,雖有賁育,無所復施。夫持法太急者,其鋒不可犯,警策。而其勢未可乘。子房不忍忿忿之心，以匹夫之勇而逞於一擊之間。當此之時，子房不死者，其間不能容髮，蓋亦已危矣。千金之子，不死於盜賊，句新不陳帶。何者？其身之可愛，而盜賊之不足以死也。好。子房以蓋世之才，不爲伊尹、太公之謀，而特好。出於荆軻、聶政之計，以僥倖於不死，此圯上之老人所爲深惜者也。是故倨傲鮮腆而深折之。輕說過。彼其能有所忍也，然後可以就大事。故曰："孺子可教也。"

楚莊王伐鄭，鄭伯肉袒牽羊以迎。莊王曰："其君能下人，必能信用其民矣。"遂捨之。勾踐之困於會稽而歸，臣妾於吳者，三年而不勌。且夫有報人之志，而不能下人者，是匹夫之剛也。一句生二新意。夫老人者，以爲子房才有餘，而憂其度量之不足，故深折其少年剛銳之氣，使之忍小忿而就大謀。何則？非有平生之素，卒然相遇於草野之間，而命以僕妾之役，油然而不怪者，此固秦皇帝之所不能驚，而項籍之所不能怒也。文勢如一波一浪。

觀夫高祖之所以勝、項籍之所以敗者，餘意。在能忍與不能忍之間而已矣。項籍惟不能忍，是以百戰百勝而輕用其鋒；高祖忍之，養其全鋒以待其弊，此子房教之也。歸結好。當淮陰破齊而欲自王，高祖發怒，見於詞色。由是觀之，猶有剛強不忍之氣，非子房其誰全之？歸得好。

太史公疑子房以爲魁梧奇偉，而其狀貌乃如婦人女子，不稱其志氣。嗚呼！此其所以爲子房歟？繳結得極好。（LZQQJ, pp.88-90）

此篇從文藝審美角度展開品評。涉及一篇之意、新意、餘意等概念，可見南宋理學家分析議論文時所用的"意"往往比論詩的"意"更加具體實用,落實在文內,以便於指導舉子在科場進行創作。

【第 5.7 部分參考書目】

劉昭仁著:《呂東萊之文學與史學》,臺北:文史哲出版社,1986 年,第四章《呂東萊之文學》,第 129—166 頁。

吳承學:《現存評點第一書——論〈古文關鍵〉的編選、評點及其影響》,《文學遺產》2003 年第 4 期,第 72—84 頁。

吳承學:《中國文章學成立與古文之學的興起》,《中國社會科學》2012 年第 12 期,第 138—156 頁。

張伯偉:《中國古代文學批評方法研究》,北京:中華書局,2002 年,第六章《評點論》,第 543—591 頁。

祝尚書:《論宋元時期的文章學》,《四川大學學報(哲學社會科學版)》2006 年第 2 期,第 100—109 頁。

王水照、慈波:《宋代:中國文章學的成立》,《復旦學報(社會科學版)》2009 年第 2 期,第 21—31 頁。

祝尚書:《論中國文章學正式成立的時限:南宋孝宗朝》,《文學遺產》2012 年第 1 期,第 81—89 頁。

羅書華:《從文道到意法:呂祖謙與散文學史的重要轉折——兼說〈古文關鍵〉之"關鍵"的含義》,《中國文學研究》2013 年第 3 期,第 72—76 頁。

鞏本棟:《南宋古文選本的編纂及其文體學意義——以〈古文關鍵〉〈崇古文訣〉〈文章正宗〉爲中心》,《文學遺產》2019 年第 6 期,第 52—65 頁。

鞏本棟:《〈古文關鍵〉考論》,《文學遺產》2020 年第 5 期,第 44—53 頁。

李由:《宋代文章學的成立:從黃庭堅到呂祖謙》,《文學遺產》2023 年第 2 期,第 75—87 頁。

6 元明清：道德和歷史類比理解論

　　明清兩代是文論走向鼎盛的時期。和文學論、創作論等領域的情況一樣，理解論也呈現出百花齊放、繁榮發展的狀況。明清時期發展出來的理解論紛呈多樣，著者將集中探研類比理解論、復原理解論、再創造理解論的演變，用三個專章作較爲系統的評介。此章重點討論類比解《詩》法。

　　在漢唐部分我們已經討論了想象類比的方法，用個別意象或情景作政治或者道德的寓言的詮釋，這是一種斷章取義的方法。儘管明清只有少數批評家將具體的意象和具體的道德倫理意義進行類比，比如鍾惺（1574—1624）《詞府靈蛇二集》引賈島《二南密旨》的"論引古證用物象"（§024），即討論意象之外的意義的列舉。雖然清人也注意以道德論詩，但與漢唐用個別意象來支離破碎地類比不同，晚明郝敬（1557—1639）和清代說詩家多是採用了元人馬端臨（1254—1340）的類比解詩法（§066），即用整首詩來類比道德意義。例如，對一首情詩進行道德解讀，他們不會將道德解讀建立在一兩個意象之上，而是談整首詩的情感表達如何凸顯詩人有關君臣關係的訴求。換言之，他們既承認文本整體的一貫性，同時更強調理解文本之外的道德含意。在類比解詩法的衍生脈絡中,還出現一種特殊變體——以史解詩法。以史解詩雖也延續將詩作内容比附於外部社會政治或道德倫理,但它將作品安置於一個與創作背景相呼應且具體可考的歷史情境中,不再依託於虛構想象,而是援引與詩作背景臨近的史事爲依據,將文本考證和歷史考證掛鈎。晚清的《詩比興箋》即爲該解詩模式的典型代表。

6.1 郝敬等人的道德類比解《詩》法

元代開始有學者對朱熹《詩集傳》提出挑戰。因爲朱熹批判《毛序》,所以這些反對朱熹的學者就要擁護《毛序》。他們以辯護者的身份,指摘朱熹對《毛序》所做批判的不合理性。其中,最關鍵的一位學者是馬端臨(1254—1340)。他在《文獻通考》一書提出"《序》求《詩》意於辭之外,文公求《詩》意於辭之中"(§066),即是説,求辭外之意纔是最重要的。朱熹注重文本,因此善於尋找辭内之意,而以中國美學傳統來講,言内之意是形而下的,言外之意是高於言内之意的。馬端臨很巧妙地用這個觀點打擊朱熹對文本分析的重視。馬氏還認爲文内之意其實也是對作者之意的一種延伸,因爲解詩者並不是作者"親傳面授",與作者没有直接接觸,甚至並非身處同一時空,因此怎麽能够確定解詩者所説的文内之意是作者想要表達的呢?爲了讓自己的論證更加有説服力,馬端臨還爲自己的説法找到了孔子、孟子兩座靠山,他説"愚非敢苟同《序》説,而妄議先儒也。蓋嘗以孔子、孟子之所以説《詩》者讀《詩》,而後知《序》説之不繆",他不是不加考慮地同意《毛序》,而是按照孔子、孟子讀《詩》的方法,認爲《序》並没有錯,反而是朱熹的解《詩》方法有待考量。

緊接著,馬端臨試圖以孔子"思無邪"、孟子"以意逆志"兩個思想原則,來證明要以詩篇内部之"意"來得到更高的詩人之"志",從而超越文本,看到背後的道德意義。他認爲,男女之事等所謂淫奔之詞都是辭内之意,並不是文外之意。孔子讀《詩》能够做到"思無邪",而不會被所謂淫奔之詞牽絆住,超越文本看到其背後的道德意義。但有些讀《詩》的人容易被文章中誇張的語詞或者過分的男女情節所迷惑,而看不到文外之意,這就叫做"以辭害志"。馬端臨這種説法無疑是一種新式的類比,《毛序》的類比主要是以個别的意象和某種道德觀念相連,而唐代解《詩》的學者也是將具體的物象與其所表達道德的概念聯繫起來,成爲一種象徵符號。馬端臨則以完整連貫的詩篇作爲載體,來表達更加崇高的道德意義,這是將整體詩篇作爲一種類比。當然,馬端臨並不否認整體詩篇裏面有内在的連貫性,因事而發並存著一種略顯粗俗的情感表達,"夫詩,發乎情者也,而情之所發,其辭不能無過","然其所反覆詠歎者,不過情慾燕私之事耳",這些表面之意並不影響馬端臨把整首詩視爲一個整體,並將其類比爲更高的道德含義。

晚明郝敬(1557—1639)是另一位對朱熹解《詩》發起挑戰的重要學者。他與馬端臨一樣認爲朱熹忽視了文本之外的"志"。在此基礎上,郝敬從文體的角度對朱熹發起批評:"蓋

《詩》言與他經異,説《詩》與説他經殊。他經辭志吻合,《詩》辭往往不似志。他經不得志,執辭可會。《詩》必先得其志,然後可諷其辭。"他對朱熹的第一個不滿在於他認爲《詩》和其他的經不同,要含蓄而不能直接敘述,"《詩》含蓄爲溫厚。古《序》淂其含蓄。朱傳主於切直,反以含蓄爲鑿空",郝敬指責朱熹將《詩》的含蓄表達看作穿鑿附會,而"古《序》"反而能夠得到《詩》溫柔敦厚的旨意。他這裏所説的"古《序》"並不是全部的《毛詩序》,而是《詩大序》和各篇《小序》的開頭第一句。正由於《詩》的文體特殊性,讀者必須先感受詩篇的"志",然後再去欣賞它的"辭"。

　　郝敬對朱熹解《詩》的第二個不滿是其"淫詩説"的思想。他引用《樂記》的文字説君子與小人聽到音樂後不同的反應,小人得到的是"慾",而君子是"樂而不慾",對"慾"有超強的控制力。此外,《樂記》中提到了"反情和志",先秦時期"情"代表的是萬物的本質,君子"反情以和志",意思是超越自己的慾望回歸本質,這種本質與高尚的志向恰好是一致的,這樣就可以做到"思無邪"了。正因爲讀者能夠從《詩》中體味到高尚的道德內涵,所以男女之詩不一定是淫奔之詩。男女之情是一切情中之情,因此道德的廉恥在閨房之中能夠表達得更深刻,也更能夠打動讀者。"然則《詩》多男女之詠,何也?"曰:"夫婦,人道之始也。故情欲莫甚於男女,廉恥莫大於中閨。禮義養於閨門者最深,而聲音發於男女者易感。故凡詩託興男女者,和動之音,性情之始,非盡男女之事也。"這些詩通過男女之情升華爲更加高尚的道德情感。

§066 馬端臨(1254—1323)《文獻通考》：對"淫奔説"的批判

【作者簡介】馬端臨(1254—1323)，字貴與，一字貴典，號竹洲。饒州樂平(今江西樂平)人。宋元之際歷史學家，父馬廷鸞爲南宋右丞兼樞密使。宋亡後以遺民自居，曾任慈湖書院、柯山書院山長，台州儒學教授，著有《文獻通考》《大學集注》《多識録》等。

與文公①之釋《詩》，俱非得於作詩之人親傳面命也。《序》②求《詩》意於辭之外，文公求《詩》意於辭之中，而子何以定其是非乎？曰：愚非敢苟同《序》説，而妄議先儒也。蓋嘗以孔子、孟子之所以説《詩》者讀《詩》，而後知《序》説之不繆③，而文公之説多可疑也。孔子之説曰："誦《詩》三百，一言以蔽之，曰思無邪。"孟子之説曰："説《詩》者不以文害辭，不以辭害志。以意逆志，是爲得之。"(WXTK, juan 178, p.5305)

① 朱熹，謚曰"文"，故稱爲朱文公。　② 指漢人所作解《詩經》的《毛序》。　③ "繆"，音 miù，錯誤。

馬端臨《讀詩》開宗明義，將孔子"思無邪"和孟子"以意逆志"兩段話奉爲説詩之圭臬，旨在證明《序》求詩意於辭外"爲是，"文公求詩意於辭之中"爲非。馬端臨顯然是在用孔子"思無邪"之説來鞭撻朱熹"淫奔説"，證明其無比荒謬。

夫詩發乎情者也，而情之所發，其辭不能無過，故其於男女夫婦之間，多憂思感傷之意；而君臣上下之際，不能無怨懟激發④之辭。十五《國風》，爲《詩》百五十有七篇，而其爲婦人而作者，男女相悦之辭，幾及其半。雖以二《南》之詩，如《關雎》《桃夭》諸篇，爲正風之首，然其所反覆詠歎者，不過情慾燕私⑤之事耳。……蓋知詩人之意者莫如孔、孟，慮學者讀《詩》而不得其意者，亦莫如孔、孟，是以有無邪之訓焉，則以其辭之不能不鄰乎邪也。……是以有害意之戒焉,則以其辭之不能不戾⑥其意也。……以是觀之,則知刺奔果出於作詩者之本意,而夫子所不刪者,其詩決非淫泆之人所自賦也。(WXTK, juan 178, p.1541)

④ 激烈、顯露。　⑤ 男女私情。　⑥ 音lì,違背。

當朱熹《詩集傳》逐漸成爲經典,佔據主流地位時,《毛詩序》與整個漢唐解《詩》傳統逐漸失去了長久以來的影響力。雖然如此,它們並沒有退出歷史舞臺。其實,朱子以後不久,一些學者就開始爲《毛詩序》作有力的辯護,並強烈反對《詩集傳》。元初馬端臨就是較早"崇毛貶朱"的學者之一。這裏,馬端臨巧妙地將朱熹的觀點轉過來攻擊朱熹自己。如前文所示,朱熹和其他宋代思想家認爲《毛序》只見樹木不見森林,沉迷於對孤立意象和語句的考證,故未能在《詩》作上下文的語境中尋《詩》作本意。而這裏馬氏則認爲朱熹犯了同樣的錯誤,他認爲朱熹因沉迷於文本本身,沒有在文本之外更爲寬泛的類比框架下確定真正的"作者之志",因此馬氏認爲朱子同樣只見樹木不見森林。朱熹批評《毛序》對文本生吞活剝,解讀無法自圓其說,馬氏則巧妙地以子之矛攻子之盾,反過來質疑朱子之法。馬氏因此認爲《毛序》所探討的文外意比起朱熹所追尋的文內意,是更高層面的追求。

文外意超越文內意這一觀點,多少蘊涵著道家的語言觀。不過即使馬端臨受到老莊的影響,他在論證過程中也沒有顯示出任何道家的痕跡,而是引儒家聖賢之言進行論述。通過引用孔子"《詩》三百,一言以蔽之,思無邪"的觀點,馬端臨首先反對了朱子宣稱的"淫奔"之詩的存在;然後,同朱子一樣,他引孟子"以意逆志"一說來支持自己的觀點。孟子討論"以意逆志"時強調了兩種嚴重的錯誤:"以文害辭"和"以辭害志"。歐陽修批評《毛序》犯了第一種錯誤,而馬端臨則批評朱熹犯了第二種錯誤。馬氏認爲淫奔之詩是"辭",而文本背後的道德類比是"志"。所以朱熹的"淫詩"一說其實只是因"以辭害志"而造成的錯誤。最後,馬氏認爲這些詩"決非淫泆之人所自賦也",而只是儒家道德思想的類比表達。《毛詩序》將情詩加以道德隱喻,在這裏馬氏則完成了他對《毛詩序》之辯護。

馬端臨比較《詩集傳》與《毛詩序》的方法爲後來諸多捍衛《毛序》貶低朱熹的明清學者提供了論證思路。跟馬氏類似,這些學者也希望通過降低文本的重要性使朱子對《毛詩序》的批評顯得無關緊要,這樣就可以將朱熹的文本閱讀法降低成僅僅是爲了崇高道德隱喻所做的準備工作而已。

§067 鍾惺(1574—1625)《詞府靈蛇二集》:意象道德倫理化在明清的延續

【作者簡介】鍾惺(1574—1625),字伯敬,號退谷、退庵,又號晚知居士,湖廣景陵(今湖北天門)人,祖籍江西永豐。明末文學家。萬曆三十八年進士,授行人,遷工部主事,不久改任南京禮部,進郎中。升任福建提學僉事。天啓三年因丁父憂而辭官,歸鄉不久去世。鍾惺能詩文,尚深幽孤峭,公推爲竟陵派領袖。鍾惺與譚元春選《古唐詩歸》。著有《隱秀軒集》《史懷》等。

總例物象

天地,日月,夫婦　君臣也,明暗以體判用。

鐘聲　國中用武,變此正聲也。

石磬　賢人聲價,變忠臣欲死矣。

琴瑟　賢人志氣也。又比廉能聲價也。

九衢,道路　此喻皇道也。(QMSH, p.4006)

此段抄錄賈島《二南密旨·論引古證用物象》,可見將孤立意象與道德倫理做機械類比的套路在明清時期並沒有完全消失。

§068 譚浚(嘉靖、萬曆間人)《說詩》:對類比傳統的審慎使用

【作者簡介】譚浚,字允原,江西南豐人。嘉靖、萬曆間在世。生平不

詳。萬曆七年(1579)序刊《譚氏集》二種本。

托意①

《離騷》以善鳥香草比君子,惡禽臭物比小人。或托男女寓意君臣,如靈修比己,以婦悦夫之名;美人比君,以男悦女之號。《九歌》因舊俗祀神,更其詞以寄己意。以神比君,人慕神也。山鬼陰賤不可比君,則以人比君,鬼喻己也。以椒蘭、菌桂、蓀芷、江離、揭車、杜若②,皆設空言,並非實有,而史遷《屈原傳》有令尹子蘭之説,班氏《古今人表》有令尹子椒之名。王逸因注司馬子蘭、大夫子椒。後勿誤焉。(QMSH, p.1824)

① 寄託意義。　② 皆爲香草名。

譚浚在此肯定了屈騷所定型的"香草美人"類比傳統,但也指出不可如《史記·屈原列傳》那樣將各類善鳥香草比附於具體人物,乃至專爲其設定實有人物,以免過分穿鑿之嫌。

§069　郝敬(1558—1639)《小山草·孟子説詩解》:詩辭往往不似志,須先得其志

【作者簡介】郝敬(1558—1639),京山(今湖北京山)人,字仲輿,號楚望。少嘗殺人係獄,爲父友救出,始折節讀書,萬曆十七年(1589)進士。官由知縣歷禮科、户科給事中,後謫江陰知縣。被劾後掛冠歸鄉,閉門著書立説。郝敬經學著作甚富,分《九部經解》和《山草堂集》兩大類,凡二十八種三百二十七卷。此外尚有見於著録或刊行的雜著六種。

孟子曰:"説《詩》者,不以辭害志,以意逆志,是謂得之。"朱子謂:"以意逆志,將自家意思前去迎候詩人之志。"至否①、遲速不敢自必②,而聽于彼,庶乎得之。不然則涉于穿鑿,未免郢書燕説③之誚④。按此説似是而非,欲自得而反傷巧。可以讀他

書、不可以説詩。自謂得解,而實與孟子背。所以詆⁵《詩序》爲贗⁶者,正以辭害志蔽之也。蓋《詩》言與他經異,説《詩》與説他經殊。他經辭志脗合,詩辭往往不似志。他經不得志,執辭可會。詩必先得其志,然後可諷其辭。(XSC, juan 3, p.69)

① 到達與否。　② 自己決定。　③ 郢人在給燕相的書信中誤書"舉燭"二字,燕相解之爲尚賢之意,藉以比喻穿鑿附會。典出《韓非子·外儲説》。　④ 音 qiào,批評嗤笑。　⑤ 音 dǐ,譴責。　⑥ 不真。

這裏,郝敬認爲《毛序》對文外意的類比解讀法並非是可有可無的選項,而是極爲必要的,他認爲這很大程度上是由詩本身的特質決定的。詩,尤其《詩經》,有著"溫柔敦厚"的本質,必須重視隱約婉曲的表達,故"詩辭往往不似志",所以郝敬認爲在文本中尋作者之志,反而是有悖常理甚而徒勞。對他來説,朱熹及其追隨者所提倡的文本分析對散文也許有效,但對詩則並不適用。郝敬認爲詩歌有內外意之別,內意不光是具體意象,而且有道德上的意義。他引入"溫柔敦厚"説,認爲詩歌和別的文體不同,必須表達"言外之意"。

§070　郝敬《詩》序:得溫柔敦厚之旨

孟子云:"善説《詩》者,不以辭害志,以意逆志,是謂得之。"志得而辭可旁通矣。夫説《詩》與説他文字異。他文字切直爲精核;《詩》含蓄爲溫厚。古《序》①得其含蓄。朱《傳》②主於切直,反以含蓄爲鑿空。三百古《序》,無一足解頤③者矣。人非賜、商④,未可與言《詩》⑤。(MSXS, p.517)

① 謂《毛序》。　② 朱熹所作《詩集傳》。　③ 喻開顔歡笑。　④ 孔子弟子子夏(卜商)與子貢(端木賜)。　⑤ 孔子稱讚子夏、子貢爲可與説《詩》之人,典見《論語·學而》及《論語·八佾》。

郝敬認爲,孟子説《詩》法顛撲不破,關鍵在於它抓住了詩"溫柔敦厚"的本質。"《詩》含蓄爲温厚",故非"以意逆志"得辭外之情志不可解。相反,詩以外的文字(或文體)"切直爲精核",故適宜從辭中尋意。因而,解詩必須學古《序》那樣運用孟子的説《詩》法,求辭外之意,而朱《傳》"切直"的解釋法只可用於解釋其他文字,用於解詩必定謬誤百出。在《毛詩原解·讀詩》中,他反復强調,温柔含蓄是詩的藝術本質,説詩除"求詩意於辭外"别無它徑。

不微不婉,徑⑥情直發,不可爲詩;一覽而盡,言外無餘,不可爲詩;美謂之美,刺謂之刺,拘執繩墨,不可爲詩;意盡乎此,不通于彼,膠柱⑦則合,觸類則滯,不可爲詩。朱説皆犯此數病。(QMSH, p.2858)

⑥ 直接。　⑦ 膠住弦柱,不能調節音的高低,比喻拘泥其説。

郝敬不厭其煩地説"不温厚則非詩""不微不婉,徑情直發,不可爲詩;一覽而盡,言外無餘,不可爲詩"云云,無疑是要從根本上證明《詩序》説詩法之絶對正確。赦敬"温柔"爲詩的觀點無疑是"温柔敦厚"傳統命題的重要突破。

"温柔敦厚"一語,源自《禮記·經解》篇:"孔子曰:入其國,其教可知也。其爲人也,温柔敦厚,詩教也。""温柔敦厚"原只指《詩》的政教化人的效果,但很早就被借用於描述詩歌微婉曲折的表達方式。《詩大序》云:"主文而譎諫,言之者無罪,聞之者足以戒。"劉勰(約465—約520或532)《文心雕龍·宗經》則云:"《詩》主言志,詁訓同《書》,摛《風》裁興,藻辭譎喻,温柔在誦,故最附深衷矣。"由于漢代以來用"温柔敦厚"形容《詩》言情微婉的特點,孔穎達(574—648)《禮記正義》解釋"温柔敦厚"時加上了有關詩諷喻方式的評語,云:"温謂顔色温潤,柔謂性情柔和。詩依違諷諫,不指切事情,故云温柔敦厚是詩教也。"把"温柔敦厚"的命題進一步發展爲判斷證明某一説詩方法正確與否的原則,大概是唐以後的事。朱熹也許是最早把"温柔敦厚"與閲讀方式掛上鈎的人。他據《禮記·經解》的引文,把"温柔敦厚"純粹看作對《詩》作者爲人秉性的描述,進而推斷《毛序》牽强附會之過:"'温柔敦厚'詩之教也。使篇篇皆是譏刺人,安得

'温柔敦厚'!"

有趣的是,同樣一個命題到了郝敬的手裏,就成了批朱護《序》的理論根據。他沿著劉勰和孔穎達的思路,把"溫柔敦厚"解爲《詩》特有的諷喻言情方式,從而肯定《毛詩序》於辭外求諷喻意義之正確。經過郝敬的闡述和運用,"溫柔敦厚"也完成了從經學命題到詩學命題的轉化,爲清代詩學、詞學中種種"溫柔敦厚"説的興起奠定了基礎。

§ 071　郝敬《談經》:男女之辭非淫奔之詩

或曰:"孔子以'思無邪'一言蔽《三百》,何也?"曰:"此即孟子所謂'不以辭害志'也。詩者,志也。《詩》多男女之辭,志不專爲男女,聽其聲靡靡,而逆其志甚正。故端冕而聽鄭衛,皆雅樂也。苟佚欲情生,凡歌舞皆足以喪志。故《樂記》曰:'樂者,樂也。君子樂得其道,小人樂得其欲。以道制欲,則樂而不亂;以欲忘道,則惑而不樂。故君子反情以和志,'思無邪'之謂也。……世儒不達,謂《詩》多淫辭,無邪思,乃可誦《詩》。夫使聖人刪詩,留淫辭,禁學者邪思,是建曲表而責直影也。蓋凡聲音之道,和動爲本,過和則流,過動則蕩,苟弛而不張,雖《關雎》《鵲巢》《桃夭》《摽梅》,其孰無男女之思而奚必淫奔之詩也。"(TJ, juan 3, pp.9 – 11)

"然則《詩》多男女之詠,何也?"曰:"夫婦,人道之始也。故情欲莫甚於男女,廉恥莫大於中閨。禮義養於閨門者最深,而聲音發於男女者易感。故凡詩託興男女者,和動之音,性情之始,非盡男女之事也。"(TJ, juan 2, p.43)

郝敬批評朱《傳》的第二個要點針對朱熹提出的"淫詩説"。他從"思無邪"切入,指出《詩經》中的男女之辭,在君子和小人聽後會產生不同反應。這裏引《樂記》內容，強調小人聞之而獲得感官慾望，君子則會超越慾望回歸詩情本質，從而德行高尚，思無邪。所以，《詩經》中的男女之辭同樣能令讀者獲得高尚道德。且郝敬指出男女夫婦乃人道之始，《詩經》多男女之詠，實合乎人情之本，且更容易感染人心。由此一來，朱熹對男女之詠的"淫詩"定位也就難以成立。

§ 072 皮錫瑞(1850—1908)《經學通論·詩經》：男女之辭的類比寄託

【作者簡介】皮錫瑞(1850—1908)，字鹿門，湖南善化人。同治二年(1863)考取秀才，同治十二年拔貢，禮部試未中，絕意仕進，專注著述講學。光緒十六年任湖南桂陽州龍潭書院講席。兩年後任江西南昌經訓書院主講。戊戌，皮錫瑞參加南學會，主講"學派"，戊戌政變後，被革去舉人，交地方官管束。皮錫瑞歷任湖南高等學堂及師範館、中路師範、長沙府中學堂講席，學務公所圖書課長及長沙定王臺圖書館纂修。著述計有《經學通論》《經學歷史》等，另有《皮錫瑞全集》。

古詩如傅毅《孤竹》、張衡《同聲》、繁欽《定情》、曹植《美女》，雖未知其於君臣、朋友，何所寄託，要之必非實言男女。唐詩如張籍"君知妾有夫"①一篇，乃在幕中却李師道②聘作，託於節婦而非節婦；朱慶餘"洞房昨夜停紅燭"③一篇，乃登第後謝薦舉作，託於新嫁娘而非新嫁娘，皆不待箋釋而明者；即如李商隱之《無題》、韓偓之《香奩》，解者亦以爲感慨身世，非言閨房。以及唐宋詩餘④，溫飛卿之《菩薩蠻》，感士不遇；韋莊之《菩薩蠻》，留蜀思唐；馮延巳之《蝶戀花》，忠愛纏綿；歐陽修之《蝶戀花》，爲韓、范⑤作，張惠言《詞選》，已明釋之。此皆詞近閨房，實非男女，言在此而意在彼，可謂之接迹風人者。(JXTL, p.166)

① 張籍《節婦吟寄東平李司空師道》句。　② 唐代淄青節度使。

③朱慶餘《近試上張籍水部》句。　④詞的別稱。　⑤北宋大臣韓琦、范仲淹。

此段告訴我們,歷代著名閨房詩總被説詩家進行類比解讀,認爲寄託了男性作者就君臣、主僕、朋友關係而抒發的種種情感。

6.2　魏源等人的歷史類比解詩法

在前面的章節,不少文章都嘗試將詩歌和歷史聯繫起來,這種以史解詩法可謂《毛詩序》的類比解詩傳至清代的變體,只是它不完全依託於虛構想象,而是援引與詩作背景臨近的史事爲依據,將文本考證和歷史考證掛鈎。這種解詩法可謂類比解《詩》衍生出的特殊模式,而《詩比興箋》便是以史論詩的典型例子。《詩比興箋》的作者雖署名爲陳沆,但早在20世紀80年代,學者李瑚已推測此書實爲魏源所作,整理後託陳沆之名刊刻而成。今文經學家魏源主張經世致用,力主政治變革,在詩歌的詮釋上以公羊學"微言大義"的思想爲主,根據現實需要解釋《春秋》,以詮釋儒家經典爲途徑表達政治思想,文學詮釋緊扣經世救亡的政治目的。我們可以推測《詩比興箋》的解詩方式,可能受到魏源政治思想的影響,從而形成以具體歷史及政治倫理爲參照的詮釋方法。此外,在注箋《古詩十九首》其十九《明月何皎皎》時,箋者引用"申培、鄒陽、王式"三位今文經學派學者觀點,以三人爲例,讚揚西漢藩僚對君主的忠誠之心(§082)。箋者特意以今文經學派學者相比,很大程度反映了箋者對今文學派的偏好,似乎旁證了魏源爲《詩比興箋》作者的可能性。

在《詩比興箋》，箋者先假設《文心雕龍》中"古詩佳麗，或云枚乘"的推斷爲真實，判斷《古詩十九首》作於兩漢時期，認定當中九首作者是枚乘，將古人對作者的猜測當真，從而將論詩框架限制於一段真實歷史中。與《文選》六臣注版本比較，《詩比興箋》更多以人物的具體經歷直接論詩，似乎回歸了《毛詩序》的詮釋方法，嘗試以具體史實解釋詩歌內在情感，並詮釋意象。這種闡釋方法固然牽強附會，過份關注詩歌的政治功用，亦忽略了詩歌的審美特徵，却反映着動蕩的社會政治環境中自然形成的詩教觀。

另外值得注意的是，箋者將每首詩比附到枚乘生平各階段，以此作標準爲詩歌重新排序，以《古詩十九首》其五《西北有高樓》爲首篇，明顯顛覆了《文選》的排序。《漢書‧枚乘傳》中記載了枚乘曾爲吳王劉濞的郎中，得知吳王計劃謀反後曾上書諫說，諫說未果後離開吳王前往梁國，於梁國時亦曾再規勸吳王放棄謀反。吳王不聽，發動七國之亂後被殺死。而在《古詩餘篇十首》的前言中，箋者以《漢書‧枚乘傳》中枚乘的生平順序爲準則，重新排序《古詩十九首》的詩歌次序：首先指出其五《西北有高樓》和其十二《東城高且長》作於枚乘初諫，勸吳王放棄謀反之時，因此兩首應爲首篇；接著，認爲原本的其一《行行重行行》、其六《涉江采芙蓉》、其二《青青河畔草》三首於枚乘"去而之梁，從孝王游"之時所寫；其後，《蘭若生春陽》、其九《庭中有奇樹》在枚乘復說吳王之時被寫下；最後兩篇——其十《迢迢牽牛星》、其十九《明月何皎皎》則爲吳王敗後所撰。

§ 073　魏源(1794—1857)《詩比興箋》[1]：箋者排序根據

【作者簡介】魏源(1794—1857)，字默深，湖南邵陽人(今湖南邵陽市)。清代學者，中國近代啓蒙思想家。道光二年舉順天鄉試，道光二十四年成進士，以知州發江蘇。著有《古微堂詩文集》《老子本義》《孫子集注》《書古微》《詩古微》《元史新編》《海國圖志》《聖武記》等。著述輯爲《魏源集》。

今以詩求之，則西北、東城二篇，正上書諫吳時所賦；行行、涉江、青青三篇，則去吳游浮之時；蘭若、庭中二篇，則在梁聞吳反，復説吳王時；迢迢、明月二篇，則吳敗後作也。(SBXJ, juan 1, p.17)

這一段中，箋者以不同篇章對應了枚乘不同的人生階段，同時無視了以往《文選·古詩十九首》的順序，之後箋注的順序即用箋者這一重新編排的次序。

§ 074　魏源《詩比興箋》：枚乘諫説吳王未果

西北有高樓，上與浮雲齊。交疏結綺窗，阿閣三重階。上有絃歌聲，音響一何悲！誰能爲此曲，無乃杞梁妻。清商隨風發，中曲正徘徊。一彈再三嘆，慷慨有餘哀。不惜歌者苦，但傷知音稀。願爲雙鴻鵠，奮翅起高飛。

箋曰：《玉臺》以此爲首篇，蓋諫吳不聽而思遠舉之詞也。高樓齊雲，阿閣重階，非王居乎？《逸周書》：明堂反有四阿。《周禮》鄭注：四阿，若今四柱也。李善曰：閣有四阿，謂之四阿閣。薛綜《西京賦注》曰：殿前三階也。名爲西北，其實東南。李善曰：西北，乾位，君之居

---

[1] 《詩比興箋》的作者，自咸豐刻本以來，均署爲陳沆，然經李瑚、夏劍欽等人考證，其作者爲魏源，已成定論。

也。沉案：此即鄒陽上吳王書，胡、越、齊、趙之喻也。杞妻善慟，城隅爲崩，以此感人，庶幾回聽。《水經注》引《琴操》，杞梁死，其妻援琴作歌曰：樂莫樂兮新相知，悲莫悲兮生別離。乃慷慨餘哀，而聽者終莫我諒也。區區歌苦，竟何益乎，惟有高飛遠舉而已。古之君子，一諫不聽則再，再諫不聽則三，恐積誠之未至也。三諫而不聽，則以去爭之，冀幸君之一寤也。閨中既以邃遠兮，哲王又不寤，懷朕情而不發兮，焉能忍而與之終古。（ SBXJ, juan 1, p.17）

箋者認爲：《古詩十九首‧西北有高樓》應爲首篇，實爲枚乘諫吳王，而吳王不聽，枚乘慨嘆而作。按照枚乘的生平時序，此詩理應作首篇。同時，箋者基於枚乘生平修改了以往《文選》李善的注解，認爲高樓非實指王居，而是比喻吳王。

§075 魏源《詩比興箋》：附會枚乘於梁國憂吳

東城高且長，逶迤自相屬。迴風動地起，秋草萋已綠。四時更變化，歲暮一何速！晨風懷苦心，蟋蟀傷局促。蕩滌放情志，何爲自結束？燕趙多佳人，美者顏如玉。被服羅裳衣，當户理清曲。音響一何悲！絃急知柱促。馳情整巾帶，沈吟聊躑躅。思爲雙飛燕，銜泥巢君屋。

箋曰：亦憂吳之詩也。高城崔嵬，詎不雄固，乃氣機肅殺，已凛乎不可終日，盛衰倚伏，旦夕頓殊若此。而我一人迺獨焦勞於其間，如晨風之憂心殷殷，蟋蟀之良士瞿瞿，毋乃徒苦心而傷局促已乎，曷若蕩志適意，庶以忘憂。乃絃急柱促，卒成悲吟，若是者何哉？士之託身於國，猶燕之巢於幕上，未有屋傾而巢不覆者。是以知大廈非一木所支，而猶思效銜泥之忱也。乘本吳人,以吳爲父母之國,故知屈平之哀楚,廉頗之忠趙,皆委身所事,而非以塞責明職爲心者也。(SBXJ, juan 1, pp.17–18)

箋者認爲此篇與《西北有高樓》乃同一時期所作,同樣因憂吳所作。這段箋釋其脈絡大多從詩意及詩歌情感的流動出發,以各句與作者生平的關係爲著眼點分析詩篇,並非分析詩歌意象的寓意,或引典佐證,這種詮釋方法與經典的六臣注版本著重點不同。(參§019)

§076　魏源《詩比興箋》:枚乘離開吳王往梁國之時

行行重行行,與君生別離。相去萬餘里,各在天一涯。道路阻且長,會面安可知?胡馬依北風,越鳥巢南枝。相去日已遠,衣帶日已緩。浮雲蔽白日,遊子不顧反。思君令人老,歲月忽已晚。棄捐勿復道,努力加餐飯。

箋曰:此初去吳至梁之詩也。楚辭:樂莫樂兮新相知,悲莫悲兮生別離。言君子不以樂易悲,不以新置故也。夫梁園上客,勝友雲從,語其遭逢,詎讓淮甸?乃夫君惻惻,長路悠悠。睠言故鄉,則感南枝之巢鳥;憤懷蕭艾,則悲白日之浮雲。奈何游子終不顧反哉!顧,念也。言心不可回。我是以維憂用老也。先之曰會面安可知,譬彼舟流,不知所屆之謂。卒之曰憂能傷人,歲月幾何,不如棄置而加餐焉。死喪無日,無幾相見之謂。《韓詩外傳》:《詩》曰"代馬依北風,飛鳥棲故巢",皆不忘本之意也。此乘詩所本,宜用韓傳爲解。(SBXJ, juan 1, pp.18–19)

箋者認爲此篇乃枚乘初離開吳王,前往梁國時所寫,《詩比興箋》結合六臣注的注釋,立足於於注釋之詩意,但箋者更具體的指出主角爲枚乘,而詩中所描寫之事爲枚乘離開吳王,前往梁國的過程。

§ 077　魏源《詩比興箋》：於梁國思憂舊主吳王

涉江采芙蓉，蘭澤多芳草。采之欲遺誰，所思在遠道。還顧望舊鄉，長路漫浩浩。同心而離居，憂傷以終老。

箋曰：在梁憂吳也。去吳已遠，而云涉江者，折芳兮遺所思，放臣寄託之情也。乘本吳人，苟尚在江濱，曷云還望舊鄉，長路浩浩乎？吳王之於乘，可謂心不同矣，猶云同心而離居，非風人之忠厚乎？伯奇放流，首髮早白，維憂用老之謂也。（SBXJ, juan 1, p.19）

在假設《古詩十九首》當中幾篇作者爲枚乘後，箋者首先透過枚乘的背景生平，將詩歌一一對應其人生階段，再根據當時歷史事件解釋詩歌的意象。這首箋者認爲是枚乘在梁憂吳之詩，便對應其生平指出"舊鄉"乃吳王。"同心而離居"是指枚乘的忠厚之心，並非實指兩人心思相同。

§ 078　魏源《詩比興箋》：附會男女關係爲君臣

青青河畔草，鬱鬱園中柳。盈盈樓上女，皎皎當窗牖。娥娥紅粉妝，纖纖出素手。昔爲倡家女，今爲蕩子婦。蕩子行不歸，空房難獨守。

箋曰：楚辭："汩予若將不及兮，恐年歲之不吾與；朝搴阰之木蘭兮，夕攬洲之宿莽；日月忽其不淹兮，春與秋其代序；惟草木之零落兮，恐美人之遲暮。"戴氏震曰：美人，以謂盛壯之年耳。然則感盛年之易徂，而傷遇合之不再，固放臣同情也。《說文》：倡樂也，謂作妓者。何焯曰：昔爲倡家女，閑之總章。晚遇蕩子，則是終身不諧也。梁鄧鏗詩："誰能當此夕，獨宿類倡家。"庾信詩"倡家遭強聘"，皆可證倡家爲不嫁之女。案倡女者，未嫁之名，以譬己未遇時,蕩子行不歸,則譬仕吳不見用也。難獨守者,行雲有反期,君恩償終還也。(SBXJ, juan 1, pp.19－20)

箋者認爲這篇以男女關係比喻君臣關係。詩歌中妻子爲枚乘,而蕩子爲吳王,妻子盼望遠行蕩子歸來,暗指枚乘盼望吳王賞識,可惜"蕩子行不歸",枚乘諫吳王未成,未被賞識。這種詮釋方法是典型的以政治倫理分析愛情詩歌。比較以往的注解,《詩比興箋》更具體地以枚乘與吳王的君臣關係來談詩。

§ 079　魏源《詩比興箋》:吳王謀反後,枚乘得知並再次勸說

蘭若生春陽,涉冬猶盛滋。願言追昔愛,情款感四時。美人在雲端,天路隔無期。夜光照玄陰,長歎念所思。誰謂我無憂,積念發狂癡。

箋曰:此篇《文選》不錄,乃吳已反後,乘重説吳王,復不見納之時也。蘭若生春,涉冬猶盛者,及年歲之未晏兮,時亦猶其未央也。苟追昔愛而感情款,敢追怨吾謀之不盡用,而遂謂臣之壯也,猶不如人乎?乃雲路莫通於天末,夜光徒歎其闇投,將如彼何?誰料我以事外之人,曠懷無憂之士,而積念成憂,積憂遂成狂癡也,夫何以至是哉!而當之者曾不知憂何哉。此詩陸士衡陸機)擬之,而《文選》不錄,特以音節去取耳。(SBXJ, juan 1, p.20)

這篇詩歌《文選》並未收錄。箋者的詮釋角度與上篇類同,同樣以政治倫理分析愛情詩,反映了箋者在箋注時基本忽略了詩歌的文學性,著重於詩歌的政教功能,而且援引具體的歷史人物與事件爲框架,將詮釋框限在禮教規範之下,道德倫理遠大於男女愛情。

§080　魏源《詩比興箋》：附會枚乘的再次諫勸

庭中有奇樹，綠葉發華滋。攀條折其榮，將以遺所思。馨香盈懷袖，路遠莫致之。此物何足貴，但感別經時。

箋曰：此亦同上詩之旨，非所貽之不納，乃路遠莫致也，非此物之果貴，聊以明思也。情彌迫而詞彌緩，非風人其孰能之？曰別經時，知去吳已久也。（SBXJ, juan 1, p.20）

這首詩的詩旨與上相同。箋者以"別經時"，對應當時作者離開吳國已遠之時，再以詩意脈絡論詩歌的內在情感，指其"情彌迫而詞彌緩"。

§081　魏源《詩比興箋》：枚乘嘆吳王之時已終

迢迢牽牛星，皎皎河漢女。纖纖擢素手，札札弄機杼。終日不成章，泣涕零如雨。河漢清且淺，相去復幾許。盈盈一水間，脈脈不得語。

箋曰：此與青青河畔草，音調雖同，但彼言相閱之遠，此言相去之近。殆吳攻大梁，乘在梁城遺書說吳之時歟？故云"札札弄機杼。終日不成章"，言徒勞筆舌，無益危亡也。（SBXJ, juan 1, pp.20–21）

箋者先以詩歌情感與作者生平的關係，假設詩歌撰寫的時期及主旨，再根據當時歷史一一對應不同意象。在難以解釋意象的情況下，箋者便轉為以史解釋詩意流動的脈絡，往往前設論點為事實，再根據這些"事實"去解釋詩歌的問題。

§082　魏源《詩比興箋》：吳王死後，枚乘思憂之詩

明月何皎皎，照我羅牀幃。憂愁不能寐，攬衣起徘徊。客行雖云樂，不如早旋歸。出戶獨彷徨，愁思當告誰。引領還入

房,淚下沾裳衣。

　　箋曰:此吳敗後憂傷思歸之詩也。盛文譾於兔園。客行雖樂,弔故國之桑梓,不如旋歸。史言孝王薨後,乘歸淮陰,斯其志也。西漢藩僚,皆忠節之士,若申公之於楚,鄒陽之於吳,王式之於昌邑。扶顛匡危,同國憂戚。枚叟諸作,其亦三百五篇之諫乎?上續風騷,下啓百世,夫寧偶然?(SBXJ, juan 1, pp.20‑21)

此篇箋者以史實解釋詩中的憂思之情,認爲作者之憂源自吳敗,將詩歌內在的情與史實扣連。此外,值得注意的是箋者在箋注時,以"若申公之於楚,鄒陽之於吳,王式之於昌邑"爲例,表示西漢僚屬的忠義。申公、鄒陽及王式三人同爲今文經學派的學者,申培更開創了西漢今文詩學的"魯詩學",明顯透露出箋者和今文學派的關係密切。

【第 6 部分參考書目】

蔡宗齊:《郝敬"溫柔敦厚"説:一個被遺忘的文學批評理論體系》,載《中國詩學》第 14 輯,第 150—177 頁。

蔣秋華著:《郝敬的〈詩經〉學》,載《中國文哲研究集刊》1998 年第 12 期,第 253—294 頁。

蔡長林著:《皮錫瑞〈詩〉主諷諭説探論》,《嶺南學報》2015 年第 3 輯,第 107—131 頁。

李瑚著:《關於〈詩比興箋〉與〈近思錄補注〉的作者問題》,載《魏源研究》,北京:朝華出版社,2002 年,第 720—755 頁。

顧國瑞著:《〈詩比興箋〉作者考辨——兼談北大圖書館藏鄧之誠題跋"〈詩比興箋〉原稿"》,《北京大學學報(哲學社會科學版)》1996 年第 3 期,第 55—97 頁。

王瑞明:《馬端臨評傳》,南京:南京大學出版社,2009 年。

夏傳才:《元代經學的社會歷史背景和程朱之學的發展》,《貴州文史叢刊》1999 年第 4 期,第 1—14 頁。

7　元明清：復原式解詩法

7.1　吳喬等人的觀文見人讀詩法

　　在魏晉理解論部分,我們已經看到,六朝不少文論家受到了劉勰的影響,認爲在詩歌中不僅能感受到歷代作者之志,且能目睹作者其人。文如其人這種思想,源遠流長,《史記·孔子世家》云:"余讀孔氏書,想見其爲人。"又蕭統《陶淵明集序》評陶詩,所謂"余愛嗜其文,不能釋手,尚想其德,恨不同時"(§017)。劉勰《文心雕龍·知音》亦言"觀文者披文以入情"(§018)。吳喬《圍爐詩話》論詩,亦言"詩中須有人,乃得成詩"(§083),並且認爲這是他自己提出的新觀點,所謂"此説前賢未有,何自而來"。他舉了很多例子,説明讀一首詩,必可想象作者的道德品格、思想境界與志向,即作者的形象能夠浮現於作品之中。毛先舒《詩辯坻》這一段更加明顯,使用劉勰《人物志》其中的《八觀》篇,認爲詩歌中也有"八徵,可與論人"(§084),及從不同的作品中可以看到不同作者的不同境界。我們在講文學觀時提到,王通、王勃等人認爲齊梁文風之誤國,把謝靈運等詩人視爲小人,更認定這些"小人"的作品價值必定不高,可以説是開人物品藻式批評的先河。

觀文見人讀書法在漢末至六朝人物品藻的基礎上得以建立,至明清時已出現新的引申。劉劭《人物志》立足於漢代的"血氣""形志"之論,通過觀察人的外在體貌,探知其内在思想與秉性。這一觀照路徑成立的依據也在於"和順集中而英華發外""詩言志"等經典命題,當詩篇成爲作者情志由内而外的自我呈現,那麽解讀詩人之志便可以由外而内,從文本進行推想。閲讀作品便能感受到創作者的精神面貌與世界。這種由外而内的品藻思路在劉勰《文心雕龍·知音》篇同樣得到採用。相較之下,劉劭在觀人時由體貌透視到道德層面(§016),劉勰則在觀文中由文字透視到文情(§018)。在這種透視過程中,劉勰與劉劭都不依賴類比解詩式的主觀臆想,而立足於對所觀察對象客觀的、循序漸進的分析。

到了明清時期,這種觀文見人法基本都以詩人的文藝才情爲落脚點,相對少有對詩人道德的解讀。除了明清詞話多從温柔敦厚角度進行道德化闡釋以尊詞體外,其它詩文評基本會從審美層面對作品進行唯美化的解讀。雖然劉劭也曾提出人之氣性與生活時地相關,但明清人在觀文的過程中,更爲強調詩人與情、境的共生相映。如吴喬(1611—1695)在《圍爐詩話》中將人之境遇變化與哀樂的産生機制同等並提:"人之境遇有窮通,而心之哀樂生焉。夫子言詩,亦不出於哀樂之情也。詩而有境有情,則自有人在其中。"(§083)這種不止側重於内在之情,同時關注外在境遇的意識,當與孟子"知人論世"傳統的影響關係密切。

而且,吳喬等人還進一步提出藻飾蹈襲過甚,內容空洞無物的詩篇難以使人感受到詩人的性情面目。並且,部分明清人在如何觀文的問題上提供了一些較爲具體的操作方法,其中毛先舒(1620—1688)十分獨特地沿襲《人物誌》中"九質""八觀"的思路,提出"八徵"説,根據詩歌呈現的不同美感將人分爲從神人到鼠輩的八類。同時,他還借用了劉勰"披文入情"諸論,主張"觀者因文而徵情"。在此基礎上他提出"洞貫古籍,曲盡擬議,非以役物"(§084)的具體觀文方法,即通熟古人典籍,"借資"古人進行擬議類比,但同時又不會受其束縛。沈德潛(1673—1769)則在論詩主性情的立場下注意到各人性情萬殊,呈現於詩篇的性情面目也會面目各異。

§083　吳喬(1611—1695)《圍爐詩話》：詩中有人,當由文辭觀其人

【作者簡介】吳喬(1611—1695),清初詩人、詩論家。一名殳,字修齡。崑山(今屬江蘇蘇州)人。崇禎十一年諸生,尋被斥。清兵入關,以布衣身份遊於公卿。著有《古宮詞》《托物草》《好山詩》《圍爐詩話》《答萬季埜詩問》《西崑發微》。《西崑發微》箋釋李商隱詩,《圍爐詩話》收於《借月山房匯抄》行於世。

問曰："先生每言詩中須有人,乃得成詩。此説前賢未有,何自而來？"答曰："禪者問答之語,其中必有人,不知禪者不覺耳。余以此知詩中亦有人也。人之境遇有窮通,而心之哀樂生焉。夫子言詩,亦不出於哀樂之情也。詩而有境有情,則自有人在其中。如劉長卿之'得罪風霜苦,全生天地仁。青山數行淚,白首一窮鱗'①。王鐸爲都統詩曰：'再登上相慚明主,九合

諸侯愧昔賢。'有情有境,有人在其中也。子美《黑白鷹》②、曹唐③《病馬》亦然。魚玄機④《詠柳》云:'枝迎南北鳥,葉送往來風。'黃巢⑤《咏菊》曰:'堪與百花爲總領,自然天賜赭黃袍。'蕩婦、反賊詩,亦有人在其中。故讀淵明、康樂、太白、子美集,皆可想見其心術行己,境遇學問。劉伯溫⑥、楊孟載⑦之集亦然。惟弘、嘉⑧詩派濃紅重綠,陳言剿句,萬篇一篇,萬人一人,了不知作者爲何等人,謂之詩家異物,非過也。"問曰:"弘、嘉人外,豈無讀其詩而不見其人者乎?"答曰:"楊素⑨、唐中宗、薛稷⑩、宋之問、賀蘭進明⑪、蘇渙⑫,其人可數。"(QSHXB, p.490)

① 劉長卿《負謫後登干越亭作》句。　② 杜甫《見王監兵馬使説近山有白黑二鷹羅者久取竟未能得王以爲毛骨有異他鷹恐臘後春生騫飛避暖勁翮思秋之甚眇不可見請余賦(一本有二字)詩》。　③ 唐代詩人。　④ 唐代女詩人,出家爲道士。　⑤ 唐末人,曾自立爲帝,史稱"黃巢之亂"。　⑥ 劉基,元末明初人。　⑦ 楊基,字孟載,元末明初詩人、畫家。　⑧ 明代弘治、嘉靖年間。　⑨ 北周至隋朝時人。　⑩ 初唐時人,工書畫、詩文。　⑪ 初盛唐時人,開元十六年進士,擅詩文。　⑫ 唐人,代宗廣德年間進士,從哥叔晃反,兵敗被殺。

　　吴喬在此以設問的方式提出"詩中有人"的主張。所謂"詩中有人",即吴喬認爲詩人的形象存在於他的詩篇之中,文如其人,文章與作者的人品不可分開。這一觀念以詩的言志、緣情傳統爲基礎。而且詩人需在一時一地的境遇觸發下產生某一具體的哀樂之情,所以情緒變化關聯著境遇的窮通。在這一視野下,後人皆可從古之名家詩作文本推想詩人的境遇和學問,有如得見本人。同時,他也指出明中期追求形式復古,或過度關注藻飾的詩人,其作品多爲蹈襲重複,無法令讀者透過文字觀照詩人。

§ 084　毛先舒(1620—1688)《詩辯坻》:詩歌能觀人

【作者簡介】毛先舒(1620—1688),名騤,字馳黄,後改名先舒,字稚黃,錢塘人(今浙江杭州)人,明末諸生。嘗受教於陳子龍、劉宗周,與毛奇齡、毛際可齊名,並稱"浙中三毛"。其詩音節瀏亮,有七子餘風。著有《匡匡文鈔》《思古堂集》《東苑文鈔》《東苑詩鈔》等。

詩有八徵,可與論人。一曰神,二曰君子,三曰作者,四曰才子,五曰小人,六曰鄙夫,七曰瘵①,八曰鼠。神者,不設矩矱②,卒歸於度,任舉一物,旁通萬象。於物無擇,而涉筆成雅;於思無豫,而往必造微。以爲物也,是名理也;以爲理也,是象趣也。攬之莫得而味之有餘,求之也近而即之也遠。神乎神乎!胡然而天乎?

君子者,澤③於大雅,通於物軌,陳辭有常,攄④情有方,材非芳不攬,志非則不吐,及情而止,使人求之,淵乎其有餘,怡然其若可與居。推其心也,拾國香爲餐,而猶畏其污也;薰袯正襟以占辭,而猶畏有口過也。是君子者也。作者,攬群材,通正變,以才裁物,以氣命才,以法馭氣,以不測用法。其用古人之法,猶我法也。猶假八音以奏曲,鍾石之韻往而吾中情畢得達焉。故其詩如奇雲霏霧而非炫也,如震霆之疾驚而非外強也,澹乎若洞庭之微波而不竭其瀾也,中閎⑤而已矣,是作者也。才子者,有情有才,亦假法以範之,時有過差,時或不及,殆其當也,則爲雅辭,不可爲昌言。分有偏至,不能兼也;法有一體,不能合也。然而氣必清明,辭必周澤,斯稱才子矣。

① 音 zhài,疾病。 ② 音 jǔ yuē,規矩法度。 ③ 滋潤。 ④ 音 shū,抒發。 ⑤ 内裏宏大廣博。

小人者,法不勝才,才不勝情,注辭而傾,抒憤如盈,務竭而無後慮,其小人之心聲乎?故其詩若憯⑥若爭,若誂⑦若暄⑧,雖羅罩⑨於豐翰,而不可爲飾,君子視之,並器不入。鄙夫者,窘乎材者也。乃欲自見,故匿質而昭文,中亡⑩情而索辭,辭屛⑪則假於物輔。故取物也,不以益中,以塗茨⑫外,趑趄⑬睥睨,冀無窺者。故其語散而不貫,氣時張而時萎,思不盈尺,辭聯尋丈⑭,使人厭之。

瘵者,病也。望之膚立,按之無脈,如呻吟之音,雖長逾促,謂之細甚,是曰詩瘵。

鼠也者,小而善竊,狡而不能爲物害,故以取喻爲詩者,是強解事人也。未能知之,先欲言之,襲彼之語,以市⑮於此,矛盾而不恤,被攻而無怍色,掎摭⑯無當,聒而不休,操筆迴惑,猶廁鼠之見人犬而數驚恐也,是曰詩鼠。

審聲詩之士,以是八徵⑰,參驗無失,則可以觀人矣。爲詩者慎以自驗,務治其中而底⑱於純,可以無跌,匪曰文章,至道寓焉。余故詳著之於篇。

⑥音 qí,憤怒。 ⑦音 tiǎo,輕佻戲弄。 ⑧親近。 ⑨網羅。"罼",同"畢",捕捉。 ⑩心中沒有。 ⑪音 chán,軟弱無力。 ⑫音 cí,用茅草或葦草覆蓋的屋頂。 ⑬音 zī jū,走路不穩,疑懼不決。 ⑭八尺爲一尋。此處泛指詞句冗長。 ⑮替換。 ⑯音 jǐ zhí,批評指摘。 ⑰八種跡象。 ⑱達到。

欲披其文,先昭其質,故觀者因文而徵情,作者原志以吐辭,則惟詩不可以爲僞也。洞貫⑲古籍,曲盡擬議,非以役物,求自見本質耳。譬之以火煅金,以魚濯錦,知魚火之借資,識古人爲津筏。是故神明秀練者,其言芳以潔;意廣識通者,其言疏以遠;悽激內含者,其言抑以凌⑳;不見歆趨㉑者,其言靜以立;縈紆恬汰㉒者,其言微以長;光華隱曜者,其言清以典。內業既昭,本質斯呈。欲學夫詩,先求其心,故歌之而可以觀志,弦之而可以見形。若夫内無昭質而鬱㉓暢菁華,胸本柴棘而放詞爲高,斯如鎏黃㉔火翠,茹藘㉕練染,不能飾美,適足彰其爲賤工也。(QSHXB, pp.10-11)

⑲ 洞悉通貫。　㉑ 急切、侵逼。　㉑ 喜愛、趨向。　㉒ 恬淡安適。"汰",通"泰",泰然自如。　㉓ 繁多地。　㉔ 意爲鍍金。　㉕ 音 rú lǘ,茜草,可用作絳紅色染料。

很明顯,毛先舒的這段沿用了劉勰和《人物志》的思路,他也先是強調詩歌之能"觀人",因爲"作者原志以吐辭"。他還使用了《人物志》的八徵,認爲詩歌也有八徵,不同的八徵可論不同的人:"詩有八徵,可與論人。一曰神,二曰君子,三曰作者,四曰才子,五曰小人,六曰鄙夫,七曰瘵,八曰鼠。"這實際上是按照八種詩歌文字使用的方式可以想見八類作者,是從詩中見人的方式。他按照詩歌裏面呈現的不同美感將人分類,從神人到鼠輩。"欲披其文,先昭其質,故觀者因文而徵情"句,很明顯借用了劉勰的語言,這也是劉勰《知音》篇使用劉劭《人物志》框架的有力旁證。至於如何昭明詩人之志,他提出"洞貫古籍,曲盡擬議,非以役物",即通熟古人典籍,能"借資"古人,擬之議之而後成其變化之道,但同時又不會受其束縛。最後他還指出,詩文的修飾當與内容相稱,若内容空洞無物而徒有華辭麗藻,也只算是文辭層面的"賤工"。

§085 沈德潛(1673—1769)《説詩晬語》:觀其文當足以見其人

【作者簡介】沈德潛(1673—1769),字確士,號歸愚,江蘇長洲(今江蘇蘇州)人。清代詩人。乾隆四年得進士,授翰林院編修,歷任侍讀、內閣學士、禮部侍郎,加禮部尚書銜,卒贈太子太師,謚文愨。身後因捲入徐述夔案,遭罷祠奪官。沈德潛爲葉燮門人,論詩主格調。著有《歸愚詩文鈔》。又選有《古詩源》《唐詩別裁》《明詩別裁》《清詩別裁》等。

性情面目,人人各具。讀太白詩,如見其脫屣千乘①;讀少陵詩,如見其憂國傷時。其世不我容,愛才若渴者,昌黎之詩也；其嬉笑怒駡，風流儒雅者，東坡之詩也。即下而賈島、李洞②輩，拈其一章一句，無不有賈島、李洞者存。倘詞可餖飣，工同磬帨③，而性情面目，隱而不見，何以使尚友古人者讀其書想見其爲人乎？（QSH, p.557）

① 千乘，代指居高位者。　② 唐詩人，宗賈島，作詩喜歡苦吟。
③ 音 pán shuì，大帶和佩巾。

沈德潛論詩也主性情，且强調各人性情萬殊，而呈現於詩篇的面目也各異，他列舉了一系列通過古人篇章想見詩人性情的例子，以佐證觀其文足以見其人。

§ 086　章學誠(1738—1801)《文史通義·文德》：論文當先知古人身處之世

【作者簡介】章學誠(1738—1801)，字實齋，號少岩，浙江會稽(今浙江紹興)人，清代史學家、思想家。章學誠早年屢試不第，至乾隆四十三年方中進士，官國子監典籍。曾主講定武、蓮池、文正等書院，並爲南北方志館，主修《和州志》《永清縣誌》《亳州志》《湖北通志》等多部地方志。章學誠倡六經皆史、道不離器之論，章學誠撰寫了《文史通義》《校讎通義》《史籍考》等論著。乾隆五十九年返回故里。嘉慶五年，雙目失明。次年病卒。著有《章氏遺書》。

是則不知古人之世，不可妄論古人文辭也；知其世矣，不知古人之身處，亦不可以遽論其文也。身之所處，固有榮辱隱顯、屈伸憂樂之不齊，而言之有所爲而言者，雖有子不知夫子之所謂，况生千古以後乎？聖門之論恕也，"己所不欲，勿施於人"，其道大矣。今則第爲文人，論古必先設身，以是爲文德之恕而已爾。（WSTYJZ, juan 3, pp.278-279）

"知人論世"在章學誠這裏已被拆分成"古人之世"和"古人之身處"

兩個維度,前者指向整體的社會歷史背景,後者則爲古人具體的生平遭際。並且他將聖門論"恕"與"論古必先設身"聯繫一起,亦可視爲對"觀文見人"和"知人論世"的新理解。

【第7.1部分參考書目】

張健著:《清代詩學研究》,北京:北京大學出版社,1999年。有關吳喬"以意爲主"與"詩中有人"說,見第156—167頁。

王運熙、顧易生主編:《中國文學批評通史》,上海:上海古籍出版社,1997年。第七章《清代中期的詩論》,第432—451頁。

王英志著:《清人詩論研究》,南京:江蘇古籍出版社,1986年。參第38—55、111—123、154—170頁。

7.2 元人律詩結構分析法

歐陽修、朱熹等宋人在解《詩》方面對詩句本義及詩作整體意旨的貫通,注重作品章節結構的分析,由此超越漢儒解《詩》的類比附會框架,產生出更貼合文本自身的闡釋。同時宋人也提煉出一系列解詩的理念和方法,尤其是結構層次的分析,對宋元之際格律詩等詮釋批評產生頗爲深重的影響。其中以楊載論詩的起承轉合,范梈論起承轉合與詩意組織之關係等尤具有代表性。

§ 087 ＊范溫(北宋中後期人)《潛溪詩眼》:"貫珠"喻

【作者簡介】范溫,又名仲溫,字元實,號潛齋,成都華陽(今四川成都市雙流區)人。范祖禹之子,秦觀婿,呂本中表叔,曾學詩於黃庭堅。生平事蹟不詳,蔡絛《鐵圍山叢談》、呂本中《紫微詩話》、晁公武《郡齋讀書志》等書有少許記載。范溫著有《潛溪詩眼》一卷。

古人律詩亦是一片文章,語或似無倫次,而意若貫珠……通暢而有條理,如辯士之語言也。(SSHJY, pp.318 - 319)

山谷言文章必謹布置;每見後學,多告以《原道》命意曲折。後予以此概考古人法度,如杜子美《贈韋見素詩》云:"紈綺不餓死,儒冠多誤身。"此一篇立意也,故使人靜聽而具陳之耳。(SSHJY, pp.323 - 324)

范溫引用黃庭堅的"文章必謹布置"說,這裏談及的"文章"其實包含了詩歌。范溫這段中以文章學的角度談詩歌創作,指出古代律詩的結構勻稱,邏輯嚴密,將詩歌結構等同文章看待,要求詩人精鍊字句,謹慎佈局,反映了范溫將詩文結構納入創作評價的一部份。

§ 088　＊王叡(831年前後在世)《炙轂子詩格·一篇血脈條貫體》:君臣意象的歷史與自我指涉

【作者簡介】王叡,號炙轂子。一作蜀中新繁(今四川彭縣東南)人,又作郡望瑯琊(今山東臨沂)人。元和後詩人,活躍於唐宣宗至僖宗之時,大中間遊於燕地,後不知所向。著有《炙轂子雜錄注解》《炙轂子詩格》。《全唐詩》存詩九首,《全唐文》存文四篇。

李太尉①詩云:"遠謫南荒一病身,停舟暫吊汨羅人。"此詩首一句發語,次一句承上吊屈原。"都緣靳尚圖專國,豈是懷王厭直臣。"此二句為頷下語,用為吊汨羅②之言。"萬里碧潭秋景靜,四時愁色野花新。"此腹內③二句,取江畔景象。"不勞漁父重相問,自有招魂拭淚巾。"此二句為斷章,雖外取之,不失此章之旨。(QTWDSGHK, p.388)

① 李德裕(787—849),晚唐名相,"李太尉詩"是指其《汨羅》。

② 即弔屈原。　③ 即本詩第三聯，頷聯。

李德裕此詩作於南貶途中，在這一背景下，詩中的"汨羅人""靳尚""懷王""漁父""招魂"便具有歷史與自我抒情的雙重指涉。這些君、臣形象在照應汨羅本土歷史記憶的同時，也類比著李德裕當時的政治遭遇，因此詩中憑弔屈原、招魂拭淚等行爲便具有深沉的情感力量。

§089　楊載(1271—1323)《詩法家數》：論詩的起承轉合

【作者簡介】楊載(1271—1323)，字仲弘，浦城(今福建浦城)人，其先徙杭，又爲杭人。元代詩人，與虞集、范梈、揭傒斯並稱爲"元詩四大家"。少孤，博涉群書，年四十不仕，戶部賈國英數薦於朝，以布衣召爲翰林國史院編修官，與修《武宗實錄》。延祐二年進士，授饒州路同知浮梁州事，遷儒林郎、寧國路總管府推官以卒。著有《楊仲弘詩集》。

起承轉合

破題：

或對景興起，或比起，或引事起，或就題起。要突兀高遠，如狂風捲浪，勢欲滔天。

頷聯：

或寫意，或寫景，或書事、用事引證。此聯要接破題，要如驪龍之珠①，抱而不脱。

頸聯：

或寫意、寫景、書事、用事引證，與前聯之意相應相避。要變化，如疾雷破山，觀者驚愕。

結句：

或就題結，或開②一步，或繳③前聯之意，或用事，必放一句作散場，如剡溪之棹④，自去自回，言有盡而意無窮。(*LDSH*, p.729)

① 古代傳說中一種黑色的龍,頷下有珠。 ② 移開,蕩開。 ③ 圍繞。 ④ 東晉名士王子猷雪夜乘小舟過剡(音 shàn)溪訪戴安道,到了門前,未見戴即返。典出《世說新語·任誕》。

楊載可能是最早談論詩的起、承、轉、合的。他不是簡單地將詩歌劃分成四部分,而是從結構上串通來講的。比如其強調頸聯要變化,結句要"自去自回,言有盡而意無窮",不像英文中的 conclusion,僅是一個綫性的結論。實際上,這種起承轉合結構很像英文中的 beginning、middle、ending,只不過中國古典詩歌中的 middle 要求有轉折(turning)的變化。

§090　楊載《詩法家數》:以血脈論詩

五言

五言、七言,句語雖殊,法律則一。起句尤難,起句先須闊占地步,要高遠,不可苟且。中間兩聯,句法或四字截,或兩字截,須要血脈貫通,音韻相應,對偶相停,上下匀稱。有兩句共一意者,有各意者。若上聯已共意,則下聯須各意,前聯既詠狀,後聯須説人事。兩聯最忌同律。頸聯轉意要變化,須多下實字。字實則自然響亮,而句法健。其尾聯要能開一步,別運生意結之,然亦有合起意者,亦妙。(*LDSH*, pp.729-730)

楊載結合了范溫與孔穎達等人的論點。"語句雖殊"指出詩體自由的特徵,"法律則一"則論及自己對於詩歌結構的要求。但不同之處在於文中楊載對詩律的要求更爲詳細清楚,包括血脈、音韻、對偶、匀稱,而這些要求相信源自姜夔《白石詩説》中對詩"氣象、體面、血脈、韻度"的要求。

§091　范梈(1272—1330)《木天禁語》:詩篇章法的拆解分析

【作者簡介】范梈(1272—1330),字亨父,又字德機,清江(今江西樟樹市)人。元代詩人。幼孤貧,天資穎異,大德十一年,薦爲左衛教授,翰林院編修官,擢海南海北道廉訪司照磨、江西湖東憲長、翰林應奉、福建閩海道知事,以疾歸故里,母喪後亦以疾卒。范梈持身廉正,工於詩,爲"元詩四大家"之一。著有《木天禁語》《詩學禁臠》。

五言長古篇法

分段　過脈^①　回照　讚歎

先分爲幾段幾節,每節句數多少,要略均齊。首段是序子,序了一篇之意,皆含在中。結段要照^②起段。選詩分段,節數甚均,或二句、或三句、四句、六句、八句,皆不參差。杜却不甚如此太拘,然亦不太長不太短也。次要過句^③,過句名爲血脈,引過次段。過處用兩句,一結上,一生下,爲最難,非老手未易了也。回照謂十步一回頭,要照題目,五步一消息,要閒語讚歎,方不甚迫促。長篇怕亂雜,一意爲一段,以上四法,備^④《北征》詩^⑤,舉一隅之道也。（*LDSH*, p.745）

① 貫通上下的段落。　② 照應。　③ 過渡上下不同語義段落的句子。　④ 完備地體現。　⑤ 杜甫詩中的名篇。

范梈以杜甫《北征》作爲五古寫作的典例,舉出分段、過渡、照應、讚歎等要領關鍵,逐層逐條解析。整首五古作品被拆爲序子、若干分段,並及回照前文的結段,每節每段用句的數量、字數、寫法要領都被一一注及。

§ 092　范梈《詩學禁臠》：結構分析與"意"的組織相結合

先問後答格　《三月三日泛舟》^①：江南風景復如何,聞道新亭更可過。處處藝蘭春浦綠,萋萋芳草遠山多。壺觴須就陶彭澤,風俗猶傳晉永和。更使輕橈徐轉去,微風落日水增波。

初聯上句言江南之烟景,是一篇之主意。"復如何"問之之詞，"聞道"乃答之之詞。次聯應第一句烟景之態。三聯應第二句。末聯結上。歡樂無窮，烟景已晚，有俯仰興懷之寓。（LDSH, p.757）

① 唐皇甫冉詩。

一句造意格　《子初郊墅》②：看山酌酒君思我，聽鼓離城我訪君。臘雪已添橋下水，齋鐘不散檻前雲。陰移松柏濃還淡，歌雜漁樵斷更聞。亦擬城南買煙舍，子孫相約事耕耘。

初聯上句以興下句，而下句乃第一句之主意。第二聯、三聯皆言郊野之景。末聯結句羨郊墅之美，亦欲卜鄰③於其間，有悠悠源泉之意。此乃詩家最妙之機也。（LDSH, p.758）

② 唐李商隱詩。　③ 選擇鄰居，意爲詩人願與詩中的"君"爲鄰。

兩句立意格　《寫意》④：燕雁迢迢隔上林，高秋望斷正長吟。人間路止潼關險，天下山惟玉壘深。日向花間留遠照，雲從城上結層陰。三年已制相思淚，更入新愁却不禁。

初聯上句起第二句，第二句起頸聯。蓋頷聯是應第一句，頸聯是應第二句，結尾是總結上六句。思之切，慮之深，得乎性情之正也。（LDSH, p.758）

④ 李商隱詩。

物外寄意格　《感事》⑤：長年方憶少年非，人道新詩勝舊詩。十畝野塘留客釣，一軒風雨共僧棋。花間醉任黃鸝語，池上吟從白鷺窺。大造不將爐冶去，有心重立太平基。

初聯首言是非之悟，以詩爲言，則他事可知，此唐人一種玄解。次聯言氣象閒雜，行樂無人相似，不與上聯相接，似若散緩。然詩之進退，正在裏許。頸聯言閒中自得，與物忘機，而宰

相之量也。結尾言進退在君,任者不可不重。八句之意,皆出之言外。(LJYSHQB, p.2045)

⑤ 晚唐詩人韋莊詩。

這幾則詩格分析主要討論了起承轉合與"意"的組織,其中"一句造意格"即四聯均圍繞一句之"意"而作;"兩句立意格"即詩中不同的部分照應第一句和第二句,"物外寄意格"即詩中各聯共同的意義不是以語言表達出來的。由此可見范梈顯然是利用結構分析的方法來剖析詩中之意。整體分析內容關注詩之主意、句聯層次、前後關應等,而且也使用了"起興""性情之正"等解《詩》理路。

【第7.1—2部分參考書目】

張毅:《宋代文學思想史》,北京:中華書局,1995年,第229—234頁。

顧易生、王運熙:《中國文學批評史新編》,上海:復旦大學出版社,2001年,第346—354頁。

祝尚書:《論宋元文章學的"認題"與"立意"》,《文學遺產》2009年第1期,第77—85頁。

王水照、慈波:《宋代:中國文章學的成立》,《復旦大學學報》2009年第7期,第21—31頁。

蔣寅著:《古典詩學的現代詮釋》,北京:中華書局,2003年。有關"起承轉合"與詩文結構的論述,第100—121頁。

黃強著:《起承轉合結構說的源流》,《伊犁師範學院學報》2006年第1期,第67—75頁。對蔣寅說法提出質疑。

7.3 魏浣初等人的意脈解《詩》法

明清結構解《詩》法與朱熹的解讀存在很大的不同,朱熹是分章標示賦、比、興，只對章內之意進行闡釋，沒有關注到關鍵詞語或主題如何貫穿鈎聯不同章節。明清結構解《詩》十分注重詩篇的整體性和内部各部分的互動性。以魏浣初解《小雅·小弁》爲例，他先解釋此詩的主旨是敘述盤桓在心中的痛苦："通篇敘被廢之情"。然後，魏浣初提取出"憂"字統領全詩，每一章跳躍的變化都是表達"憂"的不同描述。之後他分出八章，逐章概括大意，每一章都是不同的"憂"。最後，"章内'憂'字凡五見"，魏浣初將"憂"作爲貫穿全詩的情感綫索，十分具有結構意識。

§093 魏浣初(1580—?)《詩經脈講意》評《小雅·小弁》：以主旨談詩歌結構

【作者簡介】魏浣初(1580—?)，字仲雪，蘇州府常熟縣人。萬曆四十四年進士，任嘉興府教授。遷海南、桐鄉縣令，升南京户部主事，推蕪湖關，後官至廣東提學參政。愛好詩詞，著有《仲雪詩文集》《四如山樓後集》《四留堂雜著》《庵集》《詩經脈》《新刻魏仲雪先生批點西廂記》等。

通篇敘被廢之情。宜以章内"憂"字爲主。首章傷己無罪見棄，以發思慕之端；二章極道其憂傷之甚；三章則反其不見愛者而莫得其故；四章嘆己之無所依；五章嘆己之不見顧；六章總上意而傷王心之忍；七章推其心之忍者易惑於讒人；八章又原讒之所起由王易其言以來之。夫易其言以來讒邪之口。信讒言而有廢黜之加，此太子所以始雖有不忍之情，而終致決絶之意也。章内"憂"字凡五見，曰"云如之何"，其詞尚緩；曰"疢如疾首"，則切於身矣；曰"不遑假寐"，則晝夜無休歇；曰"寧莫之知"，則無所控訴，而倉辛急迫，故遂以隕涕終焉。《白華》之詞

簡而莊,《小弁》之詞婉而切,則處父子與夫婦之變異也。(SJMJY, juan 5, p.117)

魏浣初主要以詩歌結構作爲解詩的切入點。在分析詩歌時,他首先分析詩歌主旨,再抽取詩意重點論述每章章旨,以每章内容與"憂"字的聯繫分析概括章旨,最後將各章旨串連起來。此外,魏浣初亦透過"憂"字在各章中涵義的變化來解釋詩中的情感變化。

§094 張元芳、魏浣初《毛詩振雅·周南·卷耳》:結構、章旨、字句、情景關係的結合分析

【作者簡介】張元芳,字揚伯,别號完樸,通州人。萬曆四十四年(1616)丙辰科二甲第五十七名進士,任職留都南京。升任湖廣驛傳道、提學六郡、廣西按察司副使。晚年隱居。與魏浣初共同輯著《毛詩振雅》。

[眉評] 通篇皆是託言,以嗟我懷人爲主,下三章俱承此來,正形容懷之不能自已也。首章託言有所事,而不終於事,后妃無時不念君子,但於采物時,一觸懷人之想,便不能復采耳,不是把頃筐所有者棄之。二三章,各重登高,勿與飲酒平,我始二句,根登高來,蓋行莫逐,而心轉切,故借酒以自寬俱是託言。玩姑字永字,示非真欲釋其思也。末章上三句,言登高有所制,下則難乎其爲情也。僕是將車者,云"何吁矣",言我當如何其憂嘆乎?正是思之極處。

[眉評] 此詩妙在誦全篇,章章不斷,誦一章,句句不斷。虛象實境,章法甚妙,閨情之祖。(MSZY, pp.16-17)

《毛詩振雅》的評點有眉評、旁批、尾評。上面引文第一段即爲《卷耳》詩的眉評,其分析手法與《詩經脉講意》類同,以拆分章旨,概括詩意爲主。上面引文第二段即爲《卷耳》詩的尾評。此外還以旁批的方式關注詩中的關鍵字句,於"嗟我懷人"旁批"主"字,"維以不永懷"中"懷"字和"維

以不永傷"中"傷"字均旁批"骨"字。值得注意的是，兩人並未忽視詩歌的整體意境，"虛象實境"亦點出了詩整體的情景關係，填補了文人結構分析時的常見缺陷。

§ 095　余應虬（1583？—1652？）《詩經脈講意》序：詩之脈即詩人之志

【作者簡介】余應虬（約1583—約1652），字猶龍，別號陟瞻。出身於明清之際福建建陽刻書世家。承余氏書坊萃慶堂，編有《世史類編》，刻有《鼎鐫鄒臣虎增補魏仲雪先生詩經脈講意》《皇明名臣言行錄繹》《新編分類當代名公文武星案》等等。

　　詩何言脉也？即子輿之所謂志也。三代時人心風俗渾灝之元氣仍在，故發之聲歌，昭功德之頌，寄忠孝之思，或慶祝亨嘉而托興颺言，或寓言曲庸而引諭旁通，或觸物生情而敦和婉切。即下逮閭巷征夫思婦，亦各有志在焉。故聖人存以備勸懲，與羲圖謨誥並傳不朽。惟是物也，是志也，是脉也，每諷詠之，而奕奕生氣猶在三百中流動。豈可謬成臆見，穿鑿附會，以斯千古聖賢之脉乎？（*SJMJY*, pp.1-2）

　　余應虬序文將《詩經》之"脈"歸結爲上古詩人之志，無論這些詩篇發於何思，作於何地，皆含有三代人的渾灝元氣，真切之志，足以勸懲後世。後人每諷誦歌詠之，便能感受古詩人情志在文字間的流動。

§ 096　何大掄（活躍於1632年前後）《詩經主意默雷》評《卷耳》：主意脈對詩章的敷演貫通

【作者簡介】何大掄（活躍於1632年前後），杭州人，有《燕居筆記》等傳世。

　　全詩只一"懷人"兩字，多少態度。蓋惟其懷，所以采卷耳，所以陟高岡,所以陟崔嵬,所以陟砠而望。大約晦明風雨,長牽遊子之衷;展轉徘徊,不禁離人之感。旋采之,旋寘之,蓋有意于遠人,因無心于近事。夫寘周行,則寘周行耳,何必又登高?若將曰望而見,遂可以覿其人;即望而不見,亦得以想其處。至于馬疲僕痛,則懷思于焉畢矣,只令付之長嘆爾。後如化石不還,想亦聞后妃之風而興起者歟!(SJZYML, juan 1, p.10)

何大掄將"懷人"作爲此詩的意脈,認爲所有段落章節都是爲了表達"懷人"之意,由此串聯、敷演其各章的行爲舉止,并以此展開推想。從陟高岡、崔嵬到砠,抒情主人公的情緒在流轉,故事也漸走向馬疲僕痛而懷人之思未絕的尾聲。

§ 097 金聖歎(1608—1661)《釋小雅·隰桑》:各章結構對主題的回歸表現

【作者簡介】金聖歎(1608—1661),本名金人瑞,又名金采,字聖歎,蘇州吳縣人,明末清初文學批評家。明諸生,入清後絕意仕宦。金聖歎稱《莊子》、《離騷》、《史記》、杜甫詩集、《水滸傳》、《西廂記》爲"六才子書",埋首評點小説《水滸傳》、王實甫《西廂記》,且腰斬《水滸傳》。順治十八年,世祖哀詔至吳,金聖歎因哭廟案,以罪判處斬首。著作輯入《唱經堂才子書匯稿》。

愛故願見,得見故樂。如一章"其樂如何",連自家想不出來。二章"云何不樂",爲正想不出,再反想,畢竟想不出來。三章"德音孔膠",將君子之可樂,與己之樂君子,説到膠固不可別離,然亦只是覺得如此。至其所以然之故,到底元想不出來。若真要寫出來,也不難,只是"心乎愛矣"四個字。雖然,要説也有甚説不出,却只是不要説出好。二句、三句,欲吐還吞,無限作態,於是又另文終之曰:"何日忘之。"愛故須見,既見只是愛;

見則今日既見,愛則何日始忘愛耶?此詩前三章極力說樂,第四章極力不肯說愛;又,前三章極力說樂,却說不出,至第四章,極力不肯說愛,却說得盡情。《樂府》"思公子兮未敢言",是從此變化出;又"心說君兮君不知",亦從此變化出。(JSTPDCZQJ, vol.1, pp.850-851)

元人談詩篇結構往往按照起承轉合的套路來分析,比較僵化(參§089—093)。金聖歎這裏走的是另外的路子,他將文章的主題歸納出來,可以見出不同章節之間的互動如何表達主題。

語言通俗、平易近人,很像說書人的口吻。將自己代入到說話人的心理活動,將主人公吞吞吐吐、欲說還休的思想過程展現了出來。"前三章極力說樂,却說不出,至第四章,極力不肯說愛,却說得盡情。"金聖歎對於詩文中的情感,分析得十分細膩,完全是在解讀文學作品,而不是在解經。

§098 吴雷發(康雍時期人)《說詩菅蒯》:對穿鑿附會解詩寓意的批判

【作者簡介】吴雷發,字起蛟,號夜鍾、寒塘。江蘇吴江(今屬江蘇蘇州)人。康、雍時人,諸生。詩文爲李重華稱賞。中年後潛心理學,立《功過格》以檢點舉止,錄嘉言懿行裨益學者。著有《香天談藪》《說詩菅蒯》《寒塘詩話》等。吴雷發所撰《說詩菅蒯》,見丁福保編《清詩話》。

詩貴寓意之說,人多不得其解。其爲庸鈍人無論已;即名士論古人詩,往往考其爲何年之作,居何地而作,遂搜索其年、其地之事,穿鑿附會,謂某句指某人,某句指某事。是束縛古人,苟非爲其人、其事而作,便不得成一句矣。且在是年祇許說是年話,居此地祇許說此地話;亦幸而爲古人,世遠事湮,但能以意度之耳。若今人所處之時與地,昭然在目,必欲執其詩而一一皆合,其尚可逃耶?難乎免矣!(QSH, p.903)

對於泥於"知人論世"講詩的做法,吳雷發提出了尖銳的批判。他譏諷這些庸鈍的説詩家執意"搜索其年其地之事",詩句若不與其年其事相符便不能成立。如此束縛古人,穿鑿附會,必定是在褻瀆古人的詩作。

7.4 徐增等人的動態"起承轉合"解詩文法

起承轉合說由元人首先提出,是對近體詩結構作出的一種宏觀描述。明清批評家運用起承轉合來分析詩歌,更熱衷於討論哪一聯用景語,哪一聯來抒情,並根據其不同的情和景、虛和實的搭配形式,進行了詳盡梳理分類,這是元人較少論及的。所謂起承轉合,就是不同段落所呈現的不同特點。看詩歌的主題是怎樣在不同的章節,從不同的角度加以發展,這是一種更動態的結構分析,是明清人的獨創。如徐增《而庵詩話》提出,讀詩的重點在於留心詩人如何通過結構縱橫捭闔,造成跌宕起伏的效果。他將這種讀詩方法稱之爲"正法眼藏",而其它論詩方法都是"野狐"禪。這就將起承轉合的動態分析提到了一個最高的地位。

清人還把起承轉合對近體詩的分析擴展爲對所有詩歌以及其他文體的分析,如徐增《而庵詩話》認爲起承轉合分析法可以用於古文。我們都認爲起承轉合產生於八股文之前,而吳喬《答萬季埜詩問》拿七律的起承轉合和八股文相比,又把古詩更加靈活的結構和古文相比。徐枋《與楊明遠書》又以段落的起承轉合的結構爲骨骼,此外還需配合血肉的説法,把文章比喻成一個有血有肉之人。這個比喻的關鍵在於貫通,每一個段落之間都要貫通,並涉及到用意、用氣、用辭的關係,這樣纔能得到一個有機的、動態的整體,而非僅僅是結構,就像一個活生生的有情采的人。

李調元《雨村詩話》的分析則抓住了起、承、轉、合的妙處:這四者之間是一種虛空。所謂虛空,就是變化,而非平鋪直敘,即"文章妙處,俱在虛空,或奇峰插天,或千流萬壑,或喧湍激瀨,或烟波浩渺"。實際上這種觀點和現代所謂的讀者理解論家如 Wolfgang Iser 講的"空隙"(reading gaps)近似。由於文本存在空隙,讀者會有一種想象的跳躍,而這個想象的跳躍讓文章在閱讀時能予讀者一種"勢"。這裏就正如徐渭(1521—1593)所說的"冷水澆背,突然一驚"。所謂"突然一驚",便是起承轉合之間的運動。其後稱起承轉合"便是興觀群怨之副本",是說詩歌要實現興觀群怨的效果,有賴於文章結構的跌宕起伏、縱橫捭闔,在虛空裏面纔能實現最高的藝術境界。這一段分析的理論性很強,雖然用的是很生動的文學性語言,但它闡發的思想是很精要的,西方文論中所謂讀者反應理論的核心思想概念都被闡發出來了。

§ 099　金聖歎(1608—1661)《貫華堂第五才子書水滸傳·楔子》:結構解經、解詩在小說評點中的運用

今人不會看書,往往將書容易混帳①過去。於是古人書中所有得意處,不得意處,轉筆處,難轉筆處,趁水生波處,翻空出奇處,不得不補處,不得不省處,順添在後處,倒插在前處,無數方法,無數筋節,悉付之於茫然不知。(*JSTPDCZQJ*, vol. 3, p.30)

① 糊弄、敷衍。

金聖歎格外注重對《水滸》結構章法的分析,這裏的"無數筋節""無數方法"即小説情節結構的設計,他由此給《水滸傳》總結出"草蛇灰綫""大落墨""弄引法"等一系列敍事方法。而他對《水滸》做出"章有章法,句有句法,字有字法"的評價,也可見原先脱胎於解經,乃至解詩的結構分析法,已被運用於小説評點領域。

§100 徐增(明末清初)《而庵詩話》: 起承轉合爲詩文正法眼藏

【作者簡介】徐增,字子能,號而庵。江蘇長洲(今蘇州)人。明末秀才,入清不仕。曾從學於錢謙益,與金聖歎、周亮工等爲友。著有《説唐詩》(即《而菴説唐詩》)、《而庵集》等。

讀唐人詩,須觀其如何用意,如何用筆,如何裝句,如何成章,如何起,如何結,如何開,如何闔,如何截,如何聯,自有得處。(QSH, p.428)

聖歎《唐才子書》,其論律分前解、後解,截然不可假借。聖歎身在大光明藏中,眼光照徹,便出一手,吾最服其膽識。但世間多見爲常,少見爲怪,便作無數議論。究其故,不過是極論起承轉合諸法耳。然當世已有鑒之者,余不敢復贅一辭也。(QSH, pp.432-433)

解數①及起承轉合,今人看得甚易,似爲不足學。若欲精於此法,則累十年不能盡。宗家每道佛法無多子;愚謂詩法雖多,而總歸於解數,起承轉合,然則詩法亦無多子也。學人當於此下手,儘力變化,至於大成,不過是精於此耳。向來論詩,皆屬野狐②,正法眼藏③,畢竟在此不在彼也。(QSH, p.434)

① 指詩文中的章節組織之法。　② 禪林用語,比喻外道、異端。

③ 洞徹真理之智慧眼。

解數,起承轉合,何故而知其爲正法眼藏也?夫作詩須從看詩起,吾以此法觀唐詩及唐已前詩,無不煥然照面,若合符節,故知其爲正法眼藏無疑也。(*QSH*, p.434)

這裏徐增認爲起承轉合的結構是適用於包括詩文在內的所有文體的最高原則,稱之爲"正法眼"。通過讀唐詩,我們可以得到文章結構的原則。

§ 101　徐增《説唐詩》:評王翰《涼州詞》

葡萄美酒夜光杯,欲飲琵琶馬上催。醉臥沙場君莫笑,古來征戰幾人回?

此詩妙絶,無人不知,若不細細尋其金針,其妙亦不可得而見,愚竊解之。先論頓、挫。葡萄美酒大宛富人,藏葡萄酒至萬餘石,一頓;夜光杯夜光,是白玉之精,周時西人曾以此杯獻,一頓;欲飲,一頓;琵琶馬上催,一頓;醉臥沙場,一頓;君莫笑,一頓。凡六頓。"古來征戰幾人回",則方挫去。夫頓處皆截,挫處皆連,頓多挫少。唐人得意乃在此。杜工部云"沉鬱頓挫"者,沉鬱於頓挫之法也。次論起承轉合。夫唐人最重此法,起,陡然落筆,如打樁,動換不得一字爲佳。或未能明透,又恐單薄,故須用承;承者,承起句義也。轉者,推開也,不推開則局隘,不推開則氣促。人問曰:"既云推開,則當云開,不當云轉。"夫古人不云開,而云轉者,用力在開將去,而意則欲轉回,故云轉也。轉蓋爲合而設也。合者,合於我之意思上來。人作一詩,其意必在結處見,作者於此處爲歸宿;又須通首精神,煥然照面,言外更有餘蘊,方是合也。今人不知此法,專講照應,可笑也。夫合又不但此也。一首詩,作如是起,當如是承,當如是轉,當如是合。一字不出入,斯爲合作,寧獨結處爲合,而云合也。此作,葡萄句,是起;欲飲句,是承;醉臥句,是轉;古來句,是合。承既爲起,轉又爲結。由此觀之。古人蓋尤重起、結也。頓挫、起承轉合,余既言之矣,而命意、措詞,則又可得而言之。夫葡萄美酒,言酒之美,而殽饌之豐腆在其中矣。夜光杯,言酒器之精,則其他器皿之炫耀在其内矣。總言其筵席之盛。酒之佳者,寧必葡萄?而用葡萄者,以葡萄酒出於涼州故也。如此筵席,豈可覿面失之。纔下筆,便爲下三句取勢,見催起身者之癡,而醉臥沙場者之當也。盛筵難再得,征戰幾人歸,當花不飲,對月不歌,真折算也。此乃初出師餞行大將之席,大將赴此席時,軍馬已動,自不得留戀,亦須少坐片時,三杯起座,而無奈催者之急也。曰"欲飲",是主將尚未飲也,而麾下將士,林立以待,皆以爲此舉克敵,必得封拜之賞,刻不可待,一似主將不赴席,徑行爲快者。然麾下豈敢促主將之行,勢既不可催,而又不能待,故將琵琶在馬上撩撥,光景如畫。琵琶不説話,而能代將士之催,千古妙語。七個字中,迭用人事、器用、鳥獸門等字,何等變化。的是攢撮五行手。夫欲飲而琵琶已催,不容其飲,豈容其醉,而至於大醉臥於沙場也?此乃必無之事,而才人算計,却到此盡情地位。若不説到此,則跌頓無力。虛設此句以取勢,今人安得有此落想。夫既欲飲,而琵琶已催,若醉臥沙場,豈不使麾下笑煞?"君莫笑"三字,冷極。此是主將勸將士,莫要笑我醉臥。而不知將士琵琶馬上之催,早被主將笑去了也。轉下何等靈變!"古來征戰幾人回",是言君莫笑之故。你等軍士,氣吞敵人,以爲功名可唾手而得,殊不知古來好漢,有大謀畫者,萬萬千千,恒河沙數,貂錦而出,白骨成山,而得歸見妻子者,有幾人也!畢竟是飲酒是實。説得愴然,可爲好邊功者之戒,真仁人君子之用心也。二十八字中,乃具如許本領,勿謂詩易事,而輕覷之也。(STS, pp.230-231)

所謂"金針",就是指結構上的聯結。徐增認爲雖然原來很多人講過此詩,但沒有從結構的角度來解讀。他論此詩"先論頓、挫",即要從結構的變化上來講。前三句"凡六頓",最後一句"古來征戰幾人回"纔挫去。他將"葡萄美酒""夜光杯""琵琶""沙場""君莫笑"等意象群分的極爲細緻,每個意思一頓。"夫頓處皆截,挫處皆連,頓多挫少。唐人得意乃在此",徐增認爲頓是一步步往前的運動,將詩意向前推進,而"挫"則是相反的運動,"古來征戰幾人回"將全詩的悲傷情緒沉穩地落地。

接著,徐增用起承轉合法來解這首絕句。他將"起"比喻爲打樁,意思是要找準位置(字詞)纔能落筆,否則詩意就會改變了。他認爲"轉"就是換一個角度去講,宕開一筆,關鍵不在於推開,而在於回來。以芭蕾舞作比喻,舞者在落地之前要輕盈,而不是重重的墜地,這就要求其身體在墜落時有向上的反作用力。至於"合",他認爲既是結尾,又要有貫通全詩的精神、餘意,故言:"人作一詩,其意必在結處見,作者於此處爲歸宿;又須通首精神,焕然照面,言外更有餘蘊,方是合也。"也就是説,在結尾處要給人一種言有盡而意無窮之感。

他在細讀《涼州詞》時,將詩歌的主人公解爲主將。此詩寫在"出師踐行"之時,"欲飲琵琶馬上催"指的是士兵們想催促主將飲完酒快點出發,但又不敢直接催促,只好以琵琶催之。接著,徐增又對主將的内心獨白進行揣測:"你等軍士,氣吞敵人,以爲功名可唾手而得,殊不知古來好漢,有大謀畫者,萬萬千千,恒河沙數,貂錦而出,白骨成山,而得歸見妻子者,有幾人也!"醉臥沙場,不過是對戰場無情的自我麻痺和對戰爭的厭倦。而最後一句"古來征戰幾人回",則愴然收尾,"可爲好邊功者之戒"。

§ 102　徐增《說唐詩》：評王維《山居秋暝》

空山新雨後，天氣晚來秋。明月松間照，清泉石上流。竹喧歸浣女，蓮動下漁舟。隨意春芳歇，王孫自可留。

要看題中"暝"字。右丞山居，時方薄暮，值新雨之後，天氣清涼，方覺是秋。又明月之光，淡淡照於松間；清泉之音，泠泠流於石上。人皆知此一聯之佳，而不知此承起二句來。蓋雨後則有泉，秋來則有月，松、石是在空山上見。此四句爲一解。"竹喧歸浣女，蓮動下漁舟。"人都作景會，大謬，其意注合二句上。屋後有竹，近水有蓮；有女可織，有僮可漁。山居秋暝，有如是之樂，便覺長安卿相，不能及此。"隨意春芳歇，王孫自可留。""隨意"二字，本薛道衡"庭草無人隨意綠"句來，山中人跡罕到，芳草生去，無有拘限，是謂隨意也。今當清秋，則春芳歇矣。昔人以芳草屬之王孫，草生，則王孫出遊；草歇，則王孫可留住矣。右丞性耽山水，尚恐爲仕宦所奪，今而後，可以永謝仕宦矣。（STS, p.344）

徐增這段串講文字，既聚焦詩中"暝""隨意"等細部詩眼，又能貫通上下聯，疏解每句詩意間的層次關係，從而將整首詩勾聯一體。條分縷析，情理與意趣並生。

§ 103　張潮（1650—?）《而庵詩話小引》：起承轉合，莫不皆然

【作者簡介】張潮（1650—?），字山來，號心齋，新安（今安徽歙縣）人，客居江蘇揚州。康熙三十年（1691）捐貲以歲貢生授翰林孔目，未出仕。

張潮喜文事,其一生著述甚豐,主要作品有《心齋詩鈔》《酒律》《幽夢影》等,主持編輯刊印了《昭代叢書》《檀几叢書》。

　　徐子而庵①所説唐詩,凡三百五篇。其與同學論詩,即宋、元人所謂詩話是也。余嘗取而讀之,大抵與金子聖歎所評《唐才子詩》相爲表裏,以分解爲主,以起承轉合爲法。余雖不知解數,然未嘗不知起承轉合也。以意逆之,其所謂解,當即古文家所爲段落者是。夫段落之式,首爲起,次爲承者,其前段也;又次爲轉,末爲合者,其後段也。此不獨作詩爲然,凡種種文字,莫不皆然。而於五七言律則獨有難焉者;蓋字數既少,而亦必遵其法,未免束縛拘攣②,不能自主,寧若他文之可以長短多寡任意爲之者乎?(QSH, p.425)

　　① 徐增,別號而庵。　② 音"luán",牽制。

　　與律詩的起承轉合相比,張潮在爲徐增《而庵詩話》寫的這段序中認爲古文結構(注意:不是説八股文)更爲靈活,主要因爲古文没有字數、句數限制的抒發,句子可長可短。

§ 104　吴喬(1611—1695)《答萬季埜詩問》:古詩佈局千變萬化

　　又問:"布局如何?"答曰:"古詩如古文,其布局千變萬化。七律頗似八比①:首聯如起講、起頭,次聯如中比,三聯如後比,末聯如束題。但八比前中後一定,詩可以錯綜出之,爲不同耳。"(QSH, pp.30–31)

　　① "八比",指八股文。

　　吴喬認爲律詩結構比八股文靈活,起承轉合的四個結構要素,可以不按照此順序出現。

§ 105　徐枋(1622—1693)《與楊明遠書》：結構、意氣與辭藻的充實統一

【作者簡介】徐枋(1622—1694)，字昭法，號秦餘山人。江南長洲(今屬江蘇蘇州)人。明末清初書畫家。明崇禎十五年壬午舉人。父徐汧殉國難，枋欲從死，遵父命不仕滿清，遁跡山中，布衣草履，終身不入城市，卜居靈巖山。徐枋與宣城沈壽民、嘉興巢鳴盛，稱"海內三遺民"。書法孫過庭，畫宗巨然，又能詩。

夫作文貴有筋節，筋節者，段落也。于文則爲段落，于人則爲骨格。夫人之骨，有長者，有短者，有巨者，有細者，有橫者，有豎者，有圓者，有銳者，有合用者，有獨用者，有接續以爲用者，體類不同，各適其款。然後貫之以筋脈，而運之以氣血，則爲人矣。文猶是也。其段落者，骨格也；其意與氣者，筋脈也；而詞藻則血肉也。故段落既定，而少意氣以貫之，則脈不屬；有段落、意氣，而少詞藻，則色不榮。(JYTJ, juan 1, pp.103‑104)

徐枋這段話是對段落結構的討論。他用身體來比文體，認爲段落只是骨格，還須要有筋有肉。有了結構之外，還要有血有氣來貫穿；有血有氣之後，還要用美好的辭藻來增加風采。

§ 106　吳騫(1733—1813)《拜經樓詩話》：律詩句意流轉的細緻要求

【作者簡介】吳騫(1733—1813)，字槎客，號兔牀山人，浙江海寧(今屬浙江嘉興)人。清代大藏書家。陳鱣少時曾隨其講訓詁之學。嗜典籍，家有"拜經樓"藏書，好金石，能畫工詩。撰有《拜經樓詩集》《愚谷文存》《拜經樓詩話》，刻有《拜經樓叢書》。

律詩中八句，其流動處，轉一句，深一層，乃爲合格。若上深下淺，上紆下直，便是不稱。上兩句對立，若上比下賦，上賦

下比,皆詩格所無。是知作近體者,亦不可不知六義。詩家於敘事之中,有一句二句用譬喻或故事,俗謂之襯貼,則古人未嘗不用,但或在敘事前,或在轉折處,或正意已足,須得引證。若於賦中突出一句,此便是湊句。凡律中二聯,用字稍有雕刻不妨;首末二聯,須老成渾脫。首聯如春,中聯如夏秋,末聯如冬,八句中具四時之氣,方爲合格。詩避三巧:巧句、巧意、巧對。三者大家所忌也。律詩中有活對者,有不對者,必其用意處也。意活則詩亦從之,小有參差,不害。然其上下文必有整齊之句,無通篇活對者。律詩中二聯,往往一聯寫情,一聯即景。情聯多活,活則神氣生動;景聯多板,板則格法端詳。此一定之法,亦自然之文也。律詩下四字押韻,大率半虛半實。其有四虛四實,四板四活,最難用,惟有大筆力者能之。(QSH, pp.728‐729)

這裏對律詩八句間的層次關係、詩意流動、敘事寫情、屬對押韻提出更細緻要求。吳騫指出律詩句意流轉之間,當一句比一句深於意味。且認爲當以《詩經》六義的思維審視近體詩。他還對首尾、頷頸聯各自提出要求。首尾當渾脫自然,頷聯、頸聯是用意之關鍵,在對句、寫情即景等方面皆有章法,亦有避忌。

§107 李調元(1734—1803)《雨村詩話》:結構分析思維下的樂府詩

【作者簡介】李調元(1734—1803),字羹堂,號雨村、童山,四川羅江(今四川德陽)人。李調元兄弟三人合稱"綿州三李"。清代戲曲理論家、詩人。乾隆二十八年進士,翰林院庶吉士,後任吏部文選司主事、廣東鄉試副考官,回朝任考功司員外郎、廣東學政,任滿回京,官至直隸通永兵備道。著有《童山集》《雨村詩話》。

樂府長短雖殊而法則一,短者一句中包含多義,長者即將短章析爲各解,此即律詩之前後分解也。分解不出起承轉合四字。若知分解,則能析字爲句,析句爲章,雖千萬言,皆有紀律。如四體百骸,合而成人,能轉旋無礙者,心統之也。老子曰:"當其無有車之用。"故文章妙處,俱在虛空,或奇峯插天,或千流萬壑,或喧湍激瀨,或烟波浩渺,祇須握定綫索,十方八面,自會憑空結撰,並不費力也。今人補綴衰集,遮掩耳目,何足言文乎?觀樂府"雞鳴高樹巔"一篇,可以悟矣。

　　文章亦如造化也。四序雖定而萬物之生成不然,穀生于夏而收于秋,麥生于冬而成于夏,有一定之時,無一定之物也。文之起承轉合亦然。徐文長曰:"冷水澆背,陡然一驚。"便是興、觀、群、怨之副本。唯能于虛空中卒然而起,是謂妙起。本承也,而反特起,是謂妙承。至于轉,尤難言,且先將上文撇開,如杜詩云:"江雲飄素練,石壁斷空青。"此殆是轉之神境。所以古樂府偏于本題所無者,忽然排宕而出,妙在有意無意之間,如白雲捲空,雖屬無情,却有天然位次。只是心放活,手筆放鬆,忽如救火捕賊,刻不容遲;忽如蛇遊鼠伏,徐行慢衍,是皆轉筆之變化也。至于合處,或有轉而合者,有合而開者,有一往情深去而不返者。人所到,我不必爭到;人不到,我却獨到。要在人神而明之。果能久于其道,定與古人並驅也。(QSHXB, pp.1519–1520)

　　李調元也用起承轉合的分解思維來析辨樂府詩體的結構要義,他的分解層次細緻清晰:"析字爲句,析句爲章,雖千萬言,皆有紀律。"而且,他將文章之學類比於時序造化,主張字句章法的起承轉合靈活虛空,在有意無意、意料之内與之外間縱橫,從而極盡文章的生趣妙意。

§ 108　姚瑩(1785—1853)《康輶紀行》：字句章法對"沉鬱頓挫"的體現

【作者簡介】姚瑩(1785—1853)，字石甫，號明叔，晚號展和，清代史學家、文學家，桐城派姚鼐侄孫，少志學於經世，博覽而善持論，常指陳時弊。嘉慶十三年中進士，曾任福建平和知縣、龍溪知縣，譽稱"閩吏第一"，後又任臺灣知縣、臺灣通判等。與龔自珍、魏源等過從密切，關注時政，鴉片戰爭中五次擊退英軍。在考察西南各地後編著《康輶紀行》，旨在"知彼虛實""徐圖制夷"，以"冀雪中國之恥，重邊海之防"。

古人文章妙處，全在"沉鬱頓挫"四字。"沉"者如物落水，必須到底，方著痛癢，此"沉"之妙也，否則仍是一"浮"字。"鬱"者如物蟠結胸中，輾轉縈遏，不能宣暢。又如憂深念切，而進退維艱，左右窒礙，塞厄不通，已是無可如何，又不能自已。於是一言數轉，一意數回，此"鬱"之妙也，否則仍是一"率"字。"頓"者如物流行無滯，極其爽快，忽然停住不行，使人心神馳向，如望如疑，如有喪失，如有怨慕，此"頓"之妙也，否則仍是一"直"字。"挫"者如鋸解木，雖是一來一往，而齒鑿巉巉，數百森列，每一往來，其數百齒必一一歷過，是一來凡數百來，一往凡數百往也。又如歌者一字，故曼其聲，高下低徊，抑揚百轉，此"挫"之妙也，否則仍是一"平"字。文章能祛其"浮""率""平""直"之病，而有"沉鬱頓挫"之妙，然後可以不朽。(KQJX, juan 13, pp.740-741)

姚瑩以"沉鬱頓挫"來解讀如何營造文章妙意。其著眼處正在於字句章法的組合排布，務求"一言數轉，一意數回"，句意流轉而又有起伏頓挫之變，切忌"浮""率""平""直"。

【第 7.3—4 部分參考書目】

劉毓慶：《從經學到文學——論明代〈詩經〉學"的歷史貢獻》，《文學遺産》2002 年第 5 期,第 96—103 頁。

蔣寅:《古典詩學的現代詮釋》,北京:中華書局,2003 年,第五章《起承轉合——詩學中機械結構論的消長》,第 100—121 頁。

蔣寅:《徐增對金聖歎詩學的繼承和修正》,《北京師範大學學報》2006 年第 4 期,第 90—97 頁。

葛兆光:《意脈與語序——中國古典詩歌語言的劄記》,《文藝研究》1989 年第 5 期,第 78—90 頁。

屈光:《中國古典詩歌意脈論》,《文學評論》2011 年第 6 期,第 35—40 頁。

7.5 吴淇、方玉潤等人的新"以意逆志"解詩、解《詩》法

孟子提出"以意逆志"解《詩》法,主要是要糾正閱讀《詩》只知詞語的字面意思,而辨認不出它們的誇張修辭之義的傾向。"以意"是指讀者意會詩篇的整體意義,以求能"逆志",即詩人的思想感情。歐陽修和朱熹都視孟子"以意逆志"爲解《詩》的原則,仍舊嚴格遵循"讀者之意"和"作者之志"的區分,但對"意"和"志"的理解有所不同。他們所注重的"意"是貫通文本上下文的意義,而不是讀者"意會"的心理活動。同樣,他們所談的"志"是一種虛化的"志",即風人、古聖的精神境界,而不是對政治社會現實的情感態度,更不是漢儒極度實化的"美"和"刺"。到了明清,各派文人競相讚頌孟子"以意逆志",紛紛將此解經原則引入唯美詩歌的領域,奉之爲自己讀詩寫詩所遵循的最高原則。明清復古派無疑是此風氣的始作俑者。在他

們討論讀詩方法時,他們通常閉口不談詩人之志,這顯然與他們的唯美主義傾向密切相關。同時,他們又將"意"主體從讀者一改爲作者,特別强調對"詩人之意"的揣摩體驗。前後七子等人如此重新詮釋"以意逆志",顯然是力圖將文學閱讀與文學創作打通,引導人們從學習模仿唐詩走向創作可以與唐詩媲美的詩篇。這種新"以意逆志"説對明清詩學和《詩經》學産生了深遠的影響。

明末清初,吴淇(1615—1675)在體認"以意逆志"的内涵時,將"意"定義爲文本内部的詩人創造過程中所用之"意",而非解詩者自己的意會。而且這種詩人之意近同於藝術構思的"意"。所以,他認爲需體會詩人創作時的藝術構思之意,重構這種詩人之意,纔能進一步推求詩人之志。吴淇的《六朝選詩定論緣起》便是用"以意逆志"的解經方法,試圖發掘六朝唯美詩文中的古人構思心理。此後清人討論"以意逆志"概念時往往也多是針對文學作品而言。由此一來,復原式理解論在文學作品的闡釋領域得到了新的發展,獲得了更爲豐富的内涵。同時,吴淇以及章學誠(1738—1801)、劉子春(1756—?)、吴雷發(生卒不詳)等人同時注意到,欲由讀者之意復原作者之志,需要不光"知人",還要設身處地理解作者所處之世及其生平,即假想和詩人處於同一境地會有何種意和志。

到了晚清,"以意逆志"説又從純文學領域回流到其發源地經學之中。在方玉潤(1811—1883)《詩經原始》中,已被廣泛用於文學作品的復原式解詩法又在《詩經》學闡釋領域發揚光大,實現了復原理解方法的一輪環流。方玉潤是明清時期復原式解《詩》法的集大成者。聞一多解釋《詩經》時,將道德的枷鎖全部甩開而回歸到詩的本義,實際上從方玉潤的《詩經原始》就可以尋到端倪。"原始"就是想要回歸到詩人的本意,不去理會《毛序》《詩集傳》以及過往所有解《詩》的理解論,而是回歸到《詩》本身的含義。他認爲"佳詩不必盡皆徵實",即不必將《詩》落實到具體的人物,詩寫得好,不需要任何歷史人物的故事加持,自然可以成爲經典流傳下去,即所謂"詩到真極,羌無故實,亦自可傳"。方玉潤對《毛序》講"刺"十分不以爲然,他認爲如果篇篇講究諷刺,那麽"忠厚之旨"就已蕩然無存了。"即《詩》之所爲教,又何必定求其人以實之,而後謂有關係作哉?"讀者自己本身的審美就已經足夠了,何必一定要和歷史人物掛鈎呢?這種讀《詩》方法已經與我們現代的解詩方法非常相近了。

§109 胡應麟(1551—1602)《詩藪》:"以意逆志"運用範圍的擴大

【作者簡介】胡應麟(1551—1602),字元瑞,更字明瑞,號少室山人、號石羊生,浙江金華蘭溪人。萬曆四年中舉人,參加會試,久不中第。胡應麟嗜書,藏書四萬餘卷。一生集中於著述,提出作詩大要爲體格聲調、興象風神之説,著有《詩藪》、《少室山房類稿》、《少室山房筆叢》等。

孔曰:"草創之,討論之,脩飾之,潤色之。"①千古爲文之大法也。孟曰:"不以文害辭,不以辭害意,以意逆志,是爲得之。"千古談詩之妙詮也。(SS, juan 1, p.2)

① 典出《論語·憲問》。

胡應麟將"以意逆志"稱爲"千古談詩之妙詮",便將此語從古人解經的語境背景中提取出,置入到詩文批評之下。"以意逆志"由此成爲解詩之法。

§110 葉矯然(1614—1711)《龍性堂詩話初集》:作爲字詞章句組織原則的復原解詩論

【作者簡介】葉矯然(1614—1711),字子肅,號思庵,福州閩縣(今屬福建福州)人。早年師事宗老葉素庵。順治九年壬辰科進士,歷官工部主事、河北樂亭知縣,後罷歸。著有《龍性堂易史參錄》《龍性堂詩集》《龍性堂詩話》《東溟集》《鶴唳編》等。

"不以文害辭,不以辭害志",此千古説詩妙諦也。然作詩妙諦,亦不外此二語。作詩一句未穩,便害一章,一字未穩,便害一句,併害全詩。然則孟子之言,寧獨爲説詩者發歟?(QSHXB, p.937)

葉氏別出心裁,對孟子復原式的理解論進行了逆向的改造,使之成爲作者遣詞用字,組織章句時必須遵循的原則。

§111 吴淇(1615—1675)《六朝選詩定論緣起》:以"古人之意"推"古人之志"

【作者簡介】吴淇(1615—1675),字伯其,别號冉渠,睢州(今屬河南商丘)人,順治十五年戊戌進士,官至江蘇鎮江府同知。工於詩,著有《六朝選詩定論》《雨蕉齋詩選》。《六朝選詩定論》之六朝,爲漢、魏、晉、宋、齊、梁。

《詩》有内有外,顯於外者曰文、曰辭,藴於内者曰志、曰意。此"意"字,與"思無邪""思"字,皆出於志。然有辨,"思"就其慘澹經營言之,"意"就其淋漓盡興言之。則"志"古之志,而"意"古人之意,故"選詩"中每每以"古意"命題是也。漢宋諸儒,以一"志"字屬古人,而"意"爲自己之意。夫我非古人,而以己意説之,其賢於蒙①之見也幾何矣。不知志者,古人之心事,以意爲興,載志而遊,或有方,或無方,意之所到,即志之所在。故以古人之意,求古人之志,乃就詩論詩,猶之以人治人也。即以此詩②論之,不得養父母,其志也,"普天"云云,文辭也。"莫非王事,我獨賢勞",其意也。其辭有害,其意無害,故用此意以逆之,而得其志在養親而已。……"不以文害辭",此爲説《詩》者言,非爲作詩者解也。一字之文,足害一句之辭,於此得鍊字之法。……"不以辭害意",亦爲説《詩》者言。一句之辭,足害一篇之意。可見琢句須工,然却不外鍊字之法。字鍊得警,則句自健耳。(LCXSDL, pp.34 - 35)

① 即咸丘蒙,孟子弟子。 ② 指《詩經・小雅・谷風之什・北山》詩。

這裏討論如何得到"古人之志"。吳淇對宋人和明清名家用自己之"意"達古人之"志"的觀點提出質疑,提出要在古人的文本裏通過"古人之意"來推求"古人之志"。在此情形下,吳淇提醒詩歌解讀者們要清楚文辭字句可能有損文意構思的實現,故而必須注意鍊字琢句。

§112 吳淇《六朝選詩定論緣起》:論其人必先論其世

"世"字見於文有二義:從言之曰世運,積時而成古;橫言之曰世界,積人而成天下。故天下者,我之世;其世者,古人之天下也。我與古人不相及者,積時使然。然有相及者,古人之《詩》《書》在焉。古人有《詩》《書》,是古人懸以其人待知于我。我有誦讀,是我遥以其知逆①于古人。是不得徒誦其詩,當尚論其人。然論其人,必先論其世者,何也? 使生乎天之下,或無多人,或多人而皆善士,固無有同異也。偏黨何由而生? 亦無愛憎也。讒譏何由而起? 無奈天下之共我而生者,林林爾、總總爾,攻取不得不繁,于是黨同伐異,相傾相軋,遂成一牢不可破之局。君子生當此世,欲爭之而不得,欲不爭而又不獲已,不能直達其性,則慮不得不深,心不得不危,故人心必與世相關也。然未可以我之世例②之,蓋古人自有古人之世也。"不殄厥慍"③,文王之世也。"慍於群小"④,孔子之世也。苟不論其世爲何世,安知其人爲何如人乎?余之論"選詩",義取諸此。其六朝詩人列傳,仿知人而作;六朝詩人紀年,又因論世而起云。(LCXSDL, pp.35-36)

① 相迎。　② 類比、比照。　③ 出《孟子·盡心下》,意爲不消除別人的怨恨。　④《詩經·邶風·柏舟》。

古人以《詩》《書》懸而"待知于我""我有誦讀",得以遥"知逆于古人",此語完整說明了孟子"以意逆志"説的情理依據,並順勢提出若要知古人之志,則知其世、識其人是必需條件。而且吳淇進一步揭示出人生當此世,其運途便必與世相關,各人自有各人所處的世道,不可粗暴類比視之。此番説解雖就六朝選詩而發,却同時深化了"以意逆志""知人論世"的概念内涵。

§ 113　萬時華(1590—1639)《詩經偶箋》:古人意思今人自覺靈通

【作者簡介】萬時華(1590—1639),字茂先,江西南昌人。他敏慧過人,經史子集無不歷覽成誦。江西布政使李長庚之子合南昌文人結"豫章社",萬時華享文名。屢試不第,布政使朱之臣以他的品行薦於朝廷,萬時華應徵北上,至江蘇揚州,患病去世。著有《溉園初集》《溉園二集》《四居詩》《東湖集》《詩經偶箋》等。

凡讀書,須看古人下筆意思所在,雖千年古紙,自覺靈通。(SJOJ, juan 10, p.252)

這裏提出古人筆下意思縱相隔千年,今人依然能感通,其背後也以"以意逆志""知人論世"二説爲支撑。

§114 趙士喆(崇禎間人)《石室談詩序》:對孔子删詩説的解讀

【作者簡介】趙士喆(活躍於崇禎年間),字伯濬,號東山,鄉人私謚文潛先生。掖縣(今山東萊州)人。曾倡立"山左大社",以應"復社"。崇禎五年,孔有德叛軍圍攻萊州,起草討賊檄文。甲申後,李自成往萊州府派來官吏,被趙士喆率人殺死。後來趙士喆避居成山,橋耕海上。著有《皇綱録》《建文年譜》《逸史三傳》《遼宫詞》《萊史》《石室談詩》等。

詩莫盛於《三百篇》,談詩者莫精於孔孟。孔子曰:"可以興,可以觀,可以群,可以怨。"①孟子曰:"以意逆志,是爲得之。"則詩之妙盡矣。或以鄭衛之音猶存於册,則聖人之所册删者何居?此不解詩爲何物者。古詩蓋三千餘篇,其出於公卿大夫者什之三,出於閭巷②士女者什之七,原不必盡堪傳世。其朝廷稱頌之詞,或美過其實,或文盛其質。不過如魏晉盛唐侍宴早朝之類,其閭閻③之作,鄙野不文,互相重複者,視燕歌趙謡且不逮。如是則不足興,不足觀,以意逆志,亦索然無味矣。故特删之,而存其可以動人者垂之竹帛。(QMSH, p.5128)

① 語出《論語·陽貨》。　② 街巷。　③ 音 lǘ yán,里巷内外,泛指民間。

趙士喆在此援引孔子的"興觀群怨"和孟子"以意逆志"二説,對"删詩"之論提出自己的看法。他先是指出古詩原本數量極多,且作者和題材紛雜,其間難免有過份重視修飾的"朝廷稱頌之詞",以及鄙野重複的民間之作,它們皆不足以達到"興觀"的標準。後之解詩者以意逆其志,也會知其索然無味,無動人可採者,故而删去便順理成章。

§ 115　吳喬(1611—1695)《答萬季埜詩問》：知其時事處境方能明晰詩意

又問"命意如何？"答曰："詩不同於文章，皆有一定之意，顯然可見。蓋意從境生，熟讀新舊《唐書》、《通鑑》、稗史①，知其時事，知其處境，乃知其意所從生。如少陵《麗人行》，不知五楊②所爲，則'丞相嗔'之意没矣。'落日留王母'之刺太真女道士③亦然。馬嵬事④，鄭畋⑤云；'終是聖明天子事，景陽宫井又何人？'與少陵'不聞夏殷衰，中自誅褒妲'正同。此命意之可法者也。"(QSH, p.30)

①　與正史相對而言，記載民間逸聞的野史、筆記小説之類。　②　指玄宗朝外戚楊國忠一族。　③　指楊貴妃。　④　指馬嵬坡之變，楊貴妃被縊事。　⑤　唐末宰相，翰林學士，以鎮壓黄巢起義知名。

吳喬在此也將孟子解經的"知人論世"具體援用於探知詩歌命意。所謂"知其時事，知其處境"，意在通過參閱官方與民間史籍，全面瞭解詩人創作構思時所處的時勢背景，方能明悉詩中人事乃至某些字眼的微言大義，從而得見全篇作品的主題。這一方法不僅將"知人論世"運用在詩歌領域，還具體道出這種復原解詩的操作指南。

§ 116　趙執信(1662—1744)《談龍録》：緣詞覘其志

【作者簡介】趙執信(1662—1744)，字伸符，號秋谷，晚號飴山老人，山東益都(今山東淄博)人。自少工吟詠，康熙十八年進士，授編修，出典山西鄉試，遷右贊善，康熙二十八年，因國卹中宴飲觀演《長生殿》，革職除名。趙執信娶王士禛甥女，初時頗相引重，後不和。趙執信寫《談龍録》，批駁王士禛詩論。趙執信與宋琬、王士禛、朱彝尊、查慎行、施閏章並稱"清初六大家"。著有《飴山堂集》。

客有問余者曰："唐、宋小説家所記，觀人之詩，可以決其年壽、禄位所至,有諸?"答曰:"詩以言志,志不可偽託,吾緣其詞以覘其志,雖傳所稱賦列國之詩,猶可測識也,矧其所自爲者耶?今則不然,詩特傳舍,而字句過客也,雖使前賢復起,烏測其志之所在?"(*QSH*, p.312)

"緣其詞以覘其志"正反映出孟子"以意逆志"的理念。趙執信也認同上古詩言志的基本觀念,且將其推及後世各類詩文創作。在此認同的基礎上,無論是列國之詩,還是私人寫作,都可通過文辭去推測作品内含的詩人之志。不過,他同時也指出,如今詩歌已難觀人之志,因爲當世之詩已近乎供文辭暫時停留的旅舍,作詩行爲雖字句組合,却已無真誠之志寄託其間,故而違背"詩言志"的根本理念,也就難以通過文辭觀測其志。

§117　秦瀛(1743—1821)《詩測序》:《詩》無定解

【作者簡介】秦瀛(1743—1821),字凌滄,號小峴、遂庵。江蘇無錫人。乾隆三十九年舉人,乾隆四十一年召試山東行在,授内閣中書,充軍機章京,洊遷郎中。歷官浙江温處道、浙江按察使、廣東按察使、浙江布政使、光禄寺卿、太常寺卿、順天府尹、兵部侍郎、刑部侍郎。秦瀛工文章,著有《小峴山人詩文集》、編有《己未詞科録》等。

余嘗謂:《詩》無定體,言《詩》亦無定解。讀《詩》者以己之性情通詩人之性情,即以詩人之性情通己之性情,而千載以下之人,恍然與千載以上之人相晤對。讀《詩》者如無《詩》,而又何有於小序、箋注云乎哉?(*XXSRWJ*, *juan* 3, p.133)

"《詩》無定解"可謂董仲舒"詩無達詁"(§010)説在千年後的一種迴響。這裏首先設定了解《詩》不必獨尊一家之言的前提,從而爲不同解詩者以己意復求詩人之志確立合法性。秦瀛主張讓詩人之性情與己之性情跨越古今千載而彼此相通,背後正立足於"以意逆志"的復原解詩論,以其爲學理依據。

§118 劉子春(1756—?)《石園詩話序》：以意逆志的未必盡合

【作者簡介】劉子春(1756—?)，字懋修，號一峰。江西新建人。少聰穎絕倫，性喜遊，遊學江浙一帶。乾隆四十三年戊戌移居一峰山下吉祥寺，因號一峰居士。乾隆五十二年父兄令移居南昌城以習科舉，凡數十年，僅以諸生終老。子春詩古文辭推重於時。著有《四友齋稿》《江游草》《逃神偶集》等。

後世詩話，原本品詩之意而爲之者，雖然作者之意，豈能必讀者之意，而悉解之，解而得與解而不得，則姑聽於讀者之意見，不必深求之也。孟氏尚友爲言，誦詩讀書，必論及其世。嗚乎！此定論矣。然則作者之意，在一時一事，時事在當代，又不必盡人而合之也。以我之意，推求古人之意，而欲其一一盡合，亦不可必得之數矣。言其所能得者，而缺其所不能得者，古人可作，未必不心許之。(QSHXB, p.1736)

章學誠和劉子春都認爲"以意逆志"的過程中會遇到很多困難，所以從"知人論世"的角度來探求，即通過對古人所處之世及生平來知其人，從而求其"志"。章學誠説"不知古人之世，不可妄論古人文辭也；知其世矣，不知古人之身處，亦不可以遽論其文也"(§086)。他還提出"己所不欲，勿施於人"，因爲人與人之間有共通的情感，所以解詩之人設身處地，就可以得"文德之恕"。劉子春的意思近之，認爲"以我之意，推求古人之意"，未必一一盡合，但可"言其所能得者，而缺其所不能得者"。這裏體現了孔子所説的"知之爲知之，不知爲不知"的原則，因此他説古人如果再生也未必不對此深心許可。

§119 方玉潤(1811—1883)《詩經原始·自序》：反覆涵泳求得原始本義

【作者簡介】方玉潤(1811—1883)，字友石，亦作黝石，號鴻蒙子。雲南寶寧(今雲南廣南)人。應試凡十五次,均不第,投筆從戎,以軍功銓選隴西州同。後寄居州治,著書講學。方玉潤計劃有《鴻濛室叢書》三十六種,刊行於世者有《詩經原始》、《鴻濛室文鈔》一、二集、《鴻濛室詩鈔》二十卷、《星烈日記彙要》四十卷。另有《鴻濛室墨刻》等。

  反覆涵泳①,參論其間,務求得古人作詩本意而止,不顧《序》②,不顧《傳》③,亦不顧《論》④,唯其是者從而非者正,名之曰《原始》,蓋欲原詩人始意也。雖不知其於詩人本意如何,而循文按義,則古人作詩大旨要亦不外乎是。(*SJYS*, p.3)

  ① 沉潛其中。 ②《毛序》。 ③ 朱熹《詩集傳》。 ④ 姚際恒《詩經通論》。

  在《詩經原始·自序》中,方玉潤十分堅定地表明自己的解詩方法與原則。一方面是涵泳的工夫,在沉潛於文本之中體悟古人作詩之本意。這一主張無疑取源於朱熹的讀書解經之法,但這套諷誦涵泳之學,在方玉潤這裏已經歷過從經學到文學,從解經到解詩的方法論環流。其次,他明確表示不會囿於《毛序》《詩集傳》等前人解經之論,不以傳統經解爲圭臬。這一點較朱熹而言已更爲通脫。朱熹雖對《毛序》存有微詞,但仍承襲其根本要義。方玉潤則標舉拋開《序》《傳》《論》,直指詩人原始之意,且相信通過究探詩文本義,可以得到古人作詩大旨。

§120 方玉潤《詩經原始》:由《詩經》本文直尋本義

  案:《詩》多言外意,有會心者即此悟彼,無不可以貫通。然唯觀《詩》、學《詩》、引《詩》乃可,若執此以釋《詩》,則又誤矣。蓋觀《詩》、學《詩》、引《詩》,皆斷章以取義;而釋《詩》,則務探詩人意旨也,豈可一概論哉?(*SJYS*, p.51)

  方玉潤之論繼承了朱熹的"涵泳"之說,不是強求古人之意,而是通過涵泳得以讓古人之志浮現於自己的腦海。和前人不同的是,方玉潤強調這種涵泳應該排除前人的不同解釋,讓古人之志直接地呈現出來。具體地說,也就是擺脫當時影響最大的《毛詩序》、朱熹《詩集傳》以及姚際恒(1647—約1715)《詩經通論》等經典著作的影響,直接根據《詩經》的本文,從而是其是而非其非,探求詩人的本意。

§121　方玉潤《詩經原始》:文藝情境化的涵泳解詩

　　"頌者,美之詞也,無所諷議。"果足以盡頌之義乎?未也。蓋頌有頌之體,其詞則簡,其義味則雋永而不盡也。如《天作》與《雅》之《綿》,均之①美太王也;《清廟》《維天之命》與《雅》之《文王》,均之美文王也;《酌》《桓》與《雅》之《下武》②,均之美武王也。試取而同誦之,同乎?否乎?蓋雅之詞俱昌大③,在頌何其約而盡也!頌之體于是乎可識矣。《敬之》《小毖》④雖非告成功,而謂之為雅可乎哉?《魯》之《有駜》《泮水》⑤則近乎風,《閟宮》⑥與《商》⑦之伍篇則皆近乎雅,而其體則頌也,故謂為變頌也亦宜。

　　① 同樣的。　② 上所舉例,前面所述為《頌》之篇章,後面所舉為《雅》之篇章。　③ 盛大。　④ 均為《詩經·周頌》篇章。　⑤《詩經·魯頌》篇章。　⑥《詩經·魯頌》篇章。　⑦ 即《商頌》。

　　案:頌有變體,可謂創論,亦實確論也。然而篇中所舉,未盡其義也。蓋《閔予小子》⑧似祝詞,《訪落》《敬之》《小毖》⑨似箴銘,《閟宮》不唯似大雅,且開漢賦褒揚先聲。凡此皆頌之變焉者也。若《商頌》伍篇,則頌之源耳。雖非告成功,實祭祀樂,安得謂之為變耶?(SJYS, p.61)

　　⑧《詩經·周頌》篇章。　⑨ 均為《詩經·周頌》篇目。

　　右《芣苢》⑩三章,章四句。《小序》謂"后妃之美",《大序》云"和平則婦人樂有子矣"。皆因泥讀⑪芣苢之過。按《毛傳》

云:"芣苢,車前,宜懷妊焉。"車前,通利藥,謂治產難或有之,謂其"樂有子",則大謬。姚氏際恒駁之,謂"車前非宜男草",其説是矣。然又無辭以解此詩,豈以其無所指實。殊知此詩之妙,正在其無所指實而愈佳也。夫佳詩不必盡皆徵實⑫,自鳴天籟,一片好音,尤足令人低回無限。若實而按之,興會索然矣。讀者試平心靜氣,涵泳此詩,怳聽田家婦女,三三五五,於平原繡野、風和日麗中群歌互答,餘音裊裊,若遠若近,忽斷忽續,不知其情之何以移而神之何以曠。則此詩可不必細繹而自得其妙焉。唐人《竹枝》《柳枝》《櫂歌》等詞,類多以方言入韻語,自覺其愈俗愈雅,愈無故實而愈可以咏歌。即《漢樂府·江南曲》一首"魚戲蓮葉"數語,初讀之亦毫無意義,然不害其爲千古絶唱,情真景真故也。知乎此,則可與論是詩之旨矣。(SJYS, p.85)

⑩ 音 fú yǐ,植物名,即車前子。　⑪ 僵化地理解。　⑫ 求實。

這兩節選段便足以體現方玉潤的解詩特點。他先是不拘一格地認同《詩》之"頌"也有正變之分,並且進一步申發其義。在此過程中,他還將具體篇什與各類文體相掛鉤,更稱《閟宮》開啓漢大賦褒揚之先聲。由此可見,方玉潤的解經視野已跳出經學範疇,足以溝通起經學與文學的雙重視野。在解讀《芣苢》時,他先是批評大、小《詩序》穿鑿附會,泥於芣苢之象,又中允地肯定姚際恒之説的合理處,並且進一步指出好詩之妙處正在於"無所指實而愈佳也",不必一一牽合歷史、附會求實。對此,他主張當平心靜氣涵泳體味,感受這類好詩所呈現的絶妙情境,他運用一組唯美化的語言,描摹出詩中田家婦女於田間群歌互答的情景,在豐富的感官想象中探知他們愉悦的心情。這便是方玉潤所主張的"循文按義"以"原詩人始意"。更有意味的是,他在解讀完《芣苢》後轉而談及文學傳統中的漢樂府和唐人《竹枝詞》等等,強調其同樣無所指實,且方言入韻語,反而更具雅趣和音樂性,可謂情真景真。

§122　方玉潤《詩經原始》：使古今人精神合而爲一

　　古經何待圈評？月峯、竟陵久已貽譏於世，然而奇文共欣賞，書生結習，固所難免，即古人精神，亦非借此不能出也。故不惜竭盡心力，悉爲標出。既加眉評，復着旁批，更用圈點，以清眉目。豈飾觀乎？亦用以振讀者之精神，使與古人之精神合而爲一焉耳。（SJYS, pp.2-3）

§123　方玉潤《詩經原始》評《卷耳》：綜覽前人與直陳己見

　　卷耳　念行役而知婦情之篤也。

　　采采卷耳，不盈頃筐。嗟我懷人，_{後三章從此生出。}寘彼周行。_{一章}　陟彼崔嵬，我馬虺隤。我馬指夫馬。我姑酌彼金罍，_{此"我"字乃懷人之人自我也。}維以不永懷。_{二章}　陟彼高岡，我馬玄黃。_{呼夫馬曰"我"，親之之詞耳。}我姑酌彼兕觥，維以不永傷。_{三章}　陟彼砠矣，我馬瘏矣。我僕痡矣，云何吁矣。_{四"矣"字，節短音長。虛收有神。}_{四章}

　　右《卷耳》四章，章四句。《小序》謂"后妃之志"，《大序》以爲"后妃求賢審官"，皆因《左傳》引此詩，謂"楚於是乎能官人"，遂解"周行"爲"周之行列"，毛、鄭依之。歐陽氏始駁之云："婦人無外事，求賢審官，非后妃責。"其説是矣。然其自解，則以后妃諷君子愛惜人才爲言，仍與舊説無異。姚氏際恒既知其非，而又無辭以解此詩，乃曰"且當依《左傳》，謂文王求賢官人，以其道遠未至，閔其在途勞苦而作"；旋又疑執筐"終近婦人事"，不敢直斷，遂以首章爲比體，此皆左氏誤之也。殊知古人説《詩》，多斷章取義，或於言外，別有會心，如夫子論貧富，而子貢悟其切磋;夫子言繪事,而子夏悟及禮後,皆善於説《詩》,爲夫子所許。左氏解此詩,亦言外別有會心耳,豈可執爲證據?況周行可訓行列,執筐終非男子。"求賢審官"是何等事,而乃以婦人執筐爲比耶?惟《集傳》謂"后妃以君子不在而思念之",下皆"托言登山,以望所懷之人"差爲得之。然婦人思夫,而陟岡飲酒,携僕徂望,雖曰言之,亦傷大義,故又爲楊氏用修所駁,曰"原詩人之旨,以后妃思文王之行役而言。陟岡者,文王陟之。玄黃者,文王之馬。痡者,文王之僕。金罍兕觥,文王酌以消憂也。蓋身在閨門而思在道路,若後世詩詞所謂'計程應説到涼州'意耳。"然仍泥定后妃,則執筐遵路,亦豈后妃事耶?且"維以不永懷","維以不永傷"者,聊以自解之辭耳,則"酌彼金罍"二語當屬下。説雖曰"飲酒非婦人事",然非杜康,無以解憂,不必以辭害意可也。故愚謂此詩當是婦人念夫行役而憫其勞苦之作。聖人編之《葛覃》之後,一以見女工之勤,一以見婦情之篤。同爲房中樂,可以被諸管絃而歌之家庭之際者也。如必以爲託辭,則詩人借夫婦情以寓君臣朋友義也乃可,不必執定后妃以爲言,則求賢官人之意,亦無不可通也。(*SJYS*, pp.77-78)

在《詩經原始》各篇詩的詮釋中,方玉潤會先對前輩學者的詮釋作一個簡單的回顧,並且逐一批評分辨,而後再提出自己的想法。以其對《卷耳》一篇的注解爲例,他先對此篇的章句結構作一個定義"右《卷耳》四章,章四句",然後就從《小序》開始梳理各朝各代對此篇的詮釋,注意這裏的《小序》是《古序》的意思,即《毛詩序》第一篇序和以後每一篇序裏面的第一句,而這裏的《大序》則指的是每一篇《小序》後面詳細解釋的內容。"《小序》謂'后妃之志'",《大序》將后妃之"志"定義爲"后妃求賢審官","楚於是乎能官人",出自《左傳·襄公十五年》:"君子謂:'楚於是乎能官人。'官人,國之急也。能官人,則民無餒心。《詩》云:'嗟我懷人,置彼周行。'能官人也。王及公、侯、伯、子、男、甸、采、衛大夫,各居其列,所謂周行也。""周行",這裏不是大路的意思,而是周代官位的排列,《左傳》引用此詩就是要證明任用賢人的重要。從這段話中,我們能够看出,《毛序》的解《詩》雖然有一些憑空想象,但也有很多是從《左傳》等賦詩、引詩的斷章取義延伸而來的,《卷耳》就是一個很明顯的例子。"毛、鄭依之",《毛傳》《鄭箋》都同意《大序》的觀點,認爲這篇是后妃本人求賢審官。

"歐陽氏始駁之",方玉潤注意到歐陽修已經對《小序》的詮釋提出反對意見,歐陽修認爲"求賢審官"不是后妃要做的事,"婦人無外事,求賢審官,非后妃責",這一點方玉潤十分贊同,但他又抓到歐陽修的漏洞"以后妃諷君子愛惜人才爲言,仍與舊説無異",就是説歐陽修仍然認爲這首詩是后妃以旅途的比喻勸誡文王愛惜人才,没有跳出漢唐經師的桎梏。姚際恒(1647—約1715)將此詩的主語變成文王,認爲是文王自己去求賢,然而因爲執筐采卷耳聽起來像婦人做的事,因此他又不能十分確定自己以文王爲主語的這個説法。方玉潤點評姚:"既知其非,而又無辭以解此詩……不敢直斷。"朱熹跳出了前人的理解框架,將這首詩理解爲一首"后妃以君子不在而思念之"的懷人詩,方玉潤認爲是"差爲得之",原因是"然婦人思夫,而陟岡飲酒,携僕徂望,雖曰言之,亦傷大義",女子在山岡上飲酒聽起來不合理。楊慎(1488—1559)對此詩的解讀是方玉潤最爲認同的,楊慎認爲此詩"原詩人之旨,以后妃思文王之行役言",也就是説在后妃登山之後全部都是虚寫,都是后妃自己的想象。最後,方玉潤提出了自己的觀點:"故愚謂此詩當是婦人念夫行役而憫其勞苦之作。……如必以爲托辭,則詩人借夫婦情以寓君臣朋友義也乃可,不必執定后妃以爲言,則求官人之意,亦無不可通也。"在對前人論述的一番梳理和辨證的基礎上,他提出自己的觀點就比較有説服力了,他基本同意楊慎的觀點,但認爲不必與后妃掛鉤。我們也能由此看出,《卷耳》這首詩中的代詞"我"指示不明,加之篇章結構的斷裂,使得其詮釋空間十分大,因此從古至今纔會有如此多不同的詮釋角度。

§124　方玉潤《詩經原始》：別開生面原詩人始意

君子于役　婦人思夫遠行無定也。

君子于役,不知其期,曷至哉？雞棲于塒,日之夕矣,羊牛下來。君子于役,如之何勿思！一章　君子于役,不日不月,曷其有佸？雞棲于桀,日之夕矣,羊牛下括。君子于役,苟無飢渴！二章

《小序》謂"刺平王",僞《說》以爲"戍申者之妻作",皆鑿也。詩到真極,羌無故實,亦自可傳,使三百詩人,篇篇皆懷諷刺,則於忠厚之旨何在？於陶情淑性之意又何存？此詩言情寫景,可謂真實樸至,宣聖雖欲删之,亦有所不忍也。又況夫婦遠離,懷思不已,用情而得其正,即《詩》之所爲教,又何必定求其人以實之,而後謂有關係作哉？（*SJYS*, pp.192－193）

方玉潤評《詩》論《詩》講求"原詩人始意"。從他的文字中能看出,他努力掙脫窠臼,大膽批判了影響力深遠持久的《毛詩序》、朱熹《詩集傳》以及姚際恒《詩經通論》等經典著作的說法,評詩時直接根據《詩經》的本文,從而是其是而非其非。例如方玉潤評《周南·卷耳》,首先總括說明此詩意在"念行役而知婦情之篤也",否認了《左傳》對其的誤解,亦否認了毛、鄭、歐陽、姚等前人對《左傳》的錯誤承襲。其評《王風·君子于役》的方式亦同於前文所述,否認了《小序》所謂"刺平王"的說法,認爲此詩意在"婦人思夫遠行無定也"。由此觀之,方玉潤品評《詩經》時不取斷章取義、穿鑿附會的傳統,特立獨行,別開生面。

【第7.5部分參考書目】

楊琅玲：《方玉潤的〈詩經〉研究及評價》,《蘇州大學學報(哲學社會科學版)》2010年第5期,第128—130頁。

李金善,韓立群：《方玉潤及其〈詩經原始〉研究述評》,《河北大學學

報（哲學社會科學版）》2013年第1期，第43—47頁。

李暢然：《清人以"知人論世"解"以意逆志"說平議》，《理論學刊》2007年第3期，第111—113頁。

李建盛：《"以意逆志"詩學命題的詮釋學探討：從漢代理解到當代闡釋》，《中國社會科學院大學學報》2023年第5期，第52—71頁。

7.6　沈德潛、姚鼐等人的諷誦涵泳讀詩法

　　涵泳法強調讀詩時，不是用邏輯的、理性的思維來讀詩，而是要全部沉醉於作品之中，尤其是作品的聲音。諷誦涵泳的讀詩法實由宋代朱子所發明。朱子提出諷誦涵泳能得到詩人之志，但並未展開論述這一活動的内在原理和機制。明末清初，鍾惺和譚元春強調，諷誦涵泳做得透徹，就可以通過聲音進入詩歌最爲精髓且虛無縹緲的意境，而古人的精神就自然地浮現於腦海之中。這種閱讀活動可稱之爲神交情融式或說同感式理解，而同時的朱鶴齡解讀杜詩時就用了此法。至清代後期，桐城派劉大櫆等人還將聲音詠誦與文章的結構、作品内在神氣相聯繫。文章學對聲音、句子、章、篇等層次皆有關注，音節則是其最基礎的層次。通過音節的組合與輸出，可與文章最精妙的"神"相契合。於是，這種理論闡釋下的誦讀活動無疑發展了此前的諷誦之學。它不只停留於虛幻層面討論諷誦與作者的精神交接，而是在整個作品中關注文本語言的層次。這種觀點在晚清曾國藩等人那裏進一步得到發揮，強調通過具體作品的吟詠玩味，發掘古人的精神世界。張裕釗則就聲音如何與文意

相結合的問題，指出身體之氣與文意的聯合。桐城派大師這樣一套既可通於古人精神文氣，又立足於具體作品語言的諷誦涵泳法，轉而反身影響到晚清的《詩經》學。例如，方玉潤《詩經原始》成功地借鑒了桐城派文章學所倡導的諷誦涵泳法，不再像朱熹那樣拘於《毛詩序》的道德框架，而是通過《詩》文本的諷誦涵泳而進入《詩》之原始，即直接體驗詩人的情感世界。

§125 虞集（1272—1348）《詩家一指》[1]：詩全在諷詠之功

【作者簡介】虞集（1272—1348），字伯生，號邵庵，又號道園，祖籍仁壽（今屬四川眉山），元代文學家。南宋丞相虞允文的五世孫。宋亡後，父虞汲徙居臨川崇仁（今屬江西）。虞集自小由其母楊氏以口授。元成宗大德六年，任大都路儒學教授，累遷秘書少監、集賢修撰。文宗時，任奎章閣侍書學士，纂修《經世大典》。順帝即位，稱病歸臨川。諡文靖。虞集工於詩，與柳貫、黃溍、揭傒斯被稱爲"儒林四傑"，又與揭傒斯、范梈、楊載齊名，爲元詩四大家之一。著有《道園學古錄》《道園類稿》等。

　　晦庵論詩，所謂讀詩須沈潛，諷詠義理，咀嚼滋味，方有所益。須是先將那詩來吟詠四五十遍了，方可看注，看了注，又吟詠三四十遍，便意思自然融液浹洽，方有是處。詩全在諷詠之功。看詩不必著意裏面而分解，但憑涵泳自好。古人意思，溫厚寬和，道得言語，自恁地好。詩看義理外，更看他文章。詩者古之樂章也，亦如今歌曲，雖然，音節却不同也。（*QMSH*, p.117）

　　朱熹的弟子及再傳弟子繼續强調熟讀諷誦、優遊涵泳之義，這套閱讀

---

[1] 關於《詩家一指》作者問題，本書同意張健《〈詩家一指〉的產生時代與作者——兼論〈二十四詩品〉作者問題》的觀點，取虞集説。

理論也從解經領域延伸至各類經典詩文的閱讀，語言聲音發揮的作用也獲得越來越多的重視。就如此論，亦承朱熹的觀念，直言"詩全在諷詠之功"，只需涵泳其意味，不必細究其言語，且點明詩的特徵與古樂章、今歌曲接近，只存在音節組合的旋律差異。因此虞集認爲"涵泳"之一個方法便能有效掌握文意，是因爲詩爲歌曲，本有感染讀者、聽衆的能力，讀者與聽衆實不要花其他功夫來推敲與領略文意。

§126 譚元春(1586—1637)《詩歸序》：讀詩當達於古人

【作者簡介】譚元春(1586—1637)，字友夏，湖廣竟陵(今湖北天門)人，明末文學家。萬曆三十三年結識鍾惺，共選《古詩歸》《唐詩歸》，一時名聲甚著。兩人反對公安派的文風，故改以"幽深孤峭"爲宗，時稱"竟陵派"。譚元春屢試不中，鍾惺去世後，鄉試拔置第一。崇禎十年赴京會試，時已"顛毛蕩然，車牙豁去"，行至長店，病死在旅店。著作有《嶽歸堂合集》《嶽歸堂新詩》。

夫真有性靈之言，常浮出紙上，決不與衆言伍，而自出眼光之人，專其力，壹①其思，以達於古人，覺古人亦有炯炯雙眸，從紙上還矚人，想亦非苟然而已。(TYCJ, p.594)

① 專一、凝結。

從這段我們看到，閱讀不是爲了得到詩人之志，而是要進入詩人的精神，從而"達於古人，覺古人亦有炯炯雙眸，從紙上還矚人"。

§127 陳組綬(？—1637)《詩經副墨·序》：於聲字頓挫中與古人相對

【作者簡介】陳組綬，字伯玉，號象孔，又號伊庵，南直隸常州府武進(今江蘇常州)人。崇禎七年(1634)進士。崇禎八年授兵部職方司郎中，崇禎九年主持山東鄉試。工於書法。著有《皇明職方地圖》《詩經副墨》等。

三百篇中,一事之激越,一聲之轉變,一字之頓挫生活,自出眼光,靜中尋繹,恍然對其人,愾然聞其聲,居有無限靈悰,浮出紙上,若歌欲舞,如泣如訴,而後乃合,悲或以喜焉,憂或以懷焉,惊或以釋焉,憒或以平焉,則說詩而詩在矣。(*SJFM*, p.4)

這裏對《詩經》的解讀也強調的是在聲字章句的諷誦頓挫中感受敘事人、詩作者的情緒、心境,有如與古人面對面交流一般。

§128 朱鶴齡(1606—1683)《輯注杜工部集序》：正己之性情,以求遇子美之性情

【作者簡介】朱鶴齡(1606—1683),字長孺,號愚庵,江蘇吳江人(今江蘇蘇州)。明末諸生,明亡後不仕,專心著述,初爲文章之學,及與顧炎武友,著力於經學。著有《杜工部詩集輯注》《李義山文集箋注》《愚庵小集》《尚書埤傳》《禹貢長箋》《詩經通義》《讀左日鈔》。

子美没已千年,而其精誠之照古今,殷①金石者,時與天地之噫氣,山水之清音,嶒岈②響答于溟涬、頹洞、太虛、寥廓之間。學者誠能澄心袚③慮,正己之性情,以求遇子美之性情,則崆峒仙仗之思,茂陵玉盌之感,與夫杖藜丹壑,倚棹荒江之態,猶可儼然晤④其生面而揖之同堂,不必以一二隱語僻事,耳目所不接者爲疑也。(*YAXJ*, juan 7, pp.300 - 301)

① 震動。 ② 深邃空闊。 ③ 消除。 ④ 會見。

朱鶴齡解杜詩也追求能與子美之性情達成古今遇合,於是他提出"澄心袚慮,正己之性情"。所謂"澄心袚慮",即朱熹提倡的"虛心涵泳"的"虛心"。而朱鶴齡所言之"不必以一二隱語僻事",即表現出一種反對割裂式詮釋及胡亂締結類比關係的傾向,也就類近於"虛心涵泳"中"涵泳"的整體感悟。

§ 129 葉矯然(清初人)《龍性堂詩話初集》：讀詩當與求相遇於語言文字之外

【作者簡介】葉矯然，字子肅，號思庵，福州閩縣人。早年師事宗老葉素庵。順治九年壬辰科進士，歷官工部主事、河北樂亭知縣，後罷歸。著有《龍性堂易史參録》《龍性堂詩集》《龍性堂詩話》《東溟集》《鶴唳編》等。

詩有爲而作，自有所指，然不可拘於所指，要使人臨文而思，掩卷而嘆，恍然相遇於語言文字之外，是爲善作。讀詩自當尋作者所指，然不必拘某句是指某事，某句是指某物，當於斷續迷離之處，而得其精神要妙，是爲善讀。（QSHXB, p.946）

此論認爲讀詩當求作者所指，但又不必拘於文字之内，而應求言外之旨，於文本斷續迷離之處詳加玩味，求精神要妙。這種從作品本身出發，又能超越文本之外的作法、讀法，也需整體涵泳方能有所感悟。

§ 130 沈德潛(1673—1769)《説詩晬語》：詩聲微妙須諷詠涵濡得之

【作者簡介】沈德潛(1673—1769)，字確士，號歸愚，江蘇長洲(今江蘇蘇州)人。清代詩人。乾隆四年得進士，授翰林院編修，歷任侍讀、内閣學士、禮部侍郎，加禮部尚書銜，卒贈太子太師，諡文愨。身後因捲入徐述夔案，遭罷祠奪官。沈德潛爲葉燮門人，論詩主格調。著有《歸愚詩文鈔》。又選有《古詩源》《唐詩别裁》《明詩别裁》《清詩别裁》等。

詩以聲爲用者也，其微妙在抑揚抗墜之間。讀者靜氣按節，密詠恬吟，覺前人聲中難寫、響外别傳之妙，一齊俱出。朱子云："諷詠以昌之，涵濡以體之。"真得讀詩趣味。（QSH, p.524）

這裏直接引朱子"諷詠涵濡"語，指出聲音的"抑揚抗墜"暗藏詩之微妙,讀者只需平心靜氣,沉浸文中,反復吟詠,把握其節,便能獲得超出文字、聲音之外的妙處。

§ 131　沈德潛《唐詩別裁集》:涵泳浸漬,意味自出

　　讀詩者心平氣和,涵泳浸漬,則意味自出;不宜自立意見,勉強求合也。況古人之言,包含無盡,後人讀之,隨其性情淺深高下,各有會心,如好《晨風》而慈父感悟,講《鹿鳴》而兄弟同食,斯爲得之。董子云:"詩無達詁。"此物此志也。(*TSBCJ*, p.1)

　　沈德潛已完全將朱熹的"諷誦涵泳"之法推廣到文學作品的閱讀,主張涵泳浸漬於古人言辭中,不可任意妄斷。他同時也深知人之性情深淺各異,對同一詩作的感受也會存在區別,這並無妨害,因爲"詩無達詁",各自有所會心足矣。

§ 132　劉大櫆(1698—1779)《論文偶記》:語言聲音在文章學的體系化闡論

　　【作者簡介】劉大櫆(1698—1779),字才甫,一字耕南,號海峰,安徽桐城(今安徽樅陽)人。清代中期古文家、詩人,與方苞、姚鼐一起被稱爲"桐城三祖"。屢試不第,乾隆三十二年(1767),前往黟縣教書。劉大櫆總結和發展了桐城派散文理論,強調神氣、音節、字句的統一,重視散文的藝術表現。著有《海峰先生文集》《詩集》《論文偶記》等。

　　音節者,神氣之跡也。字句者,音節之規也。神氣不可見,於音節見之。音節無可準,以字句準之。

　　音節高則神氣必高,音節下則神氣必下,故音節爲神氣之跡。一句之中,或多一字,或少一字;一字之中,或用平聲,或用仄聲;同一平字仄字,或用陰平、陽平、上聲、去聲、入聲,則音節迥異,故字句爲音節之矩。積字成句,積句成章,積章成篇。合

而讀之,音節見矣;歌而詠之,神氣出矣。(*LWOJ*, p.6)

相較於人聲與詩歌閱讀的關係,語言聲音對清代文章學創作與閱讀的影響還未得到充分討論。朱子雖提出諷誦涵泳能得詩人之志,却未論述該活動的內在原理與機制。對此,明清人做出具體解讀,使其既在形而上的層面鞏固與神氣説的關係,又令其具體操作章法分明,切實可行。他們一方面指出諷誦聲音可以進入作品最爲精髓且虛無縹緲的境地,另一方面認爲這種閱讀經驗可與古人精神相接,達成對話。尤其至清代後期,桐城派文章學對字句、聲音、章、篇等問題格外關注,音節更成爲其最基礎的媒介。其代表人物劉大櫆將詠誦與文章的結構、作品的內在神氣相聯繫。

這兩段話按照"和順積中而英華發外"的理路,將"神氣""音節""字句"串爲內外相通的體系。其中,超乎言語無法解釋的"神"通過"氣"來表達,而文章之"氣"則通過"音節"體現,通過閱讀文章的音節可以看到"神氣之跡"。若是"神氣不可見",可以"於音節見之"。而"音節無可準"的文章,即難用音節來感知者,可"以字句準之"。因此"神氣者,文之最精處也;音節者,文之稍粗處也;字句者,文之最粗處也"。文章精、粗之間需一個媒介來爲二者進行傳導,這個媒介便是"稍粗"的音節[1]。

這套貫通個人辭氣與神氣的論述,其實正遵循朱熹等宋儒的理論。在"涵養乎中"的前提下,只有熟讀精思,令所讀言語、所思之意在古人與本人心口之間通脱無礙,纔可謂由內而外將神氣與辭氣修持到位。此前張健已指出:朱子吸取了詞章之學的傳統,但對其作了理學的改造,使之成爲理學文章論的組成部分。朱子這套文章論實啓桐城派義理、詞章之説,有物、有序之論,而桐城派崇尚歐、曾,其端緒亦在朱子文論中[2]。於是,之後劉大櫆立足朱子熟讀精思之論,將具體操作落實爲"字句—音節—神氣"的系統,不僅辨析三者在形之上下、內外、精粗間層層相依的關係,還剖析字的多少、聲韻、組合、歌詠之效,細緻演繹音節歌詠呈現內在神氣的種種情形。由此一來,劉大櫆實際用詠誦解決了文章學結構分析

---

[1] 蔣寅:《論桐城詩學史上的姚範與劉大櫆》也點明過音節的媒介作用,見《江淮論壇》2014年第6期。
[2] 張健:《義理與詞章之間:朱子的文章論》,《北京大學學報》2019年第3期,第97—111頁。

的問題,並將其聯通於審美中超驗的"神"的境界。這方面郭紹虞、張少康等先生已有分析。

與朱熹從閱讀層面談諷誦涵泳不同,劉大櫆是在創作的層面進行闡發,但却也是從閱讀的理解中推演出這一主張,將聲音傳神氣這套玄而又玄的理論與宋代以來文章學的結構分析相結合,使結構的文字、句法、章法等關節環環相扣、全部打通。至於劉大櫆所稱的"積字成句,積句成章,積章成篇,合而讀之,音節見矣,歌而詠之,神氣出矣"。此前劉勰《文心雕龍》"章句"篇也有相似表述:"夫人之立言,因字而生句,積句而成章,積章而成篇。"區別就在於劉勰的思路只推進到文章成"篇",而且完全没考慮到聲音,劉大櫆則將其引向篇章之外的"神氣",並以聲音作爲成句成篇的聯結基礎,且貫穿整條理路,文外最高意義層次的"神氣"又與聲音内外相生,如其所言:"文章最要節奏,譬之管弦繁奏中,必有希聲窈渺處。"他對字句組合的講求正是爲了呈現音節的層次變化,而對音節的强調則具體表現爲節奏的急緩强弱,其最終目的不在於外現的管弦繁奏,而是感知節奏變换下的窈渺希聲,這一"窈渺希聲"正是超驗層面的"神"。

音節的組合與輸出,可與文章最精妙的"神"相契合。這種觀念下的誦讀活動無疑發展了此前的諷誦之學。它不再停留於概念化層面討論諷誦與作者的精神交接,而是在整個作品中關注語言文辭的聲音與組合。而且,對文章語言聲音超驗價值的重視,不僅能指導閱讀和鑒賞活動,還能在諷誦感受中怡養其氣,乃至"在讀古人文字時,便設以此身代古人説話,一吞一吐,皆由彼而不由我。爛熟後,我之神氣即古人之神氣,古人之音節都在我喉吻間,合我喉吻者,便是與古人神氣音節相似處,久之自然鏗鏘發金石聲"。當"我"之神氣音節一如古人,則"我"所作的文章也自然能發金石之聲。就此而言,劉大櫆的誦讀涵泳論,同時具有理解論和創作論的建構意義,爲桐城派文章學的建構奠定堅實根基。

§ 133 姚鼐(1732—1815)《惜抱先生尺牘》:文章學對吟詠諷誦工夫的看重

詩、古文,各要從聲音證入,不知聲音,總爲門外漢耳。

(《與陳碩士》。XBXSCD, juan 7, p.13)

文韻致好,但説到中間忽有滯鈍處,此乃是讀古人文不熟。急讀以求其體勢,緩讀以求其神味,得彼之長,悟吾之短,自有進也。(《與陳碩士》。XBXSCD, juan 6, p.9)

深讀久爲,自有悟入。若只是如此,却只在尋常境界。夫道德之精微,而觀聖人者不出動容周旋中禮之事;文章之精妙,不出字句聲色之間,舍此便無可窺尋矣。(《與石甫姪孫》。XBXSCD, juan 8, p.9)

劉大櫆之後,縱聲吟詠已是桐城派文章學普遍認同的方法與傳統。姚鼐也主張詩與古文之法皆不可繞開聲音,並揭示在實際操作中諷誦工夫不足所產生的問題,提出急讀、緩讀等具體要領。他認爲體味古文過程中出現滯鈍之處,即閱讀和理解出現困難、疑惑,正源於誦讀不熟練,以致文脈不理,不解聲韻所指向的神氣。圍繞"讀"的工夫,他還強調諷誦熟練的工夫並非平泛地"讀",而是要做出各種讀法區分,以獲得不同的閱讀體驗。其中,急讀可知文章體勢的起伏緩急,緩讀則可慢慢體味文字蘊含的興味,從而優遊涵泳。在這些多樣且反復的誦讀中,讀者必能在"字句聲色之間",體驗到古人文章的種種精妙,並以此滋養身心,裨益其神,助長聲氣。

§134 黃子雲(1691—1754)《野鴻詩的》:與古人神交情融可由吟詠得之

【作者簡介】黃子雲(1691—1754),字士龍,號野鴻。江蘇崑山(今屬江蘇蘇州)人。布衣,曾隨徐葆光使琉球。少有俊才,有詩名,與吳嘉紀、徐蘭、張錫祚均負詩名,合稱爲"四大布衣"。著有《四書質疑》《詩經評勘》《野鴻詩稿》《野鴻詩的》《長吟閣詩集》。

學古人詩,不在乎字句,而在乎臭味。字句魄也,可記誦而得。臭味魂也,不可以言宣。當於吟咏詩,先揣知作者當日所處境遇,然後以我之心,求無象於窅冥惚怳之間,或得或喪,若存若亡,始也茫焉無所遇,終焉元珠垂曜,灼然畢現我目中矣。現而獲之,後雖縱筆揮灑,却語語有古人面目。(*QSH*, pp.847–848)

將吟詠與"知人論世"聯繫起來談,頗有新意。對吟詠所致神交情融的境界的描寫,具體而生動,還帶有幾分詩意。

§ 135　延君壽(1765—?)《老生常談》:涵泳於心方能入得詩中

【作者簡介】延君壽(1765—1826),字荔浦,本名壽,後更名君壽,山西陽城(今屬山西晉城)人。清代詩歌評論家,詩人。歷任山東萊陽、浙江長興、安徽五河知縣。延君壽歸政回鄉,潛心文學創作,同張晉、陳法于、張爲基等人組成"樊南書社",倡導一代之文風,人稱"騷壇四逸"。又將陽城縣歷代詩作精選爲《樊南詩抄》四卷。著有《六硯草堂詩集》《老生常談》。

讀古人詩,本來不許心粗氣浮,我於陶尤覺心氣要凝鍊,方能入得進去。有看古人詩略一披閱,便云不過爾爾,吾已了然於心口,此無論聰明人、鈍漢子,皆自欺欺人也,斷不可信。(*QSHXB*, pp.1820–1821)

延君壽在此專門強調讀古詩不可心粗氣浮,略加披閱就以爲了然於胸,言下之意正在於要心氣凝鍊,涵泳於古詩文辭之間,方能沉浸其中,得遇古人之意。

§ 136　曾國藩(1811—1872)《諭紀澤》:吟詠諷誦的方法細分

如四書、《詩》《書》《易經》《左傳》諸經、《昭明文選》、李杜韓蘇之詩、韓歐曾王之文,非高聲朗誦則不能得其雄偉之概,非

密詠恬吟則不能探其深遠之韻。(ZGFQJ, p.406)

凡作詩,最宜講究聲調。……先之以高聲朗誦,以昌其氣;繼之以密詠恬吟,以玩其味。二者並進,使古人之聲調,拂拂然若與我之喉舌相習,則下筆爲詩時,必有句調湊赴腕下。詩成自讀之,亦自覺琅琅可誦,引出一種興會來。古人云"新詩改罷自長吟",又云"煅詩未就且長吟",可見古人慘澹經營之時,亦純在聲調上下工夫。(ZGFQJ, p.418)

諷誦涵泳之法在曾國藩等人那裏又進一步得到發展,他強調通過具體作品的吟詠玩味,發掘古人的精神世界。而且,與姚鼐的急讀、緩讀之分相類,曾國藩還將諷誦之學細分爲高聲朗誦和密詠恬吟這兩大類。就此看來,高聲朗誦能通暢神氣,是相對動態、外化的讀法,而密詠恬吟,此前沈德潛已提出過"靜氣按節,密詠恬吟",則重在感受作品的韻味,相較而言偏於靜態和内化。這一區分實可對應朱熹強調的諷誦與涵泳二端。當"古人之聲調,拂拂然若與我之喉舌相習",也就意味著與古人精神世界相通,乃至自己創作時也會下筆即富有聲氣。

§137 張裕釗(1823—1894)《答吴至甫書》:因聲求氣説的理據

【作者簡介】張裕釗(1823—1894),字廉卿,號濂亭,湖北武昌(今湖北武漢)人。清末詩文家、書法家。道光二十六年舉人,授内閣中書。後跟隨曾國藩,與黎庶昌、薛福成、吴汝綸合稱爲"曾門四弟子"。張裕釗歷主江寧鳳池、保定蓮池、武昌江漢、襄陽鹿門等書院。張裕釗論文,宗主桐城義法,著有《濂亭文集》《濂亭遺文》《濂亭遺詩》等。

古之論文者,曰:"文以意爲主,而辭欲能副其意,氣欲能舉其辭。"譬之車然,意爲之御,辭爲之載,而氣則所以行也。欲學古人之文,其始在因聲以求氣。得其氣,則意與辭往往因之而並顯,而法不外是矣。是故契其一,而其餘可以緒引也。蓋曰意、曰辭、曰氣、曰法之數者,非判然自爲一事,常乘乎其機,而緄同以凝於一,惟其妙之一出於自然而已。自然者,無意於是,而莫不備至,動皆中乎其節,而莫或知其然;日星之布列,山川之流峙是也。寧惟日星山川,凡天地之間之物之生而成文者,皆未嘗有見其營度而位置之者也,而莫不蔚然以炳,而秩然以從。夫文之至者,亦若是焉而已。……故姚氏暨諸家因聲求氣之説,爲不可易也。吾所求於古人者,由氣而通其意,以及其辭與法,而喻乎其深。及吾所自爲文,則一以意爲主,而辭、氣與法,胥從之矣。……往在江甯,聞方存之云:"長老所傳,劉海峰絶豐偉,日取古人之文,縱聲讀之。姚惜抱則患氣羸,然亦不廢哦誦,但抑其聲使之下耳。"(ZYZSWJ, juan 4, pp.84-85)

古人所追求的養氣以寫就好文章,最終仍需在誦讀音節處下工夫。對此,張裕釗強調"因聲求氣"之説,就聲音如何與文意相結合的問題,指出身體之氣與文意的聯合的方法。張裕釗此論可謂另闢蹊徑,借鑒姚鼐的聲、氣、神之説,進一步來打通意與氣、辭、法的關係,讓至虛的"意"落實爲驅動整個行文過程的強大力量。而"因聲求氣"在整個過程中仍被置於最基本,也是十分關鍵的環節。

§ 138 方玉潤《詩經原始》: 吟哦諷詠自得《詩》之聲教

又曰:《詩》,聲教也。言之不足,故長言之。性情心術之微,悉寓于聲歌詠歎之表。言若有限,意則無窮也。讀《詩》者先自和夷其性情,于以仰窺其志,從容吟哦,優游諷詠,玩而味之,久當自得之也。蓋其中間,有言近而指遠者,亦有言隱而指近者。總不可以迫狹心神索之,不可以道理格局拘之也。噫!

賜、商可與言《詩》,其成法具在也。否則,"誦《詩》三百,雖多,亦奚以爲"？(SJYS, p.61)

方玉潤對聲音的推重,很大程度上源於他對《詩經》作品最初"聲教"語境的追溯。在《詩經原始》自序中,他指出古人誦讀《二南》《二雅》《三頌》,自會識得風化所始、治亂由變、政治得失、功德隆替,這些都是在"誦"的過程中得以感知到的,至於"其他文詞工拙,訓詁詳略,在所弗論",也就是説文辭本身的訓詁析辨等等實爲無需留意的末節,所應著力處當在於:"日唯事謳吟以心傳而口受,涵濡乎六義之旨,又復證以身心性命之微微而已矣。"在這一基本觀念下,傳世的序、傳、訓詁、章句皆爲後起之辭。故而方玉潤申明:"乃不揣固陋,反覆涵泳,參論其閒,務求得古人作待本意而止,不顧《序》,不顧《傳》,亦不顧《論》,唯其是者從而非者正,名之曰《原始》,蓋欲原詩人始意也。雖不知其於詩人本意何如,而循文按義,則古人作詩大旨要義不外如是。"序文最後,他借萬伯舒之口曰:"蓋未有《序》時,《詩》可以誦而無辯,既有《序》出,《詩》必明辯而後誦,此《原始》一書所由作也。"

§ 139　方玉潤《詩經原始·凡例》：涵泳諷誦自能古今心思貫通

讀《詩》當涵泳全文,得其通章大意,乃可上窺古人義旨所在,未有篇法不明而能得其要領者。今之經文,多分章離句,不相聯屬。在明者,固可會而貫通;在初學,殊難綴而成韻。解之者又往往泥於字句間,以致全詩首尾不能相貫。無怪説《詩》者之難於解頤①也。是編每詩無論章句多寡短長,均聯屬成篇,不肯分開。唯於每章下細注畫明,如漢樂府"一解""二解"之例,以清段落。庶使學者得以一氣讀下,先覽全篇局勢,次觀筆陣開闔變化,後乃細求字句研鍊之法,因而精探古人作詩大旨,則讀者之心思與作者之心思自能默會貫通,不煩言而自解耳。(SJYS, p.2)

① 開顏歡笑,謂享受。

若究《詩經》之原始,則諷誦聲教自然成爲不二法門。前人解釋《詩經》,往往是分開章節解釋的,這樣的弊端是導致整首詩的文脈斷裂。因此方玉潤這裏特別强調章節之間的關係,主張從整體文思的發展來體會詩人之"志",使讀者之心和詩人之心相通。至於這種主張如何實現,便在於"涵泳全文""一氣讀下",在熟讀諷誦、優遊涵泳的基礎上,逐步展開對全篇局勢的把握,再體會筆勢的開闔,繼而細化到字句精煉之法,而其最終的導向是要上升到古人作詩之旨,令今之讀者與古之作者神氣相接,默會貫通。這套條分縷析、兼顧整體與細節、文本之內外的讀法,與劉大櫆等人的字句、音節、神氣之說,正具有相通的學理進路和精神關懷。這種植根於"聲教"的解詩觀念在《詩經原始》的正文中也多次被重申。

§140 馬其昶(1855—1930)《古文辭類纂標注序》:古人精神需於涵泳中冥契

【作者簡介】馬其昶(1855—1930),字通伯,軒名抱潤,晚號抱潤翁。安徽桐城人,師事方宗誠、吴汝綸和武漢張裕釗。光緒間授學部主事。民初擔任清史館總纂。馬其昶治文,後半生治經,兼治子史。著作有《抱潤軒集》《桐城耆舊傳》《毛詩學》《屈賦微》。

若夫古人之精神意趣寓於文字者,固未可猝遇,讀之久而吾之心與古人之心冥契焉,則往往有神解獨到,非世所云云也,故姚選平注至簡。昌黎論文,務去陳言,凡一詞一義爲人人意中所有,皆陳言也;陳言爲文家所忌,即何容取常人意中之語,以平議古人至精深奧賾①之文乎?(BRXWJ, juan 4, p.250)

① 音 zé,幽深玄妙。

【第7.6部分參考書目】

陳引馳:《"文"學的聲音:古代文章與文章學中聲音問題略說》,《文藝理論研究》2012 年第 5 期,第 35—42 頁。

柳春蕊:《論晚清古文理論中的聲音現象》,《文藝理論研究》2008 年第 3 期,第 61—68 頁。

蔣寅:《沈德潛的詩學貢獻及其歷史地位》,《廈門大學學報》2016 年第 6 期,第 90—96 頁。

蔣寅:《論桐城詩學史上的姚範與劉大櫆》,《江淮論壇》2014 年第 6 期,第 165—170 頁。

Ge, Liangyan. "Authoring 'Authorial Intention:' Jin Shengtan as Creative Critic." *Chinese Literature: Essays, Articles, Reviews* 25 (2003): 1 – 24.

Huang, Martin W. "Author(ity) and Reader in Traditional Chinese *Xiaoshuo* Commentary." *Chinese Literature: Essays, Articles, Reviews* 16 (1994): 41 – 67.

Hsia, C. T. "Yen Fu and Liang Ch'i-ch'ao as Advocates of New Fiction." In *Chinese Approaches to Literature from Confucius to Liang Ch'i-Ch'ao*, edited by Adele Austin Rickett, 221 – 257. Princeton: Princeton University Press, 978.

8　明清：讀者再創造理解論

　　明清理解論最重要的發展,非再創造理解論的興起莫屬。再創造理解論與類比理解論和復原理解論迥別的獨創性,集中表現在宏觀和微觀兩個方面,即對整個解《詩》史的評價和對作品意義的定位。在評價先前解《詩》傳統方面,再創造理解論完全超越了類比理解論和復原理解論之間延綿數百年的門户之爭,對這兩個相互對立傳統的同時肯定,展示更加廣闊的胸懷。他們普遍强調解《詩》傳統不斷革新的能動性,也即《詩》的詮釋隨世更迭,永無終止。早在中國的漢代,董仲舒已經意識到了這個問題,因此他在《春秋繁露》中説"《詩》無達詁"(§010),永遠没有一個解釋能夠稱之爲解《詩》的正確標準。而且詩的解讀是多樣的,富於各種背景和指向性。這一認知早在歐陽修《詩本義》中已見端倪,《詩本義》提出的四種解詩之意便揭示出《詩》的解讀具有多樣性。至明清,這一認知得到很大的推廣與深化,發展成新的再創造理論。鍾惺稱"《詩》爲活物",便形象地描述出解詩之説"屢遷數變"(§142),開啓清代學者進一步的深化闡釋。魏源在歐陽修基礎上提出更加具體的解《詩》層次:"有作《詩》者之心,而又有采《詩》、編《詩》者之心焉;有説

《詩》者之心,而又有賦《詩》、引《詩》者之心。"(§143)《詩》之所以能够成爲經典,就在於它的開放性和包容性,任何人都可以來解釋它,任何人都能够從中找到自己的慰藉或啓發。詮釋,也絶不是某種意義發現的終結,而是無終止的詮釋循環(hermeneutic circle)。對解《詩》的多元化的肯定,便意味著解詩的權威性傳統受到挑戰,例如龔橙便喊出"《詩》之誼非一家獨尊"(§144),明確對詮釋系統權威提出質疑。

在定位作品意義的微觀層次上,主要的再創造理解論者,如謝榛、王夫之、葉燮、吴雷發、何文焕等,無不競相提出自己的看法。謝榛《四溟詩話》講:"詩有可解、不可解、不必解。"(§146)詩中有些意義不可用言語解釋,即爲不可解論。毛先舒《唐詩解》用《詩經》的分析方法來分析唐詩,認爲最佳的唐詩是没有辦法解釋的,針砭時人解釋唐詩往詩書上用功夫,對唐詩的具體作品及段落加以具體的解釋,只知道追求旨意,不知道詩歌意義是没有窮盡的。同樣的觀點見於薛雪《一瓢詩話》,强調杜詩不可解,有無窮無盡之義。而作品處於可解與不可解之間往往是最完美的狀態。隨著對詩的可解與否的討論逐漸加深,批評家所討論的範圍已由經學範圍的《詩》逐漸擴展至文學層面的"詩",同時,在析辨可解與不可解之間,時人還區分出詩人之意和説詩人之解的差異,這便對讀者的能動性予以極大肯定,並由此挑戰原作者的權威。王夫之言"作者未必然而讀者何必不然",這是講在閱讀過程中,讀者可以進行一種再創造。王夫之《詩廣傳》所描述的"四情"之遊便是這種再創造的過程(§148)。甚至於説詩者"傳其説之是,而不必其盡合于作者也"(袁枚語)(§152),讀者的詮釋潛能甚至超過作者。

綜上所述,明清再創造理解論的巨大貢獻,首先是對《詩經》的宏觀詮釋系統的再創造,即在宏觀層面強調《詩》的多義性,《詩》的詮釋具有變化性,非絕對性,以及解詩者的能動性。其次則是深入到微觀層面,對具體詩篇的意義進行可解與不可解的析辨,強調讀者的權威,等同、甚至超過作者。在此基礎上,傳統經解的權威、作者的權威,紛紛受到挑戰,而原本受經世致用、訓詁考據所禁錮的作品文學魅力、帶有主觀體驗色彩的讀者閱讀,都由此得以被重視起來。由此在明代中後期出現一批將《詩經》視爲文學經典來閱讀、用臆想解《詩》的群體,他們不拘于訓詁考據或是所謂的前代經解權威,依從自己的主觀閱讀體驗和學識儲備,開闢出一支發揮讀者主觀能動性,且富有文學色彩的詮釋模式。當讀者能憑藉自己的臆想來確立一種解讀視野時,這本身就在撼動作者的權威。就此而言,臆想式解《詩》法已爲再創造的理解論趨勢奠定基礎。這種看重讀者主觀感受的趨勢,還催生出移情自化的讀小說、讀詩法。讀者在閱讀小說或詩歌時猶如與作者發生靈魂的置換,從而更好地與作品情節肌理產生情感的共振,與作者神交情融,乃至移情自化,再造出自己新的的靈魂世界。

8.1 鍾惺等人再創造理解論的宏觀建樹

早在北宋時,歐陽修《詩本義》已提出詩中存在四義:詩人之意、聖人之志、古編者之意以及經疏解詩之意。在歷史的更迭中,圍繞《詩》積累起不同層面的理解,它們並未此消彼長,而是彼此互動共存。至明代,鍾惺等人指出,不同時代有其主導的解詩法。他明確地提出:"不必皆有當於《詩》,而皆可以說《詩》。其皆可以說《詩》者,即在不必皆有當於《詩》之中。非說《詩》者之能如是,而《詩》之爲物,不能不如是也。"(§142)從歷史演進的視角來看《詩經》闡釋的發展,我們會發現《詩》的多義性不斷豐富,而對《詩》的詮釋也在不斷多樣發展。於是,原作者或編者的權威便逐漸被瓦解,讀者的闡釋獲得更多合法性辯護。

到了晚明,很多批評家們已對長久以來崇毛派和崇朱派兩大陣營之間的互相指斥產生厭倦,開始不再以孟子"以意逆志"法作爲評價解釋方法的最終準則了。爲了討論解釋方法,尤其是解《詩》方法,他們又回到先秦賦詩引詩實踐,試圖在其基礎上建立起更爲寬泛,更有包容性的解釋範式。鍾惺《詩歸序》。如他對解釋之自由度的強調;又如,他認爲任何解釋都合理;再如,他認爲文内意(部分)和文外意(整體)的互動過程中有著開放式的互相轉化的互動;最後,最重要的是,鍾惺相信文本賴以生存的方式恰恰在於解釋過程中對意思的不斷重新創造。

鍾惺的這一全新解釋方法,帶有諸多現代批評理論所稱的"詮釋學(hermeneutic)"的特徵,不過,真正意義上的"詮釋學"須反對任何權威對文本的解讀。顯然,竟陵派的鍾惺、譚元春(1586—1631)等人都沒有做到這一點。儘管他們認可《詩》的諸多不同解釋都同樣合理,然而他們依然認爲作者具有最高的權威,他們因此不斷要求今之讀者能與古之作者精神相通:"庶幾見吾所選者以古人爲歸也。引古人之精神以接後人之心目，使其心目有所止焉，如是而已矣。……惺與同邑譚子元春憂之，内省諸心，不敢先有所謂學古不學古者，而第求古人真詩所在。真詩者，精神所爲也。"[1]

§ 141　＊歐陽修(1007—1072)《詩本義·本末論》：四種層面的解《詩》

《詩》之作也，觸事感物，文之以言，善者美之，惡者刺之，以發其揄揚怨憤於口，道其哀樂喜怒於心，此詩人之意也。古者國有采詩之官，得而錄之，以屬太師，播之於樂，於是考其義類，而別之以爲風、雅、頌，而次比之，以藏于有司，而用之宗廟朝廷，下至鄉人聚會，此太師之職也。世久而失其傳，亂其雅頌，亡其次序，又採者積多而無所擇，孔子生於周末，方修禮樂之壞，於是正其雅頌，删其煩重，列於《六經》，著其善惡，以爲勸戒，此聖人之志也。周道既衰，學校廢而異端起，及漢承秦焚書之後，諸儒講説者整齊殘缺，以爲之義訓，恥於不知，而人人各自爲説，至或遷就其事以曲成其己學，其於聖人有得有失，此經師之業也。惟是詩人之意也，太師之職也，聖人之志也，經師之業也。今之學《詩》者不出於此四者，而罕有得焉者。(SBY, juan 14, pp.6a-6b)

"詩人之意，太師之職，聖人之志，經師之業"，歐陽修在此總結出四個層面的解詩之意，每一種都對應著不同的詮釋語境，且存在互補性、歷時的遞變性，這足以體現出解詩模式的多樣性以及詩的多義性。

---

[1] [明]鍾惺《詩歸序》，李先耕、崔重慶標校：《隱秀軒集》，上海：上海古籍出版社，1992年，第235—236頁。

§142　鍾惺(1574—1624)《詩論》: 詩爲"活物"

《詩》,活物也。游、夏①以後,自漢至宋,無不説《詩》者。不必皆有當於《詩》,而皆可以説《詩》。其皆可以説《詩》者,即在不必皆有當於《詩》之中。非説《詩》者之能如是,而《詩》之爲物,不能不如是也。何以明之? 孔子,親刪《詩》者也。而七十子之徒,親受《詩》於孔子而學之者也。以至春秋列國大夫,與孔子刪《詩》之時,不甚先後,而聞且見之者也。以至韓嬰,漢儒之能爲《詩》者也。今讀孔子及其弟子之所引《詩》,列國盟會聘享之所賦《詩》,與韓氏之所傳《詩》者,其事、其文、其義,不有與《詩》之本事、本文、本義,絶不相蒙,而引之、賦之、傳之者乎? 既引之、既賦之、既傳之,又覺與《詩》之事、之文、之義未嘗不合也。其何故也? 夫《詩》,取斷章者也。斷之於彼,而無損於此。此無所予,而彼取之。説《詩》者盈天下,達於後世,屢遷數變,而《詩》不知,而《詩》固已明矣,而《詩》固已行矣。然而《詩》之爲《詩》自如也,此《詩》之所以爲經也。(YXXJ, pp.391-392)

① 子游(言偃)、子夏(卜商),孔子學生,均長於文學。

之前對解釋論的討論中,學者們要麽完全忽略賦詩、引詩,要麽在批評漢唐學者"斷章取義"時,用稍帶貶義的語氣提及賦詩、引詩。然而,這裏鍾惺大膽地將賦詩、引詩擡高到和孟子"以意逆志"論並舉的地位。他引用了"賦《詩》、引《詩》、傳《詩》"裏一直存在的"斷章取義",強調從《詩》中斷章取義往往是爲了傳達與原文毫無關係的意思。然而,當用《詩》者重新創造出這種全新的文外意的時候,鍾惺注意到文外意最終看起來和文本的原意仍然相關。鍾惺認爲,文本本身和文本外要素互動互生的過程因"斷章取義"而成爲可能,這種互動過程反過來又使得《詩》成爲"活物",即無論何時何地,"皆可以説《詩》"。基於此,鍾惺認爲可對《詩》加以恰當的重新定義:"夫《詩》,取斷章者也。"

§ 143　魏源(1794—1857)《詩古微·毛詩明義》：解詩的多樣性

【作者簡介】魏源(1794—1857)，字默深，湖南邵陽人。道光二年舉順天鄉試，會試落第，入貲爲中書，二十四年成進士，歷官興化、高郵知州。因借觀史館官書，參以士大夫私著，成《聖武記》。另著有《海國圖志》《書古微》《詩古微》《元史新編》《古微堂詩文集》。

夫《詩》有作《詩》者之心，而又有采《詩》、編《詩》者之心焉；有説《詩》者之心，而又有賦《詩》、引《詩》者之心焉。(*SGW*, p.54)

自國史編《詩》諷志，於是列國大夫有賦《詩》之事；自夫子删《詩》垂訓，於是齊、魯學者有説《詩》之學。然説《詩》者意因詩生，即觸類旁通，亦止因本文而引申之，蓋詩爲主而文從之，所謂"以意逆志"也。賦《詩》與引《詩》者，詩因情及，雖取義微妙，亦止借其詞以證明之，蓋己情爲主而詩從之，所謂興之所之也。"以意逆志"者，志得而意愈暢，故其後爲傳注所自興；興之所至者，興近則不必拘所作之人，所采之世，故其後爲詞賦之祖。(*SGW*, p.58)

魏源這裏也將圍繞《詩》的解讀分爲作詩者、採編者、説詩者、賦詩引詩者幾大類，這一判斷上承歐陽修《詩本義》提出的四種解《詩》之意(參§030)，可謂對"詩"的多義性做出進一步闡發，並分辨其異同。其中，賦、引《詩》者與説《詩》者皆依靠比類旁通，但前者以自己之情爲主，不拘於原《詩》背景，後者以歸循詩文本爲主，追求"以意逆志"，由此引出傳注之學與詞賦之學的源流脈絡。

§ 144　龔橙(1817—1878)《詩本誼·序》：《詩》之誼非一家獨尊

【作者簡介】龔橙(1817—1878)，字孝拱，號昌匏，後易名公襄，浙江仁和(今杭州)人,龔自珍長子。學問淵博,於學無不窺,治諸生業,久不遇。著有《古今石文字叢著》、《詩本誼》、編有《孝拱手抄詞》。

有作《詩》之誼,有讀《詩》之誼,有太師采《詩》、瞽矇①諷誦之誼,有周公用爲樂章之誼,有孔子定《詩》建始之誼,有賦《詩》引《詩》節取章句之誼,有賦《詩》寄託之誼,有引《詩》以就己説之誼。(SBYb, p.275)

① 音 gǔ méng,古代樂官。

讀《詩》者,自當先求作《詩》之心,以通其詞,而後知古太師與周公、孔子之用,與賦詩、引詩之用,豈可漫無分別?(SBYb, p.276)

從歐陽修《詩本義》到龔氏此語,有關解《詩》的觀念已頗爲通達且條理細化。龔氏指出《詩》之誼並非一家獨尊,而是在歷史演進中存在作者、讀者、采《詩》者、用《詩》者等各家之誼,每一家的闡釋都有其具體語境,也都有其合法性、合理性。龔氏主張後人讀《詩》,既要先通文辭本義,也應理解且能分辨後之用詩者的詮釋。

§ 145　皮錫瑞(1850—1908)《經學通論·第二篇·詩經》:《詩》之意有正、側旁出之分

就《詩》而論,有作《詩》之意,有賦《詩》之意。鄭君①云:"賦者或造篇,或述古。"故《詩》有正義、有旁義、有斷章取義。以旁義爲正義則誤,以斷章取義爲本義尤誤。是其義雖並出於古,亦宜審擇,難盡遵從,此《詩》之難明者一也。(JXTL, juan 2, p.1)

① 即鄭玄,東漢末年人,注《毛詩》。

皮錫瑞也指出《詩》之意有正、側旁出之分,且較龔橙而言更對作《詩》之意、賦《詩》之意等作出價值判斷,以爲當以正義爲本,正義即作詩者之本意,不可混淆於旁義,更不可以斷章取義爲本義,所以要仔細審擇。

8.2 謝榛等人再創造理解論的微觀建樹

微觀層面的詩篇再造論,主要著眼于具體作品闡釋中有關內部詩意可解與否的析辨。該問題可追溯到宋代嚴羽等人講求的"玲瓏透徹""鏡花水月"之論。降及明清,謝榛指出"詩有可解、不可解、不必解"的命題,揭示出詩歌解讀中存在的理解之差異性。并且他最終強調"勿泥其跡",應當圓融通脫。此後,王世懋、王夫之、毛先舒、葉燮、袁枚、何文焕等人都進一步做出闡發,各有所見,並引申出有關詩的"恍惚無定"、詩境的虛實交織、作者之意與讀者之意、詩的象趣與指義、可讀與不可解等豐富討論面向。這些觀點都頗與西方現代審美觀念相通,同時也賦予讀者解詩更大的能動性。

在理論闡述的層次上,將作者拖下神壇的任務是由清初王夫之完成的。不類鍾、譚二人,王夫之認爲閱讀不是"引古人之精神以接後人之心目"的行爲,而是正如原始創作一樣毫無保留的、充滿想象力的創作過程。如果説復原式解釋詩法表現出一種由讀者而作者的綫性過程,王夫之的闡釋模式則於多方面展現了循環式的過程。首先,作者與讀者的角色替換就具有某種循環的特徵。隨著本來是處於從屬地位的讀者佔據了作者的位置,作者則從其原先主導地位上被拉下來,雖然他仍然是一個製造了作品意義的人,但是隨著他的讀者逐漸增多,而每一個讀者又都爲作品增添了新的意義,他最終淪爲創造其作品意義的衆多成員中的一份子。王夫之將"興觀群怨"四種功能的關係理解爲共生並起、交互影響。這四種功能組成的"四情說"都以可解的態度去面對每首作品,所有解讀都是可以成立的。因爲"興觀群怨"這四情是隨著讀者讀詩時的狀態而動態變化的,那麼同一部作品便可能引發不同類型的理解,可作爲"興",也可作爲"觀""群""怨"。這一作法也顯示了他的闡釋方式之非綫性特徵。本節可與《創作論評選》5.3"參悟文字的攝魂說"相互參照。

§ 146　謝榛(1495—1575)《四溟詩話》:詩的可解與不可解

【作者簡介】謝榛(1495—1575),字茂秦,號四溟山人、脫屣山人,山東臨清人。明初詩文家。早歲折節讀書,刻意爲歌詩,後入京師,與李攀龍、王世貞等結詩社,爲"後七子"之一,倡導爲詩摹擬盛唐,主張"選李杜十四家之最者,熟讀之以奪神氣,歌詠之以求聲調,玩味之以裒精華"。後爲李攀龍、王世貞排斥,客遊諸藩王之間,一生未仕。謝榛著有《四溟山人集》《四溟詩話》(即《詩家直說》)。

詩有可解、不可解、不必解,若水月鏡花,勿泥其迹可也。(QMSH, p.1305)

關於"可解"與"不可解"的辯證,宋嚴羽用"玲瓏透徹"等語描述詩歌的言外之境,而謝榛則提出"詩有可解、不可解、不必解"的重要命題。清初葉燮則用徵實的分析語言解釋了這種"玲瓏透徹"的含義,他提倡把可解、不可解兩者結合在一塊,讓作品兼備虛、實兩種特質,至虛而又至實,虛實在作品中彼此互動:"寄託在可言不可言之間,其指歸在可解不可解之會,言在此而意在彼。"(《原詩》)他認爲能將"可解"與"不可解"完美結合一體的作品,纔算是達到最高的藝術境界。

§ 147　王世懋(1536—1588)《藝圃擷餘》:說詩者實乃人自爲說

【作者簡介】王世懋(1536—1588),字敬美,太倉(今屬江蘇蘇州)人。

嘉靖三十八年進士,即遭父憂,歷任南京禮部主事,歷陝西、福建提學副使,官至南京太常少卿。善詩文,名亞其兄王世貞,著有《王奉常集》《藝圃擷餘》等。

《詩》四始之體,惟《頌》專爲郊廟頌述功德而作。其它率因觸物比類,宣其性情,恍惚游衍,往往無定,以故説詩者,人自爲説。若孟軻、荀卿之徒,及漢韓嬰、劉向等,或因事傅會,或旁解曲引,而春秋時王公大夫賦詩,以昭儉汰,亦各以其意爲之,蓋詩之來固如此。(QMSH, p.2151)

王世懋在此先將《詩》的大部分作品定性爲"觸物比類"恍惚無定之作,是以説詩之人會各有解法,在不同語境引導下各有所見。而且他稱"詩之來固如此",這種通脱包容的解詩觀念似乎含有一點詮釋學式思維。

§148 王夫之(1619—1692)《薑齋詩話》:讀者各以其情而自得

【作者簡介】王夫之(1619—1692),字而農,號薑齋,人稱船山先生,湖南衡陽人。明遺民、明末清初思想家、文學家,與顧炎武、黃宗羲並稱"清初三大儒",崇禎十五年中舉。明亡,聯合地方義軍抗清,入南明任職,後輾轉遊歷,著書講學,晚年隱居衡陽石船山。著有《周易外傳》《尚書引義》《春秋世論》《讀通鑑論》《宋論》《永曆實錄》《噩夢》《黃書》等書。

"詩可以興,可以觀,可以群,可以怨。"盡矣。辨漢、魏、唐、宋之雅俗得失以此,讀《三百篇》者必此也。"可以"云者,隨所"以"而皆"可"也。於所興而可觀,其興也深;於所觀而可興,其觀也審。以其群者而怨,怨愈不忘;以其怨者而群,群乃益摯。出於四情之外,以生起四情;遊於四情之中,情無所窒。作者用一致之思,讀者各以其情而自得。故《關雎》,興也,康王晏朝,而即爲冰鑒。"訏謨定命,遠猷辰告",觀也,謝安欣賞,而

增其遐心。人情之遊也無涯,而各以其情遇,斯所貴於有詩。(*QSH*, p.3)

這段文字中,王夫之已經將讀者提高到可與作者相提並論的地位上。他強調"作者用一致之思,讀者各以其情而自得",這一"各以其情而自得"的過程從根本上來講,與原始創作毫無軒輊。與作者相同,讀者一樣地在作品中傾注了自己的全部的情感,而這種傾注也一樣地是毫無保留的和充滿想象力的。爲了證實這種情感投注理論,王夫之寫道:"人情之遊也無涯,而各以其情遇。"

孔子"詩可以興,可以觀,可以群,可以怨"的評語中,主語"詩"一般被認爲指《詩經》一書,因此這一論斷可看成是對《詩經》四種功用的概括。然而,根據王夫之這裏的上下文和所給出的兩個例證,王夫之將"詩"一字解作是單獨的詩作。因偷換主語,王夫之將孔子所言變成了對讀者讀《詩》反應的描繪。按照王夫之對孔子所言的全新讀法,他將"興、觀、群、怨"重新定義爲讀者閱讀具體《詩》作品中所可能體驗到的"四情"。同樣,他也將"可以"二字看作是指每一首詩均能在讀者身上同時引發四種不同的情感(即"興、觀、群、怨")。從這種新的角度來看,"可以"二字成爲理解"興、觀、群、怨"的關鍵,令此四字的意義互爲注解,相互融合。

§149　王夫之《薑齋詩話》:"可以"的詩歌境界

興、觀、群、怨,詩盡於是矣。經生家析《鹿鳴》《嘉魚》爲群,《柏舟》《小弁》爲怨,小人一往之喜怒耳,何足以言詩?"可以"云者,隨所以而皆可也。《詩三百篇》而下,唯《十九首》能然。李杜亦髣髴遇之,然其能俾①人隨觸而皆可,亦不數數也。又下或一可焉,或無一可者。(*QSH*, p.8)

① 音 bǐ,使得。

在這裏討論這種藝術境界時,王夫之一字不差地重複了他對"可以"二字的論述,進而指出這樣的藝術境界只有在中國詩歌的精華處纔偶有一見。這種藝術境界的理論與當代美學中的詩歌復義理論頗相仿佛。

§150 毛先舒(1620—1688)《唐詩解序》：詩有象趣、指義二端

【作者簡介】毛先舒(1620—1688)，名騤，字馳黃，後改名先舒，字稚黃，浙江錢塘人(今浙江杭州)人，明末諸生。嘗受教於陳子龍、劉宗周。與毛奇齡、毛際可齊名，並稱"浙中三毛"。其詩音節瀏亮，有七子餘風。著有《小匡文鈔》《思古堂集》《東苑文鈔》《東苑詩鈔》等。

　　古詩無解，解者，爲詩者之不得已也。蓋詩者，性情之精微也，啓乎心聲，朦朧開拆；放乎厥辭，演漾善變。旁側見理，正言而若反。非如典謨記傳之文，縣①一説即可定古人歸指矣。

① 音xuán，懸掛、頒布。

　　詩至唐，衆體悉備，菁華大宣，詩之海也。今亡論爲詩與不爲詩者，即三尺童兒，莫不稱唐人詩盈口。何者？讀其辭，清華相引，宮徵互發，高者入雲，沉者冥淵，不必覈②其專指，而情爲移焉。顧可縣一説而定之歟？然自杜、李諸公集，洙、鶴、士贇之徒，往往有解。而華亭汝詢唐氏③，又録四唐諸詩而詳注之，網羅蒐括④，畢盡而無遺，豈非慮涉海之無涯而故爲是槎筏歟？夫詩有象趣，有指義。不可解者，慮執指義而掩象趣耳……或曰：孔子删詩，不立解，政欲使人深思而得之，自商、賜、粲⑤、熹之説興，而談經之家紛如市閧⑥，是詩學淆亂，繇⑦解之者多。不知古詩無解併無題，虛而無方，使人之自得之也。後既爲題，而復爲解，説不厭詳，使人之自擇之也。聖人之立言與文人之修辭，固不侔⑧哉。且使古經無諸説，旨久已益晦，而況後人之所爲作乎？雖然，毋執指義，毋掩象趣，終以是爲槎筏則已矣。莊

周有云："送君者皆自崖而返,君自此遠矣。"吾安得是人而與讀唐氏詩解乎哉?（SGTJ, juan 3, p.808）

② 核實。　③ 唐汝詢,明末清初時松江華亭人,編有《唐詩解》《唐詩十集》。　④ 搜求匯集。"蒐",音 sōu。　⑤ 嚴粲,南宋時人,精《毛詩》,著有《嚴氏詩輯》。　⑥ 音 hòng,喧鬧。　⑦ 音 yóu,由是。　⑧ 相等、同一。

毛先舒認為,詩的創作出乎性情之微而朦朧善變,其歸指難如典謨記傳那樣明確穩定,故"古詩無解"。然而後世讀者難免要溯求其義,他指出詩有象趣、指義二端,後人若一味考求指義而忽略象趣,便陷入不可解的境地。他還認為孔子刪詩而不立所謂確鑿之說,也是意在使人深思而自得,由此一來,詩家解說雖繁,讀者只需自得自擇即可,不必泥於一端。然而,毛先舒也未否定古人解經的貢獻,稱"且使古經無諸說,旨久已益晦,而況後人之所為作乎"。

§151　薛雪(1681—1770)《一瓢詩話》：杜詩可讀不可解

【作者簡介】薛雪(1681—1770),字生白,自號一瓢。江蘇吳縣(今屬江蘇蘇州)人,學詩於同郡葉燮,工詩善畫,又善拳勇,且於醫時有獨見。乾隆丙辰舉博學鴻詞未遇。著有《斫桂山房詩存》《抱珠軒詩存》《一瓢齋詩存》《一瓢詩話》。

杜少陵詩,止可讀,不可解。何也? 公詩如溟渤①,無流不納;如日月,無幽不燭;如大圓鏡,無物不現,如何可解? 小而言之,如《陰符》《道德》,兵家讀之為兵,道家讀之為道,治天下國家者讀之為政,無往不可。所以解之者不下數百餘家,總無全璧。楊誠齋云："可以意解,而不可以辭解;必不得已而解之,可以一句一首解,而不可以全袂解。"余謂：讀之既熟,思之既久,神將通之,不落言詮,自明妙理,何必斷斷然論今道古耶?（QSH, p.714）

① 音 míng bó,大海。

薛雪從詩作本身特質出發,提出杜詩可讀不可解的看法,因爲杜詩中的氣象、道理無所不包,任何一種解讀都難以包舉所有,且讀者還可能泥於文辭,陷入牽強附會。故而他主張的可讀不可解,其操作要領便在於熟讀深思,自明妙理,不必落入言筌或厚薄古今。

§152 袁枚(1716—1798)《程綿莊詩説序》:説詩者不必盡合作詩之意

【作者簡介】袁枚(1716—1798),字子才,號簡齋,號隨園主人。浙江錢塘(今浙江杭州)人。清朝詩人、散文家、文學批評家。乾隆四年進士,授翰林院庶吉士,先後任溧水、江浦、沭陽、江寧縣令。後辭官,隱居於江寧小倉山隨園,廣收女弟子。袁枚主"性靈説",與趙翼、蔣士銓合稱三家,又與紀昀齊名,時稱"南袁北紀"。著作有《小倉山房文集》《隨園詩話》《隨園詩話補遺》《子不語》《續子不語》等。

作詩者,以詩傳;説詩者,以説傳。傳者,傳其説之是,而不必其盡合于作者也。如謂説詩之心,即作詩之心,則建安、大曆有年譜可稽,有姓氏可考,後之人猶不能以字句之迹,追作者之心,矧《三百篇》哉?不僅是也,人有興會標舉,景物呈觸,偶然成詩,及時移地改。雖復冥心追溯,求其前所以爲詩之故而不得,況以數千年之後,依傍傳疏,左支右吾,而遽謂吾説已定,後之人不可復有所發明,是大惑已。(*XCSFSWJ*, *juan* 28,p.1765)

這裏將作詩之意與説詩之意的流傳脈絡分爲二途,且明確指出説詩者不必盡合作者本意。袁枚接著説明,這一主張是出於所謂作詩本意已隨時移事易而難確考,故而不必拘於一家之説,更不必仍固執地考求作者本意。

§ 153　何文焕(乾隆時期人)《歷代詩話考索》：斷無不可解之詩

【作者簡介】何文煥，字少眉，號也夫，浙江嘉善(今屬浙江嘉興)人。諸生。有《無補集》。編有《歷代詩話》。

解詩不可泥，觀孔子所稱可與言《詩》，及孟子所引可見矣，而斷無不可解之理。謝茂秦①創爲可解、不可解、不必解之説，貽誤無窮。(*LDSH*, p.823)

① 謝榛，明代人，字茂秦，號四溟山人，著有《四溟詩話》。

何文焕對謝榛"可解、不可解、不必解"之說持批評的態度。他則從經學視野來討論可解與否的問題。他主張《詩經》沒有不可解的內容，皆應該且必須落到實處。

【第8.1—2部分參考書目】

鄔國平著：《竟陵派的文學理論》，載《中國古代文論精粹談》，第1版，濟南：齊魯書社，1992年，第361—376頁。

劉毓慶著：《從經學到文學：明代〈詩經〉學史論》，北京：商務印書館，2001年，有關鍾惺的"詩活物"說與《詩經》評點，見第345—359頁。

蔡宗齊著：《中國古代闡釋學的個例研究：闡釋"興、觀、群、怨"的三種模式》，《九州學林》2004年第2卷第3期，第26—41頁。

Owen, Stephen. *Readings in Chinese Literary Thought*. Cambridge: Harvard University Press, 1992, Chapter 10 "The 'Discussions to While Away the Days at Evening Hall' and 'Interpretations of Poetry' of Wang Fu-chih", pp.451–457.

Ge, Liangyan. "Authoring 'Authorial Intention': Jin Shengtan as Creative Critic". *Chinese Literature: Essays, Articles, Reviews* 25 (2003): 1–24.

Huang, Martin W. "Author(ity) and Reader in Traditional Chinese *Xiaoshuo* Commentary". *Chinese Literature: Essays, Articles, Reviews* 16 (1994): 41–67.

Hsia, C. T. "Yen Fu and Liang Ch'i-ch'ao as Advocates of New Fiction". In *Chinese Approaches to Literature from Confucius to Liang Ch'i-Ch'ao*, edited by Adele Austin Rickett, 221–257. Princeton: Princeton University Press, 1978.

8.3　戴君恩臆想式解《詩》

傳統《詩經》學把《詩經》視爲儒家經典,對其解讀注重訓詁考據,強調經世治用,這令《詩》所具有的文學文本之特性及解讀者的主觀感受遭到忽視。明代中後期,出現了一批將《詩經》當作文學文本研究的解《詩》家,使《詩經》學走出經學研究的樊籬,戴君恩便是其中代表者之一。此前我們在論吳淇的"以意逆志"說時已指出,這裏的"意"既不是文章的"意",也不是讀者的"意",而是作者在創作時的心理活動,只有讀者能體會到這種活動時,纔可謂達到作者之"志"。這是吳淇對"以意逆志"的新創之處。戴君恩《讀風臆評》則更進一步,將孟子"以意逆志"理解爲"説詩者不以辭害意"[1],並受到陽明認爲讀《詩》應"意有所得,輒爲之訓釋","不必盡合於先賢,聊寫其胸臆之見"[2]之影響,形成了基於個人理解與感受的基本解《詩》原則。

---

[1] [明]戴君恩:《讀風臆評》,載《四庫全書存目叢書》經部第 61 册,影印明萬曆四十八年刻本,濟南:齊魯書社,1997 年,第 233 頁。
[2] [明]王陽明:《五經臆説序》,載吳光等編校:《王陽明全集》,杭州:浙江古籍出版社,2010 年,卷二二,外集 4,第 917 頁。

不同於傳統解《詩》法把《詩經》當作經典進行解讀，或注重考據，或強調政治，令《詩經》作爲文學本身的魅力以及解讀者的主觀體驗遭到貶損。戴氏解《詩》時有意識地反駁傳統解《詩》觀點，特別是朱熹的"淫詩説"，並進一步表達自己的對《詩》意的解讀。但他表達自己觀點的方式亦非虛浮地抒發己見，而是以點明詩篇之結構及勘破詩意之虛實兩法來支持自己的觀點。在章法結構上，戴氏注重挖掘詩歌章法本質，總結出許多細緻繁複的"格法"，不僅將"格法"用在評價常規行文結構上，更是用"格法"輔助《詩》意的解讀。此外，在《詩》意與境上，戴氏將"虛境"作爲修正《詩》意的工具，借以反駁傳統解說，進而提出自己對《詩》意的解讀。戴氏在解讀過程中用詞靈活生動，還巧妙使用"以詩解《詩》"達到發散與意會的效果，其文學風格特點鮮明。戴氏受自由抒發性情思潮影響，將《詩》當作文學作品解讀，力求擺脱經學訓詁的樊籠，追求無需考據，不從權威，依靠自己學問、主觀感受來評《詩》，由此得以形成靈活運用"格法"及"虛境"來輔助《詩》意解讀的解《詩》特色。

戴氏《讀風臆評》自明代萬曆年間成書至近代，均產生不可忽視的影響力。崇禎年間，凌濛初（1580—1644）在《言詩翼》中稱得到一本無名氏著的《國風》抄本，當時他並不知抄本書名，亦不知作者姓名，但由於"不忍心埋没"[1]，也將其編入《言詩

---

[1] ［明］凌濛初編：《言詩翼》，《四庫全書存目叢書》經部第66册，影印上海圖書館藏明崇禎刻本，濟南：齊魯書社，1997年，第699頁。

翼》中。經考證，這本匿名評本實際上就是《讀風臆評》[1]。崔述(1740—1816)在其著作《讀風偶識》的序中，表明自己對《詩經》的興趣正與兒時閱讀《讀風臆評》相關[2]。清光緒年間，陳繼揆(生卒不詳)有感於戴君恩"以臆讀，以臆評，排空而撼實，觀詞而不害志"[3]的解《詩》特點，並對此特點發出"丹黃點洒，使興觀之旨，瞭然於紙上"[4]的讚賞，閒暇時爲《臆評》没有展開說明的部分作補充，成《讀風臆補》一書，延續了戴氏的"臆評"之法。姚燮(1805—1864)和徐發仁(生卒不詳)兩人亦有感於戴氏"臆想式"解《詩》之法，深感於其"逆詩以意而詩意明"[5]之道，進而爲《讀詩臆補》作序。到了民國時期，朱自清(1898—1948)在編寫講義《詩名著箋：詩經經典箋釋》時選了十五篇《詩經》中的詩篇，引用數家釋《詩》之言，其中《關雎》等十一篇都摘録了《臆評》的評點，可以見得其是將《臆評》作爲講解《詩經》的重要參照。周作人在《談〈談談《詩經》〉》中以三首詩爲例反駁胡適先生"穿鑿"的據"實"解《詩》，提出"不定要篇篇咬實這是講什麼"[6]的解讀方式，這恰與"臆想式"解詩法不謀而合。可以說以《讀風臆評》爲代表的臆想式解詩模式在明清至近現代解經、解詩傳統中，開啟了十分重要的新局面。

---

[1] 侯美珍：《晚明詩經評點之學研究》，臺北：花木蘭出版社，2009年，第223頁。
[2] ［清］崔述：《讀風偶識》，北京：中華書局，1985年，第3頁。
[3] ［清］陳繼揆：《讀風臆補》，載《續修四庫全書》經部第58冊，影印復旦大學圖書館藏清光緒六年拜經堂刻本，上海：上海古籍出版社，2002年，第159頁。
[4] ［清］陳繼揆：《讀風臆補·風次》，第164頁。
[5] ［清］徐發仁：《讀風臆補叙》，《讀風臆補》，第160頁。
[6] 周作人：《知堂書話》，北京：人民大學出版社，2004年，第494—495頁。

§154 戴君恩(1570—1636)《讀風臆評》自敘：心遊臆想式解詩

【作者簡介】戴君恩(1570—1636)，字仲甫，號紫宸，澧州(今湖南澧縣)人，萬曆四十一年癸丑(1613)進士，曾任巴縣知縣，工部主事，在任期間平"奢酋之變"，督修永陵有功。任職山西巡撫期間，用計捉拿降賊王綱，並斬殺三百餘人。師承姚江學派，即王陽明(1472—1529)心學的分支。

爰檢衣篋，得《國風》半部，展而玩之，哦之詠之，楷之翰之，嗟夫！此非夫天地自然之籟，顏成子游之所不得聞，南郭子綦之所不能喻，而歸之其誰者耶？彼其芒乎？忽乎？俄而有情，俄而有景，俄而景與情會，醖涵鬱浡，而歠歌形焉。當其形之爲歠歌也，景有所必暢，不極其致焉不休；情有所必宣，不竭其才焉不已。或類而觸，或寓而伸，或變幻而離奇。莫自而計夫聲於五，莫自而計夫正於六，而長短疾徐、抑揚高下，無弗諧焉，使之者其誰耶？非器非聲，非非器，非非聲。以不聞聞，或聞聞，或否；以不解解，或解解，或否。何哉乎？紫陽氏竅與竹焉當之也。調調刁刁、禺禺翏翏者之日接吾前，而吾且失之乎？劍首乃曰："吾於解詩無恨。"詩如有知，寧不挪揄竹素間耶？凡吾耳目見聞，大率依傍物耳。纔有依傍，即有制縛，譬臧獲受約束主伯。尺尺寸寸，傳習惟謹，何暇出乎域中？惟臆也，不受制縛，時潛天、時潛地、時超象罔、時入冥滓，夫欲破習而遊於天也，則莫如臆矣！是故蔑舍紫陽，以臆讀，以臆評，以臆點涴斷畫，冊而呈之，直指吳公攝臬、閔公爰進不慧而語曰：善夫子輿氏不云乎？以意逆志，是爲得之。昔也，子列子御風而行，泠然善也，非其身能御之，亦意御焉耳！意也者，臆也。子能如是，吾且與

子相御而遊乎十五國之間。(*DFYP*, pp.230 - 232)

戴君恩描述自己解《詩》的過程,超越語言、思維,而與宇宙漫遊。"臆",不受控制,"不受制縛,時潛天,時潛地",憑空想象,使閱讀成爲一個新的創作。

§ 155 徐光啓(1562—1633)《毛詩六帖講意》評《卷耳》: 詩中托言幻想的性情指歸

【作者簡介】徐光啓(1562—1633),字子先,號玄扈,吳淞(今屬上海)人,天主教名保祿,明代科學家,於農業、數學、曆算、天文等方面皆有貢獻,中西文化交流的先驅之一,著有《泰西水法》《農政全書》等。

通篇皆是托言,凡托言皆是幻想,非實事也。采物,幻想也;登高飲酒,亦幻想也。思而不遂,展轉想象,展轉起滅,遂有幾許境界,幾許事件耳!"詩以道性情",又曰"詩言志",此之謂也。此作實說,便說不通,此等《詩》中多有之,如《采綠》《何人斯》《載馳》之類,不一而足,可以類推。細讀《離騷》,便曉此意。(*MSLTJY*, juan 1, p.5)

徐光啓解《卷耳》,看出詩中虛擬的托言想象,並舉一反三,深知不可將這類詩言穿鑿坐實,而應以其托言幻想背後的性情爲指歸。

§ 156 沈守正(1572—1623)評《卷耳》: 懷人爲實,設境爲虛

【作者簡介】沈守正(1572—1623),字無回,錢塘人(今浙江杭州)。據康熙《仁和縣誌》,其人高才博學,詩文雋爽,喜爲蘇白體。著《四書叢說》《雪堂集》《浚河仿倭議》行世,他作遭毀散。

采卷耳以下,都非寔事,所謂思之變境也。一室之中,無端而采物,忽焉而登高,忽焉而飲酒,忽焉而馬病,忽焉而僕痡,俱意中安成之,旋妄滅之,繚繞紛紜息之,彌以繁夐之,彌以生光

景卒之,念息而嘆曰:云何吁矣!可見懷人之思自真,而境之所設皆假也。(KMLDZYSY, juan 1, p.544)

沈守正從寫景、敘事、言情的虛實交織來重看《卷耳》,令詩中情境活靈活現,更由此揭明懷人之真,設境之虛。

§ 157 鄒之麟(1574—1646)《詩經翼注講意》評《卷耳》:對托言懷人的主觀敷演

【作者簡介】鄒之麟(1574—1646),字臣虎,號衣白山人、逸老、昧庵,江蘇武進(今江蘇常州)人。萬曆三十四年鄉試解元,萬曆三十八年(1610)進士,入清後不仕,寄情書畫以終。

通詩以"嗟我懷人"爲主。下三章皆承懷人而言,正形容其懷之不能已也。末吁字與嗟字相映,注中託言,非惟采物登高是託言,併飲酒、人馬俱病皆託言也。采卷耳根,思念來君子不在泛説。崔嵬二章,重登高勿與酌酒平看。我姑二句,玩永字只是思之之情不能自已,但欲飲酒暫開其懷耳,非真欲釋其憂而不思也。云何吁矣,言往從之計不遂,思念之情无已,我將如之何。其憂咲哉,甚言其不能忘意。(SJYZJY, p.5)

鄒之麟同樣是從託言懷人的角度,結合自己的感受,來串解《卷耳》全篇,且進行情境的還原和敷演,這些雖具有頗醒目的主觀色彩,但皆立足於詩文本自身,切中情理。

§ 158 萬時華(1590—1639)《詩經偶箋》評《蒹葭》:個體感知下的文學化解詩

【作者簡介】萬時華(1590—1639),字茂先,江西南昌人。其人秉賦穎異,博通經史子集,曾有"真儒"之譽。應徵北上,未至而因病去世,終生布衣。著有《溉園初集》《溉園二集》《園居詩》《東湖集》《詩經偶箋》等。

此詩意境空曠,寄托玄澹。秦川只尺,已宛然三山雲氣,竹影風聲,邈焉如仙。大都耳目之下,不乏幽人,豪杰匈懷,自有高寄。只此杳杳可思,正使伊人與作詩者,俱留千古不盡之味。更不必問其所作何人,所思何侶也。"蒹葭"二句,形容秋江景物,總非筆墨所至,此與"嫋嫋兮秋風,洞庭波兮木葉下"已置今古文人秋咏都落下風。至今容與寒汀者,一念此語,不獨意會,且覺心傷。"在水一方",原從浩淼波光之外,若滅若沒,若隱若現,恍見此境,與下"道阻且長""宛在水中央"更無二際。此等處境象,自知語言皆贅。若以爲意在一方及求之而道終阻,而中央終宛在者,固非。以爲既遡洄求之復遡游求之者,亦未妙得其解也。(*SJOJ*, pp.181－182)

萬時華直接從意境切入,由《蒹葭》詩句產生重重情境的想象,並不斷引申至古今文人吟詠之思,這種立足於個體感知臆想的解詩法,體現出十分鮮明的文學色彩。

§ 159 牛運震(1706—1758)《詩志》評《關雎》:空中設想傳情的創作策略

【作者簡介】牛運震(1706—1758),字階平,人稱空山先生,山東滋陽縣(今屬山東濟寧)人。雍正十三年(1735)舉博學鴻詞,報罷。歷官平番縣,值固原兵變,爲之畫策平定。上官咸異其才,爲忌者所中,免歸。性好金石,精經術,工文章。著有《空山堂文集》《史論》《塞山堂易解》《春秋傳》《金石圖》等。

孔子曰:"《關雎》樂而不淫,哀而不傷。"二語已盡此詩之妙。不傷者,舒而不迫;不淫者,淡而不濃。細讀之則有優柔平中之旨,潔淨希夷之神。寫哀極綿曲之態,寫樂用平直之調,

"輾轉反側""琴瑟""鐘鼓",都是空中設想,虛處結情。解詩者以爲實事,失之矣。(*SZ*, *juan* 1, pp.1-2)

這裏已然從一種創作策略及閱讀感受出發,對《關雎》的意象內容及孔子評語做出具有文學性的主觀解讀。

§ 160　徐發仁《讀風臆補敘》:以己之情推詩之情

【作者簡介】徐發仁,字芝田,桐廬人,道光二十七年(1847)舉人,道、咸年間在世。

　　温柔敦厚,詩教也。而詩之失愚,詩豈能愚人哉!溺其志而失於自用,人自愚耳。夫詩本性情,每什每章各有其性情所在,然若雅正禮節頌告成功,毛公訓詁既傳,馬注、鄭箋紛紛繼作,其義類既衷一定,讀者可無二三?其間惟《國風》多里巷歌謠、男女贈答,其中貞淫美刺、反覆纏綿,有不可以一端泥者。藉非深於情者,以己之情推詩之情,旁見側出,以達其欲達難達之情,安得千載上下悁息如聞而神明遙浹也乎?陳子舵巖深於情者也。深於情故深於詩,而尤深於詩之風。平日讀風,恒有得於聲音微眇之間,欲於箋疏會其意,而迄不得其意,偶獲前明戴忠甫《臆評》一書,恍若自其意之所出,於教學之暇,加評於戴評之後,或注以經,或取之史,或採漢魏六朝及唐宋以下諸家詩,以疏通證明之。孟子曰"以意逆志,是謂得之",戴君逆詩以意而詩意明,陳子補《臆評》之評,而戴評之意尤明,而風人作詩之志愈益明,豈第不失之愚,亦覺温柔敦厚之旨益然於字裏行間焉。誠足大快人意也。屬弁簡端,爰敘其概如此。咸豐三年良月中浣桐江芝田徐發仁書於飽閒散齋(*DFYB*, p.7)

徐發仁明確指出詩本乎性情,且不同篇什各有性情,而各類訓詁章句解經之說,無疑限定了解詩的取向,尤其會令《風》詩的理解拘泥於一端。對此,他力主"己之情推詩之情,旁見側出,以達其欲達難達之情",這正是戴君恩《讀風臆評》所做的。

§ 161　王晉汾評《關雎》(《讀風臆補》篇後評):詩妙在翻空見奇

【作者簡介】王晉汾,號鼎庵,梁溪(今江蘇無錫)人,清代嘉慶年間人。

詩之妙,全在翻空見奇。此詩只"窈窕淑女,君子好逑"便盡了,却翻出未得時一段,寫箇牢騷慢受的光景;又翻出已得時一段,寫箇歡欣鼓舞的光景,無非描寫"君子好逑"一句耳。若認做實境,便是夢中說夢。(DFYB, p.25)

§ 162　姚燮(1805—1865)《讀風臆補序》:低迴往復臆風人之志

【作者簡介】姚燮(1805—1865),字梅伯,晚號復莊,又自署野橋、也橋、東海生、大梅山民、疏影詞史等,浙江鎮海(今浙江寧波)人。清文學家、畫家。屢試不第,絕意仕途,後逢英軍侵略,逃難於滬蘇杭一帶。著有《復莊詩問》《復莊駢儷文榷》《疏影樓詞》《今樂考證》等。

氣无朕乎芒乎而冒冒爾,俄飄忽也,觸乎籟不自遏也。為微辨焉,淒以厲焉,天之風也。心无動乎眇乎而寂寂爾,若抽苗也,緣乎物不自知也,或怡邑焉,或鬱以勃焉,詩之風也。善矣哉,明荊南戴忠甫之讀《風》乎,詠歎之,淫泆之,味其辭則低徊之,往復之;尋其旨則優柔之,饜飫之,浹其心。始也導窾而入,入汋穆也,懨懨乎迎也繼也引緒而出出繇紆也,怳怳乎揭也,今所傳《讀風臆評》是也。以意逆志是為得之,戴君其得之矣。陳子舵嚴取戴君所臆者臆補之,引伸其所未達,廣其所未詳,即名其書曰《臆補》,余爲之序焉,序曰:子惟臆戴君之臆以臆風人之臆乎?倏焉而愉焉?蕩往焉?(DFYB, p.3)

　　這段序文用一系列疊詞來描繪《風》詩的種種特性,同時推出戴君恩《讀風臆評》,揭示其在低回詠歎中導竅而入,在細密的己意中逆得風人之志,並進而肯定後人續補其意的引申之功。

【第8.3部分參考書目】

朱自清著:《詩名著箋:詩經經典箋釋》,臺北:千華駐科技出版有限公司,2023年。

周作人:《知堂書話》,北京:人民大學出版社,2004年。

村山吉廣著,林慶彰譯:《崔述〈讀風偶識〉的側面——和戴君恩〈讀風臆評〉的關係》。《中國文哲研究通訊》1995年第5卷第2期,第134—144頁。

村山吉廣:《戴君恩〈讀風臆評〉初探》,載《第二屆詩經國際學術研討會論文集》,北京:語文出版社,1996年,第469—483頁。

劉毓慶等:《歷代詩經著述考:明代》,北京:中華書局,2008年。

劉毓慶:《戴君恩的"格法"説與〈讀風臆評〉》。《中國典籍與文化》2000年第2期,第74—78頁。

侯美珍:《晚明詩經評點之學研究》,臺北:花木蘭出版社,2009年。

黃霖等編:《詩經彙評》,南京:鳳凰出版社,2016年。

張洪海著:《〈詩經〉評點史》,上海:上海社會科學院出版社,2018年。

王霄蛟:《戴君恩的詩經觀——以〈讀風臆評〉爲中心》,《詩經研究叢刊》2010年第18輯,第209—236頁。

8.4　梁啓超等移情自化的讀詩法、讀小説法

　　移情自化的讀詩法、讀小説,也聚焦於作品對讀者產生的

神交情融,關注閱讀過程中讀者對文本情節內容、思想情感的心理共振,乃至產生自我反思、改造的作用。這種方法也可視爲對諷誦涵泳同感式讀詩方法的進一步發展。從早期的詩樂感人心、美教化之論,到明清小說批評中頻頻可見的勸善懲惡、教人聞道之説,都是移情自化法運用在不同階段的體現。明清人對這種理解方法的依據、作用機制等還做出了深入的探討。他們認爲古今之人心志可通,古今作品其理亦同,故而能夠在閱讀古人作品中暢己之懷、反身自視。移情自化之法在小説批評中發揮了重要作用,小説不再只是消遣戲謔的稗野雜談,而是能改造個人思想,乃至反過來影響整個社會的讀物。在閱讀小説過程中,讀者讓自己的靈魂被作者勾去,脱胎换骨成爲作者,從而產生移情自化的神奇效果。如蔣大器《三國志通俗演義序》、李贄《忠義水滸傳序》,認爲讀者讀到書中人如此而聯想到自己,從而受到書中人影響。

這種對小説反映世情,關乎政治倫理價值的觀念,在晚清梁啓超等人手中得到進一步推進,乃至成爲改良群治的不二媒介。梁啓超《論小說與群治之關係》認爲小説在改造世界方面優於所有其他文體,正因爲小説能夠讓讀者徹底進入作者的世界,即在閱讀作品的過程中,爲作品所改造。梁啓超認爲小説有四種力,他借用佛教不同宗派的術語概括這四種力:熏、浸、刺、提。其中,"熏",即 perfuming,是唯識宗的核心概念,意思是萬物都是虛幻的,是從精神本體衍變出來的,而小説對人的影響力就是一種精神現象,反過來可以作用到外部世界;"浸",即小説對思想産生影響的累積,也就是禪宗中的漸悟;"刺"則是一種震撼心靈的作用,是禪宗中的頓悟。"提"則是讀者自身對小說内容產生的强烈情感共鳴。他一方面把封建社會的各種落後現象都歸咎於傳統小說(如才子佳人小說)的毒害,另一方面希望通過一種新的政治小說内容來改造讀者,培養具有現代意識的新國民。相較於傳統同感式的讀詩方法,這種移情自化、自我改造反思的讀小說法更强調改造社會、政治和倫理的意義。此節可與《文學論評選》10.2"論小說:開發民智,促進社會進步之神功"相互參照。

§ 163　*《禮記·樂記》:音樂的感化移情作用

【典籍簡介】《禮記》,十三經之一,與《周禮》和《儀禮》合稱三禮,爲儒家的經典作品。《禮記》是儒家對禮學的闡説,内容包括各樣禮節、祭禮、孔子之言、儒門論説等。《禮記》的通行本是西漢禮學家戴聖的《小戴禮記》,凡49篇。南宋時,理學家朱熹將《禮記》中的《大學》《中庸》兩篇,與《論語》《孟子》合稱爲"四書"。

鍾聲鏗①,鏗以立號,號以立横,横以立武。君子聽鍾聲則思武臣。石聲磬②,磬以立辨,辨以致死。君子聽磬聲,則思死封疆之臣。絲聲哀,哀以立廉,廉以立志。君子聽琴瑟之聲,則思志義之臣。竹聲濫③,濫以立會,會以聚衆。君子聽竽笙簫管之聲,則思畜聚之臣。鼓鼙之聲讙④,讙以立動,動以進衆。君子聽鼓鼙之聲,則思將帥之臣。君子之聽音,非聽其鏗鎗而已也,彼亦有所合之也。(*LJZY*, *juan* 39, p.1541)

① 象聲詞,狀金石聲。　② 象聲詞,狀打擊聲。　③ 放蕩。　④ 喧嘩、鼓譟。

音樂向來被古人視爲易於感化人心、神交情融的藝術表現媒介,春秋戰國詩樂論中,已不乏以聲樂反映心性德行的論述,如郭店楚簡云"其心變則其聲亦然"(《性自命出》),上博簡《孔子詩論》云"其言文,其聲善"(《孔子詩論·簡三》),等等。於是不同音聲足以配應不同的性情與文字,產生對應的感染效果。這裏《樂記》就以雅樂八音爲基礎,將其分別與不同品格之臣建立聯想關係,所以君子聽其音便有所合。這裏的"所合",便是音樂感化移情的效果。

§ 164 蔣大器(1455—1530)《三國志通俗演義序》:小説的移情自化效果

【作者簡介】蔣大器(1455—1530),別號庸愚子,浙江金華人。弘治七年作《三國志通俗演義序》。

書成,士君子之好事者,爭相謄録,以便觀覽,則三國之盛衰治亂,人物之出處臧否,一開卷,千百載之事,豁然於心胸矣。其間亦未免一二過與不及,俯而就之,欲觀者有所進益焉。予謂誦其詩,讀其書,不識其人,可乎?讀書例曰:若讀到古人忠處,便思自己忠與不忠;孝處,便思自己孝與不孝。至於善惡可否,皆當如此,方是有益。若只讀過,而不身體力行,又未爲讀書也。(*SGZTSYY*, pp.5-7)

這裏提到的書例:"若讀到古人忠處,便思自己忠與不忠;孝處,便思自己孝與不孝。"正是移情自化讀小説法產生自我改造效果的直接體現。蔣氏此論也談及讀書當知人論世,前後文便形成一種從"知人"到"知己"的延伸作用。

§ 165 李贄(1527—1602)《忠義水滸傳敘》:小説對個人及國政的改善功效

【作者簡介】李贄(1527—1602),原姓林,名載贄,後改姓李,名贄,號卓吾,別號溫陵居士、百泉居士等,福建泉州人。明代思想家、文學家。嘉靖三十一年舉人,累官國子監博士、雲南姚安知府。後棄官,寄寓黃安、麻城,著書講學。最後被誣下獄,自刎死於獄中。李贄主童心說,重要著作有《藏書》《續藏書》《焚書》《續焚書》。李贄曾點過《水滸傳》《西廂記》《浣紗記》《拜月亭》《琵琶記》等等。

故有國者不可以不讀。一讀此傳,則忠義不在水滸,而皆在於君側矣。賢宰相不可以不讀。一讀此傳,則忠義不在水滸,而皆在於朝廷矣。兵部掌軍國之樞,督府專閫外①之寄,是又不可以不讀也。苟一日而讀此傳,則忠義不在水滸,而皆爲干城心腹之選矣。否則,不在朝廷,不在君側,不在干城心腹,烏乎在? 在水滸! 此傳之所爲發憤矣! 若夫好事者資其譚柄②,用兵者藉其謀畫,要以各見所長,烏睹所謂忠義者哉! (SHZ, p.1489)

① 京城以外。閫,音 kǔn,門欄,比喻軍事機構。 ② 談話的資料。

李贄認爲《水滸傳》已不再只是區區一部稗談小說,其忠義主題關涉著文本之外君王、朝堂各層的維繫之道,皆能予以啓發,乃至於從國之君主到宰輔忠臣皆不可不讀,爲政用兵皆能各見所長。可見這裏已將小說的功效從改造自我,提升至改造家國朝政的更高境界。

§166 葉廷秀(1599—1651)《詩譚自序》:興於詩以古今人心相通爲基礎

【作者簡介】葉廷秀(1599—1651),字謙齋、潤山。濮州(今河南范縣)人。明天啓五年進士。歷知南樂、衡水、獲鹿三縣,入爲順天府推官,崇禎中,遷南京户部主事。抗清事敗後以僧終。廷秀受業於劉宗周,造詣淵邃,宗周門人以廷秀爲首。著有《詩譚》《詩譚續錄》《續詩譚》。

《近思錄》曰:"興於詩者,吟詠性情,涵暢道德之中而歆動之,有吾與點之氣象。"又云:"興於詩,是興起善意,汪洋浩大,皆是此意。"此真説詩之善者也。夫古今之人不同而此心同,古今之詩不同而此理同。逆其心而端之以理,取彼短吟,暢我滿懷;取彼快談,印我至性。明道先生曰:"學者不可不看詩,看詩便使人長一格價。"詩之益人,信如是,而後益人也。(QMSH, p.4153)

葉廷秀先由宋儒《近思録》論"興於詩"出發,稱讚其"吟詠情性""興起善意"而使人歆動認同的解讀。並進一步指出,今人之所以能讀古詩而知古人之志,且能够移情自化,是因爲古今人心可通。古今詩同傳此理,故而今人能在"以意逆志"中識古人情性,反觀自我情性而得到感化。

§167 閑齋老人《儒林外史序》:小説爲人性世相之鏡

【作者簡介】閑齋老人,清嘉慶八年寫有臥閑草堂本《儒林外史》序文。

嗚呼!其未見《儒林外史》一書乎?夫曰《外史》,原不自居正史之列也;曰《儒林》,迥異玄虚荒渺之談也。其書以功名富貴爲一書之骨:有心豔功名富貴而媚人下人者;有倚仗功名富貴而驕人傲人者;有假託無意功名富貴自以爲高,被人看破恥笑者;終乃以辭却功名富貴、品地最上一層爲中流砥柱。篇中所載之人,不可枚舉;而其人性情心術,一一活現紙上。讀之者,無論是何人品,無不可取以自鏡。(RLWSHJHP, p.687)

序文已提出一種以小説爲鏡的觀點:一部出色的社會諷刺小説,其敍述的人與事足以成爲一面反映世相的鏡子,令時人不只是讀來消遣,還能進行對自我和社會的反思。

§168 梁啓超(1873—1929)《論小説與群治之關係》:小説的改良群治之功

【作者簡介】梁啓超(1873—1929),字卓如,號任公,又號飲冰室主人,廣州新會(今屬廣東江門)人。思想家、政治家、教育家、文學家,戊戌變法(百日維新)領袖、近代維新派人物。光緒十五年舉人,師從康有爲,維新前與康有爲發動"公車上書",又任《時務報》總編、長沙時務學堂總教習。變法失敗後,流亡日本,創辦《清議報》。在《飲冰室詩話》中推廣"詩界革命",且在海外推動君主立憲。辛亥革命後擔任北洋政府司法總長,反對袁世凱稱帝、張勳復辟,並加入段祺瑞政府任財政總長。晚年爲清華國學研究院導師。著作合編爲《飲冰室合集》。

抑小説之支配人道也,復有四種力:一曰熏。熏也者,如入雲烟中而爲其所烘,如近墨朱處而爲其所染,《楞伽經》所謂"迷智爲識,轉識成智"者,皆恃此力。

這裏梁啓超分析了小説改造個人思想和社會的力量。他從佛教的不同宗派中獲得心理學和宇宙論的洞見,並且採用了"熏""浸""刺""提"四個佛教術語來描述小説影響個人思想和改造社會的方式。

"熏"是這四個術語中的第一個,也是最重要的一個,原本是法相宗和唯識學(the Ideation-Only School)的術語。爲了把握住他用這個術語所要表達的内容,我們必須首先理解它在唯識論中的源初涵義。唯識宗的核心命題是"萬法唯識"(All this world is ideation only),這意味著外部世界是從内識中升起的幻象,也就是"無住",即我們的知覺和其製造的外在表象之間即時的交互作用,並將宇宙進化論和宇宙學合併爲知覺的運作。佛教對思想做出最爲細微和複雜的分析,將思想分爲八覺,每一種都是一個獨立的現實。前五種是感性的知覺,視、聽、嗅、味、觸;第六種是以感覺爲中心的知覺,它從對感覺的認知(perception)中形成概念;第七種是以思想爲中心之識,在自我中心的基礎上産生願望和理念;第八種是所有識的倉庫,善和惡的"種子"儲藏於此處,並且變成精神活力,製造出外在的表象。所有這八種識在這種變動不居的狀態中都是不變的。

在這種交互改變的結構中,概念"熏"意味著知覺倉庫通過對來自外部現象的認知和觀念而發生的"影響"。這種影響導致來自外部現象的新種子被加入進來,這個新種子又反過來産生新的外部現象。梁啓超在"熏"這個概念中爲他對小説影響力的分析,找到了理想的圖解。首先,他看到"熏"和小說對個人思想的影響這二者之間的相似。這樣,他能夠通過前者來解釋後者。

人之讀一小說也,不知不覺之間,而眼識爲之迷漾,而腦筋爲之搖颺,而神經爲之營注。今日變一二焉,明日變一二焉,刹那刹那,相斷相續,久之,而此小說之境界,遂入其靈臺而據之,成爲一特別之原質之種子。

通過使用"熏"這一概念,梁啓超不僅展示出在閱讀的瞬間,小說對精神產生影響,並且揭示出這種影響的積累是如何在對人思想的改造中達到高潮的。之後,爲了更深入的分析,他採用通過新"熏"的種子對外部現象的反改造,來解釋小說改造人的思想,隨後又通過被改造的讀者影響整個社會。正如新"熏"的種子產生新的外部現象,並且改變了已有種子的構造,小說對個人思想的改造也同樣帶來新的思想和行動,這些新的思想和行動又對其他人發生影響,從而改變世界。

有此種子故,他日又更有所觸所受者,旦旦而熏之,種子愈盛,而又以之熏他人,故此種子遂可以徧世界。一切器世間有情世間之所以成、所以住,皆此爲因緣也。而小說則巍巍焉具此威德以操縱衆生者也。

值得注意的是,梁啓超借用"熏"這個概念,其目的不僅僅在於說明小說是如何通過個人思想和社會來實現其影響的,而且他還要展示小說影響所產生的兩個可能相反的後果。正如"熏"令人"迷智爲識,轉識爲智"(《楞伽經》),梁啓超指出,小說的影響也會毀壞或提升個人思想和社會。

二曰浸。熏以空間言,故其力之大小,存其界之廣狹;浸以時間言,故其力之大小,存其界之長短。浸也者,入而與之俱化者也。人之讀一小說也,往往既終卷後數日或數旬而終不能釋然。讀《紅樓》竟者,必有餘戀,有餘悲;讀《水滸》竟者,必有餘快,有餘怒。何也?浸之力使然也。……三曰刺。刺也者,刺激之義也。熏浸之力利用漸,刺之力利用頓;熏浸之力在使感受者不覺,刺之力在使感受者驟覺。刺也者,能入於一刹那頃,忽起異感,而不能自制者也。……四曰提。前三者之力,自外而灌之使入,提之力,自內而脫之使出,實佛法之最上乘也。凡讀小說者,必常若自化其身焉入於書中,而爲其書之主人翁。讀《野叟曝言》者,必自擬文素臣;讀《石頭記》者,必自擬賈寶玉。讀《花月痕》者,必自擬韓荷生若韋癡珠;讀梁山泊者,必自擬黑旋風若花和尚。雖讀者自辯其無是心焉,吾不信也。……知此義,則吾中國羣治腐敗之總根原,可以識矣。吾中國人狀元宰相之思想何自來乎?小說也。吾中國人佳人才子之思想何自來乎?小說也。吾中國人江湖盜賊之思想何自來乎?小說也。吾中國人妖巫狐鬼之思想何自來乎?小說也。若是者,豈嘗有人焉,提其耳而誨之,傳諸鉢而授之也?而下自屠爨①販卒,媼娃童稚,上至大人先生,高才碩學,凡此諸思想必居一於是,莫或使之。若或使之,蓋百數十種小說之力,直接間接以毒人,如此其甚也。(即有不好讀小說者,而此等小說,既已漸漬社會,成爲風氣。)(*WQWXCC, juan* 1, pp.16 – 18)

① 音 cuàn,爐灶。

梁啓超試圖進一步指出和檢討傳統中國小說的有害影響所導致的中國社會的悲慘現狀。他使用了佛教術語"熏""浸""刺""提"來描繪小說影響個人思想和社會的不同方式。他認爲,"浸"適合於描述小說對讀者曠日持久的影響。一個人"沉浸"於小說的時間越長,他的思想被小說改造得也就越徹底。"刺"則與"浸"相反,指突然而來的、具有强烈的知覺衝擊,所以可用來描述小說在瞬間喚起讀者的感悟。將這兩個術語結對使用,梁啓超顯然受到了佛教南宗和北宗各自信奉"頓悟"和"漸悟"這一對觀念的啟發。事實上,他將"浸"看做是"漸悟"的過程,而"刺"看作是"頓悟"的過程。不僅如此,他還將"刺"與南宗的"一棒一喝"以促成突然的開悟加以比較。"提",也就是對自我的改造或"提升"。他認爲,"提"影響思想的方式比"浸"和"刺"更爲上一等。"浸"和"刺"的影響力是"自外灌之使入",與此相反,"提"引發思想内部質的變化,故言"自内而脱之使出,實佛法之最上乘"。

【第8.4部分參考書目】

商偉:《禮與十八世紀的文化轉折:〈儒林外史〉研究》,嚴蓓雯譯,北京:生活·讀書·新知三聯書店,2012年。

夏曉虹:《覺世與傳世:梁啓超的文學道路》,北京:中華書局,2006年,第三講《"新小説之意境"與"舊小説之體裁"》。

Cai, Zong-qi. "The Rethinking of Emotion: The Transformation of Traditional Chinese Literary Criticism in the Late Qing Era." *Monumenta Serica* 45 (1997): 63–110. 中文版:蔡宗齊著,蔣乃玢譯:《"情"之再思考:晚清時期中國傳統文學批評的轉型》,《中國美學研究》2018年第11輯,第283—309頁。

譚帆:《中國古代小説評點的價值系統》,《文學評論》1998年第1期,第93—102頁。

譚帆:《中國小説評點研究》,上海:華東師範大學出版社,2001年,第四章 小説評點之價值,第144—168頁。

周興陸著:《中國文論通史》,上海:上海人民出版社,2021年,第418—461頁。

理解論評選
選錄典籍書目

BRXWJ	［清］馬其昶：《抱潤軒文集》，收入《清代詩文集彙編》第781冊，上海：上海古籍出版社影印民國十二年（1923）京師刻本，2009年。
CQFLYZ	［漢］董仲舒，［清］蘇輿義證：《春秋繁露義證》，北京：中華書局，1992年。
CQZZZY	［晉］杜預注，［唐］孔穎達正義：《春秋左傳正義》，《十三經注疏》，北京：中華書局，1980年。
CSQS	［清］王夫之：《船山全書》，長沙：嶽麓書社，1988年。
DFYB	［明］陳繼揆：《讀風臆補》，明戴君恩原本，北京大學圖書館藏。
DFYP	［明］戴君恩：《讀風臆評》，《四庫全書存目叢書》經部61冊，臺南：莊嚴文化事業有限公司，影印版爲明萬曆四十八年刻本，1997年。
HSWZJS	［漢］韓嬰撰，許維遹校釋：《韓詩外傳集釋》，北京：中華書局，1980年。
JSTPDCZQJ	［清］金聖歎：《金聖歎評點才子全集》，北京：光明日報出版社，1997年。
JXTL	［清］皮錫瑞：《經學通論》，北京：中華書局，1954年。
JYTJ	［清］徐枋：《居易堂集》，《續修四庫全書》第1404冊，上海：上海古籍出版社，2002年。

續 表

KMLDZYSY	［明］凌濛初：《孔門兩弟子言詩翼》,《四庫全書存目叢書》經部66冊,臺南：莊嚴文化事業有限公司,影印版爲明崇禎刻本,1997年。
KQJX	［清］姚瑩：《康輶紀行》,清同治刻本。
LCXSDL	［清］吴淇著：《六朝選詩定論》,揚州：廣陵書社,2009年。
LDSH	［清］何文焕：《歷代詩話》,北京：中華書局,1981年。
MSZY	［明］張元芳、魏浣初：《毛詩振雅》,《歷代詩經版本叢刊》本,山東：齊魯書社,2008年。
LJYSHQB	吴文治編：《遼金元詩話全編》,南京：鳳凰出版社,2006年。
LJZY	［漢］鄭玄注,［唐］孔穎達正義：《禮記正義》,《十三經注疏》,北京：中華書局,1980年。
LWOJ	［清］劉大櫆：《論文偶記》,香港：商務印書館,1963年。
LYYZ	楊伯峻：《論語譯注》,北京：中華書局,1980年。
LZQQJ	［宋］吕祖謙撰,黄靈庚、吴戰壘編：《吕祖謙全集》,杭州：浙江古籍出版社,2008年。
MSLTJY	［清］徐光啓：《毛詩六帖講意》,收録於《徐光啓著譯集》第十二册,上海：上海古籍出版社,1983年。
MSXS	［明］郝敬：《毛詩序説》,《續修四庫全書》第58册,上海：上海古籍出版社影印明萬曆崇禎間刻山草堂集内編本,1995年。
MSZY	［漢］毛亨傳,［漢］鄭玄箋,［唐］孔穎達正義：《毛詩正義》,《十三經注疏》,北京：中華書局,1980年。
MZYZ	楊伯峻：《孟子譯注》,北京：中華書局,1960年。
MZZS	［漢］趙岐注,［宋］孫奭疏：《孟子注疏》,《十三經注疏》,北京：中華書局,1980年。

續 表

OYXQJ	［宋］歐陽修：《歐陽修全集》，香港：廣智書局，出版年不詳。
QLW	《全梁文》，《全上古三代秦漢三國六朝文》，北京：中華書局，1958年。
QMSH	周維德編：《全明詩話》，濟南：齊魯書社，2005年。
QSH	王夫之等撰：《清詩話》，上海：上海古籍出版社，1978年。
QSHXB	郭紹虞：《清詩話續編》，上海：上海古籍出版社，1983年。
QTWDSGHK	張伯偉：《全唐五代詩格彙考》，南京：江蘇古籍出版社，2002年。
RLWSHJHP	［清］吳敬梓著，李漢秋輯校：《儒林外史彙校彙評》，上海：上海古籍出版社，2010年。
RWZ	［三國魏］劉劭著，［西涼］劉昞注，楊新平、張鍇生注譯：《人物志》，鄭州：中州古籍出版社，2007年。
SBCJSPJDJ	李零：《上博楚簡三篇校讀記》，北京：中國人民大學出版社，2007年。
SBXJ	［清］魏源：《詩比興箋》，香港：中華書局，1962年。
SBY	［宋］歐陽修：《詩本義》，四部叢刊本，臺北：商務印書館，1971年。
SBYb	［清］龔橙：《詩本誼》，《續修四庫全書》第73冊，上海：上海古籍出版社影印清光緒十五年（1889）刻本，1995年。
SGTJ	［明］毛先舒：《思古堂集》，《四庫全書存目叢書》集部210冊，臺北：莊嚴文化事業有限公司影印清康熙刻思古堂十四種書本，1997年。
SGW	［清］魏源：《詩古微》，《魏源全集》，長沙：岳麓書社，1989年。
SGZTSYY	［明］羅貫中：《三國志通俗演義》，《古本小說集成》本，上海：上海古籍出版社，1994年。

續　表

SHZ	《水滸傳(容與堂本)》,上海:上海古籍出版社,1988年。
SJFM	[明]陳組綬:《詩經副墨》,《四庫全書存目叢書》經部71冊,山東:齊魯書社,1997年。
SJMJY	[明]魏浣初:《詩經脈講意》,《四庫全書存目叢書》經部66冊,山東:齊魯書社,1997年。
SJOJ	[清]萬時華:《詩經偶箋》,載《續修四庫全書》經部第61冊,據復旦大學圖書館藏,明崇禎六年李泰刻本影印原書版,上海:上海古籍出版社,2002年。
SJYS	[清]方玉潤:《詩經原始》,北京:中華書局,1986年。
SJYZJY	[明]鄒之麟:《詩經翼注講意》,京都大學人文科學研究所所藏刊本。
SJZ	[宋]朱熹:《詩集傳》,北京:中華書局,1958年。
SJZYML	[明]何大掄:《詩經主意默雷》,明末友石居刻本。
SS	[明]胡應麟:《詩藪》,上海:上海古籍出版社,1979年。
SSHJY	郭紹虞編:《宋詩話輯佚》,北京:中華書局,1980年。
STS	[清]徐增撰,樊維綱校注:《說唐詩》,鄭州:中州古籍出版社,1990年。
SZ	[清]牛運震撰、寧宇點校:《詩志》,北京:中華書局,2020年。
SZYS	[宋]朱鑒撰:《詩傳遺說》,第75冊,上海:上海古籍出版社影印欽定四庫全書本,1987年。
TJ	[明]郝敬:《談經》,《山草堂集》内編第一,天啓崇禎刊本,日本京都大學藏。
TSBCJ	[清]沈德潛選編:《唐詩別裁集》,石家莊:河北人民出版社,1997年。
TYCJ	[明]譚元春:《譚元春集》,上海:上海古籍出版社,1998年。

續　表

WQWXCC	阿英編：《晚清文學叢鈔·小說戲曲研究卷》，北京：中華書局，1962年。
WSTYJZ	［清］章學誠撰，葉瑛校注：《文史通義校注》，北京：中華書局，1985年。
WXDLZ	［南朝］劉勰著，范文瀾注：《文心雕龍注》，北京：人民文學出版社，1958年。
WXTK	［元］馬端臨：《文獻通考》，北京：中華書局，1986年。
XBXSCD	［清］姚鼐：《惜抱先生尺牘》，海源閣叢書16—17，揚州：江蘇廣陵古籍刻印社，1990年。
XCSFSWJ	［清］袁枚：《小倉山房詩文集》，上海：上海古籍出版社，1988年。
LCZWX	［梁］蕭統選編；［唐］呂延濟等注：《六臣注文選》，四部叢刊本。
XSC	［明］郝敬撰：《小山草》，《四庫全書存目叢書補編》本，濟南：齊魯書社，1997年。
XXSRWJ	［清］秦瀛：《小峴山人詩文集》，《續修四庫全書》第1465册，上海：上海古籍出版社影印清嘉慶刻增修本，1995年。
YAXJ	［清］朱鶴齡：《愚庵小集》，上海：上海古籍出版社，1979年。
YXXJ	［明］鍾惺：《隱秀軒集》，上海：上海古籍出版社，1992年。
ZGFQJ	［清］曾國藩：《曾國藩全集·家書》，長沙：嶽麓書社，1985年。
ZYZSWJ	［清］張裕釗著、王達敏校點：《張裕釗詩文集》，上海：上海古籍出版社，2007年。
ZZQS	［宋］朱熹：《朱子全書》，上海：上海古籍出版社，2002年。

《中國歷代文論評選》選錄作者及典籍索引

（按條目拼音排列）

白居易(772—846)《策林六十八》：文學論§080

白居易(772—846)《故京兆元少尹文集序》：文學論§081

白居易(772—846)《金鍼詩格》：理解論§022—023

白居易(772—846)《與元九書》：文學論§079

班固(32—92)《漢書·藝文志》：文學論§045

包恢(1182—1268)《答傅當可論詩》：創作論§099

曹丕(187—226)《典論·論文》：文學論§067；創作論§041

曹植(192—232)《與楊德祖書》：文學論§068

陳世驤(1912—1971)《中國詩字之原始觀念論》：文學論§006

陳廷焯(1853—1892)《白雨齋詞話》：創作論§196

陳子龍(1608—1647)《白雲草自序》：文學論§121

陳子龍(1608—1647)《六子詩序》：文學論§120

陳組綬(明末人)《詩經副墨》：理解論§127

程頤(1033—1107)《伊川先生語》：文學論§097—098

戴復古(1167—1248)《昭武太守王子文,日與李賈、嚴羽共觀前輩一兩家詩及晚唐詩,因有論詩十絕。子文見之,謂無甚高論,亦可作詩家小學須知》：創作論§098

戴君恩(1570—1636)《讀風臆評》：理解論§154

狄葆賢(1873—1921)《論文學上小說之位置》：文學論§162

董逌(北宋人)《徐浩開河碑》：創作論§067

董仲舒(前179—前104)《春秋繁露》：文學論§047；創作論§005,035—036；理解論§010

都穆(1459—1525)《學詩詩》：創作論§169

杜牧(803—852)《答莊充書》：創作論§087

范梈(1272—1330)《木天禁語》：理解論§091

范梈(1272—1330)《詩學禁臠》：理解論§092

范溫(？—？)《潛溪詩眼》：理解論§087

范曄(398—445)《獄中與諸甥侄書》：創作論§051

范仲淹(989—1052)《唐異詩序》：創作論§102

方苞(1668—1749)《古文約選凡例》：文學論§140

方苞(1668—1749)《古文約選序》：文學論§139

方苞(1668—1749)《又書貨殖傳後》：文學論§141

方孝孺(1357—1402)《與舒君》：創作論§094

方玉潤(1811—1883)《詩經原始》：理解論§119—124,138—139

方貞觀(1679—1744)《方南堂先生輟耕錄》：創作論§163

費經虞(1599—1671)《雅倫》：創作論§118,134

馮復京(1573—1622)《説詩補遺》：創作論§130,140

馮舒(1593—1649)《家弟定遠遊仙詩序》：創作論§191

高棅(1350—1423)《唐詩品彙序》：文學論§106；創作論§151

龔橙(1817—1878)《詩本誼》：理解論§144

龔相(北宋中後期)《學詩詩》：創作論§097

龔自珍(1792—1841)《病梅館記》：文學論§153；創作論§197

龔自珍(1792—1841)《長短言自序》：文學論§155；創作論§200

龔自珍(1792—1841)《壬癸之際胎觀第一》：文學論§156

龔自珍(1792—1841)《書湯海秋詩集後》：文學論§152；創作論§198

龔自珍(1792—1841)《宥情》：文學論§154

《管子》：創作論§019—025

《國語》：文學論§011—013

韓非(約前281—前233)《韓非子》：文學論§024—027；創作論§013

《韓詩外傳》：理解論§014

韓愈(768—824)《答陳生書》：文學論§085

韓愈(768—824)《答李翊書》：文學論§083；創作論§091,148

韓愈(768—824)《送孟東野序》：文學論§084

韓愈(768—824)《題哀辭後》：文學論§086

郝經(1223—1275)《內遊》：創作論§138

郝敬(1558—1639)《毛詩序說》：理解論§070

郝敬(1558—1639)《毛詩原解》：創作論§185

郝敬(1558—1639)《談經》：理解論§071

郝敬(1558—1639)《小山草》：理解論§069

郝敬(1558—1639)《藝圃傖談》：創作論§186

何大掄(活躍於1632年左右)《詩經主意默雷》：理解論§096

何景明(1483—1521)《藝藪談宗·與空同先生》：文學論§107

何文煥(乾隆時期人)《歷代詩話考索》：理解論§153

胡應麟(1551—1602)《詩藪》：理解論§109

黃侃(1886—1935)《文心雕龍札記》：創作論§128

黃生(1622—1696?)《詩麈》：創作論§163

黃子肅(1290—1348)《詩法》：創作論§126,129,133

黃子雲(1691—1754)《野鴻詩的》：理解論§134

黃宗羲(1610—1695)《黃孚先詩序》：創作論§188

黃宗羲(1610—1695)《馬雪航詩序》：文學論§122；創作論§187

賈島(779—843)《二南密旨》：創作論§085—086；理解論§024

蔣大器(1455—1530)《三國志通俗演義序》：理解論§164

焦竑(1540—1620)《文壇列俎序》：文學論§113

焦竑(1540—1620)《與友人論文》:文學論§114

皎然(720?—798?)《詩式》:創作論§080,082—083

皎然(720?—798?)《詩議》:創作論§081,084

金聖歎(1608—1661)《杜詩解·早起》:創作論§162

金聖歎(1608—1661)《貫華堂第五才子書水滸傳》:理解論§099

金聖歎(1608—1661)《釋小雅·隰桑》:理解論§097

康有爲(1858—1927)《〈南海先生詩集〉自序》:創作論§200

空海(774—835)《文鏡秘府論序》:文學論§088

孔穎達(574—648)《毛詩正義》:創作論§184;理解論§021,042

孔穎達(574—648)《詩譜序正義》:文學論§003

孔子(前551—前479)《論語》:文學論§014—019;創作論§001—002,018;理解論§002—003

《孔子詩論》:理解論§007

匡衡(漢元帝時人)《上疏戒妃匹勸經學威儀之則》:文學論§044

況周頤(1859—1926)《蕙風詞話》:創作論§165—166

《老子》:文學論§020;創作論§006,011

李調元(1734—1803)《雨村詩話》:理解論§107

李東陽(1447—1516)《麓堂詩話》:創作論§110,189

李諤(隋朝)《上隋高祖革文華書》:文學論§075

李世民(598—649)《指法論》:創作論§063

李兆洛(1769—1841)《駢體文鈔序》：文學論§151

李贄(1527—1602)《讀律膚說》：創作論§170

李贄(1527—1602)《童心說》：文學論§111；創作論§172

李贄(1527—1602)《雜說》：文學論§112；創作論§171

李贄(1527—1602)《忠義水滸傳敘》：理解論§165

李重華(1682—1755)《貞一齋詩說》：文學論§135；創作論§132

《禮記·樂記》：文學論§040—041；理解論§163

厲志(1804—1861)《白華山人詩說》：創作論§107

梁啓超(1873—1929)《論小說與群治之關係》：文學論§163,165；創作論§202；理解論§168

梁啓超(1873—1929)《譯印政治小說序》：文學論§164,創作論§202

廖燕(1644—1705)《意園圖序》：創作論§105

劉安(前179—前122)《淮南子》：文學論§046；創作論§034

劉大櫆(1698—1779)《論文偶記》：文學論§142；理解論§132

劉劭(活躍於200—240)《人物誌》：創作論§039；理解論§016

劉向(前77—前6)《說苑》：文學論§048—049

劉勰(約465—約520或532)《文心雕龍》：文學論§058—060,064；創作論§043,045,047,050,056—058,186；理解論§018

劉子春(1756—?)《石園詩話序》:理解論§118

柳冕(約730—804)《答衢州鄭使君論文書》:文學論§082

柳宗元(773—819)《答韋中立論師道書》:文學論§087

《六臣注文選》:理解論§019—020

魯迅(1881—1936)《摩羅詩力說》:文學論§158;創作論§203

陸機(261—303)《文賦》:創作論§042,044,046,049,052—055

陸九淵(1139—1193)《象山先生全集·語錄》:文學論§104

陸時雍(明後期人)《詩鏡總論》:創作論§177—178

呂南公(1047—1086)《與汪秘校論文書》:文學論§099

呂祖謙(1137—1181)《古文關鍵》:理解論§063—065

馬端臨(1254—1323)《文獻通考》:理解論§066

馬其昶(1855—1930)《古文辭類纂標注序》:理解論§140

《毛傳》《鄭箋》:理解論§011—013

《毛詩小序》:理解論§009

毛先舒(1620—1688)《詩辯坻》:理解論§084

毛先舒(1620—1688)《唐詩解序》:理解論§150

梅堯臣(1002—1060)《續金鍼詩格》:理解論§029

孟軻(前372—前289)《孟子》:創作論§026,089—090;理解論§004—006

墨翟(前476—前381)《墨子》:文學論§021

牛運震(1706—1758)《詩志》:理解論§159

歐陽建(？—300)《言盡意論》：創作論§017

歐陽修(1007—1072)《詩本義》：理解論§030—037,141

歐陽修(1007—1072)《唐薛稷書》：理解論§038

潘德輿(1785—1839)《誦芬堂詩序》：文學論§127

龐塏(1657—1725)《詩義固說》：創作論§123,183

裴子野(469—530)《雕蟲論》：文學論§070

皮錫瑞(1850—1908)《經學通論》：理解論§072,145

錢泳(1759—1844)《履園譚詩》：創作論§106

秦瀛(1743—1821)《詩測序》：理解論§117

闕名《靜居緒言》：文學論§136

任昉(460—508)《文章緣起》：文學論§057

阮元(1764—1849)《釋頌》：文學論§004

阮元(1764—1849)《書昭明太子文選序後》：文學論§149

阮元(1764—1849)《文言說》：文學論§148

阮元(1764—1849)《文韻說》：文學論§147

《商君書》：文學論§022—023

《尚書》：文學論§001

邵雍(1012—1077)《伊川擊壤集序》：文學論§093

沈德潛(1673—1769)《古詩源序》：文學論§123

沈德潛(1673—1769)《說詩晬語》：文學論§124；創作論§122,193；理解論§085,130

沈德潛(1673—1769)《唐詩別裁集》：理解論§131

沈守正(1572—1623)評《卷耳》：理解論§156

沈約(441—513)《答陸厥書》：文學論§065

《詩大序》：文學論§042；理解論§008

石介(1005—1045)《怪說中》：文學論§091

石介(1005—1045)《上蔡副樞書》：文學論§092

釋虛中(晚唐僧人)《流類手鑑》：理解論§025

司馬光(1019—1086)《答孔文仲司户書》：文學論§095

司馬遷(前145—前86)《太史公自序》：文學論§043

司馬談(前2世紀？—前110)《論六家要旨》：創作論§033

宋犖(1634—1714)《漫堂說詩》：創作論§144

蘇軾(1037—1101)《送參寥師》：創作論§095

蘇軾(1037—1101)《文與可畫篔簹谷偃竹記》：創作論§066

蘇軾(1037—1101)《與謝民師推官書》：創作論§092,109

蘇洵(1009—1066)《仲兄字文甫說》：文學論§090

蘇轍(1039—1112)《上樞密韓太尉書》：創作論§093

孫過庭(646—691)《書譜》：創作論§064

譚浚(？—？)《說詩》：理解論§068

譚元春(1586—1637)《古文瀾編序》：創作論§159

譚元春(1586—1637)《詩歸序》：創作論§157；理解論§126

譚元春(1586—1637)《汪子戊己詩序》：創作論§176

湯顯祖(1550—1616)《點校虞初志序》：文學論§116

湯顯祖(1550—1616)《牡丹亭記題詞》：文學論§115；創作論§173

陶祐曾(1886—1927)《論小説之勢力及其影響》:文學論
§ 168

萬時華(1620—1660)《詩經偶箋》:理解論§ 113,158

王安石(1021—1086)《上人書》:文學論§ 096

王柏(1197—1274)《跋碧霞山人王文公集後》:文學論
§ 100

王弼(226—249)《周易略例》:創作論§ 016

王勃(649—676)《上吏部裴侍郎啓》:文學論§ 076

王昌齡(690—756)《詩格》:創作論 § 068—079,101,
146—147

王充(27—約97)《論衡》:文學論§ 053—055;創作論§ 038

王夫之(1619—1692)《豳風六論・論東山三》:創作論§ 180

王夫之(1619—1692)《古詩評選》:文學論§ 130

王夫之(1619—1692)《薑齋詩話》:文學論§ 132;創作論
§ 104,142;理解論§ 149

王夫之(1619—1692)評曹操《秋胡行》:創作論§ 182

王夫之(1619—1692)評王世懋《横塘春泛》:創作論§ 179

王夫之(1619—1692)《詩繹》:理解論§ 148

王夫之(1619—1692)《夕堂永日緒論内編》:文學論§ 131

王夫之(1619—1692)《相宗絡索》:創作論§ 143

王國維(1877—1927)《人間詞話》:文學論§ 159

王國維(1877—1927)《文學小言》:文學論§ 160

王國維(1877—1927)《元劇之文章》:文學論§ 207;創作論
§ 203

王驥德(？—1623)《曲律》：創作論§155

王槩(活躍於明萬曆年間)《詩法指南》：文學論§109

王晉汾(清代嘉慶年間人)《藝香堂詩經集評》：理解論§161

王叡(公元831年前後在世)《炙轂子詩格》：理解論§088

王世懋(1536—1588)《藝圃擷餘》：理解論§147

王廷相(1474—1544)《藝藪談宗·詩說》：創作論§153

王廷相(1474—1544)《藝藪談宗·與郭價夫論詩》：創作論§117,152,190

王通(584—617)《中說》：文學論§074

王羲之(321—379 或 303—361)《書論》：創作論§059

王羲之(321—379 或 303—361)《題衛夫人筆陣圖後》：創作論§060

王羲之(321—379 或 303—361)《自論書》：創作論§061

王玄(約五代宋初時人)《詩中旨格》：理解論§027—028

王鍾麒(1880—1913)《中國歷代小說史論》：文學論§167

魏浣初(1580—？)《詩經脈講意》：理解論§093

魏慶之(南宋人)《詩人玉屑》：創作論§137

魏禧(1624—1681)《論世堂文集敘》：文學論§138

魏禧(1624—1681)《學文堂文集序》：創作論§120

魏源(1794—1857)《詩比興箋》：理解論§073—082

魏源(1794—1857)《詩古微》：理解論§143

聞一多(1899—1946)《歌與詩》：文學論§005

吳可(南北宋之交)《學詩詩》：創作論§096

吳雷發（康雍時人）《說詩菅蒯》：創作論§115；理解論§098

吳淇（1615—1675）《六朝選詩定論緣起》：理解論§111—112

吳騫（1733—1813）《拜經樓詩話》：理解論§106

吳喬（1611—1695）《答萬季埜詩問》：理解論§104,115

吳喬（1611—1695）《圍爐詩話》：文學論§128—129；創作論§113—114,119；理解論§083

吳沃堯（1866—1910）《月月小說序》：文學論§166

閑齋老人（？—？）《儒林外史序》：理解論§167

蕭綱（503—551）《答張纘謝示集書》：文學論§071

蕭綱（503—551）《誡當陽公大心書》：文學論§072

蕭綱（503—551）《昭明太子集序》：文學論§062

蕭統（501—531）《陶淵明集序》：理解論§017

蕭統（501—531）《文選序》：文學論§061

蕭繹（508—555）《金樓子》：文學論§073

謝榛（1495—1575）《四溟詩話》：文學論§108；創作論§111—112,139,154,168；理解論§146

《性自命出》：文學論§037—038

徐發仁（清代道光舉人）《陳繼揆〈讀風臆補〉敘》：理解論§160

徐枋（1622—1694）《與楊明遠書》：理解論§105

徐光啓（1262—1633）《毛詩六帖講意》：理解論§155

徐渭（1521—1593）《選古今南北劇序》：創作論§169

徐渭(1521—1593)《葉子肅詩序》：文學論§110
徐夤(849—938)《雅道機要》：創作論§088;理解論§026
徐增(1612—?)《而菴詩話》：理解論§100
徐增(1612—?)《說唐詩》：理解論§101—102
徐禎卿(1479—1511)《談藝錄》：創作論§167
許慎(約58—148)《說文解字序》：文學論§056
薛雪(1681—1770)《一瓢詩話》：理解論§151
荀粲(210—238)《三國志·荀彧傳》：創作論§015
荀況(約前313—約前238)《荀子》：文學論§031—035,
　　039;創作論§003—004,032
延君壽(1765—?)《老生常談》：理解論§135
顏之推(531—約597)《顏氏家訓》：文學論§063
嚴羽《滄浪詩話》：文學論§105;創作論§100,150
揚雄(前53—18)《法言》：文學論§050,052;創作論§037
揚雄(前53—18)《解難》：文學論§051
楊載(1271—1323)《詩法家數》：理解論§089—090
姚鼐(1731—1815)《復魯絜非書》：文學論§143
姚鼐(1731—1815)《海愚詩鈔序》：文學論§144
姚鼐(1731—1815)《惜抱先生尺牘》：理解論§133
姚燮(1805—1865)《陳繼揆〈讀風臆補〉序》：理解論§162
姚瑩(1785—1853)《康輶紀行》：理解論§108
葉矯然(1614—1711)《龍性堂詩話初集》：理解論
　　§110,129
葉廷秀(1599—1651)《詩譚》：理解論§166

葉燮（1627—1703）《己畦集・與友人論文書》：文學論§ 134

葉燮（1627—1703）《原詩》：文學論§ 133

殷璠《河嶽英靈集》：文學論§ 078

尤侗（1618—1704）《第七才子書》：創作論§ 192

余集（1738—1823）《聊齋志異序》：文學論§ 125

余應虬（約 1583—約 1652）魏浣初《詩經脈講意》序：理解論§ 095

虞集（1272—1348）《詩家一指》：創作論§ 103,141,175；理解論§ 125

元結（719—772）《篋中集序》：文學論§ 077

袁宏道（1568—1610）《文漪堂記》：文學論§ 119

袁宏道（1568—1610）《敘小修詩》：創作論§ 176

袁宏道（1568—1610）《雪濤閣集序》：文學論§ 118

袁枚（1716—1798）《程綿莊詩説序》：理解論§ 152

袁枚（1716—1798）《胡稚威駢體文序》：文學論§ 150

袁枚（1716—1798）《續詩品三十二首》：創作論§ 145

袁于令（1592—1674）《西遊記題詞》：文學論§ 161

袁宗道（1560—1600）《論文》：文學論§ 117

曾國藩（1811—1872）《諭紀澤》：理解論§ 136

章炳麟（1869—1936）《革命軍序》：文學論§ 157

章學誠（1738—1801）《文史通義》：文學論§ 146；理解論§ 086

章學誠（1738—1801）《與朱少白論文》：文學論§ 145

張潮（1650—?）《而庵詩話小引》：創作論§103

張懷瓘（盛唐時人）《書斷序》：創作論§065

張惠言（1761—1802）《詞選序》：文學論§126，創作論§194

張惠言（1761—1802）《送錢魯斯序》：創作論§135

張謙宜（1650—1733）《絸齋詩談》：創作論§116,121,131

張裕釗（1823—1894）《答吳至甫書》：創作論§108,164；理解論§137

張元芳（？—?）與魏浣初（1580?—?）《毛詩振雅》：理解論§094

趙岐（108—210）《孟子章句》：理解論§015

趙士喆（活躍於崇禎年間）《石室談詩序》：理解論§114

趙湘（959—993）《本文》：文學論§089

趙壹（活躍於168—189）《非草書》：創作論§040

趙執信（1662—1744）《談龍錄》：理解論§116

鄭玄（127—200）《詩譜序》：文學論§002

鍾嶸（約468—518）《詩品》：文學論§066,069；創作論§048

鍾惺（1574—1624）《詞府靈蛇二集》：理解論§067

鍾惺（1574—1624）《詩歸序》：創作論§156

鍾惺（1574—1624）《詩論》：理解論§142

鍾惺（1574—1624）《與蔡敬夫》：創作論§158

鍾惺（1574—1624）《與高孩之觀察書》：創作論§160

周策縱（1916—2007）《詩字古義考》：文學論§007—008

周敦頤(1017—1073)《通書》：文學論§094

周濟(1781—1839)《宋四家詞選目錄序論》：創作論§195

《周易·繫辭》：文學論§036；創作論§014

朱鶴齡(1606—1683)《輯注杜工部集序》：理解論§128

朱鑒《詩傳遺說》：理解論§058

朱庭珍(1841—1903)《筱園詩話》：文學論§137；創作論§124—125,127,136

朱熹(1130—1200)《滄州精舍諭學者》：創作論§149

朱熹(1130—1200)《楚辭集注》：理解論§045

朱熹(1130—1200)論《詩》：理解論§047—051,057,059,062

朱熹(1130—1200)《孟子章句集注》：理解論§053

朱熹(1130—1200)《詩集傳》：文學論§101；理解論§041,043—044,060

朱熹(1130—1200)《朱子語類》：文學論§102—103；理解論§039—040,046,052,054—056,061

莊周(約前369—約前286)《莊子》：文學論§028—030；創作論§007—010,012,027—031

宗炳(375—443)《畫山水序》：創作論§062

鄒之麟(明代萬曆進士)《魏浣初〈詩經脈講意〉增補本》評《卷耳》：理解論§157

《左傳》：文學論§009—010；理解論§001

後　記

　　本書系從構思到付梓,歷時二十多年,其間先後獲得伊利諾伊大學香檳校區、香港教資局、香港嶺南大學各類資助,得以聘請在校和剛畢業的研究生和本科生擔任研究助理,協助完成輸入校對選文、筆錄、核查徵引材料、校讀清樣諸項工作。主要參與者有伊利諾伊大學的博士生陳靖、張曉慧、汪湄等人,嶺南大學研究生曹舟、徐曉童、詹璦璠以及參加強化研究項目的本科生周家兒、楊蘆荻、趙文萱、陳書慧等人。劉青海教授在訪問嶺大期間亦曾參與文獻的整理工作。香港中文大學碩士畢業生魏紅岩、嶺大環球中國文化高等研究院同事鄭政恒、北京大學博士後陶冉做出了很大的貢獻,分別幫助完成選文注釋、作者典籍簡介、各卷統稿這三項費時的工作。正因有了整個團隊的鼎力支持,我纔能集中時間和精力進行原創性研究和著述,讓書系能按計劃在七旬之際出版。書系的順利出版,離不開上海古籍出版社總編輯奚彤雲老師的大力支持和責編常德榮博士超乎尋常的辛勞付出。謹此向所有參與者和支持者致以最衷心的感謝。

蔡宗齊

2024 年 12 月 25 日

於香港屯門滿名山夢文廬